中山七転八倒

中山七里

幻冬舎文庫

中山七転八倒

二〇一六年

一月七日

日記を書こう、と唐突に思った。

理由は色々あるが、一番大きなものはデビューしてから六年間、毎日が面白いのにいちいち憶えていることができなくなったからだ。つまり面白いことに不感症になっている訳で、日々の出来事を書くのはその防止の意味もある。それに加えて備忘録とガス抜き。公開する予定もないので色々と差し障りのある内容が多分に含まれることになるが、まあいいや。

昼、表参道の〈セレブ・デ・トマト〉にて宝島社のKさんと打ち合わせ。この店はトマト料理の専門店で、何を注文しても外れがないので足しげく通っている。『このミス』大賞受賞作が明日発売ということなので「大賞受賞者がスターになってくれないと、賞自体が消滅してしまう」と普段考えていることを口走ると、Kさんは何故か目を伏せた。柚月裕子さんが直木賞の候補に挙がっている。前回は東山彰良さんが受賞しており、今『このミス』には風が吹いている、と力説したが、Kさんにはドライに受け流される。必要以上にテンションの上がらないのがこの人の魅力だ。

実際、『このミス』出身者の活躍には目覚ましいものがある。個人的な趣味で文芸誌の連載陣について統計を取っているのだが、数の上では『このミス』出身作家が圧倒的に多い（二一番手は「小すば」出身作家さんたち）。作家はオファーがあってナンボ、続いてナンボである。獲った新人賞の由緒や規模はあまり関係ない。第一、新人賞なんて素人の中で一番を獲ればいいだけの話だが、デビューしてからはバケモノみたいな作家連中と闘わなきゃならんのだ。必然的に連載を持ちコンスタントに新作を出すことが生き残りの条件になっていく。新人賞受賞くらいで浮かれている作家もどきが二、三年で消えていくのはその条件をクリアできないからだ。

食事中、「そろそろ中山さんがデビューして十年目なので何か企画を考えてます」と振られたので、二〇二〇年刊行予定で岬洋介を含め、渡瀬・古手川コンビ、御子柴礼司・犬養刑事・葛城刑事と高遠寺円・光崎教授と栂野真琴・蒲生美智留など他社のシリーズで主役を張っているキャラクター総出演のストーリーはどうかと持ちかけてみる。持ちかけてから後悔した。いったい誰を主人公にすればいいのだろう。

「中山さんが経済小説を書いたら面白いでしょうね」とも誘われる。これはI局長も仰っているらしい。有難い話ではあるが、前職でカネや土地や株式絡みでは洒落にならないようなヤバくて辛くて地獄のようなエピソードを知り過ぎている。あんな話を今書いたら存命中の知人にどんな迷惑が掛かることやら。ぶるぶる。

会食後、事務所に戻って『護られなかった者たちへ』執筆。新聞連載は気が抜けないので怖ろしい。途中『スター・ウォーズ　エピソードⅦ』の座席をネット予約。おお、ようやく観る時間ができた。前情報が入っているが、そんなもの速攻で忘れてやる。

十七時、双葉社のYさんと三省堂神保町本店二階にある喫茶店〈コンフォート〉にて『翼がなくても』ゲラ直し。今回が九回目。いつも通り注文したものが運ばれてくるまでの間に修正完了。多くは変換ミスの修正とルビの確認だ。聞けばたった五十枚のゲラ直しに数週間かかる人もいると言う。理解できん。最初から完成原稿を渡せば済む話ではないか。

「『このミス』の受賞作、どうでしたか」と、質問される。個別の賞ではなく、昨年はどこの賞も低調だったらしいと偉そうに論評してみる。例外は小説推理新人賞とアガサ・クリスティー賞でダブル受賞した清水杜氏彦さんくらいか。事実、横溝賞と鮎川賞などは該当作なしだったではないか。僕は個人的に該当作なしというのはアリだと思っている。無理に選んだ受賞作を刊行するよりも、一定基準をキープした方が賞のステータスを維持できる。何なら賞金をキャリーオーバーするなんて方式もいいかも知れない。昨年は使い回しが多かったのも気になる（僕は有名どころの新人賞は通過者の名前が出た時点で印刷してファイリングしてあるので、使い回し応募は一発で分かる。何故そんなことをしているのかと訊かれると困るのだが、まあ趣味としか言いようがない）。使い回し自体は決して悪くないのだが、そうして新人賞を獲ったとしても、そういう新人は元々量産できないので大抵ニキビより簡単に潰れる。私見だが、作家を継続できないのなら却って受賞しない方がその後の人生は幸せなんじゃなかろうか。なまじ新人賞を獲ってしまったがために、その後普通の人生を送ることができなくなるのではないか——というような内容を話すと、Yさんはいちいちオーバーアクションで応えてくれるので、まるで他の客を相手に漫才をしているような気分になる。ともあれ連載はあと一回を残すのみ。終わってみればあっという間。そう言えば双葉社でオファーをくれた美人編集者さんはプロットを提出する直前に転職してしまったなあ。今も元気でいてくれればいいけど。

書店で新刊書を漁っているとPHP研究所のYさんより入電。明日、『逃亡刑事』ゲラ修正で時間が作れないかと言う。十五時で約束する。こちらもあと一回を残すのみ。終わってみればあっと言う間。これで連載二本分の余裕ができるので、また新しい仕事ができる。五年前中央公論新社のTさんと約束したきり遅々として進まない書き下ろしにも着手できる。忙しきことは楽しき哉。

一月八日

あっ、何ということだ。執筆途中で寝落ちしてしまったではないか。時計を確認すれば既に十時三十分。もう映画の上映時間に間に合わない。

泣く泣くムビチケを破り捨て、窓を開け外に向かって吠える。

十五時、三省堂神保町本店の新刊コーナーを覗いていると、真横に並んでいたのがPHP研究所のYさんだった。やはり文芸担当ともなれば新刊書の動向をチェックするものなのだろうが、驚いたのはYさんが真剣な目で新刊の表紙を眺めていたことだった。Yさんはいつも目をへの字にして笑っているところしか見たことがなかったので、そういう表情がとても新鮮だったのだ。

二階の喫茶店に移動して早速ゲラ修正。修正箇所は二点だけであり、ものの三十秒で作業は終了した。これは多分、今までの最短記録だ、とほくそ笑んでいてふと我に返る。いったい僕は何と闘っているのだろうか。

話は直木賞の下馬評に移る。

「○○さんと○○さんは、まず今回は顔見せといったところでしょうねえ」

文芸担当者による下馬評ほど聞いていて楽しいものはない。何故かといえば、言うまでもなく僕が下衆《げす》な性格に加え、こういう賞レースにはとんと無縁だからだ。大体、競馬場で自分の好きな馬の順位を予想するヤツはいても、自分が競走馬になって走りたいと思うヤツはそういない（ちょっと違うか）。

「やっぱり男性の選考委員というのは、自己完結するよりも世界が拡がるような作品を選ぶ傾向にありますね」

選考委員の著作を読んだことのある僕は、何となく腑に落ちるような気がした。

「では『逃亡刑事』も残り一回となりましたので」と、次回連載についてオファーをいただく。有難い。今年夏からは執筆可能なので、またリクエストをくださいと述べておく。

デビューする以前から、僕は自分の書きたいものを書いたことは一度もない。投稿作品はあからさまに新人賞狙いだったし、デビュー後はひたすら担当者のリクエストに応じたものだった。新人が自分の書きたいものを書くと、すぐにネタが尽きる。それなら書きたくないもの、あるいは書けないと思うものから書いてやろうとして思いついた戦略だった。リクエストに応じれば少なくとも突っ返されることはない。却って向こうが期待する以上のものを仕上げれば信用と信頼が得られる。このやり方で五年間やってこられたのだから、まあ失敗ではなかったのだろう。今後はどうなるか分からんが。

読み終えた本がずいぶん溜まったので四十冊ほどまとめてゴミに出す。間違ってもブックオフなどには持っていかない。未だに勘違いする人がいるが、ブックオフで新古書を購入しても著者や出版社には一円のカネも入ってこないのだ。ブックオフを肥え太らせるだけで、しかも新古書が一冊売れる度に、新刊書店で新刊書を買う客を一人奪うことになる。だから僕は、読了した本は愛読書かサイン本でない限り、すぐに捨てるようにしている。本が可哀想、などと思ってはいけない。それで購買客を失くす著者や出版社、書店の方がよっぽど可哀想ではないか。創作の現場に身を置く者で、絶版した古書を探す目的以外にブックオフ通いをする輩は全て裏切り者である。

ただし例外もある。読了したものの、こんな本を読んで損したと進んで叩き売る場合である。これは著者ならびに出版社への抗議という一面があるので認めざるを得ない。現に、前評判がとんでもなく大きいのに、刊行日当日の午後には早々とブックオフに大量に並んでいた本を僕は二冊ほど知っている。それは著名な書評家が「編集部内で選考して、これが出来レースでなければ別の意味でヤバい」と評し、僕担当の編集者という編集者が「買ったら負けたみたいな気になるから意地でも買わない。経費でも買わない。編集部の誰かが買ってくるのをずっと待っている」と言っていた本だ。もう一冊は普段温和な担当編集者さんが「こんな本を買っちゃいけません。犯罪少年の更生にもならないし、被害者遺族を更に苦しめることになる」と、珍しく怒りを露わにしていた本だ。えっと、あれは……。

一月九日

有楽町のＴＯＨＯシネマズにて『スター・ウォーズ　エピソードⅦ』を鑑賞。入場料は二千円と、他の映画よりもやや割高だが総じて満足。色々と思うところはあるが、細々とした感想はやめておこう。要は払った金額の分だけ愉しんだ者の勝ちだ。

日頃から思っているのだが映画にしろ小説にしろ、どうして彼らは嬉々として感想をブログやツイッターやアマゾンに載せるのだろうか。ものを語ることは、つまり自分を語ることに他ならない。下手な感想はその人間の経験や知識までも白日の下に晒してしまう。語り口で、過去にどんな本を読みどんな映画を観てきたかが分かってしまう。審美眼や読解力が浅薄であるのが露見してしまうのに、堂々とひけらかしている。友人同士で馬鹿話するのならいざ知らず、それが全世界に向けて発信され、しかも記録に残ってしまうのだぞ。そんな真似、仕事で依頼されない限り僕には怖くてとてもできない。

以前ネットがなかった頃、こうした映画やら小説の感想は仲間同士で言い合い、その過程で自分と相手の教養やものの見方、知的レベルをおっかなびっくりで探り合っていた。だから言わずもがなのことは口を噤《つぐ》み、他者から観賞方法を習得していったはずだ。ところがネットの場合はほとんど一方通行なので、自分の無知蒙昧《もうまい》さを暴露して、しかも審美眼は一向に洗練されない。洗練されないままトンチンカンな印象批評に頼るから更に言葉足らずになる。こうなってくると、もう悪循環である。

三省堂有楽町店の前で靴磨きさんが店を開いていたので磨いてもらう。ところが折悪く、真後ろでは右翼団体が街頭演説を始めたので、右寄りの話を背中で聞きながらの靴磨きという一種不思議な雰囲気を味わう。

『先日もね、北朝鮮が水爆実験をやったと報道されましたけどね、わたしは北朝鮮よくやったと思ったくらいなんですよ。ええ、間違って日本に落としてくれて十万人二十万人と死ねば、平和ボケした日本人もやっと目覚めるんじゃないかと』

ああ、そういう考え方もあるのだろうとぼんやり思う。しかし、この右翼さんはその十万人二十万人の中に自分が含まれる可能性をどれだけ考慮しているのだろうか。

『大体ですね。安倍政権が嫌いだとか戦争反対だとか9条を護れだとか、野党や学生たちが国会前でデモとかしたでしょ。あんなのはね、政府に抗議する前にアメリカ大使館とか中国大使館の前で抗議活動するのが筋というものじゃないですか。わたしたちはね、ちゃんとしてますよ。ここへ来る前に朝鮮総連の前で抗議活動してきましたからね』

なるほど、言行一致という主旨か。

靴磨きの順番を待つお客さんがずいぶんと並び始める。中には家から別の一足を持ち込んで履いてきたものと二足分磨いてもらう人までいた。一足で千円。靴磨きも結構需要があるものだと感心する。定年もない。修業は大変だろうが、物書きで食えなくなったら弟子入りでもしようかと密かに目論んでみる。

帰宅してから『護られなかった者たちへ』の続きを再開。これで当分外出する予定はないので、好きなだけ小説が書ける。そう言えば世間は今日から三連休、天気がいいので外出する人も多いのだろうが、そんな日も部屋に閉じ籠もってずっと小説を書き続けるのは、何て不健康で愉しいのだろうか。

一月十日

名刺が足りなくなったので発注することにした。デビューが決まった時、「必要になるから作っておいた方がいいですよ」とアドバイスされて五十枚だけ作ったのが始まりだった。あれから五年、何と千枚近くの名刺を交換した計算になる。二十八年間のサラリーマン生活で消費した名刺なんて百枚にも満たなかったというのに。

まず各出版社の担当さん、文芸部部長、編集長。出版が決まれば営業部の各面々。書店廻りをすれば各店の店長さんに売り場担当。これだけでも相当な枚数になるが映像化されるとそれだけで関係者が多岐にわたり、羽が生えたように名刺が飛んでいく。まさかこんなに必要になるとは全く予想していなかった。

最初に五十枚作った時は、〈中山七里〉の前にどんな肩書きをつけるか迷った。間違っても小説家とか作家とかをつける図々しさはなく（実を言えば未だに僕は公式な場でも非公式な場でも作家と名乗ったことはない。これは照れや謙遜ではなく、僕なんかが作家を名乗るなんておこがましいと本心から思っているからだ）、考えた挙句に〈文章芸人〉と書き込んだ。

その後、大沢在昌さんの著書や先輩作家さんたちの意見では筆名だけを記しておくのが一般的と知ったので五十一枚目からはそうするようにしている。因みにこれは某編集者さんから聞いたのだが、デビューしたばかりの新人から〈作家〉と刷り込んだ名刺を渡されることほどイタいものはないと言う。新人賞受賞は単なるスタートであり、その時点で作家を名乗るのは自意識過剰も甚だしい、という訳である。例を挙げてみると、僕の手元にデビュー直後に〈作家〉〈小説家〉〈〇〇賞受賞〉なる肩書きを冠した新人さんの名刺が四枚ほどあるが、その後の執筆活動に鑑みると確かにイタい。名刺から「ボクはもうニートでも一般人でもなく作家なんですよ」という自己顕示欲だけがぷんぷん臭ってくるのだ。実際、この名刺を渡した本人たちも今頃は回収したいと思っているのだろうなあ。絶対に返さないけど。

一月十一日

『護られなかった者たちへ』、一応脱稿。続いて同じく新聞連載の『ドクター・デスの遺産』に着手。『護られなかった者たちへ』は地方新聞の朝刊連載、『ドクター・デスの遺産』は夕刊紙日刊ゲンダイさんの連載。朝刊は2・5枚×30日で75枚、夕刊は3・5枚×20日でやはり70枚。僕はひと月分をまとめて書くことにしている。

朝刊連載はＮＨＫ出版さんからの口利きだった。「新聞連載はきつい」という噂はかねがね聞いていたので、興味もあり二つ返事で請け負った。ところがその翌月、今度は日刊ゲンダイさんから「犬養シリーズをウチの連載でやりたい」とオファーをいただいた。日刊ゲンダイさんは言わずと知れた講談社系である。それにも拘わらず角川さんから出していたシリーズを所望されてきた。こういう勇気に応えなければ職業人とはいえず、これも二つ返事で請け負った。

こうして朝刊と夕刊を併行して連載することになったのだが、こういう例は業界でも珍しいらしく、僕の担当者は一様に「こいつ、やっぱりおかしい」と思ったそうだ。文芸誌を含めれば月十本の連載になり、それも「こいつ、やっぱりおかしい」の根拠になったようだ。貫井徳郎さんと話した時など「そんなに仕事を引き受けて、何か経済的な理由でもあるんですか」と、あの温和な顔でとても心配そうに訊かれた（本当にいい人なんだよなあ）。

経済的な理由というか、依頼された仕事を全部受けないと不安で不安で仕方ないからだ。僕みたいな泡沫の物書きに執筆依頼が集中しているのは、おそらく今だけだろう。来年の仕事、更には再来年の仕事があるかどうか保証はどこにもない。とにかく目の前に落ちているカネを拾いたい一心である。

それに新聞連載という新しい仕事は魅力的だった。大体、新しい仕事というのは、その時の自分よりも少し高いレベルを要求される内容になるのが常だ。そういう仕事をこなしてこそ能力はレベルアップしていく。僕みたいに才能も実績もない物書きはそうやって少しずつ経験値を上げていくしか生き残りの術がないのだ。聞けば新人賞を受賞して間もない作家さんに「連載はどうですか?」と誘いをかけても「自信がない」との理由で固辞する人もいるという。僕はもったいないなあ、と思ってしまう。もっとも、そういう固辞する人がいてくれるから、僕などにお鉢が回ってくるのだろうけど。

そんなに沢山書いたらクオリティが下がる、と心配してくれる人もいるのだがとんでもない話である。デビューした時は単なるど素人であり、それ以上クオリティが下がるはずがない。書けば書くほど上手くなるのが当然ではないか。ティーバッグの紅茶じゃあるまいし、出せば出すほど薄まるなんてのは怠け者の言い訳だと僕は思っている。

十五時、執筆しているとインターフォンが鳴る。モニターを見てみると帽子を目深に被ったご婦人の二人連れ。怪しい。

「どちら様ですか?」と訊くが返事はない。

「何のご用でしょうか?」と重ねると、ややあって彼女が話し始めた。

「昨年は世の中に様々な不祥事がありましたがこれについてあなたはどうお考えでしょうかわたしたちはそれに対して一つの回答を持っていますきっとあなたにも新しい人生を開くき

っかけとなる有難い言葉が入っている聖書なのですが少しお時間いただけますでしょうか」最後まで聞いてからこう答えておく。「冒頭の不穏さはいいのですが、その後が凡庸でまるで興味を惹きません。話も中だるみで、真相に至ってはあまりにありきたりで徒労感さえ覚えます。これでは一次通過も困難でしょう」

やがて二人組は気味悪そうに顔を見合わせ、無言のまま立ち去ってしまった。

一月十三日

十時、三友社Mさんとゲラ修正。『護られなかった者たちへ』は二月から河北新報にてスタート。開始時期が遅れるのは、現在連載している小説が予定よりもずれたためとのこと。有難い。これで三カ月分のストックができることになる。挿絵はケッソクヒデキさん。ケッソクさんは「メフィスト」でもお世話になった画家さんで、よくよく縁があるらしい。光栄なことだなあ。

「岐阜新聞にも掲載予定なのですが、岐阜にお住まいの読者へのサービスとして、地元のエピソードを入れることは可能でしょうか」

既に物語の結構は全て固まっており、今更他の地域の話を挿入しても全体のバランスが崩れてしまうので丁重にお断りする。第一、そんなことをすれば掲載紙が増える度に、その地域のエピソードを重ねることになり、最終的には主人公が日本全国を渡り歩くことになりかねない。水戸黄門ではないか。

昨日からはじまった歯の痛みが一向に治まらず、遂に歯科医の門を叩く。レントゲンの結果、歯茎の奥で数十年越しの膿が暴れ始めたのが原因と判明。

診察台に横になっているうち、思い出したのは歯科医でもあり作家でもある盟友七尾与史さんのことだ。七尾さんは現役の歯科医なのだけれど、昨年暮れより歯科医院をいったん閉め、専業作家に切り替えている。七尾さんくらいに人気があれば、この選択は大いに賛同できる。僕自身が何度かそうするように勧めたくらいだ。七尾さんは山村正夫記念小説講座の出身なのだが、同じく出身作家の上田秀人氏がやはり歯科医との兼業作家だった頃、山村正夫氏が「あなたの作品を待っている読者がいるのに、兼業というのは失礼だよ」と注文をつけ、上田さんは専業に鞍替えしたという。巡る巡るよ、時代は巡る。

ただし小説家も漫画家も圧倒的に兼業が多いのが現状だ。専業では食っていけないのはもちろん、本業で生活基盤が安定していれば、不安なく創作活動に打ち込めるというのが主な理由とのこと。僕も当初は定年退職まで兼業で続けることを予定していたのだが、幸か不幸か執筆依頼が増え、有給休暇を消化しても追い付かず、やがて仮病を使ってまで執筆時間を捻出しなければ生活サイクルを維持できなくなった。仮病を使うようになったら会社員としては失格だと思い、それで退職した。この決断がよかったのかどうか、今でも正直言って分からない。分かっているのは、会社を辞めたことを報告した際、全ての担当者が「それを待ってました」と言ってくれたので、出版社サイドには正解だったということくらいか。
帰宅してから七尾さんのツイートを見る。『今年になって「どーやって殺すか、どーやって殺すか、どーやって殺すの?」ってずっとつぶやいている。病んでる商売だなあ』。ああ、これはミステリー作家あるあるかも知れないなあ。そう言えば僕も散歩の度に「あの木から人を吊るして」とか「あの走ってくるクルマの前に人を突き飛ばして」とか「この裏通りは防犯カメラがないからここに人を連れ込んで」とかしょっちゅう考えているものなあ。

一月十四日
文藝春秋さんの連載『ネメシスの使者』、本日が締切日であったにも拘わらず、やっと着手。担当Kさんに言い訳しつつ猶予をいただく。『ネメシスの使者』は僕の作品の中でもずいぶんと硬派寄りで、重たい内容となっている。作品それぞれに偏った思い入れはしないようにしているが、あと一回で終了となればそれなりに感慨がある。
デビューして最初にインタビューをしてくれた文芸誌が「別冊文藝春秋」だった。デビュー版元以外の出版社ということでこちらは勝手に恩義を感じ、オファーをいただいた時は絶対、期待に応えなければいけないと肩ひじを張ったものだ。同社から刊行した『テミスの剣』が週刊文春ミステリーベストの二〇位にランクインした時には、ささやかながら恩返しができたと自己満足に浸っていた（本当はこの程度では到底足りないのだが）。『ネメシスの使者』はこの『テミスの剣』と対をなす作品となっている。売れて欲しい。でなければ担当者さんたちに申し訳ない。

正直言って、僕は読者の受けについては二の次三の次くらいにしか考えていない。第一はやはり販売実績を伸ばして担当者はじめ出版社に損をさせないことだと思っている（出版社に損がなければ、結果的に読者も裏切っていないはずだ）。「売れなくてもいいから、読者の胸に届けばいい」というのならブログに書けばいいのであって、商業ベースで書いているのなら赤字を出さないことが最低限の条件だ。「売れなくてもいい」と公言できるのは、既に実績を残している重鎮のリップサービスみたいなもので、これを本当に売れない作家が口にしたら負け惜しみにしかならない。

十七時十分前、おわあっ、また寝落ちした。小学館Hさんとの打ち合わせではないか。

慌ててカレーショップ〈ボンディ〉に向かう。お待たせした非礼を詫び、早速ゲラ修正に取り掛かって三分で終了。原稿は花沢健吾さん原作のコミック『アイアムアヒーロー』のアンソロジーで執筆陣がすごい。朝井リョウさん・下村敦史さん・葉真中顕さん・藤野可織さん・島本理生さん・佐藤友哉さん……僕は刺身のツマのようなものだが、それ以外の布陣は圧倒的ではないか。聞けばいち早く脱稿したのは僕と下村さん。顔合わせの際、ああ、これは長くかかりそうだと予想した人はやっぱり苦戦しているらしく、一番難儀しそうだと予想した人はやっぱり先方からお断りされたとのこと。コミックのアンソロジーは、その世界観からの距離の取り方が内容を決めてしまう。『アイアムアヒーロー』のように世界観が確立されたものなら、小説化の方法は二通りしかなくなる。そこに気づけば仕事はずいぶん楽になるのに。

事務所に戻ると宝島ワンダーネットDさんよりメールが届いている。『さよならドビュッシー』テレビドラマ化が二十八日朝六時に情報解禁、ついてはプレスリリース資料にコメントを寄越せとの内容。テレビドラマ版の配役は岬洋介が東出昌大さん、真田遥が黒島結菜さん。僕は芸能人にも疎いのだが、娘にちらりと洩らすとひどく興奮していたので、若年層にも目を引くキャスティングなのだろう。

何より嬉しいのはこのテレビドラマ化で同書の重版が掛かったこと。それも一回分が桁違いの部数で、こういうことがある度にメディアミックスの効果を思い知る。問題は、それが作者の思惑とは全く無関係であるということだ。ともあれデビュー作『さよならドビュッシー』はよく働いてくれる孝行娘のようなものだ。有難や有難や。

二十三時、アラン・リックマンの訃報を聞く。ツイッターでは『ハリー・ポッター』シリーズのスネイプ先生で呟いている人がほとんどだが、僕らの年代では『ダイ・ハード』のハンス・グルーバー役が嚆矢《こうし》だろう。確か舞台出身の俳優さんで、どんな役に扮していても落ち着いて観ることができる稀有な人だった。合掌。

一月十五日

十七時、実業之日本社Kさんより連絡。『嗤う淑女』に関して某製作会社とライセンス契約を結んだとのこと。『嗤う淑女』は以前にもドラマ化の話があったがスポンサーとの関係もあって流れてしまったのが復活した形だ。よくよく考えてみれば保険金殺人を企ててクルマで海にダイビングするような話を、クルマ屋さんや保険屋さんといったスポンサーが快諾するはずもない。と言うか、僕の作風自体が地上波のドラマに向いていないのかも知れない。

「来年は弊社設立一二〇周年なので、そういう節目に中山さんの本が出せたらなあ、と思います」

Kさんはおっとりしていて全体的にふんわりとした印象の人なので、鈍感な相手には真意が伝わらないかも知れない。直訳するとこうなる。

テメエ、早くプロット出せって言ってるだろ。こののろま！

ひえええええ、すみませんすみません。

意外に思われる人もいるだろうが、実業之日本社は文芸の出版社としては老舗中の老舗だ。さすがに僕も再録でしか読んだことはないが、同社発行の文芸誌には織田作之助・坂口安吾・太宰治の鼎談などという企画があり、これが滅法面白かった。無頼派で知られる三人の文豪が酒を呑みながら文壇について語り合うという内容なのだが、酔いが回るに従って各々の酒癖が顔を覗かせ、次第に出版社や担当者の悪口が飛び出してくる。そして座が散々ハチャメチャになった末、三人の意見が不意に一致する瞬間が訪れる。

「でも、やっぱり作家は売れなきゃ駄目だよな」

「そうだよな、売れなきゃどうしようもないよな」

今から六十年以上も前、無頼派と呼ばれる文豪でさえ、そういう共通認識があったのだ。

一月十六日

十七時四十分、帝国ホテル到着。第十四回『このミステリーがすごい！』大賞の授賞式だが、いつもの悪い癖で早く来てしまう。ロビーで待っていると梶永正史さん、少し遅れて七尾与史さんが到着。その後、人が集まり出し十八時きっかりに開始。出席メンバーを見てみると僕ら第八回組が最古参になっているではないか。何故、先輩たちは来てくれないのだ。

今回は大賞に一色さゆりさんと城山真一さん、優秀賞に大津光央さんが選ばれている。なお大津さんは関西の小説講座の出身で、そこの講師を務めている関係で今回は有栖川有栖さんが特別ゲストとして参加。お会いするのは本格ミステリ作家クラブ総会の時以来なので、早速挨拶しておく。

受賞者の挨拶が始まる。一色さんは目が覚めるようなワインレッドのドレスで登壇。ああ、華のある人だなあ、というのが第一印象。城山さんは挨拶の途中で感極まってしまう。きっとあれこれと思うところがあったのだろう。会場の皆もかつての自分を思い起こしてか静かに見守っていた。大津さんはミュージシャンということもあり、受賞作よりも自分のCDの宣伝に余念がない。わはは、こういう人もいいなあ。

乾杯の発声を任される。僕みたいな者にこんな役が振られるのは、前々回に海堂尊さんから「任せるから」と半ば押しつけられたのが始まりだ。でなければ、こんなに口の悪い男がどうして祝いの言葉なんぞを。

「お三方、おめでとうございます。今年で『このミス』も十四回目ですが、一方では消滅した賞もあります。賞の存続を決めるのはそこからスターを何人輩出できるかにかかっています。このレーベルからデビューしたからには、スターになる義務があるのです。賞金もらった、出版してもらった、はいサヨナラでは、やらずぼったくりと同じなので、皆さんスターを目指してください」

予想通り、会場の空気が凍りつく。

歓談タイムとなり、岡崎琢磨さんと話す。もう彼も三十歳になると言うので、しきりに所帯を持つようにと勧める。わしは身内の世話焼きババアか。

「でも何か、僕って結婚に向いてないような気がするんですよね」

「大丈夫だって！　僕も結婚する三週間前までは自分が所帯持つなんて想像もしていなかったんだから」

「えっ」

「僕ね、妻と会って三週間目に籍を入れたんだよ」

岡崎さんは当惑の表情になる。どうして僕と話す人は大抵困った顔をするのだろう。

受賞者の城山さんから拙著にサインを求められる。金沢の知人に贈るつもりなのだと言う。ついでだったので僕は改めて城山さんのペンネームについて伺う。僕の記憶では、城山さんは以前から別名義で投稿を続けておられたはずだからだ。

「デビューを機にこのペンネームにしました。わたしは経済小説で名を売りたいので城山三郎さんの名前にあやかったんです」

すごい意気込みだなあ、と感心する。僕がペンネームを決めたのは、国道41号線をクルマで走っていた時、〈中山七里〉という地名の道路標識を見たのがきっかけで、ああこれは人名にも読めるなと思ったのと、画数が少ないのでサインする際に楽だろうと考えたからだ。意気込みどころか思い入れすらなく、いい加減さこの上なし。

大森望さんと会う。まだ病み上がりなので心配していたのだが、本人は至って意気軒昂。僕は大森さんと同い年なのだが、やはりこの世代は殺しても死なないと実感（因みにあと知っている同い年は海堂さんと書評家の豊﨑由美さん）。話をしていると大森さんは乳飲み子の頃、宮尾登美子さんに抱かれたことがあると言う。幼少期からの逸話を聞けば聞くほど、ああこの人はこういう職業になるべくしてなったのだと納得する。

二次会はいつものカラオケ屋さん。皆を先導していたKさんが危うく道を間違えそうになる。しかも二回も。あんた、この道歩くの何度目や。

二次会では宝島社の時代小説担当者さんとラノベ担当者さんの隣に座る。こちらはいい加減に酔いが回っていたので、時代小説とラノベの現状について偉そうに縷々《るる》述べる。やはり一帯の空気が凍りつく。だから僕に酒を呑ませるなと言うのに。

やがて一色さんと大津さんが席を移動して隣にきてくれる。プロットの立て方の話になったので、僕のやり方を説明するとやはり二人とも困惑顔となる。だから何故。

十一時三十分頃にお開き。希望者は三次会に突入。参加したい気分は山々なれど原稿の締切があるので泣く泣く皆さんと別れる。聞けば午前四時からは四次会もあったとのこと。みんな仕事せえ仕事。

一月十八日

予報通り都内は大雪、中央線以外も鉄道ダイヤは大混乱。

午前十一時三十分、KADOKAWAさんでの新連載について表参道〈セレブ・デ・トマト〉にて打ち合わせ。文芸カドカワ編集長・Tさん・Fさん・Kさんとの一対四だが、降雪のため時間がずれ込む。毎度のことながら都会と都会人は雪に弱い。朝から救急車のサイレンが鳴りっぱなしではないか。東北人から笑われるぞ。

新連載につきリクエストを募ると、編集長は現代スパイものを所望される。現代も面白いが、個人的には太平洋戦争前夜の方にロマンを感じているので、以前から抽斗にいれておいた『フリッツ・ラングの冒険』のプロットを伝えると乗り気になっていただく。今月末発売の新作の売れ行き次第で方向性を決めることとする。すると編集長曰く、

「いっそのこと両方とも書いちゃえばいいんですよ」

どうしてKADOKAWAの社員さんは、皆さんこうもイケイケなのだろうか。社風？

ここのトマト料理は相変わらずハズレなし。Tさんはじめ女性陣の評価もまずまず。そう

言えばここで会食して文句を言ったのは今のところ七尾与史さんだけである。七尾さんはディナー・コースの途中で、こうキレた。

「何や、またトマトかい！　さっきからずうっとトマト料理ばっかりじゃねえかあっ」

いや、だからそういうお店なんだってば。

ただし、この店のメニューは危険でもある。何しろ素材が健康的な食材で低カロリーなものだから、どれだけ食べても罪悪感が湧かない。しかもトマト料理といっても、怖ろしい数の種類のトマトを駆使しているので一向に飽きがこず、ついつい大食いしてしまうのだ。

帰宅すると早速、Tさんからメールが到着。『ハーメルンの誘拐魔』の書店訪問についてスケジュールを組んでいただくとともに、三省堂の内田さんと日販のTさんからの書評を転送してもらう。書評なのであまり悪いことが書いていないのは分かっているのだが、それでも有難い。実際、出版社さんといい担当者さんといい書店員さんといい取次さんといい、僕は才能には恵まれない代わりに、人に恵まれているのだと痛感する。

一月二十日
『ヒポクラテスの憂鬱』、今回分を脱稿。少し時間が空いたので『ハウルの動く城』ブルーレイをリアル４Ｋにて視聴。４Ｋの１２０インチで観るブルーレイは映画の愉しみ方ばかりか観賞ポイントまで変えてしまう。たとえばこの宮崎アニメではストーリーそのものよりも、ダイナミックな動きと眩いほどの色数の多さに圧倒される。元よりアニメーションの命は動きにあると思っているのだが、優れたアニメであればあるほど大画面を要求してくる。作画の緻密さが、もっと細部を見てくれと要求してくるからだ。

元より映画というものは映画館で観賞することを前提に作られている。巨大な画面、クオリティの高い音響設備で愉しむことが念頭に置かれている。従って映画ソフトをたかだか40インチのテレビや貧弱なオーディオで視聴したところで、その魅力は一割も享受できないのではないかと思っている（あああ、石が飛んできた）。

映画ファン最大の夢は自分専用の映画館を所有することだ。僕も同様だった。以前、京都の弥生座という映画館が上物込み一億円の競売価格で売りに出された時、真剣に借金してでも購入しようかと悩みに悩み抜いたくらいだ（これは映写設備が老朽化していたので断念した）。

とにかく中学生の時分に『ジョーズ』を観てから映画の虜《とりこ》になった。週末の映画を街で観るために、土曜日最終の授業はいつもフケた。当時は家庭用ビデオなんてなかったから、上映される映画は一期一会と念じつつ記憶に刻み込んだ（この時の記憶力が今になって役立っている）。やがてホームビデオが誕生し、レーザーディスク・DVDとパッケージメディアが変遷を繰り返す中で、莫大なカネを投資し続けてきた。オーディオ・マニアの間には「素うどん食べてもマッキントッシュ」という標語があるが、僕とて例外ではない。映画ソフトや再生機器を買うために食事を抜いた経験など数えきれない。実際、あの投資したカネを他に回していたら、家がもう一軒建っていたはずだ。

九〇年代にホームシアターの波が到来した時、これに乗った。サラリーマンの分際で土地を買い、好き勝手に図面を引き、十五畳の部屋をオーディオ・ルームとした。お蔭で歪な家となり、妻からはずいぶん恨まれた（子供には好評だったけど）。収入のほとんどを趣味に注ぎ込んだという歪んだ自負があるので、尚更に思う。映画は映画館と同等の規模で観てこそ価値が分かる（ああ、またもや石が）。こんな風に書くと、「けっ、趣味なんてカネや規模じゃねーだろ」という反論がくるのは百も承知している。しかし考えてもみて欲しい。いい齢をした大人が例えば「趣味は写真です」とか言って、自慢げにレンズ付きフィルムを取り出してもそれは違うやろという話にならないか。趣味が高じれば機材がレベルアップしていくのは当然であり、またそういうファンの存在でメーカーは成り立っている。情熱を傾けるということとカネを注ぎ込むというのはイコールではないにしろ、必要十分条件ではある。そしてまた趣味というのは生活や仕事と同じくらいの比重がなければ意味がないと思っている。

昼過ぎになって講談社から『恩讐の鎮魂曲』の再校ゲラが送られてくる。再校なので修正部分は少なく二十分で終了。

一月二十一日

幻冬舎『作家刑事毒島』今月分に着手、すると同時に集英社Tさんより原稿催促の電話あり。ひいいいい、すみませんすみません。今週中に片付けます！

『作家刑事毒島』は珍しく担当編集者さんとプロット段階でやり合った作品だ。やり合ったと言ってもお互いの文学観の違いとか方向性の違いではなく、もっと単純にリスクマネジメントの問題である。

最初のオファーは「中山七里が主人公の話を書いて欲しい」だった。そんな無体な要求に応えられるはずもなく、こちらはスパイものではどうかとプレゼンしたのだが、どうにも幻冬舎さんがウンと言ってくれない。仕方がないので『作家刑事毒島』のプロットを午前十時に提出すると、当日午後一時に返事がきた。

「編集会議通ったので、これでお願いします」

まだ三時間しか経っていないぞ。しかもプロットを見た人は全員大笑いだったと言う。内容は文壇で発生する事件を作家兼業の刑事が解決していくという破天荒なストーリー。当然のことながら僕が物書きになってから見聞きしたことが元ネタになっているので、空想の部分はほとんどない。書いているうちは何とも思わなかったのだが、いざゲラになったものを見るとさすがに怖くなった。

キャラクターはオリジナルなのだが、読んでみると特定の人物をモデルにしたようにしか思えないのだ。いや、まさかそんなはずはないのだが。これをこのまま書籍化すれば、勘違いした誰かが僕を刺しにくるかも知れない。現にゲラ段階で担当編集者さんは「読んでいくと次第に心拍数が上がる」と感想を言ってくれるけど、あ、あのねえ、これ、あなたのリクエストだから！

「普段にこにこしているのに毒舌家で、怠け者とか勘違い野郎に容赦ない主人公って、もうどうしても中山さんにしか見えないんですけど」

違うったら違うっちゅうのに！

一月二十三日

幻冬舎Tさんより『作家刑事毒島』、原稿到着のメールが届く。

『少しふざけて、誇張して書いてくださっているのですよね？　リアルにしか思えません……』

今回の章題は「賞を獲ってはみたものの」。つまりデビューしたものの、その後が続かない新人たちをネタにしているのだが、何度も書くようにこの作品に限っては想像の部分が極端に少ない。と言うか、ない。

だって編集者さんから聞いた実話をそのまま、どころかすごくすごくソフトに書いているだけなのだ。誇張もなければ虚偽もない。架空なのは起きている事件だけだ。実際、「これを世に出したら読者は面白がってくれるでしょうけど、血の涙を流す人が大勢いると思いますよ」と気遣ってくれる編集者さんもいた。

しょうがないじゃないか、そういうリクエストだったんだから！

で、あまりリアルに書くとそれこそ自殺者が出るかも知れないと、ビビって日和った結果があの原稿なのであって、現実はもっと苛酷で、アホらしくて、情けなくて、面白い。特定のモデルがいる訳ではないが、これを読んだ大抵の編集者が笑い転げるか、顔色を失うのは、皆さんそれぞれに思い当たる新人さんを担当して苦労しているからだ。

僕の小説では作家志望のロクデナシが一度ならず登場しているが、どうして度々キャラクターに使用するかと言えばやはり客観的に見て滑稽だからだ。今の生活が不満だからだとか自分の可能性に挑みたいという気持ちは理解できないことはないけれど、どうして選りに選ってそんな茨の道を選ぼうとするのか。どうしてそういう人に限って一発逆転なんて無謀なことを考えるのか。芥川賞や直木賞の受賞シーンをテレビで観て、華やかなイメージがあるのかも知れないが、この業界は右を向いても左を見てもバケモノだらけであって、そんな中に多少個性的な人間が紛れ込んでも踏みつぶされるのがオチだ。実際、僕の周辺でも新人作家は死屍累々なのだぞ。

一月二十四日

夜半までかかって、やっと小説すばる連載『TAS 特別師弟捜査員』今回分を脱稿。やっぱり今の僕では一日二十五枚書くのがやっとだ。情けない。

先日大森さんと話した際、「中山さんの書き方だったら、一日にもっと書けるんじゃないの」と言われたのだけれど、五十を過ぎたらたちまち集中力が落ちるんだって。同い年のあなたに知らないとは言わせないぞ（あ、でも大森さんだったら集中力途切れさせずに仕事続けるのかもなあ）。

休憩がてら知己の作家さんたちのツイートを覗く。その数、総勢三十五人分。皆さん、日々雑記や新刊のPRに余念がない。僕はツイッター未経験なのでよく分からないのだが、作家のツイートに反応してリツイートしてくるのはファンだけとは限るまい。中には作家に議論を吹っかけて論破してやろうとか、ただ弄ってやろうとかする輩も少数ながら存在するはずだ。そういう手合いはブロックすればいい、という意見も聞いたのだが、では自分の気に入った人間とだけネット上で交流すればいいということか。正論だし、実際の生活でもそういうことは多いのだろうな。

ただ、僕は何となく割り切れない。喧嘩を仕掛けてくる人間は大抵満たされない人間だ。胸に何かを抱え、それを隠すためかあるいは発散するために著名人に絡む。良識に牙を向ける。ネット弁慶になる。そういう人たちを鬱陶しいからといって無視するのは、態度としては正しいけれど、何だか寂しい気もする。それならリツイートする全ての人に返事をすればいいのだろうけど、今度はこちらのメンタルがどこまで保つのか分からない。もっと言えば、僕ほどツイッターやらSNSが相応しくない人間はいないだろうと思う。ツイッターを開設したら二日で炎上させる自信がある。

実はデビュー当時、「中山さんはブログとかしないんですか」と婉曲に勧められたことがある。『このミス』第八回でデビューした他の四人は全員やっていたからだろう。

興味はあったけど、結局は人の発信したものを見るに留めた。僕には危険なツールだと感じたからだ。僕は議論が大好きで、根拠のない自信家や匿名の意見が大嫌いだから、ハマれば原稿書きどころではなくなるような惧《おそ》れがあった。更に知り合いの編集者さんのほとんどは、担当作家がブログやSNSを更新するのを苦々しく思っていることも知った。そんなものを書く暇があったら原稿を書け、という訳だ。もちろんネットで呟かなくなったから執筆のスピードが上がるなんて単純なことではないのだけれど、要は立ち居振る舞いの問題なのだろう。確かに一年に一作しか書けない（しかも売れない）のに、ブログやSNSは毎日更新しているとしたら、担当者の立場からすればそりゃ嫌だろうな。

僕がネットに参加しないのは、そういう理由からだ。きっと骨の髄までアナクロなのだと思う。

一月二十五日

十七時、集英社Tさんより連絡あり。

『大きな直しはないですね。今回も今風にポップでよかったです』

その今風にポップな小説を、五十四歳の物書きが古きサントラを聴きながら書いている。小説世界と現実世界はこれほどまでに違う。もっと言えば、小説世界は作者の人となりとは全く無関係ですらある。それなのに読者の一部は「この小説には作者の主張と願いが込められている」などと感想を述べたりする。

これは僕だけかも知れないが、小説の中に自分の主張を入れたことなどただの一度もない。あの政治小説『総理にされた男』ですらそうだった。キャラクター造形の中には、当然そのキャラクターの政治思想や信条が含まれており、そういうキャラにした方が物語が上手く転がってくれるので、そうしているだけだ。大体、たった一つの主義主張で何本も毛色の違う小説を書ける訳がないではないか。

今日のニュースによれば、去年の書籍売り上げが前年比五パーセントのマイナスで過去最悪になったとのこと。ただし売れなかったのは雑誌とコミックに偏っており、文芸書は昨年の又吉さん効果で逆にプラス、電子書籍は三割アップだったという。

しかしそれ以前の文芸書の落ち込みを考えると、それほど喜んでもいられない。またドル箱のコミックが売れないのは由々しき問題だ。電子書籍三割アップは明るい材料に錯覚しがちだが、元々の水準が低過ぎるので、プラス要因とは言いかねる。

これから、ますます売れる本とそうでない本の差別化が進んでいくような気がする。作家の自己満足や主義主張など、市場原理の前では木端微塵に吹っ飛んでしまうぞ。

一月二十六日

日刊ゲンダイ連載『ドクター・デスの遺産』、今月分を何とか脱稿。続いて『どこかでベートーヴェン』に着手。岬洋介シリーズなのだが、既に五月刊行がスケジュールに組み込まれているため、早々に二百枚を書かなければならない。

前回ではポーランドを舞台にした。このままいけば岬洋介宇宙を救う！　みたいな話になりかねないので（シリーズものは放っておくとスケールばかりが肥大化する危険性がある）、時代を十年遡り、岬洋介が十七歳の頃に設定した——まではよかったのだが、いつものように岬洋介の恋愛事情を無視していると、だんだんBL小説みたいになってきた。いや、そういう描写や設定がある訳ではないのだが、殴り合いとかのスキンシップもなく男同士の上品な友情なり思いやりを描こうとすると、どうしてもそういう匂いが醸し出されてしまう。何故だ。

おまけに今回は十七歳の設定なので、人間的に未完成極まりない岬洋介を造形しなければならない。つまり未完成なりの魅力を出さなければならない訳で、これはこれでいい経験だ。僕のようなロートル親爺が、曲りなりにも青春小説っぽいものが書けるのは偏に彼の存在があるからだと思う。感謝。

一月二十七日

午後になって、書斎兼オーディオ・ルームのアンプ交換でインストーラーの業者さんが到着。作業のため執筆は一時中断となる。

新しいアンプはドルビーアトモス対応のためスピーカーを二本新設する。これで九本のスピーカーに一本のスーパーウーファーで合計十本。要はチャンネル間の繋がりを向上させる設計だ。都内でもドルビーアトモスに対応している劇場は限られているため、ますます自宅の方が映画再生に適応してしまう。実際、4Kブルーレイの画質は劇場の画質を遥かに凌駕しており、劇場に足を運ぶ目的はソフト購入の目安という性格が強くなってきた。まずい。映画は映画館で観るものなのに、家庭用再生機器が劇場のそれを上回ってしまったら本末転倒ではないか。

しかしアトモスの効果は歴然としている。『ネイチャー』と『ミッション：インポッシブル　ローグ・ネイション』を立て続けに視聴したが、下手なシネコンではもう太刀打ちできないレベルになっている。あああ、もう書斎から出たくない。

ＮＨＫ『クローズアップ現代』を鑑賞。今回の特集は、あっ何ということだ。子宮頸がんワクチンではないか。折しも明後日は拙著『ハーメルンの誘拐魔』の刊行日だが、この小説のテーマも子宮頸がんワクチンの功罪についてなのだ。おお、何という同時性。

僕は自分の主義主張を小説内で披歴しないのだが、この『ハーメルンの誘拐魔』だけは些か趣きを異にする。僕の娘が中学の時、子宮頸がんワクチンを接種した途端に腕が腫れ上がり、一週間もの間苦しんだのだ。幸い症状は治まったものの、やはり接種後に何らかの副反応を訴える少女が続出し、ずいぶん時間が経ってから厚労省はワクチンの定期接種推奨をやめた。既にアメリカ本国ではとっくに止めたのだが、日本国内にだぶついたワクチンを消化するために、まだ接種を続ける、あるいは続けたい医療従事者が存在しているという。しかも副反応とワクチン接種の因果関係が認められず、被害件数にカウントされない子も大勢いる。それなのに未だ被害者を救うセーフティネットは構築されず、ワクチンの定期接種を推奨した役人、賛同した医療関係者は誰一人として責任を取っていない。これは薬害エイズとほぼ同じ構図の事件なのに、問題視しているメディアはまだまだ少ない。

だからこの小説には僕の私憤がわずかに混じっている。被害者側に寄り添った筆致になったのはそれが理由だ。物書きが作品で私怨を晴らすのは外道であるのは重々承知しているが、これは一人の父親としても物書きとしても避けることのできないテーマだった。この辺りの優柔不断さが僕の未熟さなのだろうと思う。

一月二十九日

『どこかでベートーヴェン』三十枚まで進む。休憩に『マッドマックス　怒りのデス・ロード』を視聴。『このミス』出身の先輩作家、深町秋生さんが年間ベストワンに選出していた映画である。燃える。調子に乗って旧シリーズ三作を連続視聴（何が休憩だ）。全作観て驚いたのは監督ジョージ・ミラーの若さ。何と齢を経るごとに過激になっている。いや、ストーリーやら演出こそ手堅く老獪になっているが、画面から横溢する熱量を見よ！　最新作を撮った時には七十歳だったというのが、俄には信じられない。

僕のような若輩者に語られても迷惑だろうが、こういうものを見せられると創作は年齢ではないのだとつくづく思い知らされる。そう言えば、今度劇場でかかる仮面ライダーの新作は本郷猛役で藤岡弘、さんが主役という。あの人、六十九歳だぞ。五十四歳の僕なんて洟垂れ小僧ではないか。

七十歳の映画監督があれほど派手なモノを創り、六十九歳の俳優が仮面ライダーに挑んでいる。ということは、僕などはもっともっと過激にしても構わないということになる。よし、それなら今執筆している『連続殺人鬼カエル男ふたたび』は最高にヒドいものを書いてやろう。うふ、うふふ、うふふふふ。

集英社Tさんよりゲラ修正について電話。

『やっぱり直しは少なかったです』

少ない修正なので送られてきたPDFを基に電話でやり取り。五分で終了。僕の場合、ゲラ修正といっても八割がたはルビ確認になる。現状、出版社に送る原稿はルビなしなのだが、ルビを書き加えたらゲラ修正はおそらくどれも二分以内で済んでしまうだろう。そうなると担当さんと話す機会がなくなって寂しいので、しばらくはこのやり方を継続することにする。

物書きなんてそんな用事でもないと、なかなか外出する機会がないのだ。

一月三十一日

筆が進まない。

内容に詰まった訳ではない。大体、書く内容の全部はプロットを立てた時に最後の一行まででできあがっているので迷うはずもない。

室内がえらく寒いのだ。エアコンの温度を二十四度に設定しているのだが、手が悴《かじか》んで動きがのろくなっている。エアコンが古いせいか、それともマンションの保温性能が低いせいか。

このままではどうしようもないので、酒を呑むことにした。ワインは冷蔵庫に常備してあるし、幸いなことにどれだけアルコールを摂取しても身体が温かくなって饒舌になるだけで酩酊状態にならない体質なのだ（それでは素面の時には無口なのかと聞かれると、どうもそうではないらしい）。

この体質は母親から受け継いでいる。母親は岐阜の山間部で生まれ育ったのだが、その地帯の冬場の寒さは尋常ではない。今のように暖房完備の家屋もないため、そこの住民にとって酒は防寒対策の一つだった。よって母親も小学校に上がる齢の頃には酒を呑まされていたらしい。アルコールへの耐性があったのだろう。記憶をまさぐると一族郎党が集う席で酒盛りが行われた際、皆が泥酔していても母親は顔色一つ変えなかった。

酒には寛容な土地だったので、未成年の僕が酒を呑んでも黙認された。ただし呑み始めたのは六歳の頃で、きっかけは禁煙だった。何というか僕は早熟の馬鹿で、五歳で喫煙を覚えたのだ。さすがにこれは大っぴらにすることができず、橋のたもとで隠れて喫っていたのだが、これがご近所の人に目撃された。そして父親の耳に入ったのだが、その時父親が怒りながら差し出したのがウイスキーの〈レッド〉であった。

「タバコは害になるが酒ならクスリになる。どうせのむならこっちにしろ」

僕は親の言うことをよく聞くいい子供だったので、それに従った。以来、飲酒が続いた。高校の時分には前夜悪友と酒盛りし、酒臭い息を吐きながら授業を受けた。さすがに堪りかねたのか、数学の担任が小言を洩らした。

「いくら何でも酒臭すぎるぞ。どうにかならんか」

翌日から僕と悪友は酒臭さを誤魔化すため、道端の草を引き千切っては嚙み続けた（ミント系のガムを嚙むという常識はない）。すると今度は常に野草の臭いがすると文句が出始めた。しょうがないので友人からアンケートを取った。

『酒臭いのと草臭いのと、どっちがいいか』

結果は圧倒的に『酒臭い方が自然でいい』だった。

二月一日

わあっ、何だ何だ一月は昨日で終わりだと？　そんな馬鹿な。ついこの間除夜の鐘を聞いたばかりだというのに。これはきっとＣＩＡの陰謀だ。

物書きになってから、というか連載を持つようになってから一カ月どころか一年があっという間に過ぎるようになった。現状三日に一回締め切りがある形なのでぼんやりしている暇がないのも一因だろうが、それ以上に齢を取ったので時間経過が以前より早く感じられるのだろう。

慌てて双葉社「小説推理」連載『翼がなくても』に着手。これも二日間で脱稿せねば。ひたすらキーボードに指を走らせる。たしたしたしたしたしたしたしたしたし。

十四時三十分、かかりつけの歯科医院に赴く。

「今日は歯茎を切開して、できるだけ膿を取ってしまいましょう。じゃあ麻酔しますから」

きゅいーん、きゅいーん、がががが、がりがりがりがり、ひゅいーん。

「はい、手術完了です。おそらく二時間後に麻酔が切れて痛み出すと思うので、鎮痛剤を処方しますね」

「あのー、鎮痛剤要りません」

「は？」

「とても痛むんですよね」

「ええ、人によっては」

「痛いと眠気が吹っ飛ぶので、徹夜にはちょうど都合がいいんです」

事務所に戻り執筆を開始して二時間、予告通り疼痛が襲ってきた。いいぞいいぞ、これくらいの痛みなら寝ずに済む。

ほとんどマゾヒスティックな気分で原稿を書いていると、新潮社Mさんより電話。わわわ、約束のプロットをまだ作っていない。慌てて言い訳を並べ立てると、

『違いますよ、中山さん。あなたの「ヒポクラテスの誓い」が第五回医療小説大賞の候補にノミネートされたので連絡したんです』

それは大変に光栄なことですと答えて電話を切る。光栄なことではあるが、一方で全く興奮していない自分に気づく。思えば『このミス』大賞の最終候補になったのを知らされた時もこんな具合だった。きっと、僕が他人やら何やらには徹底的に期待しない性格だからだろう。大体が医療に関しては全くド素人の書いた小説を候補にしていただけるだけで望外なのであって、これ以上を望んではいけない。人間は高望みや身の丈に合わない栄誉を与えられ

ると碌なことにはならん。今まで、そういう人間を腐るほど見てきたのだ。浮かれて堪るか。いや、待て。今の電話が本当に新潮社Mさんからの電話だったという証拠がどこにあるのか。これはひょっとしたらKGBの陰謀かも知れない。

十九時、表参道〈セレブ・デ・トマト〉にて幻冬舎Tさんとゲラ修正。三分で終了。「中山さんと同様に最初から完成原稿いただける作家さんもいらっしゃるんですよ。浅田次郎さんとか小川洋子さんとか吉本ばななさんとか……」

ここで僕は聞くに堪えないような（十二字抹消）とほざき、それでは経費と校閲に関わる人件費が（自粛）大体、その他の作家さんは（大自粛）と大声で言うと、Tさんは大層困った顔になった。

帰宅後、また手術痕が痛み出す。ふほほほほ、これで今晩も眠らずに済むぞ。

二月二日

『翼がなくても』、引き続き執筆途中、十四時にKADOKAWA社屋に赴く。発売されたばかりの『ハーメルンの誘拐魔』献本分にサインするためである。今回も献本は十冊。書評をいただいた方を中心にお送りすることにする。担当Tさんと相談した末、前作のドラマ化で主人公犬養刑事を演じてもらった沢村一樹さんにも献本することとなる。沢村さんとはドラマのPRの際に何度かお会いしたのだが本当に気さくな方で、話していてもストレスは全く感じなかった。お世辞でも何でもなく、爽やかな常識人でいらっしゃった。この世界に入ってしみじみ思うのは、どんな特殊で華やかに見える世界でも長く生き残っている人は別の業界でも長続きするだろうという印象。一例を挙げれば日本推理作家協会や本格ミステリ作家クラブの幹事や役員を務めているような作家さんは、作家である以前にちゃんとした常識人であり社会人であり、ああこの人だったら一般企業に勤めていても相応の地位に就いていただろうなと思わせた。約束や契約ごとが存在する世界では、やっぱり真っ当な人間が真っ当なポジションで真っ当な仕事を真っ当にこなしている。それは物書きの世界でも同様だ。怠け者や嘘吐きやビッグマウス、コミュニケーション拒否や夜郎自大が権勢を長らく誇れるような世界はこの世のどこにも存在しないと思っている。

十六時、三省堂神保町本店二階の喫茶店で祥伝社Nさんとゲラ修正。二分で終了。毎度毎度、こんな呆気ない作業に足を運んでもらうのは心苦しいのだが、対面での修正が一番間違いや遺漏が少ないため続けている。

医療小説大賞ノミネートの件に触れると、「弊社にノミネートの通知は来ませんでしたね。こういうのは著者さんに直接連絡がいくのが普通で、例外は直木賞くらいのものじゃないんですか」とのこと。

「昨日中山さんから連絡いただいた時には何を言っていいか分からなくて。あの、わたしが担当した書籍で文学賞の候補になったのって、これが初めてなんです」

この言葉を聞いた瞬間、少し欲が出た。僕自身は何の期待もしていないが、受賞することで僕以外の人たちに有形無形の利益がもたらされるのなら、それに越したことはない。

別れ際にWOWOWで企画進行中の『ヒポクラテスの誓い』第一回の準備稿を渡される。自分としては原稿が完成した時点で版元に委ねているので、こちらから希望や指摘は一切しない旨を伝えておく。大体、原作者が口を出して上手くいった映像化の例など数えるほどしかない。原作と映像作品は所詮別物であって、ある程度の距離を置いた方がコンテンツとして考えた場合でも双方に幸せではないのかしらん。

二月三日

『翼がなくても』最終回分をようやく脱稿。感慨に浸る間もなく、『逃亡刑事』に着手。こちらも最終回で明日までに仕上げなくてはヤバい。

十時三十分、宝島ワンダーネットさんよりメールの着信あり。企画進行中だった『連続殺人鬼カエル男』映画化の途中経過報告である。内容だが、実は新人監督での演出が決まっていたのだが、監督交代になったとのこと。新しい監督は何とSさん！　大ベテランではないか。僕の方に否など有り得ない。『連続殺人鬼カエル男』は僕の裏デビュー作である。実質的なデビュー作はもちろん音楽ミステリーだが、この裏デビュー作が刊行されたことでオファーが増えたのは紛れもない事実なのだ。

実際、デビュー作が刊行された後よりも『カエル男』を刊行した直後の方が宝島社さん以外からのオファーが多かった。それとなく理由を聞くと、

「これだけ作品の幅があれば、安心して執筆を依頼できると思いました」

軒並みそういう回答をいただいた。こちらとしても思惑通りだったので本当に嬉しかった。『さよならドビュッシー』がよく働く孝行娘なら、『カエル男』は方々に顔を利かせるやんちゃ息子といったところか。

そう言えば『カエル男』を刊行する際には僕もずいぶんと阿漕《あこぎ》な真似をした。受賞第一作は『カエル男』だと思っていたのに、先方のリクエストはデビュー作の続編であり、『カエル男』の刊行予定について尋ねても、どうも反応が鈍い。まあ、あれだけ作風が違うと読者が混乱するのではという不安も分かるのだけれど、僕としては一刻も早く出版してもらって作風の幅を認知して欲しかったのだ。

そこで阿漕である。その時いち早くオファーをいただいていたのが幻冬舎さんだったのだが、僕は『カエル男』の原稿をそっちに読んでもらった。幻冬舎さんからはすぐさま「これ

をウチから出版させてくれないか」と打診をいただいた。で、僕は打診された旨をそのまま宝島社さんに報告したのである。

「他社さんから出されるくらいならウチで出します！」

そしてめでたく『カエル男』は宝島社さんから三作目として出版された。要は出版社に二股をかけていた訳で、新人の風上にも置けないような真似をしたのだ（当初から新人の癖にふてぶてしい野郎だという風評が立ったのはこの辺りに原因がある）。こういう経緯があったので、未だに宝島社さんと幻冬舎さんには足を向けて寝られない。いや、そんなことを言い出したら全出版社全担当者さんに対しても迷惑をかけているので、360度どこにも足を向けられないではないか。

だから今は横にならず、座ったまま寝るようにしている。

二月四日

『逃亡刑事』、脱稿。二十カ月に亘る長期連載もこうして終わりを迎えたが、他の仕事が待っているので、やはり感慨に浸れず。こんな生活をしておるから一年があっという間に過ぎていくのだ。ああ光陰矢の如し。

十四時三十分、講談社へ向かう。『追憶の夜想曲』文庫版発売に合わせ、同日発売『その鏡は嘘をつく』文庫版の著者薬丸岳さんと対談なのだ。

五分前に到着したが、既に薬丸さんは先にお待ちとのこと。恐縮しながら現場入りすると、時間ぴったりに司会進行役の香山二三郎さんも到着。

僕は薬丸さんのデビュー時からのファンなので、最初から緊張しまくっていた。薬丸さんの『天使のナイフ』は単に乱歩賞受賞作というだけではなく、その後の乱歩賞の流れを変えてしまったエポックメイキングな傑作だと思っている。以来、刊行された十五冊は全て拝読している。

対談の趣旨は、お互いのシリーズものについて感想を言い合うという、何というか、本当に、誰が考えたんだこんな畏れ多い企画。一時間半も話したはずなのに時間はあっという間に過ぎ去ってしまった。この対談の模様は講談社のＷＥＢで公開予定というが、今から怖ろしい。僕はいったい薬丸さん相手に何を喋ったのであろうか。

薬丸さんと僕とでは、扱うテーマに多少のかぶりがあっても、アプローチの仕方から細部の詰め方までがことごとく違う。小説のスタイルも、読者への態度にしてもそうだ。どちらが正しいとか間違っているとかではなく、ただ単純に興味深かった。薬丸さんの小説には祈りがある。キャラクター全員に向ける温かな眼差しがある。そこに僕や大勢の読者は惹かれるのだと思う。

「同じ小説家でも、こんなに違うんですねえ」

香山さん並びに居合わせた社員さんたちは一様に感嘆されていたようだが、それは違うのが当たり前であって、向こうはちゃんとした作家さん、こちらは明日をも知れぬ泡沫新人なのだ。

新人で思い出した。先日、薬丸さんは吉川英治文学新人賞の候補に選ばれた。ファンとしては嬉しい限りだったのだが、つい言いたくなった。

「デビュー十年も経って、どこが新人なんですか！」

すると薬丸さんは穏やかに笑っておられた。目の前でこんなにも柔らかな笑顔を見られるのは、物書きになった特権の一つだとしみじみ思った。

二月五日

今日は『ハーメルンの誘拐魔』について書店訪問。KADOKAWAさんからはTさん、Fさん、そしてKさんのお三方が同行してくれる。

廻る書店は出版社サイドがセールスを重点的に考えている店舗であるため、大抵が重複している。よって書店担当者さんともすっかり顔見知りになっている。
・丸善丸の内本店さま

・三省堂書店有楽町店さま
・三省堂書店神保町本店さま
・紀伊國屋書店新宿南店さま
・紀伊國屋書店新宿本店さま
・三省堂書店池袋本店さま
・ジュンク堂書店池袋本店さま

以上七店舗で合計百五十冊ほどサイン本を置かせていただく。有難いことである。

書店訪問は基本的に挨拶廻りである。ここで書店側の担当者さんとお話をする訳だが、沈黙が怖いので結果として延々と僕一人が喋り倒すことになる。ついでに言うと僕のペンネームは一字一字の画数が少ないためにあっという間に終わってしまう。五十冊なら五分で終了する。このスピードは現在業界二位と言われている（因みに一位は乙一さん）。とにかく相手が笑ってくれないと不安で仕方ないので、一人漫談をする。同行してくれている担当者の方々は黙って聞いているだけだ。

話題は多岐に及ぶ。今日は、最近麻薬所持で逮捕された元野球選手の話になる。今思い出したのだが、僕はある担当者さんからこんな風に耳打ちされたことがある。

「中山さん、クスリやってませんよね？」

「へっ?」

「睡眠時間、極端に短いし、いつもハイになっているし」

「やってませんよ、クスリなんて」

「もしやってたら、わたしにだけこっそり教えてくださいね」

だからやってないっちゅうに!

大体、クスリなんか打たなくてもハイになれるし、酒なんか呑まなくても酔えるわい(それは人格が破綻しているせいだと言われた)。

移動中、綾辻行人さんがどこかで「中山とかいう人、人間じゃないよね」と仰っていたと小耳に挟む。僕は綾辻さんのファンなので名前を知られているだけで光栄なのだが、何故碌に話もしていない人から人間扱いされていないのだろうか。不思議でならない。

実は綾辻さんとはちょっとした縁がある。僕は高校生の頃に小説もどきを書き始め、大学生になった時に一編の長編が完成したので乱歩賞に投稿したことがある。高橋克彦さんが『写楽殺人事件』で受賞された回だった。幸い予選を通過し「小説現代」に名前が掲載されたのだが、僕の作品の三つほど後ろに『哀悼の島——十角館殺人事件』という候補作があった。言わずとしれた新本格ブームの火付け役となったあの作品の原型である。ついでに言うと、更にそこにはK池真R子さんという方のお名前も掲載されていた。その後、綾辻さんは同作品で華麗なるデビューを果たし、僕はサラリーマン生活に入って以降二十五年間は執筆から遠ざかることになる。三人とも二次止まりだったので公式な記録にも残っていないはずだ。

帰宅後、『どこかでベートーヴェン』の続きに着手するが、そのままパソコンの前で寝落ち。気がついた時には既に二時間が経過していた。これはいかん。急いで入浴を済ませ、エナジードリンクを一気飲み。明日から土日なので一歩も外に出ることなく小説書きに集中できるぞ。ふふふふふ（食事のことは考えていない。どうせ執筆に集中していると食欲も忘れてしまうからだ）。

二月七日

九時半、原稿を書いていると〈北朝鮮、長距離弾道ミサイルを発射〉とのニュースが飛び込んでくる。まあ何というかあの国は相変わらずで、今更新しく思うことは一つもない。

ただこんな時に僕が思うのは、日頃戦争反対や9条堅持を声高に叫んでいる人たちの動向である。北朝鮮の挑発ともいえる行動が続いて周辺地域は間違いなく緊張している。この局面でいったい彼らは何を思い、何を言おうとしているのか。もし本気で戦争反対と9条死守を主張するのであれば、こういう時にこそそれを叫ばなければ嘘ではないのか。

僕は思想的には一日毎に左右にブレるのだけれど、それでも発言することにはぶれがないようにと思っている。都合が悪い時期だからといって日頃の主張を引っ込めるような真似は非常に見苦しい。普段は声が嗄れるまで主張していることを、都合が悪いからといって押し黙るのは政治家としても言論人としても卑怯ではないのか。これは政治家や言論人に限ったことではないが、平時に平和を語るなど幼稚園児にでもできる。そうではない時期に堂々と「戦争は話し合いで解決」、「(ミサイルを飛ばした現時点でも)北朝鮮はリアルな危険ではない」と言えないのであれば、最初からそんなスローガンを掲げるべきではない。僕は何が正しくて何が間違っているかを裁断するような立場ではないし、資格もないし、知見もない。ただし何が国民の目から見て好ましいか好ましくないかくらいは分かっているつもりだ。やはりこの国の人々は根っ子の部分では慎重で堅実であって、好ましくないと見た政治家や政党に力を与えるような愚行はしない。仮にそういう政党が政権を握っても決して長続きはしない。

戦争反対だろうが軍備拡大だろうが、それを表明し相手方を糾弾するのであれば相応の覚悟が必要になる。匿名では許されない。己の毀誉褒貶を賭けて逃げることも許されない。言論というのは、そして言葉で飯を食っているというのはそういうものではないのか。

二月八日

『どこかでベートーヴェン』、今回掲載分をとりあえず脱稿。しかし五月刊行が決まっているので、今月中に残りを書かなければ……と思っていると、いつの間にか三友社さんからメールが入っていた。朝刊連載は今月の二十日からなので、また一カ月分を送れとの内容。すぐに取り掛かる。

執筆しながら今月中に四本の連載とホームズパスティーシュもののプロットを立てなければ、これも来月に間に合わないことを思い出す。おおお、まるで多重債務者のようだ。書いても書いても一向に終わらない。

逃げちゃダメだ逃げちゃダメだ逃げちゃダメだ……（ｂｙ碇シンジ）。

十六時三十分、歯科医で抜歯と洗浄。洗浄といってもドリルで削り取る作業なので、例の如く騒音と痛みの二重奏。

僕はいついかなる時でも小説のこと（主に殺人の動機とか方法）を考えていられるのだが、さすがに歯の治療の時には無理だ。代わりに思い出すのはダスティン・ホフマンの『マラソンマン』で、ナチスの残党が主人公を拷問する際に歯科医のドリルを利用するというシーンだ。何もこんな時にそんな映画を思い出さなくてもと思うのだが。

治療が終わってしばし茫然としていると祥伝社のＮさんより電話。『ヒポクラテスの誓い』映像化に関し、最終話まで準備稿が完成したので渡したいとのこと。早速、三省堂二階の喫茶店で落ち合い、大まかなスケジュールを確認。

「クランクイン、もうすぐなんですけど、中山さん見学とかしますか」

撮影現場の訪問は過去に何度もしているので、最近は編集者さんの都合に合わせるようにしている。撮影で皆さんがテンパっている時にのこのこ原作者が顔を出しても迷惑なだけだからだ。

「Nさんはどうしたいですか」

「わたしー、柴田恭兵さんが好きなんですー」

最近、というかデビューしてから他の作家さんたちと何度も話す機会があるが、その度に話がかみ合わないことを相談してみる。

「ひょっとしたら、僕は変わっているんですかね」

「今更、何言ってるんですか」

事務所に戻って『護られなかった者たちへ』に再び着手。今夜も眠れそうにない。

二月九日
日比谷へ出掛け、『オデッセイ』を観賞。３Ｄと２Ｄの上映に分かれていたが、２Ｄを選択する。
３Ｄが始まった頃は物珍しさも手伝ってそちらばかり観ていたのだが、いつの間にか２Ｄ

に戻ってしまった。いちいち偏光メガネを着用するのが面倒臭いとか、画面が暗いとか色々理由はあるが、最たるものはギミックに飽きてしまったからだろう。

家庭用テレビで3Dを謳っていたのは、つい先ごろだったはずなのに、今ではすっかり鳴りを潜めてしまった。本放送では未だ3Dに対応したプログラムがなく、パッケージメディアが細々と命脈を保っている程度で、今や耳目を集めているのはもっぱら4Kだ。3D元年とあれだけ叫ばれながら遂に2年目が訪れなかった。この辺りは電子書籍も似たようなものだ。

事務所に戻るとKADOKAWAのTさんより連絡が入る。企画進行中だった犬養シリーズのドラマ化第二弾が始動したとのこと。短編集の中の一編を膨らませて二時間ドラマにするのだが、そのネタが何と「白い原稿」。送られてきたプロットを拝見して仰け反った。芸能人の文学賞ヤラセ受賞のみならずAKBの握手商法までぶっ込んでいるではないか。内容の過激さでは、下手をしたら原作を上回っている。こうしてはおられん。それなら僕はもっともっと過激に下世話に……（無軌道な人間はこうやって自滅していく）。

しかし、こんなドラマが続いたら、視聴者は「原作者の中山というヤツはよほどの芸能人嫌いに違いない」とか思うのだろうなあ。あのー、そんなことはないですから。僕はミーハーな人間で、今度『ヒポクラテスの誓い』の撮影現場に顔を出す時、柴田恭兵さんが主演した映画のＬＤにサインしてもらおうとか目論んでいる人間なんですから。

『それで「ハーメルンの誘拐魔」ですけどね。来週の「王様のブランチ」文芸書ランキングのコーナーで扱われることになりましたから、中山さんの写真使わせてもらいます』

おお、またぞろあんな醜悪なものをお茶の間に流すのか。軽いイジメだな。

『それから「ドクター・デスの遺産」、今週が締め切りですのでよろしく』

はいっ、分かりましたっ、どうにかしますっ。

電話を切ると不在着信があったことに気づく。映画鑑賞中に着信していたらしい。相手先は三友社のＭさんだった。

『あのう、「護られなかった者たちへ」の締め切りが今週中……』

はいっ、分かりましたっ、どうにかなってしまいますっ。

二月十日

午前三時、原稿を書いていると急に空腹を覚えた。

そう言えば昨日は一食だったことを思い出し、二十四時間営業の定食屋さんでひときわ脂っこい料理を食する。

こんな時間なので通りを走るクルマも滅多にない。運動不足でもあったので信号から次の信号までの間、道路のど真ん中を全力疾走する。疲れた。

十時、三省堂二階の喫茶店にてPHP研究所のYさんとゲラ修正。目を皿のようにして見るが、やはり二分で終わってしまう。これにて『逃亡刑事』の連載は終了。毎度のことながら長期だろうが短期であろうが、淡々として連載は終わる。後の仕事が閊《つか》えているので、いちいち連載途中のことを思い出している暇がない。

「ベタな展開で面白かったです」

これは一種の褒め言葉だと受け取っておく。最近の新人さんはベタな展開を嫌って、どうしても捻った結末に持っていってしまう。これは多くの編集者さんが嘆いている事実だ。

「そんなところで個性出さなくってもいいんですけどね」

ベタというのは王道という意味だ。王道はいいぞ、ケンシロウ。

「次回連載なんですけれどね。中山さん、鉄道ミステリーはどうでしょうか」

これは予《かね》てより僕も疑問に思っていたことがあったので訊ねてみた。いったい鉄道ファンとミステリーファンというのは重なるものなのだろうか。

「〈文蔵〉で鉄道ミステリー特集をした際、いつもより相当売れましてね。狙い目だと思います」

「でも鉄道ミステリーには西村京太郎という巨人が君臨されているじゃないですか」

「西村さんも最近は少し鉄道から離れていらっしゃるので、今は書き手がいないんですよ」

それでは今年中にプロットを提出することを約束してお別れする。鉄道かあ。知識も興味も、これっぽっちもないな。まあ、いつものことだけれど。

二月十一日

十時、日比谷のTOHOシネマズシャンテにて『ブリッジ・オブ・スパイ』を観賞。僕は中学の頃からスピルバーグ信者なのだが、それを差し引いてもいい映画だった。有楽町界隈なら、もっと大きな小屋で上映してもいいと思うのだが。

内容はよかったのだが、上映中にスマホを見る客がいた。それも僕と同世代と思しきご婦人である。こそこそ見ていたので、褒められた行為でないことは承知しているのだろう。

自分の行為が恥ずべきことと分かってやっているのなら、注意したって無駄だ。せいぜい睨み返されるのがオチだ。僕は基本的に冷血で卑怯者なので、こういう方々を放っておくことにしている。悪いと知りながらやっている人間は嗤ってやるしかないではないか。

映画館というのは非日常空間である（暗闇の中、一つの映像を何百人もの人間が同時に観て、ひと言も発さないなんて日常がある訳がない）。その非日常空間においてさえ、日常を気にしなくてはならないのであれば映画館になんて来なければいい。映画を観ながら大声で語り合いたい、寝転がりたい、音を立てて飲食したい、ケータイで話したい、ゲームをしたい、原稿を書きたい、セックスしたい、覚醒剤を打ちたい。そういう人たちのために家庭用ビデオがあるのだ。

テレビを流しながら執筆をしていると、情報番組で〈好きなものを食べながらダイエット〉という特集があった。要は太り易い食事の後でこういうものを追加で食べれば脂肪になりにくい、あるいは消化を助けるといった内容だ。つまり積極的に痩せる話ではない。

ああ、またかと思う。このテの健康法やらダイエットがどれだけ考案され、そしてどれだけ廃れていったことか。そしてどれだけの人間が騙されたことか。大体、楽して何々という企画や儲け話に碌なものはない。楽して何かの果実を得ようとする魂胆が既に詐欺師の狙い目だと、何故分からないのか。いつでもどこでも詐欺に遭う人間は、大抵〈楽して〇〇したい〉という人ばかりだ。こんなことを書くとまた年寄りの繰り言になってしまうが、血も汗も流さないで幸せになろうなんて虫が良過ぎるとは思わないのだろうか。それとも自分だけは特別なんだという、例の根拠なき自信ゆえなのだろうか。

二月十二日

十時、双葉社Yさんと待ち合わせ、『翼がなくても』連載最終回分のゲラ修正。

最終回に至るまで事件の真相もトリックも気づかなかったということでホッとする。ストーリーはスポーツ根性ものだが一応はミステリーなので、オーラス前に犯人が判明してしまったのではどうしようもないからだ。今回、プロットを提出する際も敢えて犯人を明示しなかったのは、担当者さんに読まれた段階で犯人が分かってしまうかどうかを確認したい意味もあった。まあ、失敗ではなかったのだろう。

本作はそういうリクエストであったことも手伝って、虐げられた人間の復活劇となった。僕のデビュー作と同工異曲なのだが、やはり僕はマイノリティの側に立ってしまうことが多い。判官びいきではないと思うのだが、どうしても孤軍奮闘だとか四面楚歌とかの言葉を聞くと脊髄反射してしまうのだ。物書きとしては有利な点もあるが、さりとて肩入れしすぎると客観性を失いかねないので悩ましい問題である。

ゲラ修正後、女性ランナーを主人公にしたという共通点から坂井希久子さんの話題に移る。ご著書の『ウィメンズマラソン』を読んで思ったのは、やはり坂井さんと僕とでは同じ女性アスリートを書いても語り口が全然違うという事実だ。僕の読解力が浅薄で誤読なのかも知れないが、坂井さんの文章や描写には情念が宿っているようにみえる。これは性別の違いではなく、おそらく人間の捉え方の違いによるものと思えるのだが、ご本人とそこまで詰めた話をしたことはないので判断は保留しておこう。

おわわっ、また寝落ちしてしまった。ケータイの音に目を覚ませば待ち合わせ時間の二分前。すぐさま三省堂二階の喫茶店に急行して、宝島社Kさんと会う。原稿用紙にして百枚だったが、ゲラ直しは三分で終了。よかった。この作業を短時間に済ませられるので、数分遅れて到着しても何とか言い訳ができる（いや、言い訳にならないって）。

話の途中で安生正さんの新作の話になる。これが滅法面白いとの噂は僕も聞いている。元より安生さんのデビュー作から僕はファンだったので今から楽しみで仕方がない。あの人は兼業で（本業も、それはもう社名と所属を聞いた時点で激務と分かる）あるため寡作を余儀なくされているが、専業になったらもっと新作が読めるのだろうなあ。畜生、早く退職してくれないかしら。

二月十三日

『王様のブランチ』の文芸書ランキング、拙著『ハーメルンの誘拐魔』は四位だった。この前の週には都内の大型店舗でサイン本を多く置いてもらっていたので、おそらくそれが売れ行きに貢献したのだろう。これが起爆剤になってくれればいいのだが。

『護られなかった者たちへ』、今回分を何とか脱稿。続いて『ドクター・デスの遺産』に取り掛かりたいところだが、そろそろ午前十時が近づいてきたのでいったん外出することにする。

実は四日前から事務所の隣室で水漏れ補修工事をしており、午前十時から午後四時まで工事の音がひっきりなしに続くのだ。締め切りがあるので、何とか我慢して執筆しているのだが、さすがに少しは避難していないと支障が出る。特にひどいのがドリルの音で、これが響き出すともう集中できない。歯医者に行ってもドリル、事務所に戻ってもドリル。

夜中の休工どきに執筆時間を当てて昼間は寝ているという選択肢もあるが、そんな騒音の中で安眠できるはずもなくそもそも安眠できる時間的余裕もない。物書き三界に家なし。

追い出されたついでに神保町へ立ち寄り、映画関連本を漁る。この手の本は発売時期に入手しないと絶版になる確率が高く、そうなると古書店を探し回るしか手段がなくなる。稀覯本化している書籍も多く、定価の二倍近い値付けのものもあるが背に腹は代えられない。幸い、予てより探していた『メイキング・オブ・インディ・ジョーンズ』を発見。古書マニアの間ではもはや教訓になっている『本は迷ったら買え』に従うことにする。見つけた時に買わなければ、大抵その後はいくら探しても見つからなくなるのだ。値段も見ずにレジへと直行する。このムック本は二〇〇八年の五月に出版されたのだが、当時はちょうど『連続殺人鬼カエル男』を執筆している最中で、一段落したら買おうと思っていたらいつの間にか店頭から姿を消していたのだ。たとえ読む時間を作れなくても、とにかく先に買っておく癖がついたのはこの本を買い逃したのがきっかけだった。

送られてきた文芸誌に目を通し始める。既に公募新人賞の応募状況が明らかになりつつあり、今年は去年よりも若干増加傾向にあるようだ。理由は次の二つが考えられる。
1　選考内容が低調だった翌年には大抵応募総数が増える。この程度なら自分にも可能性があるとばかり、新たな投稿者が名乗りを上げるからだ。
2　定年を迎えたばかりの団塊の世代たちが挙《こぞ》って原稿を送りつけてくる。
応募総数が増えれば全体のレベルが上がって最終選考は熾烈な争いになる――訳ではない。これは下読みを経験した編集者さんに聞いたのだけれど、こうした公募の場合、応募総数がどれだけ増えても最終選考に残る候補作のレベルが上がることはないらしい（バブル崩壊後、大量リストラが発生した時分がまさにそうだった）。裾野が広くなればその分頂上が高くなるスポーツの世界とはまるで仕組みが違うのだそうだ。

こういう話を聞く度に暗澹たる気分になる。投稿作に込められた怨念、それに目を通さなければならない下読みさんの溜息を想像すると胃の辺りが重くなってくるのだ。

二月十五日
十時三十分、祥伝社に赴く。用件は北原尚彦さんに渡したいものを預けるためだ。

何かというと、これがホームズ手帳。映画『Ｍｒホームズ』の前売り券の特典なのだが、北原さんとメールのやり取りをした際、「要らないならわたしが引き取る」と言われたのだ。興味のない人間には単なるゴミでも、マニアにとってはマストアイテムなんて話はよくあることだ。僕もマニアの端くれで気持ちが分かるので、すぐ預けにいった次第（北原さんは直近に祥伝社さんから新刊を出している）。

九階フロアに行くと担当のＮさんとＨ編集長が待ち構えていた。『ヒポクラテスの誓い』が映像化されるタイミングでシリーズ二作目を九月に刊行したいが、同月には既に光文社さんが予定に入っており、思案しているとのこと。

僕は一度書き上げてしまったものについては版元さんに一任しているため、出版社同士で話し合っていただくことにする。光文社さんにしてみれば半年刊行がずれることになるので、「何だったら、光文社さんに新作書かせてもらいますから」と最初に条件を提示しておく。こういう姑息な真似をしているから僕は嫌われるのだ。

尚、『ヒポクラテスの誓い』が映像化される際には同書も文庫化するとのこと。単行本の刊行から二年未満の文庫化は、祥伝社さんでは珍しいことだという。折角なので解説に大森望さんを希望しておく。実は大森さんには、今年中に文庫の解説を引き受けてもらうよう事前に根回しをしておいたのだ。こういう姑息な真似をしているから僕は以下同文。

事務所に戻って仕事をしていると、すぐにNさんよりメールが届く。光文社さんとは話がついたとのこと。よかった。それにしても両社の間でどんな交渉がなされたのか、とても気になる。キット僕ノ悪口ヲ言ッテイルニ違イナイ。

執筆の合間を見つけて、コメントを依頼されていた『獣は月夜に夢を見る』を視聴。ええええ、こういう映画だったの？　これは事前に情報を入手しては面白くない類の映画だ。ええそのことを踏まえてコメントに差し挟む。こういう映画がヒットしてくれると嬉しいのだけれど、今の若い観客というのは「ハズレを摑むのが嫌」なので、どうしても事前情報仕入れちゃうんだよなあ。もったいないなあ。ハズレかどうかなんて人それぞれだし、ハズレを摑むことでアタリの面白さが倍増するのに。

二月十六日

また今年も確定申告の季節がやってきた。

支出の件で税理士さんと電話でやり取りをする。

『あのう、今明細を整理しているんですけど、〈CDプレーヤー〉五十万円とか、〈伝送ケーブル一メートル〉三万円とか、これはどういうことなんですか。その他もろもろの合算ではなくてちゃんと内訳を記載してください』

「いえ、それは全部単品の金額です」

『……フィギュアをしこたま買ってますね』

「資料です」

『ブルーレイの購入とか、とんでもない数ですよね』

「資料です」

『書籍も』

「もちろん資料です」

『……通しておきますけど、査察が入ったら説明できるようにしておいてくださいね』

税金には散々痛い目に遭ってきた。僕のデビュー作は二〇一〇年に刊行されたのだが、これが発売前重版のかかるほど売れてくれた。折半とはいえ賞金もいただいた。サラリーマンだったから定収入もあった。ちょっと頬が緩んでいたところ翌年に納税額を通知されて、妻とともに絶句し引っ繰り返った。

納税額が年間の給与所得を上回っていたのだ。

慌てて税理士さんに顧問をお願いすると、最初にこう言われた。

「これからも多分、最高税率の適用が予想されますので、仕事に必要な出費は全て経費で計上してください」

それを聞いた瞬間、箍《たが》が外れた。以来、現在に至る。

毎年毎年この時期が到来する度に、累進課税の徹底した日本は究極の社会主義国ではないかと思うようになった。どれだけ稼いでも稼いだ分、きっちり取られていくのだ。以前、西原理恵子さんも税務署との攻防を書いておられたが、気持ちはすごくよく分かる。ただ僕には国税局と喧嘩する度胸もつもりもないので、泣きながら税金を納めているのだ。

いいだろう、税金は払う（払いたくないけど）。

その代わりちゃんと有効に使ってくれ。比例区で当選しただけの、格好ばかりつけたがる無能な議員の給料なんかに使ってくれるな。地域振興策だとか言って、毎年赤字を計上するようなハコモノの建築費なんかに使ってくれるな。これはおそらく全国民が共通して思っていることだ。

二月十七日

十九時、『ネメシスの使者』連載終了の打ち上げ。文藝春秋さんのお誘いで外苑前のイタリアレストランに赴く。外苑前というのは表参道から続く〈大人の隠れ家〉のメッカみたいな場所なのだが、隠れ家すぎて美味しいレストランが裏通りに集中している。しかもこの辺りは新しい住宅も建っていて、区画整理が間もないため同じ番地に複数の建物が混在する形となっているのだ。タクシーに搭載されているナビゲーターにはこの状況が反映されておらず、僕が駅前で拾ったタクシーの運転手さんもずいぶん難儀をしていた。

「あれ、ここのはずだよな。えっ行き止まり？」

「ここのはずなんだけど……えっ民家？」

「おかしいなあ、ナビはここを指しているんだけど」

その後、タクシーは袋小路に突き当たり、電柱にぶつかり、自転車に乗ったご婦人を撥ね飛ばしながら無事目的地に到着。気がつくと僕はたっぷり手汗を掻いていた。

先方はIさんとKさん、そしてO局次長と新しい単行本担当のTさん。話題は自ずと業界の話になる。文春さんは松本清張賞とオール讀物新人賞を抱えているため、やはり新人作家の育成が一つのテーマだという。

そう言えば文春さんの発行している文芸誌で石田衣良さんと桜庭一樹さんの対談企画があり、その中でお二人は『初投稿で最終選考に残らなければ、作家を続けるのは困難』という主旨の話をされていた。初見の際は結構キツいことを言うんだなあと思ったものだが、今ではもっともだなあと納得している。

何故なら、現状生き長らえている作家さんは大抵が初投稿もしくは三回目まででデビューしている人がほとんどだからだ。そしてまた、生き残る人とそうでない人には歴然とした相

違点がある——というようなことを得意げに喋っていると、

「その話、ウチでデビューした新人さんたちの前で話してくれませんか」と言われる。もちろん冗談に決まっているが、冗談であってもそれを言わせる状況が厳然とあるのは間違いない。

「そんな講演したら、何人か心が折れてしまいますよ」と忠告すると、

「いいですよ。少しくらい折れてくれた方が」と、しれっと言われる。新人作家は精神的に苦しむだけだが、版元さんはそれに経済的問題が重なる。闇は深くなるばかりだ。

二月十九日

有楽町に出掛け、『シャーロック　忌まわしき花嫁』を観賞。公開初日だからだろうか、平日だというのに八割方の入り。ただし九割が婦女子、あとの一割は僕のようなオッサン。若い兄ちゃんは一人もおらず。これはカンバーバッチ人気と見ていいのか。

やはり予想に違わず面白い。だが、これは本国イギリスではシーズン3と4をつなぐスペシャルドラマとして製作された経緯があり、シリーズ未見の人には厳しい内容だったかも知れない。それでもホームズ好きやヴィクトリア朝好きには堪らない内容であり、やっぱり本場には勝てないという印象。これは幾年も積み重ねられてきた伝統の差というものだろう。

ちょっとだけ悔しい。しかし日本にも江戸川乱歩や横溝正史という確固とした伝統があることを思えば、これはこれでいいか。

とにかくいい映画だった。今日はいい日だ（ｂｙ北原尚彦さん。あの人は注文した古書が届いた日は全ていい日になってしまう）。

事務所に戻って執筆していると三友社Ｍさんより電話。掲載紙より作中の記述について指摘があったとのこと。

『実在の地名が絡んでいるので、事実でないとすれば修正してほしいとのことです』

僕は慌てた。

「だって、それは掲載紙の記事にあったことですよ」

もちろん写しを取っている訳でもなく、記憶だけなので先方に確認いただくこととする。すぐに返事がきた。

『お騒がせしました。先方さんが他部署の記事を見落としていたようです』

怒る訳にもいかないので、電話口で大笑いして誤魔化す。こっちは下請け、向こうはクライアント。怒って得なことは何もない。

というか、僕は怒りを面に出すことができない。誰から何を言われてもへらへらしている。きっと感情の一部が欠落しているのだろう。その代わりと言っては何だが、人と交わした会話、言われたことは絶対に忘れない。いつまでもいつまでも憶えている。「そっちの方が数段怖いです」と担当編集者さんからよく言われるが、人の失敗や失言をその場で怒鳴ってしまえばそれで済んでしまう。もったいないではないか。

元より新聞記者という人たちにあまりいい印象がない。拙著『魔女は甦る』を上梓した際、最初にインタビューを受けたのは某新聞社学芸部の記者さんだったが、これが辛かった。小説の中では被害者の飼い犬が無残な殺され方をするのだが、その記者さんは、「これ、中山さんの実体験ですよね。絶対にそうですよねっ」と、主張して退こうとしなかった。この人は想像で書くという概念がないのだろうか。きめ細やかな描写やリアルな心情は体験がないと書けないとでも思っているのだろうか。それが本当なら僕はピアニストで、悪徳弁護士で、法医学者で、刑事で、特捜検事で、総理大臣で、麻薬常習者で、身体障害者で、おまけに五十人ほど人殺しをしていることになる。その後にお会いした記者さんたちも押しなべてそんな風だった（もちろん僕の会った記者さんたちが偶然そうだったのかも知れないけれど）。何というか自分で立てた仮説通りでなければ気が済まない、という印象があり、いちいち言い返すのも面倒臭いので適当に相槌を打っていたのだが、新聞記事に誤認やら誤報やらが多いのは、案外この辺りに原因があるような気がする。

二月二十日

水漏れ補修工事はいったん終わったものの、今日は水道点検で午前九時から午後五時まで水道が閉栓になると言う。普通なら水を溜めておくなり対処するのだろうが、僕の場合は朝一度トイレにいけばそれで事足りる。おそらく明日までトイレを使うことはない。

専業になってからとにかく忙しいので、自ずとトイレの回数が減っていったのだ。今では一日一回で済むようになった。これを担当編集者さんに話すとますます変な目で見られるのだが、あの柳美里さんだって執筆中はトイレにも行かず膀胱炎に苦しめられているというではないか。執筆に徹していくと、作家の身体は環境に適応していく。適応できない作家はやがて自然淘汰されていく。これ、作家進化論。

テレビを流し見していたら鮭の塩引きが紹介され、俄然興味を覚える。鮭一尾を塩漬けした後、日本海沿岸特有の寒風に晒して熟成させるのだという。いかん、聞いているだけで唾が溜まってきた。早速妻に連絡し注文を依頼する。一尾丸ごと食ってやる。

執筆していると、今度は妻から電話が掛かってくる。

『今、保険会社さんから連絡がきて、マイナス金利になる前に利息の高い貯蓄をしてくれって言われた』

市中銀行が日銀にカネを預けると利息が発生する。つまり何の運用をしなくてもそれだけで利ざやが稼げる。そこで今回日銀は「ウチに預けたままだと逆に利息取るよ」と言い出した。そうなれば市中銀行は慌てて資金を引き上げ、企業やらに貸さなくてはならなくなるので経済活動が活発になるという案配だ。しかしマイナス金利になれば、当然保険会社は高利回り貯蓄型の金融商品を提供できなくなる。口座を増やせば増やすほど経営を圧迫するからだ。

言い換えればマイナス金利は、「カネは貯金せずに使え」という日銀ならびに政府の方針に他ならない。

税金を毟り取る一方で貯金もさせようとしない訳で、高齢者には何ともひどい話だ。こんなことを続けられると、筆を折って税率の低いシンガポールに移住してしまった元作家さんの真似がしたくなってくるぞ。

二月二十一日

また寝落ちしてしまった。しかも今回は四時間もだ。

慌ててシャワーで目を覚ましてパソコンに向かう。いくら何でも今日中に連載を一本仕上げなければ注文がこなくなってしまうぞ。

これは本当に情けないことだが、やはり自分の年齢を実感するのはこういう時だ。三十歳や四十歳の時には可能だった無理が今は利かなくなっている。集中力も同様だ。デビュー当時は人並みだったが、今では見るも無残で一日頑張っても一日二十五枚を書くのが精一杯だ。佐藤青南さんはひと晩で四十枚書いたこともあるという。羨ましい。そのスピードがあれば二週間で長編が一本書けるのに。

こういう時、僕は森村誠一さんの言葉を思い出すことにしている。

去年、島田荘司さんのご厚意で〈福山ミステリー文学新人賞〉のゲストに招かれた。東京駅で待ち合わせていると島田さんと、講談社・光文社・原書房各社担当者さんが姿を現した。するとと島田さんは事もなげにこう言った。

「ああ、もう一人のゲストが到着した」

僕は何も聞いていなかった。最後に現れたゲストこそ誰あろう森村誠一さんだったのだ。あまりのことに僕は一瞬固まっていた。

そして新幹線の中では森村さんと島田さんが隣同士となり、その正面に僕一人が座っていた。

何、この状況。

喩えてみれば、やっと試合に出してもらえるようになったルーキーの目の前に現役時代の王と長嶋が座ったようなものだ。滅多に緊張などしないはずの僕だったが、この時ばかりは意識がどこかへ飛んでいた。これは夢に違いない。うん、きっとそうだ。

まさか僕の名前なんて絶対ご存じないだろうと森村さんに名刺をお渡ししたところ、

「ああ、中山さん。お名前は文芸誌でかねがね」

こう言われた時の僕の気持ちはちょっと書きようがない。多幸感というのは、きっとこういうものなんだろうと思っていた。

森村さんも島田さんも話し好きな方で、東京から福山までの四時間あまり僕はただ一人の聴衆になってお二人の歓談を聞いていた。文芸誌が乱立していた頃の逸話、既に鬼籍に入ってしまった作家さんたちとの交友録、読者の間でまことしやかに伝わっている噂の真相、あの名作群を執筆した際の裏話——物書きになってよかったとしみじみ感じ入った四時間だった。この時の詳細はまた別の機会に書きたいが、ひときわ心に残った一つが次の森村さんの言葉だ。

「俺、もう齢だよなあ。最近はひと月に三百五十枚しか書けないんだよ」

この時、森村さんは御年八十二歳だった。僕はそれを聞いて本当に恥ずかしくなった。

もちろん文壇の重鎮である森村さんと自分を比較するなんてそれ自体畏れ多いことだが、ひと月六百枚から七百枚書いているくらいで働いている気になっていた自分が急に矮小な人間に思えたのだ。僕みたいな若造は千枚書いてもまだ足りないくらいだ。

八十二歳でひと月三百五十枚を書いている巨人——そういう人が今もなお机に向かっている。それを考えると勇気が湧いてくる。追いつけないまでも走り続けようと思う。

二月二十二日

新聞連載用の原稿を脱稿。引き続き小説すばる連載『TAS　特別師弟捜査員』に着手。こちらも予定からずいぶんと遅れている。二日以内に仕上げなければならない。

ストーリー上、今回は主人公が戯曲を読んで演劇の面白さに目覚めるという件になる。さて、それでは作者である僕もそこそこ戯曲を読んでいなければならないはずなのだが、これが全く未読ときた。いつも通り想像力を目一杯膨らませて書くしかない。

とはいっても、シナリオは多少読んでいる。自作が映像化される際に準備稿なり決定稿を送ってもらうのだが、それくらいは目を通しているのだ。もちろん戯曲とシナリオは別物だが、肝《きも》となる部分は変わらないはずだ。

そう言えばこれも某編集者さんやプロデューサーさんから聞いた話だが、テレビドラマの脚本家は人材が不足しているという。もっと言えばオリジナルで企画が通る脚本家さんが本当に少なくなったのだという。確かに今のテレビドラマは小説なりコミックなりの原作つきがほとんどで、オリジナルというのはごく有名な脚本家さんに限られている。

脚本家というのは聞けば聞くほどしんどい仕事らしい。四稿五稿は当たり前、僕が聞いたので一番恐ろしいのは十二稿なんてのがあった。しかもそれだけ書き直してもギャラは一稿分だ。二クール分を書き終えても局や俳優の都合で修正を余儀なくされ、時には打ち切りなんてこともある。打ち切りになれば今まで丁寧に張ってきた伏線を予定外の最終回で一気に回収しなければならないので、当然収拾がつかなくなり、ドラマは慌しく終了するという体たらく。

以前、ドラマがビデオテープで発売されていた頃はよかった。ビデオは一本一万五千円ほどで売られ、その利益の何パーセントかが脚本家に支払われた。バブル時代、テレビドラマ全盛期にはそれで潤った脚本家が大勢いたのだ。

ところがDVDの時代になってから様相が一変した。DVDの値段は一本三千円。ビデオテープの五分の一であり、つまり脚本家に支払われる金額も五分の一になってしまったのだ(ひと口に五分の一というけど、これはとんでもない減少率だ)。

仕事の内容はしんどいわギャラは少ないわ、挙句の果てには視聴率が悪いのも脚本のせいにされる――これでは堪ったものではない。では、苦境に陥った脚本家たちがどこに活路を見出すかというと、実はこれが作家デビューだったりする。小説なら俳優やプロデューサーの顔色を窺うことなく好きに書ける。そう考えて新人賞に募集する脚本家が最近多くなったらしいのだ。ただし、これも落とし穴がある。映像メディアと縁の深い出版社の編集者さんに何度も原稿を持ち込む脚本家がいるのだが、斯界では割に名の通った人であるにも拘わらず小説は如何ともしがたい出来らしいのだ。

「台詞はいちいちぐっとくるんですけどね。地の文がホントどうしようもないんです。これだと一次予選が通るかどうかも怪しいくらいで」

これにはちゃんと理由がある。現場では監督や演出家が絶対で、彼らは脚本に過剰なト書きは許さない。その部分は俺の仕事だからシナリオには台詞とカット割りしか書くな、という訳だ。売れっ子と呼ばれる脚本家ほどこの傾向は強くなるので、自ずと地の文は台詞に比べて凡庸になってしまう。大体が脚本も小説も傑作が書ける方が稀有なのであって、平岩弓枝とか向田邦子とかいう人はそういう意味でバケモノなのだ。

二月二十四日

ようやく『TAS　特別師弟捜査員』五十枚を脱稿。エナジードリンクを一気飲みして『作家刑事毒島』に着手する。そうこうするうちに約束の午前十時が近づいたので、慌てて三省堂に向かう。

三友社Mさんと落ち合い、喫茶店で早速ゲラ修正を終わらせる。新聞の連載は今月の二十日から始まっているので、約三カ月分のストックがある計算だが、Mさんは次回分も早めに欲しいと仰る。月半ばまでにはお渡しする旨を伝えた上で、何故そんなにも前倒しで進められるのかを質問すると、

「いやあ、以前痛い目に遭いまして……」

つまりそれだけストックがあって尚不安になるほどのアクシデントが起こったということだ。この手の話は僕も色んなところから聞き知っているので、軽く聞き流す。

地方紙の場合、十社以上からオファーがあればヒットであり、その分原稿料も高くなると言う。現在僕の朝刊連載はまだ三社しか決まっていないので、これからが勝負どころだ。

もっとも十社からオファーがきたらそれで万々歳かというと決してそんなことはない。朝刊連載で不倫を描き一世を風靡した老大家がいて、晩年の新聞連載も地方紙十社からスタートしたのだが途中から打ち切りを申し出る新聞社が相次ぎ、とうとう最後には一社だけになってしまったとのこと。

「朝っぱらから高齢者のEDの話なんか読めるか！　辛気臭い」という訳である。

この辺りは文芸誌よりもシビアだと思う。

新聞で思い出したのだが、僕は大学四年間、新聞奨学生だった。朝夕の新聞を配れば入学料・授業料は全額免除される上に給料までくれるのだ。お蔭で切っても突いても死なない身

体になり経済的にも潤ったのだが、二十歳前後の中山青年は一方で新聞販売の闇を垣間見ることになる。当時は読売と朝日の販売戦争なるものが各地で繰り広げられており、両社の販拡の模様は常軌を逸していた。特に読売新聞の場合は付録をつける、一カ月無料にするなんてのは当たり前で、ドアを蹴る、恫喝して無理に契約させるのは日常茶飯事だった。誰が言ったか「エリートが作ってヤクザが売る新聞」とまで揶揄された。

とんでもない与太だと思った。

ヤクザの方がよっぽど紳士的だった。

事務所に戻って執筆を続けていると大阪の友人から電話が入る。この友人には『ハーメルンの誘拐魔』を献本しており、その感想を聞かせてくれた。

『まあ、面白かってんけど、大阪市民としては不満もある』

「何がだよ」

『身代金の受け渡し場所が優勝力士のパレードと重なって、警察側が混乱するシーンがあるやろ。あそこはやっぱり阪神タイガースの優勝パレードにした方が話、盛り上がるで』

「それも一応考えたけど没にした」

『何でや？』

「大阪場所の優勝パレードなら読者も納得してくれるけど、阪神タイガースの優勝パレードとなるとご都合主義だと言われる」

『……せやな』

二月二十五日

三省堂池袋本店の新井さんより、〈島田荘司イン新井ナイト〉の正式なスケジュール通知が届く。〈新井ナイト〉は作者とともに（しかもネタバレ前提で）刊行された作品をディープに語り合うというイベントで、僕自身も何度か招かれている。今回は島田さんの『星籠の海』文庫化を記念してのトークショーなのだが、何と僕が島田さんのお相手に選ばれたという次第。これは万難を排してでも行かなくてはならない。

これは色んなところで喋ったし書いたことだが、僕が物書きとしてデビューするきっかけは島田さんだった。二〇〇六年当時、僕は大阪に単身赴任をしていた。その頃島田さんが『UFO大通り』の刊行記念にブックファースト梅田でサイン会を催すと知った。島田さんはそのデビュー作からファンだったので、すぐ予約を入れた。作家さんのサイン会というのは東京くらいでしか開催されず、地方都市を転勤していた僕は本物の作家さんを見るのはそれが初めてだったのだ。

サイン会当日、延々と並ぶ列で僕はその瞬間を待ち侘びていた。何を言おうか、何を訊こうか。頭の中では何度もシミュレーションを繰り返した。

だが島田さんの目の前に立った瞬間、頭の中は真っ白になった。

正直、何を話したのかは憶えていない。憶えているのは島田さんの全身から立ち上る異常ともいえるオーラだった。ああ、これがあの数々の名作を生んだ本人なのかと思うと、足が地についていないような感覚だった。僕はサインをいただき、逃げるようにその場を立ち去った。その背中に島田さんが何か声を掛けてくれたようだが、それも憶えていない。

外は小雨が降っていた。僕はサイン本が濡れないようにジャケットの内側に仕舞い、そのままなんばのでんでんタウンに向かった。行き先はパソコンの販売店だった。

小説を書こう、と四半世紀ぶりに思った。高校三年の時、乱歩賞に投稿して以来執筆から遠ざかっていたが、今書かなければ僕はもう一生小説を書かないだろうと思ったのだ。

インド人の店主が経営する店で中古のパソコンを買い、自室に戻ってからプロットも何もないままでキーを打ち始めた。タイトルだけは頭にあった。『魔女は甦る』――作品を書き上げた時、この枚数を受け付けてくれる投稿先は『このミス』しかなかったので、そこへ送った。これがどういう訳か最終選考に残り、投稿熱が再燃することになるのだが、これはまた別の話。そういう経緯なので、中山七里という物書きが今存在するのも島田荘司という作家がいてこその話なのだ。その島田さんとのトークショーだから、これはもう親が危篤であっても（もう二人とも他界しているが）馳せ参じなければ嘘だ。さて、〈新井ナイト〉の日にちは四月一日の十九時。いそいそと島田ファンの知り合いにイベント告知をメールする。が、途中で思い出した。

四月一日の十九時。そう言えば何か別の予定があったな……？

律儀に返信してくれた宝島社Kさんのメールでやっと思い出した。そうだ、医療小説大賞の選考日当日、しかも選考会の時刻も丸かぶりではないか。

まあ、いいや。

Kさんは、自分の作品の選考会なのに興味はないのか、と突っ込んでくれているけど、いや、別に興味がない訳じゃないんです。

だって待ち会とかしているより、島田さんとトークショーした方が数倍楽しいに決まっているじゃないですか。

二月二十八日

妻とともにオーディオ・ルームで『ジュラシック・ワールド』を観賞する。「ストーリー上、分からないところがあったら説明するように」と注文をつけられ、しばしば注釈を差し挟む羽目になる。それでも満足したのだろう。観賞後、「今度はシリーズ第一作を観たい」

と言い出した。いい加減こちらも仕事をしなくてはならないのでディスクだけ渡し、リビングで観賞してもらう。

二時間後、「集中して観ていたら頭が痛くなった」と訴えられる。それで思い出した。妻は僕ほど映画が好きではなかったのだ。

結婚当初、この趣味の違いが気になったが、いい意味で互いの趣味には干渉しない方針だったのでそのままにしておいた。しかし結婚生活がこれからも続くことを考えると、こちら側に引き寄せることも考えておくべきだろう。

その点、二人の子供たちは英才教育が行き届いていた。ポケモンもウルトラマンも物心つく頃から映画館に連れていって観賞させたのだ。長男はまだ言葉も碌に発せない頃に『ガメラ』を観せた。お蔭で長男が最初に覚えた熟語は「ギャオスの染色体」である。とにかく子供には難しいと思うものでも映画館に連れていった。この辺りは子守り代わりに子供を競場に連れていく親父と変わりない。その甲斐あってか、小学校に上がる際、息子のお気に入りの俳優はデニス・ホッパーやゲイリー・オールドマンといった渋めで占められ、同級生と全然話がかみ合わなかったらしいが、以降も順調に正しい歪み方をしている。

娘は娘でやはり読み書きができる頃から、洋画は吹き替えではなく字幕で見せた。ちょうど英会話を習わせていた手前、『ハリー・ポッター』シリーズのように子供が理解できるレベルの英語なら少しは学習に役立つのではないか（という屁理屈で父親も映画館に行く理由をこしらえた）と考えたのだが、現在外語大学で語学留学までするようになったのだから、これもまあ結果オーライとしよう。

親として子供に何を教えられたのか時折考えることがあるが、少なくとも映画という趣味を教えられたことだけは自己満足している。

幻冬舎Tさんより原稿を確認したとのメールが届く。

『こわくて涙が出てきました』

今回の話は部数会議の模様を当の新人作家たちが聞いているという設定なのだが、これも実を言えば取材というよりは実体験だったりする。ある日、打ち合わせで某社の会議室に案内された。対するは三人の担当者。ところが打ち合わせの最中、大声が聞こえた。何と隣の会議室で部数会議が始まっていたのだ。しかも発言しているのは業界でも有名なお二方。選りに選って二人とも地声がすさまじく大きい。

『こんな小説にそんな部数出せる訳ないじゃない。何考えてるんですか』

『〇〇のヤツ、またあんな小説送ってきたのかよ。あんなもの売れないって何回言ったら分かるんだよ！』

幸か不幸か僕の名前は出なかったものの、ああ、あの作家さんは実際にはこういう扱いをされているのだと非常に参考になった。もっとも目の前の担当編集者さんたちは居たたまれない様子で、ずっともじもじしていたなあ。

三月二日

宝島ワンダーネットのDさんよりメール。『さよならドビュッシー』ドラマ版試写会のお誘いであった。原作者として断る理由はないので出席する旨を伝えると、番組のプロデューサーも来られるとのこと。自分の原作を映像化してもらうのだから、これも当然ご挨拶しなければならないだろう。問題は次の申し入れだ。

『同じ回の来場者に原作者が来ていることを伝えてもいいか？』

別に伝えたところで僕に困ることはないが、来場者が可哀想ではないか。何せドラマの試写会なら、応募するのは大抵役者さんのファンだ。そんなところに原作者でございますと出ていっても顰蹙を買うだけだ。僕なんかを呼ぶより東出さんを呼ぶべきだろう。

執筆の合間に、買ったものの未開封だったブルーレイを観賞することにする。マーク・レスター監督の『処刑教室』である。

僕のおぼろげな記憶によると八三年日本公開の映画だが、やはり同年に公開された『丑三つの村』とともに、一般映画では初めて年齢制限のついた映画だった。年齢制限の理由はただ一つ、その残酷描写にある。当時映画館で二本とも観賞したが（この時、僕は二十二歳）、ああ、これは女子供にはきついかなあ、というレベルの残酷描写だった。

　それが今観てみるとずいぶんと印象が違っている。主人公は八〇年代の尺度から見れば至極真っ当な教師であり、悪役となる少年たちもひどく幼い。全体を貫いているのは勧善懲悪だったりする。残酷描写もえらくドライな感触だ。せいぜい腕を電動ノコギリで切断する程度。しかもこれには子役時代のマイケル・J・フォックスが出演しており、彼のお蔭でソフトになっている部分もある。

　ところが一方の『丑三つの村』は、今観ても初見と変わらぬ印象だ。土着性のウェットな内容と綯《な》い交ぜになり、人間関係はドロドロ、やりきれなさはじっとりと重く、残酷描写は今の生温い映画やテレビをはるかに凌駕している。女子供容赦なし。脳髄はスイカのように割れ、画面いっぱいに血の雨が降る。もちろん、そこには勧善懲悪も予定調和もない。若い時分に観たらトラウマになるのは必至だ（ここでふっと思いついた。僕が小説で残酷描写をすると、つい執拗にしかも詳細に書いてしまうのは、このトラウマのせいかも知れない）。

　そう言えば拙著『連続殺人鬼カエル男』を読んだ若い人の感想は「グロい」とか「吐き気がした」とか「慌てて読み飛ばした」とかいうものが散見される。書いた本人としては至極妥当な描写をしたつもりだったのだが、今のソフトな描写に慣れ親しんだ読者には勝手が違っていたのかも知れない。これも一つのジェネレーション・ギャップなのかなあ。

二つの映画はともに実話を基にしているが、肌触りはこんなにも違う。昔、日本映画というのはこれだけのエネルギーを内包していたのだ。望むべくはドラマ版『さよならドビュッシー』もこれくらいの残酷描写があれば……って無理か。

三月三日

吉報。

薬丸岳さんの『Aではない君と』がめでたく吉川英治文学新人賞を受賞した。僕としては嬉しい限りだ。

薬丸さんはその実力と実績に比して、何度も候補になったものの、なかなか文学賞とは縁がなかった。正直言って、薬丸さんが獲らない文学賞というものに懐疑的な印象を抱いたくらいだ。

でも今回、ようやく薬丸さんの実力が評価された。嬉しい。本当に嬉しい。実は三十日には僕と薬丸さんとが〈新井ナイト〉でトークショーを行う予定なのだが、これで当日は祝賀会と銘打つことができる。

ずっとファンだった作家さんの受賞を、こんなかたちで祝うことができる——それだけでも、こういう仕事に就いた甲斐があるというものだ。

おめでとうございます、薬丸さん。

三月七日

今週は色々と人に会わなければならない用事があるので東京に戻る。郵便受けを見れば案の定中身が溢れ出ている。不在通知も三通ほど投入されている。この仕分けだけでいつも一時間は取られるのだ。

ツイッターを眺めていると、またもや伽古屋さんがカマしてくれている。

『先日本屋に行ったとき、ベストセラーの〈僕は明日、昨日のきみとデートする〉と同じイラストレーターを使って、ぱっと見わからないくらい瓜二つのカバー、タイトルで、まったく別の出版社から、まったく別の著者の作品が出ていた。書店ではご丁寧に並べて置かれてて、シリーズ作と間違うのはもとより、二面展開と勘違いし、間違えてレジに持ってっちゃいそうなくらい。これはさすがにやりすぎだと感じた。出版社も著者も、恥ずかしくはないのだろうか。貧すれば鈍するの言葉通り、最近の出版業界（文芸業界）のあこぎっぷりは目に余る。こんな商売をつづけていれば、いずれ読者は離れてゆく。というか、どんどん離れていて、そしてまた売れなくなってあこぎな商売を……と悪循環。売らんかな、という姿勢

を全面否定するつもりはないけれど、書き手も、送り手も、最低限の気概は失わないでほしい』(全文ママ)

伽古屋さんというのは至極真っ当な人間なので理想主義めいた書き方になっているが、僕に言わせればそういう商売をしている時点で恥も外聞もないのであって、そういう恥知らずに気概を持ってほしいと願うのはおよそないものねだりというものである。

それに伽古屋さんがこれを書くのは今更という感がある。実は僕たち『このミス』八回組でも同様のことが起きているからだ。

この回では大賞と優秀賞以外にも七尾与史さんと高橋由太さんという二人の隠し玉も生まれた。そしてこの隠し玉も売れに売れた。

ところでこの頃、隠し玉には何の縛りも存在しなかった。早速、徳間書店の編集者が二人と接触し、デビュー二作目はそこから出ることになった。ところが二人の二作目が出版される直前、驚愕の知らせが宝島社にもたらされる。何と二人のデビュー作と同じイラストレーターさんによる、これまたデビュー作と似たようなイラストの表紙になっていたからだ。さすがに宝島社さんも当惑し(と言うか激怒し)、七尾さんと高橋さんは別個に呼び出され小一時間も説教を食らう羽目になった。局長に至っては僕に対し「どこに書いてもいいけど、徳間さんにだけは書かないでくださいね」と釘を刺す始末。現在まで僕に徳間書店からのオファーは一度もいただいていないが、まあ後味の悪い話である。

三月八日

十三時、WOWOWドラマ『ヒポクラテスの誓い』のスタジオ訪問。祥伝社Nさんと祖師谷大蔵にあるTMC（東京メディアシティ）スタジオに赴く。プロデューサーから監督や主なキャストを紹介されるが、こちらはただの原作者という立場なのでひたすら恐縮する。こういう現場に原作者がのこのこ顔を出しても邪魔にしかならないのは、分かり切っているからだ。

古手川役の尾上松也さんはやはり役者さんの血筋で、憎らしいほど男前。岡本壮介役の橋爪遼さんともども俳優の二世さんは独特の雰囲気があるなあ。

柏木裕子役の佐藤めぐみさんは（そういう設定なので）ずっとピンクのパジャマを着用して現場を歩いている。それでも全く違和感が生じないのがスタジオの特性か。小説で使えるシチュエーションだな。

栂野真琴役の北川景子さんはとても緊張しているように見え、傍観しているこちらも居住まいを正したくなる。顔、本当にちっちゃいんだよねえ。

樫山輝（原作ではキャシー）役の濱田マリさんは僕の著作をお読みいただいているようで、

色々と作品について聞かれる。こちらは芸能人の中に読者がいるなんて想像もしておらず対応に慌てる。こんなマイナーな物書きの小説をよくぞ読んでいただけるものだ。

そして光崎役の柴田恭兵さん登場。厚かましくサインをお願いし『夢の祭り』のLDを差し出した途端、スタッフさんやキャストさんたちの目の色が変わる。『夢の祭り』は一九八九年の作品でビデオは廃版、DVDにもならなかったので現存するソフトはほとんどない。柴田さん本人もお持ちでないということで、全員からひどく珍しがられる。おおおコレクターの面目躍如。北川さんに至っては「これ、ビデオなんですか?」と一番驚いていた。無理もない。彼女が生まれた頃はもうLDなんて廃れていたものなあ。

柴田さんは懐かしそうに撮影当時の思い出を語ってくれた。

「とにかくですね、三味線弾きの役なんですけど三味線って楽譜がないでしょ。だから家でも口ずさみながら練習するんですけど家族からうるさがられて」

話を聞きながら、何故僕はこんなところで柴田さんや濱田さんと話をしているのか不思議になる。物書きの役得とはいえ、サラリーマンのままでは決して有り得なかった状況に、未だ馴染めない。

プロデューサーからも熱い言葉をいただいた。

「地上波では絶対に表現不能な解剖シーンとか、どんどん攻めていきますから!」

ＷＯＷＯＷの視聴者は地上波放送に飽き足らなくなった人が多いと聞くので、これは正しい方向性なのだろう。

撮影風景も見学させてもらう。一カットに三方向からのカメラで撮影している。当然後で編集がかかるのだろうが、おそろしく手間暇がかかっている。「スタート」で辺りの空気が一変する。やはりモノづくりの現場というのは、どこもこうした緊張感が漂っていて気持ちがいい。

一段落ついてキャストとスタッフの記念撮影で、何故か真ん中に座らされる。アウェー感半端なし。ひたすら縮こまって何とかやり過ごす。どうして僕はここにいるのだろう。

三月九日

本日届いたメールが何と十二件。偶然というのはあるもので、一件を除いて全て出版社関係。その全てに目を通し、返信しているうちにあっという間に一時間が経過した。

これを以って忙しいというのは実はとんでもない間違いであり、本人は忙しく感じるものの、全ては連絡という事務仕事にしか過ぎず、ここに生産性など皆無。物書きにとって生産的な仕事とは執筆でしかない。だから、こういう事務仕事は忙しいと思わず、消費した一時間を浪費として考え、執筆時間を一時間延長させる。

以前、自分の仕事ぶりを自嘲めかして〈一人ブラック企業〉と称したことがあったが、本人にはブラック企業＝悪という概念が甚だ希薄だったりする。僕が就職したのは昭和五十九年のことだが、当時社内でエースと謳われた先輩社員と話をする機会に恵まれた。

「中山くん。病気というのはね、金持ちの道楽なのだよ」

「ええっ、そうなんですか」

「考えてもみなさい。病気をしたら給料を満足にもらえない。治療代もかかる。生活するのにもやっとという人間はおちおち病気にもなれない。だから病気は金持ちの道楽なんだ」

今から思い出してもトンデモな理屈なのだが、何せこちらは入社したての、しかも馬鹿だ。金持ちでなければ病気してはいけないのだと刷り込まれた。で、何をしたかと言えば風邪が流行っている時には人ごみを避ける、基礎体力をつけるために夜の道路を十キロ走る、偏食はしない、などごく普通の生活だった。お蔭で二十八年のサラリーマン生活で病気をしたこともなければ遅刻・早退もなかった。

当時、バブル経済華やかなりし頃はどこの企業でも似たようなもので、残業は月百時間オーバーも土日出勤も当たり前だった。より遅くまで窓から明かりがこぼれるところが優良企業とされ、幹部候補生は嬉々として〈地獄の一週間〉なる半ば洗脳のような研修に全力で立ち向かい、スーパーサラリーマンなる言葉が生まれ、テレビCMでは『二十四時間戦えますか』などというフレーズを平気で毎日流していた。僕も同様で、二十四時間どころか七十二時間は継続して働ける体質になっていた。

　昨今、ブラック企業が槍玉に挙げられている。無論、今の世では到底許容できるものではないが、こと個人的に、しかも就業形態だけを比較すると昔の方がよほどキツかったような気がする。こんなことを書くとそれこそ時代錯誤だと反発する向きもあろうがその通り、僕の言っていることは時代錯誤である。ただ、あの狂乱の時代を生き抜いた戦士たちは紛う方なき歴戦の勇者たちであり、現在ワーカホリックのように仕事をしておられる同業者たちが、ほぼ同じ年代というのはこれと無関係ではないだろう。

「そんな強がりを言ってどうする。早死にしてもいいのか」という声も聞こえてきそうだが、一人ブラック企業の僕としてはこう返したい。

　そんなに長生きしたいのか?

　十七時三十分、〈セレブ・デ・トマト〉にて三省堂新井さん、同業者伽古屋さんと打ち合わせ。とはいえ、打ち合わせ自体はひと言ふた言で終わり、後は業界裏話となる。大体がこの日記に書くのも憚られる内容で（話すのは主に僕）、店内に黒い嗤いを撒き散らし（嗤うのも主に僕）、最後はチェシャ猫のように半月形の笑った口だけが残るという悪夢のごとき様相。何故、二人とも僕を止めてくれないのだろう。

三月十一日

あの震災からもう五年の月日が経った。

当時、僕はデビューしたもののまだサラリーマンを兼業していて、運命の十四時四十六分にはオフィスにいた。その時の体験はそのまま『月光のスティグマ』に描写したので、今更新しく書くことはない。

いや、やっぱりあるな。

喉元過ぎて熱さ忘れるの諺通り、一部の政治家と産業界はまるであの悲劇などなかったかのように振る舞っている。もちろん、いつまでも悲劇を引き摺るのも問題だし、いつまでも過去に振り回されるのも堪らないだろう。

しかし、それを言っていいのは被害に遭った当事者だけではないのか。被害を招いた関係者は頭を垂れ、未だ苦しみの淵に立たされた東北の人たちから目を背けてはいけない。あの日、良心と後悔に責め苛まれた自分の姿を忘れてはいけない。この国全土を覆った沈痛な思いと祈りを忘れてはいけない。

折も折、今日から仙台を舞台にした新聞連載『護られなかった者たちへ』の今月分に着手。なるべく感情には牽引されまいとするのだが、どうしても震災当時のニュース映像が頭にちらついてしょうがない。記憶力のいいのも考えもので、今日ばかりは筆の進み方が遅くなってしまった。

三月十二日

思い立ってCDを買いに行く。今すぐ必要な資料ではないが、クラシックを聴いているとプロットが浮かぶことがあるので、アイテムからは外せない。

秋葉原ヨドバシカメラ七階に行って驚いた。以前はこのフロア、タワーレコードと有隣堂で二分されていたのだが、お洒落雑貨やら靴屋やら喫茶店やらが混在している。肝心の有隣堂とタワーレコードは売り場面積が半減している。

ブック&カフェという業態は他でも見聞きしていたが、まさかオタクの聖地でこんな展開になるとは。若干の不安を抱きながら〈ヘンデル〈水上の音楽〉、モーツァルト〈アイネ・クライネ・ナハトムジーク〉、ガーシュウィン〈ラプソディー・イン・ブルー〉を購入。これだけ買っても六千円なのだから、やっぱりクラシックは値ごろ感があるなあ。

十五時、三省堂二階の喫茶店にて光文社K編集長・Mさんと次回連載の打ち合わせ。

相変わらず僕の方には何の動機もないのでリクエストを募ると、いきなり、「シリーズものをお願いします」と言われたので、少々面食らう。

他社さんにシリーズものがあることを踏まえてのリクエストなのだろうが、何も僕の方からシリーズものにしようと目論んだことは一度もない。

大体、新人がシリーズものを書いても碌なモノにならない。京極さんとか他何人かは極めて特殊な例なのであって、大抵は早々に薄味になるのがオチだ。

「キャラは立てて。それでもがっつりミステリーで」

「テーマ重ための社会派がいいです。もちろん長編」

「サブキャラに女性が欲しいですねー」

言われるままノートに書き留めておく。

じゃあプロットは今月中に何とか、と答えておいたが、さていったいどうしようか。まあ、いい。プロットなんて三日間ぼうっとしていたら何とかできるものだ。

K編集長は無類の映画好きなので、ここを先途と情報交換する。『アイアムアヒーロー』を絶賛しておくと、本当に期待に目を輝かせておられる。K編集長はいい意味で嘘の吐けない人で、出来の悪かった映画を話し始める時には一拍空く。出来がいい映画の場合は口が開く前に破顔するので聞く前から評価の中身が分かってしまうのだ。

この段階で地雷の臭いのする映画が判明するのだが、大事なのはだからといって二の足を踏むのは禁物だということだ。わたしはあなたではないし、あなたはわたしではない。他人が貶したものが自分にとっての宝石になることなんていくらでもある。だから、ちゃんとカネを払って観に行く。

前情報だけで観ることを躊躇う。またはカネを払わずに文句だけは言う。なるべくタダで、面白いものだけを享受したい。そういうのは映画ファンとは言わない。ただのエンタメ亡者である。

三月十三日

十三時、『さよならドビュッシー』ドラマ版の試写のため日本テレビに向かう。少し早く到着したので地階のタワーレコードに向かうと、カラヤン指揮ベートーヴェン交響曲がリマスター盤で全曲出ているではないか。迷わず買う。本当にこのところ衝動買いに歯止めが利かなくなっている。いずれも執筆の資料となり得るものなので言い訳もつくので始末に負えない。誰か止めてくれ。

待ち合わせ場所にて宝島ワンダーネットDさん。宝島社からはKさん・営業局Kさん・広報課Yさん・宣伝課Iさんと合流し、Oプロデューサーと顔合わせ。聞けば今回のドラマ化はOさん五年越しの企画とのこと。つくづく僕は人に恵まれていると痛感する。

意外にもドラマは原作にあったエピソードを網羅してあったので驚いた。基本的にどう料理するかは先方にお任せしていたので、こんなに忠実になるとは思っていなかったのだ。主人公遥の狂おしさ、岬の変人ぶりがより際立っており、二時間ドラマの枠からは完全にはみ出している。日テレさんは視聴率三冠を達成しているのだが、勢いのあるところというのはやはりイケイケなのだろうなあ。

試写が終わると入口で番組特製のノートを参加者の方に配るのだという。折角なのでサインはどうかと申し入れるとすんなりと（先方さんは迷惑だったかなあ）了承。ゲリラ的にサイン会となる。

帰宅後にツイッターを確認すると、参加された方は律儀に拡散してくれている。有難い。

それにしても不思議なのはちゃんとサインまでしたのに、作者の名前を〈中山千里〉と記述されている方がいること。もちろんこんなマイナーな物書きなので名前を間違えられるのは僕の不徳の致すところなのだし、第一同じ間違いは出版社からもされている。新刊の広告、果ては担当編集者さんからは年賀状の宛名まで間違えられた。

興味深いのはその間違いが全て〈中山千里〉であることだ。千里といえば大江千里さんと山咲千里さん、森高千里さん、森下千里さんくらいしか思いつかない。そんなに紛らわしい名前とも思えないのだが。

三月十四日

宝島社Kさんより連絡。『どこかでベートーヴェン』、二通りのラストも含めて受領したとの知らせ。

『どっちのラストもいいので迷ってますぅ』

その時、不意に嫌な予感がしたが、「どちらかを選んでください」と告げて返事を待つ。

数時間後の返事がこうだった。

『あのー、両方ともいいので一つに合体できませんでしょうか』

六年も一緒に仕事をしていると、相手の反応も全て想定内になる。この程度でビビってはいけない。快諾した後に、手早く合体版を送信しておく。

民主党と維新の党が合体し、政党名は〈民進党〉になるとのニュース。言い方は悪いが、売れなかった小説家が別名義で再デビューを図るようなものか。そんなもの、よほど作風を変えなければ書いている人間は同じなので結果は火を見るより明らかだと思うのだが。

民主党の中には「民主」の二字を保持したい向きがあったが、予想以上に「民主」アレルギーがあることを知り愕然としているという。こんなに嫌われているというのに、まだその程度の自覚もなかったのだろうか。今の自民党がどれだけ不満でも、絶対に「もう一度民主党に政権を」という言葉が出てないのは何故だと思っているのだろうか。

「過去に俺の作品が売れなかったのは出版社と読者のせいだ」と言っている馬鹿な作家と同じレベルではないか。

三月十五日

十二時、山の上ホテルの〈新北京〉にてKADOKAWAのTさん・Fさん・Kさんと再度新連載について打ち合わせ。今回、先方からの新しい提案は企業ものであった。

「サラリーマン生活の長かった中山さんでこそ書ける、企業ものミステリーで、しかも人間ドラマがあって、もちろん殺人があって、当然どんでん返しがあって」

それはいったい、どんな話なのだろうか。

「バブル崩壊後の企業ものになると、当然資金調達の話がでてきます。資金調達の話になると宗教の話は切っても切れなくなりますよ」

僕がそう答えると、明らかに先方の顔色が変わった。無理もない話で、マスコミが忌避するテーマの一つが宗教だからだ。

実際、僕がサラリーマンだった時に見聞きした話では、億単位のカネが動くのは大抵宗教絡みだった。信者さんには申し訳ないが、三大宗教以外は結局カネがなければ運営し続けるのは困難なので、いきおい信者さんたちはカネづるでしかなくなる。大体、寄進やお布施がなければ幸福になれないなんて教義自体が変なのだが、宗教にハマっている時には疑うことさえしなくなる。疑えないように教団側が思考停止させてしまうからだ。

とりあえず持ち帰っていただき、改めてリクエストをいただくこととする。しかし、どうしていつもいつも僕の書くものはタブーすれすれになるのだろうか。決して好き好んで選んでいる訳ではないのだが。しかもその割に、一度として関係団体から抗議を受けたこともない。まあ、僕のような泡沫の物書きに抗議したところで何の得にもならないのは自明の理なのだけれど。

三月十六日

花粉だ。

また今年も嫌な嫌な季節がやってきた。僕はここしばらく病気をしたことがないが、花粉には半世紀ほどいたぶられ続けている。とにかく、この時期は身体中の水分が鼻水に代わったのかと思えるくらいで、およそ人前に出られるような有様ではない。パフォーマンスは通常の四分の一ほどに低下し、筆も鈍る。人間として役に立たない。ゴミ箱は重いティッシュで溢れ返り、鼻はかみ過ぎて真っ赤になる。こういう時の自分の顔ときたら、およそ人としての尊厳もない。

まだ新婚当初、こいつにかかった。毎晩毎晩鼻をかむものだからたちまちゴミ箱は一杯になる。汚いので他のゴミとは分別するのだが、僕の住んでいる地域では分別用のゴミ袋が半透明であるため、中身がティッシュというのが外からでも丸分かりになる。ある朝、ティッシュだらけのゴミ袋を指定された場所に置きに行った際、近所の奥さんがそれを見て誤解した。

「まあ、中山さんたら。お盛んね」

そんな艶っぽい話ではない。

効果的なクスリも対処法もなく以来半世紀、今年もこうして苦しんでいるという次第だ。症状は本当にひどくて、デパート一階の化粧品売り場に入っただけでもくしゃみを連発する。花屋の前を通り過ぎただけでもアウトだ。え、花見だと？　さ、桜の樹なんて全部火炎放射器で焼却してしまえばいいのだ（錯乱）。

その上、事務所の隣では依然として工事が続いており、廊下には化学薬品と粉塵が蔓延している。廊下へ出た瞬間に、鼻が爆発しそうになる。思考は散漫になるというのに締め切りは迫る。プロットは溜まる。この世の地獄である。

三月十七日

十三時、講談社Kさんと待ち合わせて書店訪問。皮切りは事務所最寄の三省堂神保町本店。

文芸担当の内田さんとお会いし、早速ご挨拶。

内田さんのコメントは的確なので、いつも帯に使用させてもらっている。ともかくそのコメントを読むと、手に取ってみようと思わされる。人やモノを貶すのは馬鹿でもできるが、褒めるのには相応の知性と経験が必要になる。文芸作品なら尚更だ。だから僕は、そういう才能のある人を無条件で尊敬してしまう。自分にはない才能だ。

二軒目は同じく三省堂の有楽町店。ここでKさん、サラリーマン風の一般客を書店員さんと見間違えてしまう。無理もない。ワイシャツ、ネクタイ姿で社員証をぶら下げていて、尚且つ理知的な顔をしていると書店員さんに見えてしまうものだ。

実は僕も書店員さんに間違えられたことがある（理知的な顔とは程遠いのだが）。大阪に単身赴任していた頃、昼休みはいつも梅田のブックファーストに立ち寄っていたのだが、ここでしょっちゅう他のお客さんから「〇〇という本はどこですか？」と尋ねられた。こちらも毎日通っているので、書店員さんのふりをして該当のコーナーに案内していた。

ある日、ハイソな雰囲気のご婦人から「フランス文学のコーナーはどちらかしら」と訊かれた。その日は僕も虫の居所が悪かったので、「こちらでございます」とフランス書院の置いてあるコーナーに誘導したのである。そして書架の陰からご婦人の呆気に取られる様子を覗き見して悦に入っていたのだから、本当にサイテーな野郎である（ブックファースト関係者の皆様、その節は申し訳ありませんでした)。

三月十八日

深夜、朝井リョウさんと加藤千恵さんのオールナイトニッポンを聴いていたら、朝井さんがいきなり僕のことを話し始めるのでびっくりする。

『わたしの中では変な人というかリアル右京さんなんですよね。あの相棒の。中山さんを座らせておくだけで、その後ろであたふたする部下が見える、みたいな』

朝井さん独特の物言いだから柔らかに聞こえるが、要は嫌われているのだ。意外だったのは加藤さんも僕の名前をご存じだったこと。

『あ、あたしも聞いたことがある。月に六百枚書くって話。六百枚だから一日二十枚だよね。普通はさ、一日二十枚書けたとしても生涯のピークだよね。毎日なんて無理』

こんな泡沫の物書きの噂話が、どうして広まっておるのか。

『アンソロジーの話の時もあの人、三日あれば書けるとか言っててさ。嫌味な言い方じゃなかったけど、他のみんな、やめてくれよーって思うよね』

すみません、本人は至って嫌味な人間なんです。

『〈アイアムアヒーロー〉の試写会でさ、主演の大泉洋さんの隣はマネージャーさんとかスタッフさんとかが座ると思っていたからみんな遠慮していたのね。ところが後で聞いたら中山さんがちゃっかりその席に座ったんですよ』

そ、そうか！　それであの席が不自然に空いていたのか。

あまりの無思慮さに自分で眩暈《めまい》を覚える。

三月十九日

十二時二十五分、日比谷ＴＯＨＯシネマズシャンテにて『Ｍｒ．ホームズ』観賞。連休初日、公開二日目とあってほぼ満員。客層が『シャーロック』とほぼ同じなのは興味深い。まさか若い女性がイアン・マッケラン主演の映画を観にくるとは。しかし、本当に若い男性客がいないいな。

内容は、あのシャーロック・ホームズがモリアーティ以上の強敵――自らの老いと闘うというストーリーである。オープニングからＢＢＣのマークが現れると、ああやはりホームズは大英帝国の所産なのだと思い知らされる。頭脳明晰な人間の一番の恐怖は耄碌することだが、とにかくこの映画は老優イアン・マッケランの演技に尽きる。満足して映画館を出る。

ハリウッド映画もいいが、僕はこういうイギリス映画の凜とした佇まいも好きなのだ。

この日記では、というか僕は基本的に映画を貶さない方針である。するとある人からこんな意地悪な質問をされた。

それなら『〇ビルマン』とか『〇ッチャマン』とか『進〇の巨人』とか『ギャラクシー街〇』はどうなんだ、え？　褒められるのか、うん？

褒める箇所がないのなら黙っていればいいだけの話だ。というか、これは本好きの人には思い当たるだろうが、長年本に親しんでいると平台に積まれた本の表紙を見ただけで面白いかどうか、あるいは自分の好みかどうかが何となく分かるようになってくる。つまり本読みとしての勘が備わってくるようになる。

映画も同じだ。これだけ本数を観ているとポスターを見ただけで地雷かどうかが分かってくる。だからといって観ないという選択肢はない。地雷の臭いがしても観る。本当に地雷だったら自分の勘に満足し、予想外の出来だったら喜んでいればいいのだ。

三月二十日

執筆している最中、急に心臓が痛くなる。何やら締めつけられるような痛みに、しばし休憩。

いったいこれはどういうことか。もしやエナジードリンクの飲み過ぎではあるまいか。最近は一日二本飲んでいるのだが、海の向こうでは摂取過多で死亡者まで出ているというではないか。

動悸が治まったので執筆を再開するが、ふと思う。

現在は小説講座がちょっとしたブームで、どんな規模の講座にもそこそこ人が集まるのだという。ネット上の「小説家になろう」にもずいぶん投稿があるらしいので、作家志望者は増加傾向なのだろう。

しかし、みんなこんな仕事、本当にするつもりなのか。朝から晩まで仕事場に籠もりっきり、外出するのは食事と映画のみ、碌に眠りもせず、エナジードリンクの飲み過ぎで身体をおかしくする。こんな仕事に就きたいなどと考えるヤツはマゾヒストか自殺願望のある人間しかいないのではないか。僕がそれでもこの仕事を続けているのは、ただ仕事だからという理由だけなのだが、いったい他の作家さんや作家志望者は何を求めて、こんな仕事を続け、また求めているのだろうか。理解に苦しむ。

三月二十三日

目が覚めたら日付が二日違っていた。

やっちまった。四十五時間も寝過ごしたのだ。

原因は分かっている。体調がどうにも不安だったので、ついベッドで横になってしまったのだ（因みに横になって寝るのは二ヵ月ぶりだ）。それで深く寝入ってしまったらしい。常時睡眠不足であるため、一度寝るとこうなる傾向がある。

二日を無駄にしたのでもう締め切りがデッドラインに近づいた。朝刊連載を二十日分書き終えたまま送信、残り十日間分は月末に回し、急遽夕刊の執筆に取り掛かる。

　ところが身体が金縛りに遭ったようにスムーズに動かない。これも原因は分かっている。四十五時間もの間、一切寝返りを打たなかったので身体が変に硬直しているのだ。

　事務所にもベッドはあるがパイプ式であり、階段を上るようになっている。ベッド自体は床から一・七メートル離れている上に、マットと布団を敷いたら手摺部分がほとんど埋まってしまう。つまり大きく寝返りを打つとそのまま真下に墜落し、おそらくただでは済まない。だから寝入ってもおちおち寝返りを打てなくなってしまった。

　このままでは執筆に支障が出るため、マッサージ屋に直行する。施術の兄さん、僕の肩に触れた途端、驚きの声を上げた。

「お、お客さん。いったい何のお仕事しているんですか。長年マッサージやってますけど、まるでパワードスーツ着込んでいるみたいですよ。指が全然入らない……」

　まあ事務職で、とお茶を濁しながら一時間揉んでもらう。何とか肩は動くようになったので、また執筆に戻る。

繰り返しになるが、本当にこんな仕事に憧れている者が全国に数万人もいるのだろうか。全く理解できん。

三月二十四日

十一時三十分、朝日新聞出版Yさんと毎度お馴染みの喫茶店にて、「小説トリッパー」での新連載について打ち合わせ。

昨年同社から刊行した『闘う君の唄を』は半年経っても未だ重版がかからない。こちらとしては刑場に引き出される囚人のような心持ちだったが、Yさんは、

「当社としては利益が出ていますので、気になさらないでください」と言ってくれる。しかし損益分岐点が出版社ごとで違っているため、著者としては重版がかからない限り版元に迷惑がかかっているのではないかと気が気ではない。

「仮に重版がかからなかったとしても、それは手前どもが至らないせいなので……」

大抵の編集者さんはそう言ってくれるが、僕は違うと思っている。

本が売れるのは出版社の努力の賜物であり、売れないのは作者の責任だ。

こんなことを書くと同業者から抗議されるかも知れないが、こんなことを版元のせいにしてどうする。第一、売れないのは自分一人の責任にしておけば、自分さえ売れるものを書け

ばいいという単純な結論に落ち着く。次作を頑張ればいいだけの話だ。ところがこれを版元の（あるいは他人の）せいにすると恨み辛みが募るばかりで、結局は何にもならず人間を拗らせることになる。事実、そうなってしまった作家さんを僕は知っているのだ。

Yさんのリクエストは『闘う君の唄を』に連なる、たとえば待機児童をテーマにしたミステリー」である。

「純然たるシリーズでなければ、キャラクターの一人だった神尾先生を主人公にしてもいいですか」

「あっ、それいいです。書店員さんからも彼女のキャラがいいって評判だったんです」

掲載誌の十二月号に間に合うようにするということで打ち合わせが終わり、神田界隈にはあまり足を運ばないというYさんをカレーショップ〈ボンディ〉に誘う。食事中に聞くと、やはり朝日新聞出版のある築地の店で食べることが多いのだと言う。

築地でランチ、築地でディナー。想像しただけでも涎が出てくるぞ畜生。

ふと気がついた。これでプロットを提出しなければならないのが長編九つに短編が一つ。わはははははははははははははは（途方に暮れている）。

三月二十五日

日刊ゲンダイ連載『ドクター・デスの遺産』、ようやく最終回まで書き終わり、すぐに送信する。すると直後に電話が掛かってきた。原稿が無事着いたことの報告かと思ったが、発信元は何と集英社のTさんではないか。

『そろそろ今月の締め切りが……』

うわあああああ、すいませんすいません。

「二日で仕上げます！」（安請け合い）

『そうですか、それなら何とか間に合います』

長編連載終了の余韻に浸る間もなく、『TAS　特別師弟捜査員』の執筆に入る。こういうのを自転車操業というのではなかろうか。

執筆を続けていると文春文庫部のKさんよりメール。また『静おばあちゃんにおまかせ』に重版がかかったとのこと。

本当にこの作品は長期間に亘って地味に売れてくれる。書いた当初、四六判で刊行した時には、まさかこんな売れ方をするとは予想もしなかった。僕には不似合いなコージー・ミステリー（に見せかけた別の何か）仕立てだったけど、やっぱり今はこういうのが人気あるのだろうか。

三月二十六日

ある作家さんが炎上している。

ことの発端は某アイドルグループが〈日本一おいしいラーメン〉を作った際に福島県産の小麦粉を使用したのだが、この作家さんがそのことについて暴言を吐いてしまったのだ。ツイッターは大炎上、作家さんはツイッターもブログも更新を止めてしまったのだが、問題はその後だ。アマゾンの書評に皆が悪口雑言を書き連ね始めたのだ。

これが炎上商法だったのか、そうでなかったのかは知らない。

また、読んでもいない本のレビューに作者本人への悪口を書き連ねることも、それが是か非かは意見の分かれるところだろう。「こんな作家の本は買うべきではない」という不買運動の一環として是認する人もいれば、「書評はあくまで書評を載せるべきだ」という原則論を主張する人もいるだろう。

ただ、この悪口雑言の数々を眺めて一つだけ気になることがあった。それは「こんな人間性の作家の書くものはどうせ駄作に決まっている」という意見だ。

何を言っておるのだ。

作家本人の人間性と、その作品の内容は全く別物である。一例を挙げれば、あんなに人の心の機微を書ける人がとんでもなく傍若無人であったり、あんなに残虐非道なストーリーを作り出す作家さん自身がとても少女趣味な人だったりという例は枚挙に遑《いとま》がない。評伝を読む限り、太宰治なんてそのまま「人間失格」であり、石川啄木なんて人は浪費癖で借金まみれだった。それでも彼らの紡ぎ出す作品は文学史に燦然と光り輝いているではないか。それにたとえばあのベストセラーを生んだ作家さんは（自粛）。

人間性＝作家性などというのはとんでもない勘違いであり、それをネットで吐き散らかしている人たちは、それだけで自分の無知を曝け出していることに気づかないのだろうか。

三月二十七日

二十三時、日付の変わる寸前で『TAS　特別師弟捜査員』今月分を脱稿。やれやれ。あと四日で三本の連載をこなせば今月も何とか……と油断していたら、あわわわわ。しまった！　明日二十八日は書店訪問、その翌々日三十日は三省堂池袋本店で新井ナイトでないか！　おまけに間に挟まった二十九日は『どこかでベートーヴェン』の初校ゲラの受け渡し日だ。

一、書店訪問は編集者さんだけで行ってもらう。

二、新井ナイトは新井さんとゲストの薬丸さんだけでやってもらう。

……あかんな。仕方がない、今よりも睡眠時間を削るとするか。

少しだけ時間ができたので、買ったまま封も開けていなかった『ゴジラ』北米版を観賞する（そんな暇があるなら寝ろ）。この北米版はクライテリオン社が製作したものだが、悲しいというか情けないというか、古の黒澤映画とか小津作品は日本の製作会社よりも海外の方がフィルムの保存が良好であり、『ゴジラ』においてもクライテリオン版が画質音質ともに東宝版を凌駕している。ジャケットもあっちの方がずっといい。コレクターとしては嬉しい限りだが、日本人としてはどうにも複雑な気分だ。

折も折、『七人の侍』が4Kリマスターされて限定上映されるという。奇しくも『ゴジラ』と『七人の侍』はともに昭和二十九年の公開（東宝スタジオに行くと、正門にはこの二作が大きく描かれている。東宝にとってもこの二作は特別なのだ）、願わくばこうしたクラシックな邦画をできるだけリマスターして上映してほしい。それが無理ならブルーレイのみの発売でスルーしても構わない。こういう日本の文化遺産を外国の手に委ねられているのは恥だと思うのだが。

三月二十八日

十一時、講談社Kさんと『恩讐の鎮魂曲』三回目の書店訪問をSHIBUYA　TSUTAYAさまからスタート。同店は長らく改装中であったため、本日の訪問が改装後初めてとなる。入って驚いたのはツタヤが経営している図書館と内装が酷似している点。並んでいた

ら、どっちが書店でどっちが図書館か区別がつかない。その後、
・紀伊國屋書店新宿南店さま
・ジュンク堂書店池袋本店さま
・丸善丸の内本店さま
・有隣堂ヨドバシＡＫＩＢＡ店さま
・ときわ書房本店さま
を訪問。いつもながら喋り倒して書店員さんを呆れさせる。さて、ときわ書房の宇田川店長は新人賞の下読みや書評家としても有名なのだが、新人賞にまつわるエピソードとしてこんな話を聞いた。宇田川さんが店頭にいると、一人の男性客がちらちらとこちらの様子を窺っている。何だろうと思っていると、近づいてきて、

「……予選の……選考員……されていますよね」とぼそぼそ話し掛けてくる。

「ええ、まあ」

「これ……読んでください」

彼が差し出したのは原稿の束だった。

それなら公募に送ってくださいと丁寧な応対をして、原稿は受け取らなかったそうな。

言うまでもなくこういう売り込み方は愚の骨頂であって、選考委員や出版社に直接掛け合

った時点で「ああ、こいつはまともに公募へ送っても落とされるのが自分で分かっているから、直接捻じ込もうとしているんだな」と思われ、実際よりも低く評価されてしまうのがオチだ。下手をすればアブないヤツと思われるかも知れない。

大体、持ち込みでデビューしたというのは、近年では京極さんくらいのもので、この時は規定枚数が条件を満たしていなかったため、直接編集部に送ったという経緯がある。これがとんでもない傑作（『姑獲鳥の夏』）であり、当時の編集長は「三顧の礼をもってお迎えするように」と社員に命じたという、つまり滅多にないパターンだったのだ。その後、講談社は締め切りも規定枚数も設けないメフィスト賞を設立したが、これは〈持ち込み〉の制度化に他ならない。今、持ち込みや選考委員のストーカーをしても気味悪がられるだけだ。そんなことをしなくても新人賞なら腐るほどあるし、新人賞を獲ってデビューした方がよっぽどスマートで、かつ小説家として残りやすいと思うのだが。

三月二十九日

今日中に『作家刑事毒島』今月分を執筆するために朝食と昼食を抜く。足らない分は夕食に摂ればいいだろう。

ところが今日も今日とて花粉症に悩まされる。書く内容は頭の中に入っているのだが、目がしょぼしょぼするわ鼻水が垂れるわでしばしば中断を余儀なくされる。またくしゃみのし過ぎで偏頭痛がする。

ここで横になると、またぞろ意識不明のうちに日付が二日ほど経過してしまう。

気合いだ、気合いだ！

どこかの格闘家みたいな声を発しながらエナジードリンクを一気飲み。心臓が目覚める。

十八時、喫茶店にて宝島社のKさんと待ち合わせ。五月刊行予定『どこかでベートーヴェン』の初校ゲラを受け取る。ぱらぱら繰ってみると修正箇所はそれほどない。

「ここで修正やっちゃいましょうか」

「えっ」

かくて担当編集者さんを前にゲラ修正ライブ。原稿用紙五百枚分ほどの分量だったが三十分で修正作業は終了。やれやれ、これで刊行までのスケジュールをずいぶん短縮できた。

「……ずいぶん前からの連載なのに、よく前後しませんね」

感心されるが、連載途中や終了直後の原稿は細部まで憶えているのが当然ではないか。もっとも書籍化された途端、書いた事実まで忘れてしまうのであまり大口は叩けないが（実際、デビュー作の『さよならドビュッシー』や裏デビュー作の『連続殺人鬼カエル男』などは、今読んでみても他人が書いたもののように感じる）。

とにかく空腹だったのでKさんを誘って〈エチオピア〉というカレー屋に入る。優雅に食事をするKさんを前に、僕は欠食児童のごとく忙しなくスプーンを動かし、忙しなく喋りまくり、忙しなくリアクションをする。近くに客がいなくて助かった。

三月三十日

連載原稿が二十五枚まで片づいた時点で空腹に気がついた。慌てて二十四時間営業の定食屋に飛び込み、色々とかっ食らう。

十七時三十分。〈新井ナイト〉出席のため、三省堂池袋本店地下一階で待ち合わせ。ビル内のサンドイッチ屋さんで時間を過ごしていると、隣の女性客の話が洩れ聞こえてくる。どうやらお二人とも薬丸岳さんのファンらしい。本日の新井ナイトは名目上、僕の『恩讐の鎮魂曲』刊行記念となっているが、薬丸さんの吉川英治文学新人賞受賞をうけて急遽お祝い会を兼ねることになったのだ。

十八時、講談社の方々と薬丸さん到着。上階の喫茶店にて二人ともサイン本作りに没頭する。僕は三日前に購入したばかりの『Aではない君と』に薬丸さんからサインをいただく。この本は当の三省堂池袋本店で買い求めたものだが、その時レジに立った若い男性スタッフの対応が見事だった。

「お客様。この本はイベント対象商品なので、よろしければ参加券などいかがでしょうか」

えーっと、そのイベントのホスト、わたしなんですけど。

十八時三十分の開場時間になっても司会役の新井さんは姿を見せない。連絡するとお客さんの応対で手が離せないという。

「このまま打ち合わせなし、ということなんでしょうか」

講談社の方々は一斉に不安がるが、既に経験済みの僕と薬丸さんは泰然自若としたものだった。どうせアドリブで何とかなるだろう。〈新井ナイト〉はいつもこんな具合だ。

十九時開演。薬丸さんの人徳のお蔭で満席。何故かステージにはハイサワー缶。まあ祝杯ということなので参加者全員で薬丸さんの受賞に乾杯する。目の前に酒があると落ち着かないので僕は一気に飲み干す。

話は御子柴シリーズについて始まったが、やがて二人の執筆スタイルに話題が移る。プロットにかける姿勢、物語構築の過程、視点の置き方、生活パターン、テーマの追い方、その全てが真逆であり、話しながらよく二人で顔を見合わせる。最近こんな風に色々な作家さんと話していてやっと気づいたのだが、僕はどちらかと言えば特殊というか邪道であるらしい。ああ、だから正統派である薬丸さんに憧れているのだと自覚する。いつしか話はどんどん脇に逸れていくが、お客さんがよく笑ってくれるのでまあこれでいいのだと思いながら話し続ける。新井さんはと見ればとっくに司会役を放棄し、部屋の隅から二人をにやにやと眺めている。仕事せえ仕事。

「薬丸岳さんと下村敦史さんが乱歩賞を獲ったことで、仕事を辞める作家志望者や何年落選し続けても投稿をやめようとしないニートが増えた。どう責任を取るつもりだ」と、まぜっかえすと、薬丸さんはひどく困った顔をされていた。

サイン会に移ると担当編集者さん以外にも見知った作家さんたちが参加してくれていた。伽古屋圭市さん、神家正成さん、明利英司さん、ありがとうございます。

サイン会終了後は付近の中華料理屋で打ち上げ。池袋駅周辺は深夜になると中華料理屋しか開いていないらしい。早速、『作家刑事毒島』の中で使わせてもらうとするか。

実は打ち上げで交わされた会話こそトークショーで開陳された話の数倍は面白いし、それこそお金を払ってでも聞きたいような内容だ。そして当然、そういう話ほど禁忌なのだ。

四月一日

原稿はまだ終わらないが、このままでは前売り券が無駄になってしまうので、丸の内TOEIにて『仮面ライダー1号』を観賞。仮面ライダーの映画というよりは藤岡弘、劇場。それでも入場料分は愉しむ。

帰宅してから再度執筆を続行。

十八時、祥伝社Nさんと喫茶店で打ち合わせ、『ヒポクラテスの誓い』文庫版のゲラを受け取る。映像化が絡んでいるといっても、一年少々の文庫化は祥伝社さんでは異例とのこと。

十八時三十分、講談社のKさんと合流し三省堂池袋本店四階に移動。本日は〈新井ナイトスペシャル〉で島田荘司さんのトークショーにゲストで呼ばれているのだ。

今、僕が一番欲しいものはタイムマシンだ。もしあれば、島田さんのデビュー作を布団にくるまって読んでいる大学生の自分に「お前、三十五年後にこの作者さんと同業者になって、しかもトークショーしてるぞ」と言ってやりたい。

十九時開演。見れば司会役の新井さんは会場の一番後ろに立って、こちらをにこにこ眺めている。あ、あ、あんた僕に進行役を振るつもりかああっ。

前々日と異なり、今日は島田さんから話を引き出す役に徹しようと考えた。幸い、昨日試写は観たし『星籠の海』原作も頭に入っている。ネタバレを回避しつつ、映画に興味を持っていただくよう客席に語りかけている途中、携帯電話の着信音が鳴り響く。

島田さんに断りを入れて電話に出る。医療小説大賞の選考会がたった今終わったらしい。

「はい、中山です」

『残念ながら今回は受賞なりませんでした……』

お疲れ様でしたと電話を切り、島田さんに報告すると、

「うーん、受賞してたらここで盛り上がったのに」

いやっ、これは本当にわたしの不徳のいたすところで。

落選はしたが元より獲れるとは思っていないし、こういう雰囲気の中で連絡をもらったので、却って嬉しかったりする。

島田さんの話は微妙に脱線するが、これはご本人が興に乗ってきた証拠なので敢えて軌道修正はしない。話が逸れても含蓄のある内容なので、聞いていても楽しい。と言うか観客を楽しませることに徹しておられるのだと思う。こういう姿勢が作品に出るのだから小説というのは恐ろしい。

トークの途中、島田さんから拙著『追憶の夜想曲』についてお褒めの言葉をいただき、いきなりだったのでひどく恐縮してしまう。『追憶の夜想曲』は今まで色んな方から褒めてもらえたが、今夜がクライマックスだった。正直、文学賞をもらうよりもこの人に褒めてもらえる方が何十倍も恐縮してしまう。今僕が一番欲しいものはタイムマシンだ。もしあれば以下同文。途中で何度か「七里さんは特別だから」と言われる。ああ、これで遂に島田さんにも認定されたので開き直ることにした。よおおし、僕は特殊なんだ！（威張ることかよ）。

こうして二人で話し込んでいる最中も新井さんはただ笑っているだけだ。トークが終了し

た時には、「あー、今日は楽だった」と吐かしやがる。仕事せえ仕事（しかしサイン会になった途端、新井さんは僕の著書をわざわざ島田さんのファンに勧めてくれていた。これぞ書店員の鑑）。

打ち上げの席上、「またトークショー、やりましょう」とお誘いの言葉をいただく。あー。今、島田さんから誘われて嫌と言えるミステリー書きは一人もいないんですけど。

四月三日

ＬＤプレーヤーとアンプの接続に問題があるため、インストーラーのＮ社長にきてもらう。小一時間ほど粘ってもらうが解決策が見出せず、次回までの宿題とする。

そろそろスクリーンが老朽化して、と相談を持ちかけると採寸したうえでの納品になるが、結局は特注になりとんでもない金額が必要になるらしい。とほほほ。

妻から自治会についてこんな噂話を聞く。自治会に創価学会が蔓延《はびこ》り、組織を牛耳った上で従来の規約を変えてしまおうとしているらしい（あくまでも噂ね）。

僕は特定の宗教団体に所属しているものではないが、どうしても宗教団体は色眼鏡で見てしまう傾向がある。それは信者と呼ばれる人々が、傍からはとても幸福そうに見えないからだ。

宗教自体は人の苦しみを減じるものなので何も文句はない。教義もそれぞれに素晴らしいと思う。しかし、それが宗教団体になった途端に胡散臭さを感じてしまう。お布施に奉仕活動に勧誘、そして教祖への崇拝と政治活動。どう好意的に見ても踊らされているとしか思えない。

生まれ育ったところが田舎であったため、新興宗教というのは常に身近にあった。田舎では宗教活動すら娯楽の一部なのだ。親戚から面白い8ミリ映画を観せてやると言われ、のこのこついていったら何のことはない創価学会大会のビデオで、北朝鮮もどきのマスゲームを延々と、しかも無理やり観せられた。おそらくこの時の失望感が宗教団体嫌いの原因ではないかと思っている。

ポストに投げ込まれたチラシでは十日に総会が開かれるとのこと。

いっそ乗り込んで、かき回してやろうかしらん。揚げ足を取ることと毒舌を吐くことと純朴な人間に疑心暗鬼を抱かせることにかけては、僕の右に出る者は……ずいぶんいるな。

四月四日

各出版社より相次いでメールが届く。

原稿はまだか。

プロットはまだか。

とりあえず祥伝社『ヒポクラテスの憂鬱』一回分と佐藤青南さん著『ジャッジメント』文庫版の解説を送信し、『護られなかった者たちへ』に着手。明日から台湾、今回はツアーに紛れ込むのでそうそう執筆時間は取れない。書けて一日十枚といったところか。それなら旅行中にプロットを練るのが一番のように思える。こういう仕事をしていると旅行先だから何もできなかったという言い訳ができない。パソコン一台あればできる仕事というのは、つまりどこにいても仕事からは逃げられないということなのだ。

三十日、イベントで薬丸さんとトークを繰り広げた際、お互いのことごとくが真逆で驚いたものだが、たった一つ共通するものがあった。小説家になるのを人には勧めないということだ。これはあの東野圭吾さんも仰っている。いや、この仕事を五年以上続けた人間ならみんな同じ意見だろう。だから、そんなに憧れない方がいいと思う。

四月十日

祥伝社Nさんより届いたメールを見て驚く。『ヒポクラテスの誓い』文庫版に際して、本物の法医学教授に確認した修正点を挙げてもらったのだが、これがA4サイズ用紙八枚にみっちりと書かれた代物。しかも内容は専門用語が並び、これだけ見ていても学術書を読んでいるような気分になる。

「法医学の先生、中山さんを医療関係の人だと思っているらしくって、『はい、これが疑問点です』って提示するだけで細かな説明とかされなかったんですよね」

白状すると、『ヒポクラテスの誓い』も事前に取材や資料読みは一切していない。記憶力と勢いだけで書いたので、専門家に読ませたらこうなることは重々承知していたのだ。そう言えば単行本刊行の際も海堂さんに献本してダメ出しを食らった。それでも続編を書けと言った祥伝社さんの勇気は大したものだ——などと思いながら修正作業に着手する。

修正点を具《つぶさ》に見ていくと、ここを修正するとストーリーに破綻を来たしかねないようなパターンに遭遇する。つらつら考えるに、やはり僕は何についても門外漢で不勉強だと思い知る。そして門外漢だから思いつくストーリーがあるのだと気づかされる。本物の音楽家では『さよならドビュッシー』は書けなかったし、本物の司法関係者では『贖罪の奏鳴曲』は書けなかった。『総理にされた男』も然り。きっと僕は、そういうヤクザな書き方が性に合っているのだろう。

四月十二日

妻とともに東京に戻る。僕は仕事だが、妻は息子の部屋の掃除に駆り出されているのだ。

「掃除なんて彼女にしてもらえればいいのに」

「駄目よ。最近、あの子別れちゃったから」

東京帰着後、息子の部屋へ向かった妻から早速メールが届く。

『嫌ー、ベランダはゴミ袋だらけで部屋も足の踏み場がないー』

そんなもの、想定内ではないか。

ポストには〈ばらのまち福山ミステリー文学新人賞〉からのお誘いが届いていた。去年お招きいただいた流れなのだろう。開催日が他の仕事と重なっているので悩む。きっと今年も森村さんが特別ゲストで出席されるんだろうなあ。

前にも書いたが、昨年は東京から福山までの四時間、ずっと島田荘司さんと森村誠一の正面に座っていた。何というか僕にとっては夢のような四時間であり、あれほどICレコーダーを用意してこなかったのを悔やんだことはない。元より森村さんには罪悪感もあったので緊張の針は完全に振り切れていた。森村さんは〈山村正夫記念小説講座〉の世話人を務めていらっしゃるのだが、僕は以前講座出身の七尾与史さんの誘いで講座の呑み会に誘われ、酒席とはいいながらそこでつい口走ってしまったのだ。

「小説ってさ、書けるヤツには書けるけど、書けないヤツには書けないんだよね」

その瞬間、周りの空気が凍りついた。何故空気が凍りついたのか不思議だったのだが、後で某編集者さんに伝えると、「あー、それはねー中山さん。作家志望者が一番聞きたくないことを言っちゃったせいですね」と言われた。そうか、禁句だったのか。当たり前の話なのに。

それで森村さんとお会いした時、僕はすぐその非礼を詫びた。すると森村さんは怒るどころかにこにこして、

「いいよ。俺なんか普段からもっとひどいこと言ってるから」

四月十四日

宝島社Kさんよりメール。五月新作の『どこかでベートーヴェン』のプルーフ表紙が出来上がったとのこと。

作者の自己紹介も併せて記載されている。

〈趣味は映画観賞と小説書き。モットーは執筆中に急死したい。最近どころかデビューしてからずっと寝不足〉

これは本心である。はっきり言ってベッドの上なんかで死にたくない。死ぬ時でも数本の連載を抱え、それを執筆している最中にコロッと逝くことができれば、物書きとして本望だと思うのだがどうか。

四月十五日

十九時三十分、神楽坂の焼き鳥屋さんにてKADOKAWAのお三方と夕刊連載『ドクター・デスの遺産』終了の打ち上げを兼ねて食事。早速、書籍化の際に膨らませたいというポイントを提示される。元より夕刊連載ということでスピード感を出すために、エピソードを端折っていたので、これは想定内。膨らませ方も最初から考えていたので今になって困ることもない。ただ、書き下ろしの部分では、きっちり犯人を逮捕してほしいとのこと。これも了承。

文芸カドカワの連載についてはやはり金融ものでいきたいというのが先方の意向。もうどうとでもなれという気分で了承。これも世代間の軋轢をスパイスにすれば真っ当な企業ミステリーになるような気がしてきた。

話の途中で、僕が唯一ゆで卵が苦手ということを打ち明けるとお三方とも意外な（というか非常に嬉しそうな）顔をする。他にも食べられないものがありますか、と質問される。

「いや、普通に四つ足の動物は何でも食べますよ。ほら〈ふるさと〉って唄の歌詞で『うさぎ追いしかの山』の箇所、高校生になるまで『うさぎ美味しかの山』だと信じ切ってましたからね。あ、それから変わったところではタヌキとか」

「えっ、タヌキ」

「高校が山の中にあったんで、先生が通勤中にタヌキ轢いちゃったりするんですよ。そうするとその日の生物の時間はタヌキの解剖実習になるんです。もっとも解剖用のメスなんてないから、家庭科室の包丁で代用するんですけど。で、授業が終わって昼休みになると準備室に僕が呼ばれるんです。行ってみるともうタヌキ汁が出来上がっていて、それを先生やら悪友仲間で食すんです。まあ、教材が食材になったということで。ああそうだ、それで最後は骨だけになるんだけど、僕がこびりついていた肉片を水酸化ナトリウムで溶かして、図書館から借りてきた動物骨格の本を見ながら瞬間接着剤で骨を接ぎ合わせてタヌキの骨格標本作ったんです。それを生物室の前に飾っておいたら校長先生から『出来のいい模型ですね』と褒められて。あれっ、どうして三人とも引いてるんですか。ねえったら」

四月十六日

一昨日に発生した熊本地震、日を追う毎に犠牲者が増えていく。被害状況が悪化していく。

被災地から遠く離れた自分はこんな時に何ができるのか。何をすればいいのか。

決まっている。自分の日常を粛々と進めるだけだ。自分に与えられた仕事をこなし、家に帰り、家族と言葉を交わす。誰を責めることもなく、誰を揶揄することもしない。情報亡者にならず、かの地に思いを馳せていても不用意や不必要な情報発信はしない。寄付をしたい者は寄付をし、直接復興に尽力したければ熊本に旅行する。有形無形の支援を偽善と嗤う前に賛同し、人命救助に奔走する消防団や自衛隊員を応援する。彼らはプロフェッショナルだ。不慣れな手や声で彼らを惑わせるべきではない。僕たちは心かおカネか、あるいは両方を被災地へ届ける。そして祈る。

それでいい。

四月十七日

朝刊連載『護られなかった者たちへ』、とりあえず半月分を脱稿。そろそろ締め切りの迫っている文芸誌の連載に着手する。ただ、少しインターバルというか箸休めがしたかったので、趣味で書き進めているＳＦに手を伸ばす。どこからも執筆依頼がなく、またどこにも発表する予定のない小説を何故書いているのかと責められると返す言葉もないのだが、まあ趣味としか言いようがない。現在六百枚に近くなっているが、まだ終わりが見えていない。これはデビュー作を投稿した直後から書き始めたものだが、その時点ですら発表とか投稿とかとは埒外の作品だった。

昔からＳＦが大好きだ。

僕の十代後半から二十代まではSFの全盛期で早川・徳間をはじめとした専門誌が五誌以上はあったのではないか。アニメや映画はSFと銘打てば一定のセールスが保証されるような時代だった。ああ、あの頃は手に入る限りのSFを怖ろしい勢いで読んでいたよなあ。そういう原体験があったので、投稿熱がいったん下がってから自分でもSFを書きたくなったのだろう。

ところがデビューしたのがミステリーであったことも手伝って、この趣味の小説は書き下ろしや連載のちょっとした箸休めでしか書く暇がなくなってしまった。強いてジャンル分けするなら海洋SF冒険ものといったところか。我ながら面白いと思うものの、やはり商業ベースに乗せるつもりは毛頭ない。円城さんや宮内さんや亡くなった伊藤さんじゃあるまいし、中山七里のSFなんて誰が買うものか。売れないと分かっているものを商業出版すれば版元に迷惑がかかる。そんなものを出す訳にはいかない。

だからこの趣味のSF小説は僕が僕だけのために書いている。そして時々読み返しては悦に入っているという、それこそマスターベーションの代用小説なのである。

四月十九日

出版業界には年末進行の他にGW進行というものもあり、雑誌連載などは通常月よりも一週間早めになる——ことをすっかり忘れていた。しかも今月は八日まで台湾に旅行していたので実質の稼働日は更に少ない。

で、案の定締め切りに追われている。昼間には三社から原稿督促の電話が入った。気分は多重債務者。しかもこの場合は利息だけでは到底許してくれないのである。仕方がないので食事の時間を削って執筆の時間に充てる。ただし前にも書いたが五十を過ぎると集中力が低下するので、長時間パソコンの前で粘っていてもパフォーマンスが上がる訳ではない。いつもと同様、一日二十五枚がやっとという体たらく。ほとほと自分が情けなくなる。

ニュースを見ていると予想通り、熊本地震においてマスコミの不手際が叩かれている。緊急車両や物資運搬車が報道各社のクルマで邪魔をされる。映されたくないのにカメラを向けられるｅｔｃ．

被災者の救助や支援を阻んでまで現場に立ち入るような権利をいったい誰が持っているというのか。

知る権利というのは、被災者の心情を蔑ろにしてまでも唱えなければならないような大層なものなのか。

〈絵になる構図〉の画を撮るのは、そんなにも重要な使命なのか。

そんなところに柚月裕子さんが推理作家協会賞を受賞したとの知らせ。めでたい。同じ新人賞の出身者として本当に嬉しい。きっと今頃は、あの理知的なお顔で笑っているんだろうな。

柚月さん、本当におめでとうございます。

四月二十一日

「小説すばる」連載『TAS　特別師弟捜査員』、今月分を脱稿した途端、何の脈絡もなく唐突にこう思った。

〈デリー〉のカシミールカレーが食べたい――。

今から三十年ほど前、つくばで科学万博というものが開催された。当時、僕は京都に住んでいたがSF好きの友人とともに泊りがけで上京したのだ。

その時、東京で食べたのが件のカシミールカレーだった。ほとんど真っ黒のカレーなど初めてだったし、その強烈な辛さも記憶している。因みに以来その店を訪れたことも、そのカレーを口にしたことも一度もないが記憶だけは薄れなかった。記憶。そうだ、僕はよくこんな風に三十年前四十年前の記憶がふっと甦ってしまうので本当に困っている。

思い出したら矢も楯も堪らなくなり、早速ネットで調べたが、カレーショップ激戦区である神保町にも秋葉原にも〈デリー〉の店舗は見当たらない。だが銀座店が最寄にあったので、早速行ってみる。

注文して待つこと十分、やがて運ばれてきたカシミールカレーはまさしく記憶通りの色、記憶通りの味だった。満足。

事務所に戻ると山本周五郎賞に押切もえさんの作品がノミネートされたとのニュース。それ自体に関心はないが、『このミス』出身作家岡崎琢磨さんのツイートが興味深かった。

『いまいちピンと来てない方のために説明すると、だいたいの若手エンタメ作家が、ショーウィンドウの向こうのトランペットを欲しがる少年ばりに、よだれ垂らしてじっと見つめてるのが山本周五郎賞です。作家どうしで文学賞の話題になると、憧れる賞としてまず名前が挙がる』

うわ。

やっぱり僕は少数派、というか特殊なのだろうか。そんなこと考えたこともなかったし、他の作家さんと会ってもそういう話になったことが一度もないからだ。あるいはやっぱり僕は〈若手〉でもなければ〈作家〉でもないのだろうなあ。

送られてきた「小説宝石」と「小説ＮＯＮ」に目を通す。毎月僕の事務所には十四冊の文芸誌が送られてくるが、全てに目を通している。それである知り合いの作家さんの新連載を読んでちょっと心配になった。大体文芸誌の連載といえば一回四百字詰め原稿用紙で五十枚程度なのだが、この新連載、原稿用紙換算で三十一枚程度なのだ。一回五十枚予定で送られてきた原稿が四十枚未満だと、大抵の編集者は不安に陥るという。しかも初回だというのに状況説明と人物紹介に終始してしまっている。こういう書き方をする作家さんではないし、数日前この人がツイッターで「超絶スランプ状態です」と呟いていたので余計に気になる。

心配だ心配だと呟きつつ、〈作家別月毎執筆量〉のグラフに三十一枚を入力しておく。これは送られてきた文芸誌の連載陣一人一人の掲載枚数を自分でグラフ化したものだが、これを見ていると誰がどれだけ仕事をし、誰が不調に至っているかがおおよそ推察できるのだ。お前は原稿仕事があるというのに、何故そんなことをしているのかと問われると返答に窮するが、まあ趣味だからとしか答えようがない。

四月二十三日

PR誌ポンツーン連載『作家刑事毒島』を執筆していると、ちょうどそこにポンツーンの五月号が送られてくる。こうして掲載誌の最新刊が送られてくると、「もう締め切りはとうに過ぎているんだよ、分かってんのかゴルアッ」という編集部の静かな怒りが見え隠れするようで大変に怖い。急いで執筆に戻る。

掲載している自作を読み返す。ゲラの段階で一度目を通しているが、こうして製本されたものはまたずいぶんと印象が違う。内容は相変わらずヒドい。もちろんそういう内容でとの注文だったのだが、やっぱりヒドい。殊に今回は三省堂の新井ナイトをネタに使っているので余計にヒドい。

かつて書評家兼書店員の宇田川さんは僕の著作の中では『白い原稿』が一番の問題作だと書いておられたが（これは知り合いのほぼ全員が同じ意見だ）、この『作家刑事毒島』はその比ではない。ホントウニコンナモノヲシュッパンシテイイノダロウカ。

四月二十三日

執筆しているとインターフォンが鳴る。見ればきちんとネクタイを締めたサラリーマン風の男性が立っている。

『すみません、ボランティアで伺いました』

「何のボランティアでしょうか」

『わたくし、クリスチャンなのですが』

日ごろの行いが悪いのか、それとも何かの祟りなのか月に一度はこういう人の訪問を受ける。しかし、どうして揃いも揃って宗教を勧誘する人はきちんとした格好をしているのだろう。せめてパンク・ファッションとかくまモンの着ぐるみでもしていれば熱心に話を聞こうという気にもなるのだが。

とにかく話を聞いてみよう。

『熊本に震災が発生しましたが、わたくしたちクリスチャンは……』

五分ほど聞き入ってから答えた。

「いつも、そういうお話をされているんですか」

『ええ』

「つまり使い回しですね。以前にどんな成功例があったのかは知りませんが、違う家庭、異なる相手に同じ内容をぶつけるのは感心しません。それでは怠け者と見られるばかりか成長が望めないという見方をされかねません。奇を衒えというつもりはありませんが、もう少し聞き手を惹きつける工夫が必要でしょう。また時期が時期だからといって、まるで取ってつけたように震災ネタを持ち出すのも感心しません。テーマから外れている上に、あまりにも軽い扱いになっているのが逆に災いして……」

『あ、あの、失礼しました』

また最後まで聞いてもらえなかった。どうしてこういう人たちは自分の話をしたがるのに、他人の話を最後まで聞こうとしないのだろうか。

北海道5区の補欠選、結果は自民の勝利。それ自体は予想通りで特に感慨もないのだが、気になったのが対立候補の敗戦の弁。

『権力に負けましたが』

前後の文脈に照らし合わせても、これは首を捻らざるを得ない。選挙の勝敗は投票数によって決まる。そして数字で決まる結果は具体的な要因の集積でしかない。その分析を待たずして敗因を抽象的に済ませてしまうのは一種の責任逃れではないのか。

権力に負けたのではない。

民意に負けただけの話だ。自分に選挙民の心を動かす力がなかったから負けたのだ。

自分の不甲斐なさを自分以外のせいにする人間なんて碌なもんじゃない。

四月二十五日

十時、祥伝社Nさんと打ち合わせ。『ヒポクラテスの誓い』ドラマ化について解禁日までは文庫に配役を掲載できないとのこと。

「あれ。でもついこの間、週刊誌が〈北川景子さん、『ヒポクラテスの誓い』に主演〉とかスッパ抜いていましたよ」

「えええええっ」

どうやら公式・非公式の違いがあるようで、再度WOWOW側に確認してみるという。

話題は図書館問題に飛ぶ。新潮社社長が図書館側に「新刊の貸出には猶予を持ってほしい」と申し入れた件である。聞けば出版社全体での擦りあわせができていない状況らしく、まだ正式にどうなるかは未定らしい。

きっかけは図書館の利用者増加に伴う新刊売り上げの減少だ。まだどこも因果関係を明らかにしていないが、たとえば僕の場合でも新刊の貸出で予約待ちが百も超えると、そりゃあ売り上げに響くだろうという予測は立つ。もっと極端な例で言うと、又吉さんの芥川賞受賞作に至っては四年待ちなどという現象すら起きている（それにしても四年待ちというのはどう考えても異常だ）。せめて一般文芸くらいは一年から半年猶予を持ってほしいというのは、出版する側としては至極もっともな要望だ。変な喩えかも知れないが、新刊書は買わずに全て図書館で済ませる、というのは卵を産んでくれるはずのニワトリを早々に絞め殺すようなものだからだ。

実際、これが決定すると図書館ですぐに貸し出せる作家と猶予を置く作家が分かれる可能性が出てくる。もっと言うと図書館も禁貸出の本を大量に買い付けることはしないだろうから、自ずと図書館に置く作家と新刊書店の棚に並ぶ作家が二極化する。

ここで問題になるのは、全国の図書館が買い付けてくれるお蔭で命脈を保っている作家もいるという事実だ。ある編集者さんに聞いたところ、そのボーダーラインはハードカバーの初版部数が五千部であるとのこと。つまり初版五千部以上の作家は図書館で貸し出されると割を食い、五千部未満の作家は逆に食いつなげているというのだ。

僕がそう説明すると、Nさんは顔を曇らせた。

「でも新人さんを含めて初版五千部いかない人がほとんどなんですよ」

「だからですね、この申し入れが受け入れられると初版五千部以上と未満で歴然たるヒエラルキーができてしまうのですよ。それはそれで面白いんですけどね。けけけけけ」

「……中山さん、性格悪いです」

十五時三十分、奥歯に詰め物をするため歯科医に赴く。金属の詰め物、今回は九万八千円也。とほほほほほ。最近は歯の治療費を捻出するために原稿を書いているような気がしてならない。

講談社Kさんより五月刊「IN★POCKET」のゲラ原稿が送信されてくる。これは先日の新井ナイトで島田荘司さんと交わしたトークショーのまとめである。

読んでいるうちに怖ろしくなった。僕はあの時、こんな不埒なことを発言していたのか。あのミステリーの帝王に対して！

一瞬、現実逃避したくなったが、そうもしていられないので粛々と原稿書きに移る。どうせ、いつかバチが当たる。

四月二十七日

昨日、戸川昌子さんが永眠された。

最近は作品を発表することもなかったので、すっかり忘れていたのだがこの人の短編ではよく楽しませてもらった。間違いなく昭和を代表する推理作家の一人だろう。そう言えばつい先日も夏樹静子さんが亡くなられた。何ということだ。僕が学生時分に愛読していた作家が次々と鬼籍に入っていく。こんなことを書くと親戚から非難囂々になるだろうが、近親者が亡くなるよりも悄然としてしまう。

何故なら彼ら彼女らは僕の精神、というか僕の倫理観や思考を確立させてくれた人たちだからだ。物心つく頃から本ばかり読んでいたので、教師や友人よりも影響力がずっと強かった（と言うか、教師や親戚知人に尊敬できる人間が皆無だった。賢い友人や真摯な友人もいたが、人格形成に影響を及ぼすほどではなかった）。生来、僕は人間的に歪だと承知しているが、そんな人間でも辛うじて社会性を獲得できたのは、こうした作家の手になる作品にどっぷり浸かっていたお蔭だと思っている。

ああ、それが今ではこっち側の人間になっているという事実が未だに信じ難い。

四月二十九日

暦の上では今日からＧＷだが、自由業の哀しさでそういう感覚は全くない。この稼業になってからは休日らしい休日など皆無であり、月月火水木金金。それでも妻は「お父さんはストレスなくていいわねえ」とひどく羨ましそうに言う。いや、実際ストレスとか全然ないんだけどさ。もう少し言い方というものが。

『ヒポクラテスの憂鬱』今回分を脱稿し、続けて佐藤青南さんの『ジャッジメント』文庫版解説のゲラをチェック、祥伝社さんに送信。これで『ヒポクラテスの憂鬱』は残り一回を残すのみ。だが、それはあくまで連載が終了するだけで書籍化の折には百四十枚を加筆する計画になっているので気が抜けない。

ふと同業者のツイッターを覗くと、太田忠司さんがこんなことを呟いておられた。

『どうも承認欲求を満たしたくて小説家をめざすひとがいるみたい。どんな動機であってもかまわないんだけど、小説家になれば認めてもらえると思ってたら失望するよ。そういうひとは運良くデビューできたとしても不安や羨望や嫉妬に苛まれるだけで幸せにはなれないと思う。』

これに対して岡崎琢磨さんが反応する。

『むしろ承認欲求ないのに小説家を目指す人がいるの？　え、マジで？　ＲＴ』

『わかりやすい証拠がないと自分のこと愛せない人間もいるので、承認欲求は生きていく上で不可欠だし、肩書きやそれを得られたという結果だけでもすごく救われるものですよ。だから僕は、そういう人が小説家になるのはむしろ幸福なことだと思う。いまより幸福になれる人もいる、というのが正しいか。』

また、これに伽古屋圭市さんがリツイートしている。

『そういう人間のほうが強いですよ（場合によっちゃ弱いけど）。おれみたいな人間はさ、どんな状況でもそれなりに満足しちゃうし、幸せだから、向上心や野心が持てない。現状でええやん、ってなっちゃう。高みを目指せるのは岡崎くんみたいな人間だよ、ほんと。』

そして芦沢央さんの反応がこれ。

『ほんと、承認欲求ってキリがないんだよなあ。だけど、だからこそ承認欲求を書くモチベーションにするのもアリだと思う。キリがないということはモチベーションが尽きないということでもあるから。それが幸せな生き方かは別問題。ＲＴ』

作家というのは生来が大嘘吐きなので各人の発言内容をそのまま鵜呑みにしてはいかんのだが、今までもこういうことは何度も他の人が呟かれており、僕の印象では承認欲求云々には世代間で認識の違いがあるように思えてならない。また世代間でなくとも個人差も大きい。たとえば僕などは小説家になろうとしてなった訳でもなく、その執筆動機に承認欲求などは欠片もなかったと断言していい。それはデビュー六年目の今でも同じで、仕事だから粛々とこなしているだけの話だ。元より図々しくて厚顔無恥だったせいか、他人からどう評価されているとか認められたいとか一度も考えたことがなかった。第一、承認欲求を満たしたいのなら政治家を目指した方がよほど手っ取り早いではないか。

ただし政治家は嘘が露見すると叩かれるのが辛い。その点、小説家は嘘を吐いても責められはしない。責められるとしたら嘘の吐き方が下手だった場合だ。あっ、そうか。だから僕はこの仕事を続けているのか。

五月一日

今日はメーデーである。今回はちょうど日曜日ということもあり祝日のような感じだが、欧米では祝日のメーデーが日本では祝日とはされていない。

大学時代に羨ましいと思ったのは、京都に数多ある大学の中で唯一立命館だけが五月一日を休校日にしていた。今はどうだか知らないが、当時の大学の気風がおそらくそうだったのだろう。そう言えば関西私立大学で有名なのは関関同立の四つだが、それぞれ学生に特徴があって、お坊ちゃんお嬢ちゃんの同志社に対してばりばりバンカラというか労働者カラーが顕著なのが立命館だった。何というか、往来を歩いているのを見ただけで立命館の学生だと察しがつくくらいだったのだ。今はどうだか知らないが。

　ともあれ世間様が休みであっても物書きに休日などなく、『護られなかった者たちへ』を書き続ける。この原稿を脱稿した後には九つの長編プロットを提出しなければならない。島田荘司さんの新刊は今すぐにでも読みたい。あああ、どうしていつもいつも時間が足りないのだろうか。毎月毎月計画を前倒しにしているつもりなのに、大抵気息奄々《えんえん》の状態で月末を迎えることになる。やはり生来の怠け者としか思えない。

　折角なのでエージングがてらスピーカーを鳴らしっ放しにしておく。だんだんスピーカーが馴染んでいくのが分かるが、そうなると今度はスピーカーの設置場所が気になってしょうがない。そこでメジャーを取り出し、左右のスピーカーをミリ単位で動かしながらステレオ感と定位のポイントを追い込んでいく（これは冗談でも何でもなく本当にミリ単位だ）。1ミリ違ったとしてそれで聞こえる音にどれだけの違いがあるのかということだが、そういう拘りを持たずして何が趣味か。ただ買っただけのモノをポンと置いて聴くだけなんて趣味でも何でもない。それは単なる娯楽か暇潰しだ。

五月二日

新刊『どこかでベートーヴェン』について宝島社Kさんと打ち合わせ。作中で使用した楽曲についてまだ正式な確認を得ていないというので少し慌てる。

今回、『聞こえる』という合唱曲を使ったのだがこれは故岩間芳樹さんが作詞した楽曲で、学生合唱コンクールの課題曲としてもよく採用されている。その性格上、著作権を管理しているのはＪＡＳＲＡＣではないのだが、それなら余計に使用許可を取っておかないと先方にも迷惑をかけてしまう。

何故この曲を作中で使ったのかと言えば、この曲が己の無力さを嘆いている内容だからだ。『さよならドビュッシー』から始まる岬シリーズは、〈音楽を目指す者がその才能を開花させる〉ストーリーとして書き続けてきたのだが、今回は凡庸な者の集団に天才が紛れ込んだ場合の軋轢を描いている。天才というのは大抵無自覚であり、周囲の嫉妬や羨望にも気づかないことが多い。そして数多の凡人は天才に対して嫉妬と称賛の入り混じった、形容しがたい感情を抱くようになる。本作はシリーズで初めて凡人を主人公にするため、どうしても『聞こえる』の歌詞を挿入する必要があったのだ。

幸い、表紙を手掛けてくれた北沢さんもシリーズで一番好きだと仰ってくれたらしい。主人公の造形については賛否が分かれるだろうが、シリーズを続けていく上では一度は凡人を主人公に据えなければ画一化してしまう惧れがあったのだ。最悪、合唱曲の部分は訂正するかも知れないが、とにかく進捗を見守るより他にない。

熊本地震のボランティアが解禁されて数日、そろそろ好ましくないボランティアの存在が懸念され始めているという。つまり自己満足な善意で何の準備もなく被災地に飛んでくる厄介者たちのことだ。東日本大震災の際にはこうしたボランティアが少なくなかった。力仕事や汚れ仕事はしたがらず、ボランティア同士で歌ったり親睦を図ったりに一生懸命、感動や感謝を求める一方で自分たちの食事と宿泊所を要求するような手合いだ。これも承認欲求の一つだろう。

言うまでもなく被災地に必要なのは肉体労働であり、医療や復興に関するスキルだ。承認欲求が悪いとまでは言わないが、このテの動機は商業主義や公共の場ではマイナス要因になることが多い。はっきり言って、力もなければ技能もない人間はのこのこ被災地に行くものではない。そんなに力になりたければ寄付をするか熊本の地にカネを落とせばいいだけの話であって、およそ承認欲求などというものは被災地では邪魔にしかならない。

自分にもできることがあると思うのは勝手だ。しかし世の中のある局面では、自分にできることは何もなく承認されもしなければ必要ともされない場合が必ず存在する。若さも情熱も、そして善意すらも何の役にも立たない時がある。己の無力さを自覚するのは己の立ち位置を知ることに繋がる。そして己の立ち位置も分からない人間が仕出かすのは大抵が勘違いだ。

五月三日

三友社Mさんより連絡あり。現在地方紙に連載中の『護られなかった者たちへ』が今月二十六日より岐阜新聞でも掲載されるとのこと。

『それに当たってですね、折角地元岐阜県出身の作家さんが連載を始めるということなので、岐阜新聞さんがもっと詳細なプロフィールを載せたいと』

元より郷里に因んだペンネームなので、こちらに否はない。岐阜県中濃地区出身と紹介してもらうことにした。

それにしてもと改めて思う。

岐阜県は作家量産の地だ。

ざっと挙げてみても朝井リョウさん、奥田英朗さん、池井戸潤さん、米澤穂信さん、冲方丁さん、中村航さん、鈴木輝一郎さん……（古いところでは島崎藤村とか坪内逍遥なんて人もいる）。

どうしてこんなに多いのかという疑問に朝井さんは「娯楽が少ないからではないか」と推測している。確かに山に囲まれ、雪でも降ろうものならずっと家の中に閉じ込められるのだ。インターネットのない時代ではテレビを見るか本を読むしか娯楽がない。本を読んでいくと、いずれ自分でも一編くらいは書けそうな錯覚に陥ってくる。それで魔が差して、ふっとペンを握る。ありそうな話だ（そう言えば山形県も作家さんが多い）。

案の定、熊本の被災地では空き巣が横行しているらしい。今日のニュースでは被災家屋を物色していた二人組が窃盗未遂で逮捕されている。

『被災地で大金を手に入れたら、人生を一発逆転できると思った』

被災地を戦後の闇市か何かと勘違いしておるのではないか。

本当にこれはいつも既視感漂う話なのだが、どうしてこういう人間に限って人生一発逆転なんてマンガみたいなことを考えるのか。それとも、そんなマンガみたいなことしか思いつかないからこういう人間になってしまうのか。

五月五日

劇場公開中の『アイアムアヒーロー』が大絶賛の中、動員数を伸ばしているという。アンソロジー企画に参加した一員として、これほど嬉しいことはない。

試写会で拝見した時から色んな意味で邦画の枠を打ち破る作品だと思っていたのだが、その一番のヒントは佐藤信介監督のこの言葉に集約されている。

『TV局の入らない企画だったので、映画会社だからこそできる作品をやろう』

断っておくがテレビ局そのものが悪いということではない。局の中にもいいものを作りたい、新しい表現に挑戦したいという人がいる。しかし製作委員会にテレビ局の名前がある以上、いずれ作品は地上波で流されることが前提となる。そうなるとどうしても作品は、お茶の間に流しても支障のないレベルに堕してしまう。いや、もっと言えば、どれだけ尖った表現、どれだけ踏み込んだストーリーに製作者側が挑戦しようとしても視聴者からの抗議が怖いがために、どうしても腰が引けてしまうのだ。

『子供が観て変な影響を受けたらどうしてくれる』

『教育的配慮がされていない』

『もっと分かりやすくしろ』

いい加減にしてくれ、と言いたくなる。大昔、手塚マンガを悪書だと決めつけた教育ママたち、ドリフターズの番組で抗議をしてきた碌でもない〈良識ある視聴者〉たちの末裔が未だに生き長らえているのだ。

子供に見せたくないのなら、さっさとチャンネルを替えるか、テレビを消せばいいではないか。あなたにはそんな権限すらも与えられていないのか。

残酷なシーンや非人間的な表現ごときで影響を受けるほど、あなたの子供は思慮が浅薄で未熟なのか。それはあなたの教育が未熟なせいなのではないか。

分かりやすくしろだと。分からないのが気に食わないのなら最初から観なければいい。どうせ民放の地上波でカネを徴収される訳ではあるまい。テレビが供する娯楽の全てがあなたのレベルや嗜好に合わせている訳ではない。

五月六日

出版社四社からメールが届く。

『プロットはまだでしょうか』

『産休を終えて職場復帰しました。ところでプロットは……』

『確かGW中にプロットをお作りいただくということで……』

『新連載は六月からの予定なので、プロットは来週までに』

こんな時、つくづく自分のポテンシャルの低さに絶望する。何故プロットごときに三日もかかっておるのか、のろまめ。松本清張さんなどはタイトルが決まった時点で完成したも同然だったというのに。もちろんあんな巨星と比べるのもおこがましいが、もう少しプロでありたいと思う今日この頃。

五月七日

他の作家さんがどういった手順でプロットを作成するのかはあまり知らないが、僕の場合は最初にテーマがくる。このテーマというのは多くが出版社からのリクエストだが、中にはリクエストに沿った物語を考えてこちらから捻り出す時もある。

たとえば御子柴シリーズの第四弾は「母と子」がテーマになるのだが、では、次にこのテーマに相応しいストーリーは何か、ということになる。そこで（法廷ものなので）裁判の争点は何が相応しいか、更にその争点ならどんなケースがあり得るのかを挙げてみる。

ケースが絞れたら次にトリックを考え、最後に全体のストーリーとキャラクターを設定する。この時、登場人物には履歴書が必要だという人もいるが、僕は生憎そんなものは考えたこともない。ストーリーを成立させる構造体の一つとしてキャラクターを創造しているので、登場させた段階で必要最低限の過去は内包しているのだ。そしてタイトルをつければ、大まかな骨子《こっし》ができる。後はその骨子に従って全体を四章から六章に分け、それぞれを一ユニット二十五枚として頭の中で原稿を書いていく。僕が初稿段階で見直しも推敲もしないのは、既にこの段階で推敲までやってしまっているからだ。初稿段階やゲラの段階で修正するより、頭の中でいじくるだけなので、こちらの方が簡単で、しかも迅速にできる。文章を思い浮かべるだけだから、実際に書くよりも百倍は早い。もし誰かが、思い浮かべた文字をパソコンで表示できるシステムを開発してくれたら高値で買うぞ。

ミステリーを書く場合、「最後から書く」方がやりやすい、という話はよく聞く。僕もその通りだと思う。ところがこの帰納的な方法だと、途中でストーリーが破綻する可能性がある。ざっくり言ってしまうと、ラストシーンやトリックに整合性を持たせようとするあまり、キャラクター造形や構成に矛盾を生じさせかねないからだ。演繹的な方法であれば、少なくとも矛盾は発生しにくい。それに加えて帰納法ではラストシーンやメイントリックを思いつかない限り一歩も先に進めないという短所もある。僕のような量産型にはそぐわない方法なのだ。

『魔女は甦る』という作品はラストの百七十枚を勢いだけで書いてしまい、その後新人賞へ応募するために四百枚を加筆した経緯があるので唯一の例外だが、その他の作品は洩れなくこの方法でプロットを立てている。今のところ、これで何とか月々の連載をこなしているので、しばらく続けるつもりだ。もちろんこれでどうしようもなくなったらまたやり方を変えるかも知れないが。

五月八日

最新刊の件で宝島社にメールを送る。返信は明日だろうと悠長に構えていたら、直後に担当Kさんから電話が入る。

とにかく口頭で最終的なチェック項目を確認して、いったん電話を切る。こんな風にGW

も返上している担当者さんを見るにつけ、自分は何て自堕落なのだろうと思う。

プロットは何とか詰めの段階までいったが、まだクライマックスへ至る道筋が見えない。こんな時は映画を観る。何も映画そのものからヒントをもらう訳ではなく、ぼおっと観ていると映画のストーリーとは全く関係なく、不意に何の脈絡もなくアイデアが湧いてくるのだ。とにかく日頃からネタを考え続けていると、自然に頭の中の抽斗に収納される。それが映画を観るというスイッチで開くらしい。もちろんそんな状態で映画を観ていても何も楽しくないのだが、儀式だと思って我慢をする。

そうこうしているとシンセサイザーアーチスト冨田勲さんの訃報が飛び込んできた。享年八十四。ああ、何ということだ。最近、冨田さんの作品をリマスター盤やSACDで買い揃えた矢先だというのに。思えば初めて買ったLPは氏の『宇宙幻想』だった。その後、『火の鳥』『惑星』『ダフニスとクロエ』と次々に買ったなあ(当時はピアノ曲に興味がなかったので『月の光』には食指が動かなかった。要は食わず嫌いであり、『月の光』を購入するのは何と『さよならドビュッシー』の執筆後になってしまう)。ステレオが四チャンネルを提唱しだした頃であり、『宇宙幻想』も二チャンネル盤と四チャンネル盤があった。アルバムタイトルもさることながら、音楽も仕様も未来を見据えていたのだ。

氏が音楽を担当した『風の又三郎〜ガラスのマント』もよかったなあ。あれほどの名作なのに、未だDVDにすらなっていない。冒頭の冨田サウンドを聴いた瞬間に鳥肌ものだったのだぞ（どこか早く何とかしてくれ）。

天才や才能のある人間が次々と鬼籍に入っていく。神様は何という欲深なのだろうか。

合掌。

五月九日

朝方までかかって、ようやくプロットが出来上がる。ぎりぎり三日間でやっと一本。いつも通り二千字程度に要約したものを担当者に送信、返事を待つこととする。二千字というのは『このミス』応募時に添付する梗概と同じ文字数なのだが、五百枚程度の長編なら過不足なく要約できる文字数でもある。これは僕に限ってのことなのだが、二千字以内のプロットで「面白い」と思ってもらわなければ、本編だってやっぱり面白くない。プロットがだらだら長くなるのは、面白くない言い訳を書き連ねようとするからだ（あくまでも僕の場合）。大体、本当に「読んでみたい」と思わせる小説は、たった一行の惹句で事足りるではないか。

商業出版で鍛えられて身に沁みたことは、書き連ねるより削った方が文章はよくなるという事実だ。これはプロットにも一部似たところがあり、構造やテーマがしっかりしたプロットほどシンプルになりやすい。だから、いつも僕は五百枚の長編ならプロットが二千字以内に収まるような物語を作ろうと心掛けている。

十時、カーテンの取りかえに業者さんが到着する。今掛けているレースのカーテンは二十年越しのものなので、さすがに取り換えることにしたのだ。最近のカーテンは進んでいる。ミラーカーテンといって、光を透過させるのに外からは中が全く見えないという優れもの。取り換え完了後、妻がほれぼれと言う。

「これでお父さんが裸で踊っていても外からは見えないから」

だから何故、僕が書斎の中で裸で踊らねばならないのだ。

午後に入って講談社Kさんより連絡。プロットはOK。このまま進めてくれとのこと。やれやれ、やっと一つ終わった（もう書き終わった気でいる）。

五月十日

仕事のため東京事務所に戻る。打ち合わせ場所に向かう途中、某社より督促電話が入る。

『プロットはまだでしょうか』

「あと三日待ってください！」

こういう会話を銀座のど真ん中でしていると、行き交う人々が憐れむように僕を見ていく（ような気がしてならない）。

宝島社Kさんと合流。『連続殺人鬼カエル男ふたたび』のゲラ直し。原稿用紙三百六十枚分であったため二十分近くかかってしまった。

『連続殺人鬼カエル男』は僕の裏デビュー作ともいえるもので、その続編を月刊宝島に連載していた。ところが連載二十三回目で同誌は休刊、宙に浮いた形の連載を文芸誌で再開することになったのだが、何とまず三百六十枚を一挙に掲載するとのこと。その後に残り二百四十枚を掲載して刊行する予定なのだが、何というかこういうスピードだとロウソクを両側から燃やされているような気になる。つまり今までの原稿を一挙掲載するから、残りを一刻も早く書け、と言われているようなものだからだ。

ゲラ修正の後に雑談をしていると、こんな話を聞いた。最近『このミス』を受賞した中に見目麗しき女性がいるのだが、その近影が出回った際に不審な男性から編集部に電話が入ったとのこと。

『○○さんの電話番号、教えてくれませんか？』
「個人情報なので、それはできません」
『そうですよねえ……』

本当に信じられないのだが、未だにこういう不埒というか非常識というか困ったさんというか勘違いな人間が存在している。フランスの諺に『美人という事実だけでその女性は幸せの半分を手にしている』というのがあるが、後の半分の中にはこうした有難くもないトピックスが含まれているのだ。

五月十一日

「新刊ニュース」に連載していた『ヒポクラテスの憂鬱』最終回分を脱稿。十八回に及ぶ連載もこれにて終了。ところがこの作品、九月には書籍化予定。現状三百六十枚では連作短編としても寸足らずなので百四十枚を加筆することになる。

実はプロット段階で、三百六十枚で一応の終結はするものの、加筆部分で再度話を引っ繰り返す構造にしておいたのだ。こうすれば連載を読んでくれた方が書籍を手に取ってくれた際には二重の結末を愉しめるという仕様。このくらいのサービスは常に考えている。

十一時、その版元祥伝社Nさんより連絡あり。佐藤青南さん著『ジャッジメント』文庫版の帯に僕の解説文の一部を使用したいとのこと。こちらに断る理由はないが、本当にそれでいいのだろうか。僕の言葉などにセールスの効果があるとはとても思えないのだが。

五月十二日

「IN★POCKET」の見本誌が送られてくる。先月三省堂池袋本店で行われた島田荘司さんと僕の対談が掲載されているからだが、それを読んで改めて思うことがある。

デビューして三年ほど経った頃、数人の担当者から立て続けにこんなことを訊かれた。

「中山さんはいつになったら作家を名乗るんですか？」

僕はその時もまだ、公式にも非公式にも作家と名乗ったことがなかった。大抵は物書き、それでも都合が悪ければ拡大解釈してせいぜい小説家と名乗っていた。作家なんておこがましくて自分から名乗るものではないと考えていたのだ。ところが何人からも同じことを訊かれるので担当編集者さん他総勢二十五人にアンケートをとってみた。つまり設問は、『デビューした新人がどんなレベルに到達したら、あなたは作家として認識しますか？』。アンケート対象には担当編集者さん以外に文芸誌の編集長も含まれているが、彼らから返ってきた回答は次の通り。
1　ハードカバーで十冊以上の著作がある。
2　著名な文学賞（除新人賞）を受賞している。
3　著作が映画化されている。
4　著述だけで生計を立てている（この回答をくれた編集者さんは年収ン百万円以上というリアルな数字まで挙げてくれた）。
5　これは僕なりの定義なのだが、何かの容疑で逮捕された時、新聞に〈自称〉ではなく

〈作家〉と肩書きをつけられる。

　さて、このうちどれか一つを満たすとなるといかにも基準が甘々なので、以上五項目の全てが満たされなければ作家とは呼べないとすればどうか——などと考えていたのだが、島田さんからトークショーの席上でこんなことを言われて気が変わった。

「私の中でのルールがあるんですよ。作家が自分で『作家である』と言ってしまうと、そこにある種の威張りみたいなのが入ってきちゃうと思うんです。作家は、威張っちゃダメなんです」

　ああ、また僕はこの人から教えられたのだ。危ないところだった。前言撤回。僕はまだ当分は作家を名乗るような資格もないし、また名乗るつもりもない。

　十六時、新潮社Mさんよりプロット督促のメールが届く。いったん概要だけメール送信した後、電話をかける。いつもはえいやっとプロットを作成して送ってしまうのだが、今回は設定が奇抜すぎるので先方に確認したかったのだ。

「人面瘡探偵というのはどうでしょうか」

　主人公は平凡なフリーライター。ところが彼の肩には人面瘡が寄生しており、この人面瘡が天才的な思考回路を持つ性悪（つまり平凡な主人公はワトソン役）。この二人がいがみ合いながら旧家の遺産相続争いに巻き込まれるというストーリー。話の肝は人面瘡が見えるのは主人公だけで、傍目からは主人公がぶつくさ独り言を呟いているようにしか見えないという事実。つまり、超科学ミステリーでありながら本格、しかも視点を変えれば主人公はただの異常者という体裁。

『ああ、つまりど根性ガエルですね』

ひと言で済まされてしまった。

『面白いじゃないですか。ちょっと編集長と話してみます』

えっ、ホントに上げてみるの？

五月十三日

紀伊國屋書店新宿南店が撤退するとのニュースで仰け反る。六階のみを洋書専門店として残すものの事実上の撤退だという。デビュー以来、新刊が出るたびにお邪魔した書店なので正直言って辛い。そう言えば初めての書店訪問も、初めて書店員さんが渾身のＰＯＰを作ってくれたのもここだった。近くに新宿本店があるにしても、国内最大規模の大型書店さんだったのだ。撤退の事実は相当に危機感を煽ってくれる。とにかくご挨拶に伺おう。

こんな風に自分の街から書店が消えると、「何故、閉店するんだ」「駅の近くで便利だったのに」「寂しくなる」「何とかならないのか」などと色んな声が出てくるが、どうして閉店・

撤退・縮小するのかなんて答えは分かりきっている。

あなたがそこで本を買わなかったからだ。

十四時、角川春樹事務所Nさんと初打ち合わせ。Nさんは二月まで宝島社に在籍されていたので面識はあるものの、新天地での話はこれが最初。いつものように一も二もなく承諾。七月辺りにプロットを出して年内中に連載スタート予定。相変わらずの安請け合いで本当に自分が嫌になる。

「そのうちウチの社長と会食でもしましょう」

僕たちの世代にとって角川春樹という人は立志伝中の人物である。約束しておいた後で、とんでもないことになったと一人で慌て出す。

十七時、最前の興奮も冷めやらぬ中、新潮社Mさんより電話。

『実は赤川次郎さんの文庫版解説をお願いしたいと思いまして……』

「やりますやります。すぐにやります。あっという間にやります。瞬く間にやります！」

電話を終えてからしばし呆然とする。僕は中学の頃から「オール讀物」と「小説現代」を定期購読していたのだが、オール讀物推理小説新人賞を獲った『幽霊列車』を文芸誌でリアルに読んでいる、言わば最古参のファンの一人なのだ。まさか、その憧れの作家さんの解説を頼まれるとは。

今日は立て続けにこんなことが起きた。続けていれば何かしら報われる、というのはこういうことなのかも知れない。

五月十四日

現在、〈日常の謎〉業界というのはどうなっておるのか——そんな話を某社の担当者とした。日常の謎といえば北村薫さんの諸作を嚆矢として、今やミステリーの一大ジャンルと化した感がある。昨今は〈ライトミステリー〉という分野にも枝分かれして隆盛を誇っている。現状、一番多いのはお仕事小説に謎解きを絡めたものだろう。

「皆さん、新しい職業を血眼になって探していらっしゃいますね」

以前お仕事小説がちょっとしたブームになったが、さすがに今はそれだけでは売り材料に乏しいのでミステリー要素を取り込んだ、というのは言い過ぎだろうか（言い過ぎです）。

ところが、このテの注文が僕にはさっぱりこない。そう、ただの一件もだ。

「そりゃあ、どの出版社も中山さんにライトなお仕事ミステリーなんか期待していませんもの」

これは喜んでいいのか、悲しんでいいのか。

ただ、実際僕も〈日常の謎〉なり〈お仕事ミステリー〉なりを数冊読んでみたのだが、やはり琴線に触れるものが少ない。もっとはっきり言ってしまうと、「その謎、別に他の職業でもいいんじゃない？」。

　特殊な職業が舞台であるのなら、そこで扱われる謎や動機はその職業に由来するものであり、登場人物がその専門知識を生かして解決しなければ、ジャンル小説としては無意味なのではないか、とついお堅いことを考えてしまうのだ（無論、自戒を込めて）。

　もう一つ、〈日常の謎〉はハードカバーでは売りづらいのだ。もちろん売れるものもあるが、大抵は大御所の著作か何かの文学賞の候補に推薦されるような作品に限られてくる。だから自ずと新作は書き下ろし文庫に集中してしまい、文庫が〈日常の謎〉の激戦区になる。そんな激戦区、誰が足を踏み入れたいものか。

　それにまあ、これは僕の趣味なのだが、やはり同じ謎でも失せ物探しや誰かの不可解な行動の解明よりも、血飛沫飛び散り生首が宙を舞う凄惨な殺人事件の方が面白いものなー、と、これは横溝正史とマイケル・スレイドを読み耽った後遺症かしらん。

五月十五日

　昨日から都内はどこかしらでお囃子が鳴っている。賑やかでいいのだが、プロットを練っている最中にこれをやられるとちょっと迷惑、というかこれは全く僕の手前勝手。

一昨日から呻吟している企業ミステリーのプロットは今日までが締め切りだ。

正直言って今回はキツい。先方さんの希望も分かるが、池井戸さんの二番煎じになってもいけない。そうかと言って、僕がサラリーマン時代に得た知識と経験は絶対に使いたくない。まだネタとして使うには支障がある上に、迷惑のかかる人間が大勢いるからだ。

しかも、企業ものとはいえミステリーを絡めねばならず、先方が希求しているのはライトなお仕事ミステリーなどではなく、もっともっと重い犯罪だろう。まあ人死にがなければ納得してもらえまい。扱うテーマと犯罪の内容にバランスが取れなければ物語としての魅力が半減してしまう。事務所の中で低く低く唸り続けていると、やがて全体像が見え始め、犯罪が出現し、トリックが解明され、ラストまで明示された。おおお、やっと原稿用紙五百枚が埋まった。後は二千字以内に要約するだけだ。

プロットが完成したので作家さんたちのツイートを眺めていたら、こんな代物にぶち当った。

〈音楽を金払って聴く文化を失った若者の末路が最高に頭悪い感じ出ててやべぇなってなってる〉

内容はと言えば、ラインミュージックがフルバージョンで流れず三十秒で終わってしまう実状に対して抗議があったらしい。

『最初は最初から最後まで聞けたのに聞けなくなってしまいました。課金できない人もいるので（私もです）。課金しなくても聞けるようにしてください。あと、他の曲も入れてください！』

『（略）あとなぜ三十秒しかきけないの？　full だとなんか問題でもあるの？』

『前までフルでＡＡＡ聞けたのに少ししか聞けんくなってる。なんか嫌だ。なんでチケット購入せんと聞けんの？　視聴者目線で考えて欲しい』

　これは例の図書館問題にも一部共通する話題だったので興味を持って眺めた。

　小説やマンガ、音楽や映画やゲームがタダで享受できるようになって久しいが、だからといってそれが正しい訳では決してない。創作者とか表現者とか色々な肩書を名乗る人もいるが、印税や原稿料や著作権料を収入源としているプロの作家さんたちはただ自己満足や承認欲求を満たす目的でモノを創っているのではない。

　生活のためだ。

　自分とその家族、アシスタント、出版社、書店、スタジオミュージシャン、レコード会社、配給会社、俳優、芸能プロ、取引先、そして毎年誕生する新人を養うためだ。自分の創作物を買ってもらうために日夜呻吟し、睡眠時間を削り、魂と寿命を削り、身体を悪くし、締め切りに追われてヒイヒイ言いながらモノを創っている。

そんなモノがタダでいい訳あるか。

愉しんだモノには対価を支払うのが当たり前だ。

作品を享受しているならどんな形であれファンなのだから何でも主張できる——とは限らない。たとえば、目の前に好きなアーティストが現れたとして、「あなたの曲は全部YouTubeとLINEで無料視聴しています。CDや配信は一度も購入したことありません。でも大ファンなので色紙にサインしてください！」と言ったら、そのアーティストはあなたをファンだと認識してくれるだろうか。心から喜んでサインしてくれるだろうか。

配信される三十秒のサービスに文句を言った人たちは無料サービスが当然だと思い込んでいるフシがあり、これは環境や教育による部分もあるので『最高に頭悪い』というのは少し言い過ぎだろう。

頭が悪いのではない。

ただ貧しいのだ。

本当の貧しさというのはカネや資産の乏しさではない。こうした文化・サービス・娯楽には一切カネを払いたくないという性根のことを言うのだと思う。

五月十六日

十九時、三省堂池袋本店の新井ナイトに参加。本日のゲストは大崎梢さん。僕は大崎さんのデビュー作『配達あかずきん』からのファンであり、最新刊の『スクープのたまご』も連載時に、僕が執筆していた『セイレーンの懺悔』と多少テーマが被っていたので、毎号楽しみに拝読していたのだ。

ただテーマが被っていても、そこは大崎さん。僕とは違い、登場人物全員に優しい。この辺が僕とは大違いであり、やはり作者の性格が滲み出る。

大崎さんとは初対面ではなかったものの、話すのはいつも本格ミステリ作家クラブの総会で立ち話をする程度でゆっくり歓談したことがなかった。それで無理を言って二次会に合流させていただいた（あの久世番子さんもご同席）。話題は紀伊國屋書店新宿南店の撤退に移る。というのも、大崎さんもデビュー当時にお世話になった店舗であり、書店員さんに巨大POPを作ってもらったことも僕と共通しているからだ。デビュー六年目にして思うが、新人は業界の宝だ。あの時、どこの馬の骨とも知れぬ新人のデビュー作に何冊も何冊もサインさせてくれたのも、POPを作ってくれたのも、書店員さんからのエールだった。書店員さんのエールと読者はがきが今まで僕を支えてくれたのは紛うかたなき事実であり、だからこそそうした店舗の衰退に尽力できなかった己の非力さが情けない。

その後、話はあらゆる方面に飛びまくるが、大崎さんも久世さんも辛抱強く付き合ってくださった。要はお二方とも自然体なので、ついついこちらが話し込んでしまうのだ。ただし、横にいた文藝春秋の担当編集者さんたちは僕の暴言癖を承知しているのでハラハラしている様子だった。すみません、ホントに。雪山育ちなのでボーゲンが頼りなんです。

途中で店内が縦に揺れ出し緊急地震アラームが鳴り渡る。茨城で地震、都内は震度4。しかし誰も顔色一つ変えない。東京の人間でさえ、もう震度4程度ではバイトの女の子がグラスを落として割ったくらいの反応しか見せないのだ。何というか、おそろしいのは地震よりもそっちではないだろうか。

五月十七日

十時、三友社Mさんとゲラ修正。毎度のことながら新聞ならではの規制文言につまずく。文芸誌ではどうということもない言葉が、新聞ではご法度などというケースが珍しくない。まあ、テレビでいえば地上波の朝番組のようなものか。

今後の再確認をすると九カ月分二七〇回の予定だったが、できれば二七三回にして欲しいとのこと。下請けのこちらに否はない。ラス前のエピソードを膨らませるとしよう。

新潮社より文庫解説を依頼されていた赤川さんの『月光の誘惑』が届いたので早速ページを開く。ああ、やっぱり赤川さんの小説はリズミカルだなあ、と感心する。僕ごときが真似しようとしても到底できるものではない。そう言えば文章力を上達させる方法の一つとして、好きな作家の作品を模写するというのがあるらしいが、僕はいささか懐疑的だ。文体というのは、その作家の呼吸というか生理的なリズムのようなもので、もちろん全体の構想や作風と不可分だ。文体だけ真似ても大火傷するだけではないだろうか。

遅ればせながら三島由紀夫賞を受賞した蓮實重彦さんの会見内容を知る。大爆笑。これは蓮實さんの作品を読んでなかった記者も悪ければ、蓮實さんのキャラクターを把握せずに質問した記者も悪い。ちゃんと的を射た質問には丁寧に答えてくれているではないか。こういう会見を度々見て思うのは、もっぱら質問する側の不勉強さだ。答える方が新人だったり愛想のいい人だったりサービス精神旺盛の人だったりした場合（有体に言えばエンタメ作家）、何となく会見がスムーズに進むので分からないだけで、こんな風に答える側に気遣いが要らないケースでは途端に質問者の稚拙さが露見してしまう。

僕が一番落胆するのは『あなたにとって〇〇とは何ですか』という質問だ。ひと言で表現してくれれば視聴者も分かったような気になるし、その答えを引き出した自分は有能だとでも思っているのだろうか。もしもそうだとすれば大間違いであり、これほど質問者の不勉強さと無恥と無能さを曝け出す質問はないのだけれど。

そうこうしていると小説すばるの見本誌が届く。しまった。もう締め切りが近づいているのか。慌てて連載小説を書き始める。ここからは連載を二日で終わらせて、すぐ解説に移らないと間に合わないので、エナジードリンクをがぶ飲みする。げほげほ。

五月二十日

十八時、祥伝社Nさんと『ヒポクラテスの憂鬱』最終回のゲラ修正、並びに『ヒポクラテスの誓い』文庫版の再校ゲラ確認。三十分で終了。今回の文庫について初版の後、WOWOWの正式発表を待ってもう一度ジャケット変更を考えているとのこと。折角なので小説NONでミニ特集をしてもらえればどうかと提案しておく。機に敏、というのはサラリーマン時代からの習性なので、つい要らぬことを言ってしまう。

ところで文庫本について、とてもとても嫌なことを聞いた。新人が文庫本を出す場合、今は平均して初版○千部なのだという。○千部って、あなた。

「売れない、と判断された場合でも今後のお付き合いを考えて最低×千部は刷ります」

「×千部って、それじゃあ売り上げのほとんどは経費に消えてしまうじゃないですか」

「今はそういう時代なんですよ」

ぞっとした。

文庫本○千部にしたって印税は三十枚分の原稿料以下ではないか。いったい文庫スタートを強いられた新人作家さんたちはどんな風にしているのだろう。毎月本を出し続けなければ人並みの生活さえできない計算だぞ。

衝撃で少しくらくらしているところに新潮社Mさんよりメール。内容は先日打診していたプロットの件だが、これで再度衝撃を食らった。

『〇〇〇〇郎賞を狙える作品を書いてください』

今までこれほど具体的で、これほど曖昧なリクエストも初めてだったので、思わず二度見した。

まあ考えていても仕方がない。クライアントの要望に応えるのが下請けの義務だ。とりあえず人面瘡探偵の設定は抽斗に仕舞っておこう。連載の原稿を片付けながら、『〇〇〇〇郎賞を狙える』ような小説とはどんなものなのか、しばし考えてみる。

五月二十二日

小説すばる連載『ＴＡＳ　特別師弟捜査員』今月分を脱稿。妻が昨日から上京しているので、表参道〈セレブ・デ・トマト〉にて食事をする。

最初に気を使ったのが、妻が店側や周囲にどう見られるか、だった。というのもそうとは知らせず妻を同伴した席では、決まって「この女性は秘書か愛人か」という目で見られたからだ。言っておくが、僕に秘書や愛人を養うような甲斐性はないが、このいくたびかの経験で妻から少なからず疑惑を持たれている。幸い今回はお店のマスターが、「ひと目見た時から、奥様だと確信しました」と言ってくれたので事なきを得た。

妻は今日も息子の部屋を訪問したらしい。

「ねえ、聞いて聞いて。あの子ったら、部屋に〈ラブライブ〉のフィギュアを飾っているのよ。もう人としてお終いだわ」

そんなことを言ったら、等身大のE.T.を書斎に飾っている僕はどうなるのだ。

食事を終え、妻を見送ると既に夕刻過ぎ。しまった、今日は池袋の天狼院書店にて佐藤青南さんの小説家養成ゼミの講義ではないか。時間が過ぎてしまったのでやむなく断念する。

あああ畜生。

僕の知り合いの作家さんはよくこういう類の講座に招かれている。ちょっと思い出しただけでも他に伽古屋圭市さん、七尾与史さん、岡崎琢磨さん、神家正成さんがゲスト講師として招かれている。鈴木輝一郎さんの講座ではもっと多かったはずだ。

こうした綺羅星の如き作家さんたちが「どうすれば○○新人賞を獲れるのか」「どうやったら推理小説を書けるのか」を懇切丁寧に、しかも自身の体験を交えて講義してくれる。僕も一度拝聴したいと思っているのだが、なかなか機会に恵まれない。一度などはある知り合いの作家さんに聴講希望を伝えたのだが「来るな」と冷たく突き放された。何故だ。

五月二十三日

十三時、喫茶店にてKADOKAWAのお三方と打ち合わせ。先に提出したプロットで進め、七月執筆スタートとする。

とにかくKADOKAWAさん側も、僕にぬるいお仕事ミステリーなど依頼する気はないと明言された。こちらも特異な分野のお仕事紹介に日常の謎を絡めた程度の話を書く気など毛頭なかったので、両者の思惑はめでたく一致。こんな風に、口に出さずともお互いの思いが分かり合えるというのはとても有難い。カネに纏わる黒い話と若き金融マンのトレーニング・デイを描く方向で走る。

話の途中で承認欲求の話題に移る。たとえば先日、ファンがアイドルを刺した事件が報道されたが、あれだって承認欲求の成れの果てだと僕は考えている。

承認欲求なんて商売の邪魔です、と僕が言いきると、三人の編集者さんは異口同音で訊いてきた。

「中山さんって承認欲求とかないんですか？」

「他人に認めてもらいたいと思ったことは、多分一度もありません」

途端に変な顔をされた。当然だ。僕だって自分が異質であることくらい承知している（ただしつい最近になってからだが）。

だが敢えて訊きたい。

他人に認めてもらうのが、そんなに嬉しいのだろうか？　ジョークとか非難とか揶揄ではなく、僕には本当に理解できないのだ。他人がどう思おうと、自分で自分の価値を知っていればそれでいいではないか。過大評価も過小評価もしない。己の実際の身長と体重が、秤によってころころ変わる訳でもあるまいし。

五月二十四日

宝島ワンダーネットDさんよりメール。『連続殺人鬼カエル男』のメガホンを取る予定のS監督だったが、この度二十年温めていた企画がハリウッドメジャーによって進行することになったという。そうなると『カエル男』の着手が三年後となるため、先方から辞退したい旨の丁寧な申し出があったとのこと。やれやれ、やはりすんなりとは決まってくれないか。ただし東映さんが興味を持ってくれているらしいので、企画自体はまだ生きている。とにかくこういうものは水物なので、原作者は待つしかない。大体、原作自体が呪われているのだ。日本で一番この本を売ってくれたのは有隣堂ヨドバシＡＫＩＢＡ店だったが、この時の担当書店員さんは退職してしまった。また、わざわざカエルの被り物までしてくれた別の店の書店員さんも辞めてしまった。

おお、そう言えば『鋼の錬金術師』の実写映画化が発表され、ネットには原作ファンの怨嗟が渦巻いている。企画した側は原作ファンを取り込めると思っているのだろうけど、ここ数年のコミック実写化失敗が災いして発表時点で既に地雷に認定されているのだ。

最新刊『どこかでベートーヴェン』は今月刊行予定なのだが、読書メーターでの登録数がえらい数字になっている。この数字は読書メーターで献本プレゼントを実施しているせいなのだろうが、発売日前に1000近くになったのには驚いた。献本といってもたかが十冊なのだぞ。どんだけ低い確率なんだ。まあ注目を浴びるのは悪いことではない。この数に比例して売れてくれればと思う。

五月二十五日

十時、書店訪問のため某社に赴くと応接室に招かれる。担当者さんとの待ち合わせかと思っていると役員さんまでずらりと顔を揃えられたのでひたすら恐縮する。何、朝からこの罰ゲーム。本日の訪問予定は、

・三省堂書店神保町本店さま

・三省堂書店池袋本店さま
・ジュンク堂書店池袋本店さま
・ブックファースト新宿店さま
・紀伊國屋書店新宿本店さま
・紀伊國屋書店新宿南店さま
・三省堂書店有楽町店さま
・丸善お茶の水店さま
・丸善丸の内本店さま　以上九店舗。

驚いたのは三省堂書店池袋本店で知念実希人さんと出くわしたこと。先方さんは光文社から刊行された『優しい死神の飼い方』文庫版の書店訪問だったのだが、この後ブックファーストでまたもや鉢合わせ。うん、きっと知念さんとは縁があるんだ。無理にでもそう思おう。

同行していただいた営業マンは午前にKさん、午後はSさん。Sさんは久しぶりの営業復活で、ただ佇んでいるだけでも気迫が滲み出ている。

訪問した先では、どこも温かく迎えてくれる。書店の仕事は激務であり寸暇も惜しむはずなのに、こんな物書きのために時間を割いてくださるのだ。本当に有難い。あんまり有難いので同行した担当さんを差し置いて一人で喋くり倒す。

移動中の車内、皆さんから作家さんについての愚痴を聞く、と言うか無理やり訊き出す。いやあ、出るわ出るわ。僕はどちらかと言えば作家側よりも出版社側にシンパシーを抱いているので、どう聞いても出版社側の言い分が正当だと思ってしまう。デビューした何人かの現状に関してだが、聞く限りでは本当にどうしようもない。

・唯一の成功体験を頼りに自己主張する（そろそろ前を見ようよ）。
・市場原理や需要を完全に無視して企画を出す（誰が買うんだ、そんなもの）。
・ふた言目には「作家性」とか「表現者として」とか言い出す（単なる言い訳）。
・自分の社会不適合さを自慢しつつ自分への批判について予防線を張っておく（半グレ）。
・創作する人間は特別な存在だと思い込んでいる（そんな訳があるか）。
・しかも、思っていること全てを口にして許されると思っている（あ。これは僕だ）。

大体、作家を目指そうなんてのは真っ当な社会人になれそうにないヤツ、なれなかったヤツが少なくないのだが、担当する出版社側の人間は厳しい競争を勝ち抜いて採用された真っ当な社会人である。反りが合わなくなったり、トラブルが起こったりするのはむしろ当然だろう。物書きだって社会の一員だし、冷静な目で見れば出版という商業活動の末端にいるだけの話だ。文壇などという幻想をいったん忘れ、一般企業の常識を当て嵌めてみればいい。新入社員が右のような言動をした時、もし自分が上司だったらどんな心証を抱くのか想像してみろ。絶対に殴りたくなるぞ。

五月二十七日

あと四日もすると『このミス』大賞応募の締切日だ。今頃は、全国の投稿者が応募作の推敲に余念がないことだろう。事実、こうした公募では締め切り最終日に応募作が集中し、最終選考に残る作品も散見されるという。細部までチェックの行き届いたものの精度が上がるのは当然だ。だからこそ五月末締め切りなのに一月に届くような作品は「どうせ推敲なんかしていない駄作に違いない」と思われやすく、実際にもそういう傾向だという。

ただし僕の場合は少し事情が違っていた。

応募作は到着順にナンバーが振られるのが普通だ。『このミス』大賞も例外ではない。二〇〇九年に僕が二作を投稿したのは一月末のことで振られたナンバーは『さよならドビュッシー』(投稿時は『バイバイ、ドビュッシー』)が1番、『連続殺人鬼カエル男』(投稿時は『災厄の季節』)が2番だった。こういう早めに到着した投稿作は下読みさんから「碌に推敲していない駄作だろう」と思われがちだそうだが、当たり。僕はその二作、推敲どころか見直すらしていなかった。一月末という早い時期に投稿できたのもそのためだ。

ところがその1番2番とナンバーを振られた二作が、あれよあれよと言う間に最終選考まで残ってしまった。これには関係者も少なからず驚いたらしい。こうして僕はデビューできた訳だが、「推敲も見直しもしない」という態度は今に至っても続いている。もしもこの時、徹底的に推敲する癖がついていたのなら、今の執筆スタイルも違っていただろう。どちらがよかったのかは未だに分からないけど（続く）。

五月二十八日

（承前）

『このミス』大賞受賞の経緯については、これまであまり人に語ったことがなかった。第八回デビュー組の諸氏もツイッターやブログというツールがあるにも拘わらず詳細を残していない。例外は七尾さんくらいで、デビュー作『死亡フラグが立ちました！』の執筆動機から隠し玉として刊行されるまでを綴っている。いつか大賞を同時受賞した太朗想史郎さんや優秀賞受賞の伽古屋さんが、その辺の事情をどこかに書いてくれるのかと期待していたが未だにその気配がない。だから備忘録を兼ねて当時のことを書いてみる。

五月末の締め切りが近づくと、宝島社から下読み担当の方に『また今年もお願いします』という旨のメールが送られてくる。段ボール箱一杯に詰め込まれた投稿作の山の中から二、三作が二次選考に残されるのだ。そして予選が始まり、七月末には『このミス』のサイトに一次選考通過作品が発表される（第八回では二十一作品）のだが、通過者に通知がきたのはそれよりも早い七月八日だった。通知はメールと電話で行われるが、その頃僕は東京に単身赴任しており、自分宛てのメールを見られるパソコン環境になかったので、一次通過を知ったのは電話によってだった。投稿作を他の公募に出していないのか、ならびに簡単な経歴を確認されてこの電話連絡は終わる。もちろん一次選考を通過していようが二次選考についての問い合わせは一切できない。またこの時、冒頭の数ページを掲載するので本文と個人データを記録したワードファイルをメール送信するかフロッピー・ディスクを送付してほしいと依頼された（まだ当時はフロッピー・ディスクだったのだ）。

次いで九月一日には二次選考通過作品が発表される（第八回は七作品）が、これも通過者には八月十七日に郵送で結果が伝えられていた（僕宛ての文書には手書きで「見事、両作品とも最終に残りました！」という一文が添えられていたが、二次選考の選評で千街さんが触れるまでは、それが特段に珍しいことだとは考えもしなかった）。そして二十九日には早くも最終選考が開かれることとなる。

選考は午後六時ころからスタートするというので、僕は寮の大浴場にゆっくり浸かっていた。少なくとも決定には二時間程度かかると予告されていたからだ。二度目の最終候補だったせいか、最初よりは不思議に興奮も不安もない。ただ平穏な気持ちで連絡を待ちたかった

（付け加えておくと、この第八回まで合否連絡は受賞者だけにしか為されなかった。よくよく考えれば残酷な方式であり、さすがに今は全候補者に伝えられるらしい）。ところが三十分後に自室に戻ってみるとケータイの着信ランプが点滅している。早くも宝島社から連絡がきていたのだ。

『おめでとうございます！　大賞受賞です！』

不遜なようだが、この時最終選考は七作、うち二作は僕の作品なので確率は七分の二。どちらかが何とかなるだろうと思っていたので、興味はどちらが大賞に選ばれたかだった。

「えっと、どちらの作品が獲りましたか？」

『ドビュッシーの方です』

先方は受賞後の顔合わせについて日時を知らせてくれた。大賞を獲るという目的を果たした達成感はもちろんあったが、通話を終えた途端、恐怖で腹が冷えた。

大賞を受賞したということは、小説家としてデビューすることに他ならない。今まで大賞を獲得することに頭が一杯で、そこから先を全然考えていなかったのだ。別に食い詰めている訳ではない。口幅ったい言い方だが、地道にサラリーマン人生を歩んできて相応の生活を手に入れている。懸賞小説に当選したからといって仕事を辞めてしまおうなどとは夢にも考えていない。しかし一方、大賞を獲ったからには書き続けなければならない立場に置かれたのも承知している。

新人賞を獲ったものの、その後は書けなくて自然消滅していった新人作家は山のようにいる。つまりは賞金だけ受け取って、版元に還元できなかった〈新人賞を獲ったことのある、ただの人〉たちである。『このミス』の場合、賞金は千二百万円。これでデビュー作しか残せなかったら、僕は詐欺師みたいなものだ。それに万が一、勤務先に知れたらいい物笑いの種になってしまう。

そこですぐさまノートを広げ、〈中山七里　三カ年計画〉なるものを策定した。

一　三年間で最低十冊を上梓する。
二　最低でも三つのジャンルを書けるようにし、いずれも評価できる作品を残す。
三　老舗出版社五社の文芸誌で連載を獲る。
四　ただし会社と文筆業を必ず両立させる。

この四つを達成できれば、何とか生き残れると考えていた（実際にはサラリーマンとの二足の草鞋は二年が精一杯だった）。

十月一日、全国紙に『このミス』大賞受賞者として太朗想史郎と中山七里の名前が報じられる。もちろん会社の人間は僕のペンネームなど知る由もなく、周囲は平穏そのものだった。だが、こんなことはいつか必ず露見する。しかも他人からの密告でバレた場合には最悪の状況が予測される。

　幸い僕は本社勤務だったので人事部長との面会を目論んだ。無論、何のアポもないまま会ってくれる訳もないので直属の部長を介して約束を取り付けていた。偶然にも人事部長は、僕が入社試験を受ける際の面接官だったので話し易かった。

「実は小説の新人賞を受賞してしまいました」

　そういう輩は珍しいらしく、人事部長はひどく驚いた様子だった。僕はその隙に、執筆活動は会社規則で禁じる〈副業〉に当たるのか、それとも日本国憲法で保証されている〈表現の自由〉に当たるのかを突っ込んでみた。当時、交渉ごとで僕の右に出る者はいなかった。人事部長からは「執筆活動は副業に非ず」との言質を得、僕はようやく肩の荷を下ろしたのだ。人事部長のお墨付きさえあれば、もう怖いものはないからだ。二カ月後、受賞者発表の掲載された『このミス』ムック本の発売日当日、直属部長の口から僕が小説家としてデビューしたことを正式に発表してもらった。勤務先では、部長と僕がこそこそ話をしているのを「この二人は独立して起業するつもりだ」と早合点していた女性社員がいたことや、今まで僕を呼び捨てにしていた別の上司がその日を境にさん付けに変わったことなど色々なことが起きたが、それはまた別の話。

　遡って九月の第二土曜、受賞者と四人の選考委員が初顔合わせをするというので宝島社に赴いた。出版社を訪れるのは人生初であり、一階の待ち合わせ室で興味深く辺りを見回す。ずいぶんおしゃれな内装で、これが出版社なのかと感慨に耽っていたが、後日様々な出版社を訪れると待合室自体、会社のカラーで千差万別であるのを知る。

やがてラフな格好でひょろりとした男性、次いでひどく温和な表情の青年が現れる。二人はどちらからともなく自己紹介し、優秀賞の伽古屋さんともう一人の大賞受賞者太朗さんであることが判明。しかし僕はというと離れた場所から眺めており、二人は僕の方を見ようともしなかった。この時僕はシャツにネクタイ姿であり、二人は宝島社の社員か取引先のサラリーマンだと思っていたらしい。だから担当者が現れて僕を見つけ、「中山さんですね？」と確認した際には、二人ともとても驚いた顔をしていた。

三人は編集部に通され、そこで簡単な写真撮影が行われた。『このミス』のサイトに著者近影をアップさせるためだという。僕は慌てて顔出しはNGにしてくれと頼み込んだ。その時点で僕の受賞を知っているのは勤務先に二人だけで、しかも二足の草鞋を続けるつもりだったので顔バレは極力回避したかったからだ。この、顔出しNGが思わぬ事態に発展する。デビュー作『さよならドビュッシー』の作風と相俟って、中山七里は女性であるとのイメージが生まれるきっかけになってしまったのだ（未だにそう誤解されているらしく、ある書店では僕の著作が今でも〈女性作家〉の棚にある。しかも地元だ）。

場所を近所の中華料理店に移し、いよいよ選考委員との顔合わせ、大森望さん、香山二三郎さん、吉野仁さん、最後に茶木則雄さんが遅れて到着。受賞者も選考委員も恐ろしくラフな格好で、ネクタイを締めているのは僕一人だ。茶木さんは席につくなりまずビールを注文し、そこから僕たち三人を前に選評が始まった。

ともあれ雰囲気は選評というよりも最終選考会の延長のようで、途中からは茶木さんと大森さんのプチバトルの様相を呈す。

「いや、俺はね、前回の選考結果に今でも納得している訳じゃないよ」

「あんた、今更そんなことを言っても」

とにかく座は二人の独壇場、太朗さんと伽古屋さんは借りてきたネコのようにひたすら聞き役に回っている（いや、本来そういうものなんだけど）。

このまま黙っていたら主導権を握られてしまう。そう判断した僕は、四人の選考委員に対し反撃を開始した（開始するなよ）。可能な限り四人に喋る機会を与えまいと機関銃のように喋りまくったのだ（だから何故）。終わってみると一番喋ったのは僕だったようで、これ以降、茶木さんも大森さんも、何故か僕と会っても向こうからは話しかけてくれなくなった。いや、きっと気のせいだろう。

顔合わせも終わり、受賞者三人は帰りの電車で一緒だった。太朗さんと伽古屋さんは静かに興奮しているように見えたが、僕は内心でひどく怯えていた。

これから小説家として本当にやっていけるのか、不安で不安で堪らなかったのだ。

五月三十日

姉より電話がくる。

『さっき、変な電話が掛かってきてさ。あんたによく似た声で、電車の中にカバン忘れたとか、カバンの中には会社の重要書類とか現金とかケータイが入っていて、今すぐ八百万円用意しなきゃいけないとか。それで念のために電話してみた』

話の内容から、姉の電話番号だけを頼りに詐欺電話を掛けてきたらしい。それにしても電車の中にカバンを忘れたとかケータイを使えないとか数百万用意しなくてはいけないとか、あまりにパターン過ぎてもはやギャグの領域である。話しているうちに僕も姉もくすくす笑い出した。姉の方も大したもので最初から嘘と気づき（当然ながら僕が四年前に会社を辞めたことを知っている）、適当に話を合わせて面白がっていたものの、やがて低レベルの作り話にアホらしくなったという。「警察呼ぶよ」と言った途端、向こうから電話を切ったそうだ。

素人を白けさせてどうする。お前らそれでも詐欺のプロか。昔、詐欺というのは頭のいい悪人のする犯罪だった。ところが今ではこんなオリジナリティの欠片もないような低能で怠け者の輩がする仕事になってしまった。実に嘆かわしい。僕ならもっと上手に……。

どうせ騙すのなら、もう少しマシな嘘で騙してほしいものだ。エンタメ性にも乏しい。

五月三十一日

通販で買った小梅が郵送されてきたので、妻とともに漬ける（あくまでも妻と作業をするということであって、妻を一緒に漬けるという意味ではない）。連載やプロットで忙しいはずなのに、何故こんなことをしているのかと言えば、趣味だからとしか答えようがない。

新潮社からリクエストされたプロットは今日中に拵えなければならないのだが、まだ形もできていない。どうしようかと悩みながら梅のヘタを取っていると、まあ何ということでしょう！　次第に物語が生まれてきたではありませんか。作業を終えてから（中断はできない）早速、まとめに入ると冒頭の一文から最後の一行までが、まるで映像のように思い浮かぶ。ふう、何とか今回も三日で間に合ったか。

それにしても毎回悩むのはストーリーやトリックよりも登場人物の名前だ。単に読みやすい名前ならいくらでも拵えることができるが、その物語、そのキャラクターに合致した名前を考えるのは本当に骨が折れる。岬洋介にしても御子柴礼司にしても、まずキャラクターありきでの命名だったのだ。巷には〈すごい名前生成器〉なるツールもあるが、僕の作品については何の役にも立たない。

僕の小説では主要なメンバーには全員フルネームがついているが、ただ一人、埼玉県警の渡瀬だけは苗字だけだ。もちろん彼にも下の名前があるが非公開にしている。凶暴な顔とは裏腹に女のような名前なのだが、あまりのギャップに読者が困惑しそうになるので伏せているのだ。

六月一日

義妹が突然の訪問。聞けば彼女の娘がストーカー被害に遭っているとのこと。相手の男は一方的に恋慕し、高価なプレゼントやら続けていたのだが、「あなたと付き合う気はない」と言われた途端、今までプレゼントした分を現金で返せと家まで押し掛けたらしい。

やり口から脅し文句まで、まるで絵に描いたような陳腐さで頭を抱える。一昨日のオレオレ詐欺といい、今日のストーカー被害といい、何故僕の周りにはこんな事件が集まってくるのか。それとも僕が事件を呼び寄せているのか。

無理やりのプレゼントを受け取っただけで彼氏面をするというのは、要するに女心を知らない馬鹿か、今までモノで釣られるような女しか相手にしてこなかった馬鹿である。馬鹿に何を言っても無駄であり、放っておいても犯罪発生を助長するだけなので一刻も早く警察に相談するようにと助言しておく。

こう書くと何やら災難続きのような印象を与えてしまうかも知れないが、実は僕自身に災いが降りかかったことはほとんどなく、大体およそ不幸というものを味わったことがない（人に言わせれば、思考回路に変調を来たしていて不幸を不幸と感じないそうだ）。ブラック企業めいた仕事をしている時は充実感に満たされていたし、初恋に破れた時も、「ああ、明日から別の女子を好きになっていいんだ」と妙に嬉しかったくらいだ（この事実を当の失恋相手に語ったところ、ひどく睨まれた）。実際に昔から、災いという災いは僕を避けて近親者や知人に降り注いだ。だから親類縁者からは「疫病神」だとか「祟り神」だとかよく言われた。

よく考えれば、今でも同業者から時折そう呼ばれる。

六月二日

姉夫婦とともに両親の墓参りに出掛ける。両親の墓は山の中腹にある墓地の一角で、そこからだと町が一望できる。

両親が他界してしまってから故郷への思いはほとんど失せてしまったが、それでも生まれ育った場所を見下ろしていると、静かに胸に迫るものがある。

姉夫婦と近況を話してから家に戻ると、新潮社Mさんからプロットについての返事が届いていた。一発OKとの内容。

『こういうのが欲しかったんです！』

やれやれ、これで肩の荷が一つ下りた——と思っていたら、宝島社より法廷もののアンソロジーについて依頼を受けているのを思い出した。ええっと、つまり長編五本と短編二本のプロットがまだ残っている訳か。こんな風に仕事が溜まるのは自業自得なのだが、もう少し何とかならんのか自分。

六月三日

今日は七尾与史さんの誕生日である。個人情報ではあるが、本人が呟いているので書いても構わないだろう。

『実は今日、6月3日は僕の誕生日です。そろそろ老後が見えてくる年齢です。そんな年齢の僕が書いている作品は「全裸刑事　チャーリー」とか「ドS刑事」とか「フリチン探偵モザイク」とか。最後のヤツは嘘です。』

ご本人は韜晦《とうかい》してこんな風に書いているが、もちろん七尾さんの大変さは同業者や編集者も知っている。しかし全裸刑事にしろドS刑事にしろ、ああいう作風でデビューしヒットを飛ばしたということも手伝って七尾さんを所謂〈ブラックユーモア・ミステリーの旗手〉として見ている読者も少なからずいると聞いた。この機会に（僕などがこれをするのは甚だ僭越なのだが）言っておくが、七尾さんは〈隠れ本格〉である。ちょうどダリオ・アルジェント監督がホラーの作り手でありながら、その作品には本格趣向が通奏低音として流れていることに似ている。設定の奇抜さや派手なキャラクターに誤魔化されずトリックだけを吟味していくと、意外なほどフェアであることに気づくはずだ。

それにもまして僕がすごいと思うのは、あれだけ尖った設定を次から次へと繰り出す発想力と忍耐力だ。これは実作者として分かるが、奇抜なアイデアなんてそうそう出るものではない。ギャグ漫画家が短命であるのを考えれば、理由は明らかだろう。そして皮肉なことに、それを正当に評価できる人間はそれほど多くない。昨今の七尾作品を読んでいると、ご本人の切歯扼腕が聞こえてきそうになるのは僕の錯覚だろうか。

悲しいかなデビュー作がヒットすると、その後の作風が決定づけられてしまうことが往々にしてある。現在、その軛に悩みながら筆を進めている同業者も多いと思う。僕などは最初から作風が固定してしまうことを懸命に回避してきたので比較的作風を押しつけられることはないが、他の新人作家と呼ばれる方々は大変だろうと思う。

何しろ、一番の敵は過去の、しかもヒットした自著なのだから。

六月五日

来週から人と会う約束があるため、東京事務所に戻る。この日関東甲信越は梅雨入りとなり、雨が本格的にならないうちに戻りたかったのだ。

郵便受けは相変わらず各社からの通知で溢れ返っている。その半分は文学賞パーティーのお誘いだ。この授賞パーティーならきっとあの作家さんがくる。いや、あの作家さんも顔を出さざるを得ないだろう――ああああ出席したい。だが生憎と六月後半には少なくとも三本の連載がスタートする。とても時間的な余裕がないので、泣きながら〈欠席〉に○をつける。あの独特の寿ぐ空気が好きなのだが。誰か僕にもう一つ身体をくれ。

六月六日

三省堂池袋本店でのサイン会について詳細が決まったらしい。らしい、というのは書店側のツイッターに紹介されており、僕自身は何も知らされていないからだ。何でもコンプリート・サイン会とかで、岬洋介シリーズについては全てサイン、しかも持ち込み可とのこと。うううむ、おそらく新井さんの発案だと思うが相変わらず新しいことを考えるなあ。それにこれなら、参加者が十人程度でも充分間を持たせることができる。おお、何という物書き思いの企画だろう。

　サイン会やトークショーというのは、作家が自分のファンを直接目撃できる数少ない機会の一つだ。いつも書斎に閉じ籠もっている作家にとって、リアルなファンというのは自分の存在価値を示してくれる最大の存在だ。だからこうした催しに何人のファンが来てくれるのかは、やはり関心がある。SNSで作家がしきりにこうした催しを告知するのはそのためだ。

　ただし僕は少し違っていて、もちろん沢山の人が来てくれるのは嬉しいのだけれど、それ以前に参加者が少ないと、企画してくれた書店さんや付き添いの担当編集さんに申し訳ないと思ってしまうのだ。とにかく他人に迷惑だけはかけたくない。昭和生まれの悪癖と笑わば笑え。そういう風に育てられたんだからしょうがないではないか。

六月七日

　十四時、歯科医に赴く。大昔に入れた金属の差し替え作業は今日も続く。ただ最近、丈夫なはずの歯が知覚過敏になっている傾向があるので訊ねてみる。

「ねえ中山さん、ひょっとして以前より力を入れて歯磨きしてませんか」

「ムチャクチャ力入れてます。この間、歯ブラシの柄が折れました」

「……治療を始めた人はよくそういう磨き方をしますけど、あまり張り切るのは逆効果です。歯ブラシは鉛筆を持つようにして、余分な力を入れないでください。そんな磨き方はエナメル質を傷つけるし、長続きしません」

ありとあらゆることに当て嵌まる言葉だ。含蓄があるなあ、とひとしきり感心する。

十六時、『ヒポクラテスの誓い』文庫版の出版に関して契約書を取り交わすため、祥伝社Nさんと打ち合わせ。契約書にサインした後、何故多くの作家が途中で筆を折るのか、という話になる。

これはある作家さんの言葉だが、書けなくなるのではなく書きたくなくなるのだという。いったん当たりを取ると、シリーズで書けと言われる。他社もその路線でとリクエストしてくる。出版社側の言い分は正しい。新たな作風に挑戦させて共倒れするより、ヒットしたという過去のデータに基づいた商売をすればホームランは打てなくても三振はしない。ヒット映画のパート2が作られるのと同じ理屈だ。

で、毎度毎度お馴染みの展開、お馴染みのキャラクターを書かされる。自分の書きたいものは企画も通してくれない。同じものばかり書かされるから、やがて嫌気が差し、疲弊するという案配だ。これは同業者なら分からない心理ではない。俺は書く機械じゃねえ、といったところか。

だが一方、世の中の大抵の仕事は同じことの繰り返しだ。相手が替われど一日一日の仕事にそうそう変化がある訳ではない。それでもみんな額に汗して働いている。

それが仕事だからだ。

そういう人たちからすれば、「同じものしか書けないから辛い。だから作家の仕事を辞める」という人間は、どんな風に映っているのだろうか。

六月八日

十二時、大手町パレスホテルのレストランにて小学館Mさん H さんと打ち合わせ。場所が場所なので、精一杯めかしこんでいく。五十半ばの初老が何を色気づきやがってと思うかも知れないが、先日妻から放たれた言葉が強烈だったのだ。

「あのね。普段着ばっかり着ていると、普段着しか似合わない人になっちゃうのよ」

またしても含蓄のある言葉。こういう妻なので二十五年一緒にいても飽きることがない。

まずは映画『アイアムアヒーロー』のヒットを寿ぐ。コミックやアンソロジーの売れ行きも順調とのこと。「きらら」に連載していた『セイレーンの懺悔』の話になると思いきや、そちらは特に大きな修正もないので問題なしとなり、次回連載の話題に移る。

新潮社さんとの経緯を説明した上で『人面瘡探偵』の設定を話すと、すぐに反応を示してくれたのでとても嬉しい。

「『セイレーンの懺悔』の続編より、断然そっちの方に興味があります！」

少し哀しい。

とにかく来月までにプロットを提出することとする。ああ、またいつもの安請け合いだ。

十九時、神楽坂の〈ちょい干し　てっ平〉にて幻冬舎Tさんとゲラ直し。二十分ほどで終了。話題はあと一回を残すのみとなった連載『作家刑事毒島』に。

「編集部のみならず、ウチの営業にもゲラ読んでもらってるんですけど、その度に『これ、大丈夫か』と心配されるんですよね」

やっぱり危険な小説であることに間違いない。実際、僕自身がこんなに書籍化を怖れた作品は今までになかったのだ。

しばらくすると僕たちの真横にグループ客が到着し、まだ酒も出ていないというのにいきなり大声で話し始める。別に貸切という訳ではないが、僕たち以外にもひと組の客がおり、傍若無人に振る舞える状況ではないのだが、とにかくうるさい。お蔭で対面に座ったTさんはひどく申し訳なさそうな顔をしている。いや、これ、あなたのせいじゃないから。

座った途端に大声を出さずにいられないというのは、よほど日頃の鬱憤が溜まっているか、さもなくば精神のどこかを病んでいる。

うるさくてうるさくてうるさくて会話さえ困難になった。こんな時、普通なら咳払いの一つでもするのだろうが、こちとら生憎とそんな殊勝さは持ち合わせておらず、僕は声を潜めて彼らの話に聞き入った（陰湿）。その内容から彼らが出版関係、しかも頭文字がKで始まるイケイケドンドンの大手出版社らしいことが判明する。どの顔にも見覚えがないので編集さんとも思えない（それにほぼ全員がシャツにネクタイ姿だった。編集さんというのは概してラフな服装だ）。とにかく言葉の端々に作家名は出るわ上司の名前は出るわ。まさか真横に座っているのが、人の悪口と不祥事が三度の飯より好きな物書きだとは夢にも思うまい。僕がスマホを持っていたら直ちにネットに拡散させているところだ（いや、こうして日記に書いているから同じなのだけれど）。

サラリーマン時代、こういう酔客（という以前の粗忽者）を大勢見ているので、同僚と馬鹿話をする時も、絶対に社名を悟られない話し方を心掛けた。そもそも会社の話はしないように努めた。個人情報を扱う仕事だったので尚更だった。

同僚と呑むのは結構なことだし、馬鹿話も必要な時がある。しかしＴＰＯを考えろ――などと教科書みたいなお題目を唱えるつもりは毛頭ない。

ただし辺りに性悪な物書きがいないかどうか見回してからにしてくれい。

六月九日

十三時、双葉社Y編集長・Yさんと打ち合わせ。『翼がなくても』は来年一月発売であるため、遅くとも十月にはゲラ直しを済ませておきたい旨を伝える。

話は次回連載に移る。有難や、これでまた仕事にありつける。Yさんのリクエストは『翼がなくても』に続く爽やかミステリー。Y編集長のリクエストは犯罪加害者家族の物語。

「好きなんですよねー、犯罪加害者の家族って」

打ち合わせの場所はよく出版関係者が使う場所なので違和感こそないものの、一般客がこの台詞を耳にしたら誤解するのではないか。だからといって相手をたしなめるような殊勝さは生憎持ち合わせておらず、こういう時には尻馬に乗っかるのが僕の流儀である。

そう言えばYさんが下村敦史さんと打ち合わせをした際、僕の名前が出たとのこと。知らぬ間に色んな作家さんが僕について話している。どうせ悪い噂に決まっている。

最後に「受賞者の三作縛り」について訊いてみた。新人賞を受賞したら、受賞作を含めた三作はその出版社から刊行させるという業界の慣習めいたものだが、その真意を訊ねてみたのだ。

「つまり、三作の利益で賞金を回収するという解釈でいいんでしょうか?」

「ええ、まあ……でも最近は二作目が出ない人が多くて」

ここにY編集長が割って入る。

「それでも、時折『告白』の湊かなえさんみたいな人が出現するからこの仕事、やめられないんですよ」

ああ、それはそうだろうなあ。ただ、僕は根っからの根性曲がりなので、脳内でこういう台詞に変換してしまう。

『逆に言えば湊さんクラスの新人さんがどんどん現れてくれないと、こんな仕事やってられませんよ』

六月十日

十三時三十分、宝島社にて「潮」のインタビュー。「潮」はご存じ創価学会系の雑誌だが、その性格は完全なる文芸誌。

僕は特定の宗教に入信しているものではないが、創価学会には以前から関心があった。ただし現会長の池田大作氏にではなく、二代目会長の戸田城聖氏についてである。

昭和五十八年のことだから、当時僕は大学生だったはずだ。その頃、筒井康隆さんが初の全集を刊行されており、当時は出版バブルの時期だったから、この全集も売れたらしい。

ところが筒井さんの全集がいかに売れようとも、常にその上には別の全集が売り上げ一位を誇っていた。それが『戸田城聖全集』だった。筒井さんの全集に付録としてついていた『玄笑地帯』というエッセイには、こう書かれている。

『いったい、この戸田城聖とは何者なのだ。そんな作家、わしゃ聞いたこともないぞ』

その一文がきっかけで僕も『戸田城聖全集』を読んでみた。詳述は避けるが、この戸田という人物は創価学会の命名者であり、学習参考書のはしりを著した人であり、公明党の礎を築いた人であり、宗教家というよりは起業家としての印象が色濃い人物なのだ。学会の中から国会議員を輩出するべく挑んだ大阪補欠選挙では選挙違反者を出してしまい、その時、青年部参謀室長だったのが池田大作氏で——というようなことをまくし立てていたら、宝島社のKさんも「潮」の編集さんも唖然《あぜん》としてこちらを見ていた。あああ、またやってしまった。

インタビューは一時間ほどもあったろうか。とにかくあの手塚さんが『ブッダ』を連載していた雑誌に自分のインタビュー記事が載るのだ。感慨深いものがあるのは否定できない。

ところでKさんと話していると、同じ時間帯に『このミス』大賞出身作家の柊サナカさんが近所にある日本カメラ博物館を取材していると聞いた。折角なので待ち伏せする（おい）。少し待っていると担当さんと柊さんが現れる。僕を見つけた途端、先方はひどく不審げな顔になった（当たり前だ）。

実はこういうことは僕にとって日常茶飯事で、いつぞやはわざわざ山形から書店訪問のために上京された柚月裕子さんのスケジュールを各書店員さんのツイート情報を元に把握し、次に予想される立ち寄り先で待ち伏せしていた。これが見事に的中。当然のことながら柚月さんも驚かれていた様子で、きっと僕のことをストーカー予備軍とでも思い込んでしまわれたのではないか（いや、もうそれ、予備軍じゃないって）。

柊さんとしばし歓談した後、妻から電話が入る。『贈答用に〈セレブ・デ・トマト〉で出されたトマトジュースを送りたいから買ってきて』原稿の締め切りは今日だが、断る訳にはいかないので半蔵門から表参道へと向かう。さて、その電車の中で僕の隣に座った女の子が驚愕ものだった。

齢の頃はどう見ても七、八歳。何やら熱心に本を読んでいる。嗚呼、こんな子がいるなら出版業界の明日は明るい日と書くのね――などと喜んでいたのだが、読んでいる本をよくよく眺めて仰天した。何と全編フランス語。

字面からしてコミックでも挿絵つきの絵本でも小説でもない。体裁は完全に教科書だ。首にぶら下げたパスケースからはPASMOに記載された情報が垣間見える。氏名は顔立ちと同じく純日本風だから外国人ともハーフとも思えない。定期の区間表示から下校途中であることも分かる（だから、それがストーカー行為だっちゅうの！）。東京都内、どこの小学校が生徒にフランス語の教科書を読ませているのか。それともこれは家庭教育の一環なのか。

やはり世の中には不思議なことが存在するのだよ関口君。

帰宅し、すぐに連載用の原稿をアップさせる。ぎりぎり間に合った——と思った瞬間、別の締め切りが明後日に迫っていることに気づく。あわわわわわ。

六月十二日

連載している『作家刑事毒島』の最終回を書く。どんな長期連載であろうと最終回にも特段の感慨など湧かないが、この作品は別だ。言っておくが名残惜しいとかではない。逆だ。ようやくこの作品から離れることができて、ほっと安堵しているのだ。

意に沿わない連載という訳でもなければ、書いていて苦痛という訳ではなく、むしろこんなに筆が進んだ（あるいは滑った）作品はかつてなく、また担当編集さんの反応がこれほどはっきりしていたものも珍しい。

ただ、怖い。

昨今、『小説王』や『書店ガール5』やら『小説の神様』やら業界のことを描いた小説を多く見掛ける。内容や切り口は様々だが、共通しているのは創作に対する真摯な気持ちとポジティブな情熱だ。

ところが僕がこういうものを書くと、全く別のベクトルになってしまう。なまじ内部におり、しかも作家側よりは出版社側、編集部側よりは営業部側にシンパシーを抱いているので、どうしても辛辣な書き方になってしまう。これが上梓されたら同業者から睨まれること必至である。担当編集のTさんは毎回、「怖いよう、怖いよう」と呟きながらゲラを読んでいるそうだが、本人だって「怖いよう、怖いよう」と言いながら書いているのだ。

六月十三日

本日より『ヒポクラテスの誓い』WOWOW連ドラ化の情報が解禁。早速、ネット上に山ほどのTLが溢れる。と、同時にKADOKAWAさんからテレビドラマ『刑事犬養隼人』第二弾の決定稿が送付されてくる。この進行具合でいけば、両方とも放映は十月になるのではないか。

それにしても、自著の映像化にも拘わらず他人事にしか思えない。この傾向は『贖罪の奏鳴曲』からずっと続いており、どうしても内容に深く関わりたいと思えない。どうせ原作と映像化作品は別物であり、しかも僕は書籍化した段階で自著に興味がなくなってしまうので、いつも興奮とはほど遠い場所に立っている。もちろん、こんなど素人の作文を映像化してくれようというのだから、有難いのは当然として、殊更原作者面するつもりなど毛頭ない。どうも僕はそういった原作者意識が欠如しているようだ。

もっとも犬養シリーズも浦和医大法医学シリーズも、版元さんや担当編集さんが熱意をもってくれた作品であり、こうして映像化され人口に膾炙《かいしゃ》される運びになったのは何よりだった。映像化すればシリーズとしての企画が通りやすいからだ。

物書きでも何でもそうだが、代表作が一本きりというのは、非常に怖い。それ以降の作品が常に代表作と比較されると戦略的に不利だからだ。そして負け戦を続けていると、やがて戦線離脱を申し渡される時がくる。いや、時には特攻してこいとも言われかねない。そうならないためにはコンスタントにヒット作を生み出す、つまり代表作が何本もある、読者によって挙がる代表作が違うという状況を生み出す必要がある。これはバケモノみたいな天才が掃いて捨てるほどいる世界において、生き残るために必須の戦略でもある。

たとえば映画監督を見ればよく分かる。何故スティーブン・スピルバーグがハリウッドに君臨し続けられるかと言えば、代表作が何本もあり、彼自身が一つのジャンルと化しているからではないか。ただスピルバーグ監督は、おそらくそれを無自覚にやっている点に特徴がある。天才の特質とは無自覚と量産だ。スピルバーグ監督の天才たる所以はそこにある。

六月十四日

十七時三十分、新潮社Mさんと打ち合わせ。提出したプロットについて細部の確認を行う。

プロットについてはN編集長もOKを出してくれたとのことで一安心。

「ただ、この内容は『ｙｏｍ　ｙｏｍ』向きではありませんね」

予期していた言葉だったので特に驚くこともない。当初のリクエストに従えば当然そうなるだろうと考えていたからだ。

「最初に五十枚お見せしますから、それで媒体を選んでください」

そう提案すると、Mさんは一瞬呆気に取られたようだった。確かに掲載誌も決まっていないうちに、作者側から一回目を提出するというのはあまり例がないのだろう。

ずいぶん前にこんな話を聞いた。

ピープロのうしおそうじ社長が、ある日テレビ局にいくとプロデューサーの机の上に自分の提出した企画書が溢れている。目も通してもらっていないのだ。それでうしおさんは、自前でパイロット・フィルムを作り局に送りつけてしまった。すると面白いように、次から次に映像化の話がまとまるようになった。企画書を何本作ろうが現物一本に勝るものはないという実例である。

僕はこの方法を踏襲しようと思った。最初の五十枚さえ読んでもらえれば、編集者さんもどの媒体でどんな風に展開すればいいか判断がしやすいはずだ。

とにかく一回目を来月に提出することにする。新潮社側がどんな判断をしてくれるのか、今から楽しみ。

十九時、神田〈翔山亭〉にて講談社Kさんと打ち合わせ。とは言っても打ち合わせ自体は、「ここんとこ、よろしく」とひと言で終了（何だ、それは）。後は例によって業界の四方山話に終始する。

これはサラリーマン時代に身についたことだが、一時間の打ち合わせで仕事の話をするのは最初の五分か十分だけ、後は雑談に徹するというのが理想的だ。雑談五十分で如何に相手の本音を引き出すか――それが営業の腕を問われる部分だったりする（第一、仕事の話ばかりしても相手もつまらないだろうに）。

六月十五日

本日、舛添東京都知事が辞任した。政治資金の私的流用を巡っての不信が募った結果だ。僕は東京都民ではないので、いささか不謹慎だが対岸の火事を見ている気分だった。それでついこんな風に思ってしまうのだが、今回も貧乏くじを引かされたのは東京都民だったような気がする。都知事が私的流用した金額はおよそ百万円程度だが、次期都知事選に関わる費用は五十億円。乱暴な言い方をすれば百万円の落とし前をつけるために、五十億円の税金を投入する羽目になるからだ。

もちろん「東京都のリーダーには、もっと清廉潔白な人物を」という都民の意思が反映しているのなら致し方ないのだが、どうも理屈よりも感情が優先しているように見えるのは、僕の錯覚だろうか。だって五十億なのだ。何というか壮大な無駄遣いのように思えてならない。五十億もあれば、現在東京都が抱える諸問題のうち一つか二つは解決しそうなものだが。

私的流用をした知事を感情的に許せない。道義的に知事職に留まらせることに抵抗がある、というのならこういうのはどうか。

知事の仕事を任期いっぱいまで続けさせる代わりに、彼を「セコビッチ」と呼ぶのだ。一般市民も都の職員も記者さんたちも全員が彼をそう呼ばわる。もちろん彼に拒否権はない。名誉棄損とかで訴えるのも禁じさせる。

「おはようございます、セコビッチ」

「何だよ、また登庁してきたのかセコビッチ」

「質問です、セコビッチ」

「おやおや、税金の使い方になるとずいぶん大盤振る舞いですね、セコビッチ」

そうやって任期を終えるまで、散々辱めてやれば少なくとも都民の感情も鎮まるのではないか。選挙に予算を使わずに済むのだし。すぐ辞任させてしまうというのは、実は当事者にとって一番楽な選択肢なのだ。第一、東京都民の間に渦巻いているのは「あんなセコいヤツだったのか」「あんなのに一票入れた自分が情けない」という怒りと失望なのだ。五十億円の血税を無駄遣いしないまま都民の鬱憤を晴らすには、そういう方法が最適だと思うのだがどうか。

六月十七日

十一時、日比谷TOHOシネマズシャンテにて『帰ってきたヒトラー』観賞。これは原作本を読んだ時から、必ず観なければならないと決めていた映画だった。

話の筋は至って簡単、自決寸前のヒトラーが何の具合か二〇一四年の現代にタイムスリップするというもの。ちゃんと先行作品へのオマージュなのか『バック・トゥ・ザ・フューチャー』のポスターがちらりと映り込んでいる。序盤から後半にかけてはコメディタッチであり、場内からはよく笑い声が上がる。日本の劇場ではあまりないことなのでコメディとしても上質なのだろう。だが、ラストに至って僕はぞっとした。何がコメディなものか。これは恐るべきディストピア映画ではないか。

大体、観ている最中から違和感がまとわりついていた。ドイツはようやくヒトラーやナチをコメディで描けるようになったのかと感慨に耽っていたのだが、やはりかの国の映画は一筋縄ではいかなかった。政治の本質、独裁者の本質を大上段から振り下ろしてきた。

その国にしか作れない映画がある。その国の人間でなければ理解できない映画がある。音楽や映画に国境がない、なんていうのは実は大嘘なのである。

事務所に戻ると「小説すばる」が届いていた。掲載誌が送られてくるタイミングは大抵原稿の締切日。つまり掲載誌の郵送とは「もう締切日なんだぞ。分かってんのか、うん？」という脅迫に他ならない。急いで『TAS　特別師弟捜査員』の執筆に取り掛かる。しかし、この原稿も二日で仕上げなければ次には新連載の原稿が待ち構えているのだ。ああ。

六月十九日

午前二時、座ったままの状態で目覚める。

うん、午前二時？

しししし、しまったあ、また寝過ごした！

確か十七日の深夜まで「小説すばる」の連載原稿を書いていたはずだ。十枚書いたところで小休止しようとヘッドフォンで音楽を聴き始めたのだが、そこから寝落ちしたらしい。

ああ、丸一日を棒に振ってしまった。

僕はもう駄目なのだろうか。

また以前のように、足の裏をコンパスの針で刺さなければ徹夜もできない軟弱者に戻ってしまったのだろうか。

とにかくレッドブル一本では効かなくなったらしい。慌てて最寄りのコンビニに駆け込み、モンスターとメガシャキを購入。事務所に戻って一気飲み、ついでに黒ビール一本もがぶ飲みする。するとようやく眠気が収まったので執筆に戻る。

こんな時、昭和の文豪たちが羨ましくなる。終戦後、特攻隊員たちに配られていた〈突撃錠〉なる向精神薬が市場に放出され〈ヒロポン〉なる名前で売り出される。今で言う覚醒剤なのだが、当時は合法だった。焼跡に文学の灯を護ってきた文豪たちは多かれ少なかれ、この〈ヒロポン〉を友として執筆活動に励んでいた。

今ではもちろん違法薬物であり僕も法を破ってまでとは思うのだが、コンビニでも買えるようになったら間違いなくリピーターになると思う。

十五時、海堂さんよりメールが届く。サイン会でこの日記の抜粋がノベルティとしてつくことを知り一部所望とのこと。先輩の命令は絶対なのでノーカット・無修正のものを送信しておく。

しかしこの日記、本来は未公開が前提のはずなのだが、既に数人の目に触れている。それで日記と呼んでいいのかどうか。

六月二十日

十一時、幻冬舎Tさんより連絡あり。『作家刑事毒島』の最終回を読了しての相談とのこと。

『あの……こちらを先に刊行できませんでしょうか』

やはりそうきたか。前々から僕も可能性を打診していたのだが、最終回に目を通された編集長の判断だという（何でもひどく面白がってくださっているらしい）。

先方がそう判断されたのならこちらに否はない。七月刊行予定が半月ほどずれてしまうが、先にゲラ修正の終わった『ワルツを踊ろう』と時期を引っ繰り返すしかない。

問題は時期ではなく内容だ。昨今、業界内幕ものがちょっとした流行だが、これは先行作品に冷や水をぶっかけるような話なのだ。冗談でもフカシでもなく、同業者から刺されるかも知れないので、今のうちに護身術でも習っておくか。

刊行予定がひと月ずれてしまったので、九月に刊行予定だった祥伝社Nさんに事情説明しなければならない。幸い、TさんはNさんをご存じだったので、根回しをしてもらう。こういう場合、編集者さんの横のつながりがあるのは本当に有難い。

以前、『作家刑事毒島』を読んでいただいた書店員さんにこのことをメールで伝えると、『ヒー！』という表題つきで返信がきた。

やはり、危険な小説なんだろうなあ。

六月二十一日

十時、喫茶店にて三友社Mさんとゲラ修正。

「作品の中に実在の地名と架空の地名が混在しているのは狙ってやっているんですか」と訊かれる。

実在なら実在、架空なら架空と統一する作家さんが多いらしいが、僕の場合はわざと両者を混在させることで現実と虚構の境界線を曖昧にしようとしている。第一、いくら実在する地名であっても小説世界に出現した時点で架空ではないか。

『護られなかった者たちへ』の掲載紙は八紙になったという。Mさんは「あと二紙はいきたいですね」となかなかに意気軒昂。

十八時三十分、サイン会のため三省堂池袋本店に向かう。純然たるサイン会は初めてであり、十人もくればいいかと思っていたが、案に相違して四十人以上の方がお集まりとのこと。

まあ四十人でもサインだけなら早く終わるだろうと高を括っていたのだが、これがとんでもない大間違い。ほとんどの方がシリーズ四、五冊を持参されていたので合計すると百冊以上にサインさせていただいた計算になる。本当に有難いことである。しかも全冊ハードカバーで揃えていらっしゃる方、パラフィン紙でカバーをかけている方、どの本もまだ一度も開かれていないのではないかというくらい美麗だった。

幸せな本たちだなあ。

もちろん中には業界関係者が潜んでおり、その筆頭が七尾与史さんだった。それで打ち上げに七尾さんも誘うことにする。ご本人がツイッターで呟いていたスランプ云々の話はギャグでも何でもなく、当時は苦しんだとのこと。あれだけ書いていれば、まあ当然だろうと思う。それでも今は書き下ろしや連載の話がひっきりなしなのだから大したものだ。当時僕が想像していたことが間違っていないことも確認できた。やはり実作者同士、わざわざ話さなくても理解できることがある。

それにしても客層が幅広いなあ。下は中学二年のお嬢さんから上は後期高齢の元お嬢さん、青年から元青年までまさに老若男女。中には「嫁への土産で」とか「母親へのプレゼントで」と仰る男性もいたりして、もう何というか物書き冥利に尽きる至福の時間。

「俺の読者なんて二十代から四十代に固まっているものなあ」と、七尾さんは愚痴っていたが、あんた何を言うておるのか。その二十代から四十代までの読者さんはこれからもずっとあなたのファンでい続けてくれるのだぞ。

天ぷら屋〈銀座天一〉に移動して打ち上げ。例によって、ここにも書けないことを喋りまくる。特に七尾さんとは同レーベル・同時期デビューの仲であるため普段よりあけすけに喋ってしまう。七尾さんは売れっ子作家なので遠慮が要らない。横に○○さんとか××さんとかがいたら、間違いなく刺されるレベルである。わははははは。

六月二十二日

十七時、タイ料理店で宝島社Kさんと会う。岬シリーズの装画を担当していただいている北沢平祐さんからサイン本を頼まれているとのこと。北沢さんとはデビュー以来のお付き合いだというのに、まだ一度も献本していないことに思い当たり却って恐縮する。

昨日は別れた後、Kさんと七尾さんは二次会に流れたとのこと。

「○○文庫と××文庫の取り立てがホント厳しくって。だって締め切りが翌月なんですよ」と、仰っていたとのこと。つまり一カ月に一冊書き下ろせという主旨だ。

昨今、ラノベ文庫の創設が著しいが、こういう文庫は書店の棚を確保しなければならないので、当然ひと月当たりの配本にはノルマが生じている。七尾さんのような売れっ子作家は必ずラインナップに押さえておきたいので、自ずと各社編集者も苛酷な要求をする傾向にある。

「インプットの時間が取れないんですよお」と七尾さんは嘆いていたが、まあこれは売れっ子の宿命みたいなもので、売れているから仕事がくる。その仕事を引き受けるから連載と出版点数が増える。出版点数が増えるから、他の出版社からオファーがくる。こういうスパイラルである。もちろん売れない時はこの逆になる訳だが。

ただ、そういう殺人的なスケジュールの中でも水準以上の作品を生み出すのがプロだと思っている。まあ、これは物書きに限ったことではないのだけれど。

六月二十四日

十七時、喫茶店にて幻冬舎Tさんとゲラ修正。今回が『作家刑事毒島』最終回のゲラとなるが、七月一日には長編用のゲラが上がってくるとのこと。

「装丁は鈴木成一さんにお願いしました」

鈴木さんといえば超有名なブックデザイナーさんではないか。いいのだろうか。

鈴木さんは大変率直な方で、たとえ依頼された作品であっても面白くないものを面白いとは言わない人だという。その鈴木さんが『毒島』に関しては「面白い」と言ってくれたそうなのでひと安心する。

「でもTさん。昨今プチ流行している業界ものはですね、主人公の作家が売れ線に逆らっても自分の作風に拘り、大抵ラストが爽やかなものです。『毒島』とは全く真逆なんですよ」

「大丈夫ですよ。主人公が痛快ですから。是非シリーズで」

せめて売れ行きをみてからにしましょうよ、と泣き言を入れておく。最近は連載が終わったそばからシリーズ化を提案される。こちらも仕事だから反旗を翻す気など毛頭ないのだが、どうもこの『毒島』だけは抵抗を覚えてしまうのだ。

六月二十六日

執筆の合間を利用して高林陽一監督『本陣殺人事件』を観賞。今はなきATG映画であり、横溝ブームより一年ほど早く金田一ものの映像化作品。金田一役は中尾彬さんだが、劇中の金田一はジーンズ姿で、この時代の匂いを醸し出している。
もう何というか、脇役に至るまでどストライクの配役で、何度も観ているにも拘わらずスクリーンに魅入ってしまう。これを以て平成の日本映画がどうたらこうたら言うつもりはなく、ただ十代二十代に刷り込まれた趣味嗜好というのはこの齢になっても変わらないのだと再認識する。ああ、あの頃はロードショー館といえども使用されているアンプもスピーカーも老朽化しており、役者の台詞が割れて聞こえることもしばしばだったが、現在のホームシアターで観賞すると、また別種の感慨が湧き起こってくる。昔感動したものを今になって味わうと幻滅することが多いが、映画の場合はその日その時の身辺状況と対になっているので、色あせることなくより豊穣な愉しみ方になる。この記憶力が勉強に活かせたら官僚にでもなれたかも知れないが、結局この方面で正解だったのではないかと、映画を観る度にそう思う。

六月二十八日

執筆しながらニュースを見ていると、何と新堂冬樹さんが放送作家の安達元一さんと組んで作家養成講座を開講するとのこと。

失礼ながらこの類の講座の常任講師を務めるのは、本業が暇な作家さんだとばかり決めつけていたので大いに面食らった。新堂さんといえば年に十本もの連載をこなしている売れっ子作家だから、僕は自分の不明を恥じた次第である。

ただし、開講に先駆けてのお二人の対談を見たのだが、気になった部分もあった。

『作家と放送作家では、行く先々での扱いが全然違うよね』

『作家になる入口って広くないけど、なってしまえば経済的にも潤うし社会的なステータスも上がるし』

ええっと、これは新堂さんクラスの作家さんの話であって、作家になる全員が全員美味しい思いをする訳ではない。むしろそういう人は少数派であり、大半は「こんなはずじゃなかった」と泣きの涙に暮れているはずだ。まあ、開講に向けてのプレゼンなので多少派手めになるのは当然か。

しかし一方、お二人の話から発せられる熱量は途轍もない。新堂さんが聴講生に何をどう指導されるのか、これは業界人でも興味津々だろうなあ。

六月二十九日

イギリスが慌てている。

先日の国民投票でEU離脱派の勝利に終わったものの、その離脱派自体が結果に怖れ慄いているのだ。

「こんなはずじゃなかった」

「選挙公約は誤りだった」

「もう一度、投票をやり直してくれ」

火を点けた本人が火を消しに回っているのだから、これこそマッチポンプである。

国民投票というと、国民の意思がダイレクトに伝わるので民主主義の理想形のように思われがちだが、実はこういう陥穽《かんせい》が潜んでいる。投票率如何によっては、逆に歪な意思が国の行方を決定してしまうというジレンマだ。事実、ドイツをはじめとしたEU加盟国はこのイギリスの決定に烈火の如く怒り、「離脱するならさっさとしやがれ」と、まるで中学生のような振る舞い。もちろん、これ以上の離脱国を出さないための示威を含んでのことなのだが、何というか理想の脆さと現実の頑なさを見せつけられた思いがする。

極めて乱暴な言い方をすると、今回の結果は〈古き佳き大英帝国を偲ぶ高齢者層〉と〈グローバリズムに慣れ親しんだ若年層〉の争いだったような気がする。そういう対立構図なら、そりゃあ真面目に投票所に通う老人の方が有利になるに決まっている――とここまで書いて気づいたのだが、これって大阪都構想の是非を巡って高齢者と若年者で票の分かれた大阪市長選挙と構図がまるで同じではないか。

折も折、日本の人口比率は六十五歳以上が全体の四分の一を超えたとのこと。

老害、などという言葉を安易に使う気にはなれないが、それでも老人偏重の世の中というのは、きっと腐葉土のような香りがするのだろうなあ。

六月三十日

講談社Kさんよりメールを受信。新連載用の『悪徳の輪舞曲』初回原稿の感想だった。内容は一発OK。やはり初回原稿はいつになっても緊張する。とは言えうかうかしていられない。明日までに祥伝社さんに百枚の原稿を渡さなければならず、気分はもう戦場。しかしひと仕事終えた自分へのご褒美として、ブルーレイ『お葬式』『マルサの女』『マルサの女2』をマラソン視聴。ああ、やっぱり伊丹さんの映画はいいなあ。出演者の豪華さは伊丹さんんだからこそ集められたんだろうなあ。

特に『お葬式』なんてキャスト一人一人、出てくる度にうわあっとなる。岸部一徳さんなんておそろしく若い。伊丹さんのご子息池内万作さんがしれっと出演しているし、笠智衆さんの貫録は特筆もの、何と井上陽水さんの姿も見える。今から思えば、何て贅沢な映画だったのだろう。

十六時、「野性時代」Y編集長より電話あり。

『あのー、先日海堂さんから、中山さんの日記が面白いという話を伺いまして』

海堂さん、ありがとうございます。やはり持つべきものは寛大な先輩。

妻にこのことを話すと、「じゃあ、わたしも週刊文春さんに中山七里の暴露本出しませんかって打診してみようかな」などと言い出す。何故またそんな発想を。

「だって、そういうの流行ってるし」

流行っているのか?

七月一日

急に東京で人と会う約束ができたため、十日の参議院選挙に出掛けられなくなった。仕方がないので市役所で不在者投票をすることにする。驚いたのは平日だというのに列をなしていた。ニュースでは前回と比較して不在者投票数が大幅にアップしているらしい。

ただ僕の選挙区では自民党以外では民進党と幸福実現党の候補者しかいないので、選択肢がない。それでも何とか一人を選んで一票入れる。やはりここでも目立つのは三十代以上の投票者ばかりで若年層の姿は見えない。ええっと、今回から十八歳以上にも投票権は与えられている。自分たちが幸福になりたかったら、こういう時こそ権利を行使しなければ嘘だと思うのだが。投票もせずに「政治が悪い」「環境が悪い」というのは好きな作家の本を一冊も買わずに「もっと面白い新作を書け」と言っているのと同じではないか。

夕方、妻とフレンチレストランに赴く。ここは大人の隠れ家的存在で、国道を外れ農家の立ち並ぶ一本道を走ると、いきなり瀟洒な建物が出現するので初めてのお客は大抵仰天する。本日はオマール海老が目的だったのだが、それ以外にもコシマガリエビの唐揚げもいただいた。美味。正直、六本木のフレンチにも充分対抗できる味なのだが、そういう店が田圃のど真ん中に存在しているこの不思議。まあ、だから隠れ家なのだけれど。

七月二日

十一時、白内障検査のために眼科へいく。数年前からその兆候が指摘されていたので数カ月ごとに検査しているのだ。

検査の前には散瞳薬を点眼する。これで瞳孔を開きっぱなしにするのだが、薬効が五時間もあるので、その間は全く仕事にならない。おまけに今日のようなカンカン照りの日は太陽の光を調節できないまま目に受けるのでサングラスが必要になる。一度やってみるといいが、瞳孔の開ききった状態でさんさん照りつける外に出掛けると、まるでホワイトアウトに遭ったようになる（ちょっと面白い）。そこでサングラスをした人相の悪い男がラフな格好でスポーツカーなどに乗り込むのである。ホントに胡散臭いったらない。

僕はいつ死んでもいいと思っているのだが、せめて死ぬ時は原稿を書きながら死にたいものだと願っている。だから最期の瞬間まで目と手と頭だけはまともに使える状態にしておきたいのだ。

ようやく薬効の切れかけたところに幻冬舎さんから『作家刑事毒島』のゲラが届く。何てタイミングがいいんでしょ。すぐにチェックして宅急便で返送しておく。あああ、そう言えば締め切りが明日に迫っている。しばらくこの書斎を離れるので、『小説吉田学校』やら『本陣殺人事件』やら『悪魔が来りて笛を吹く』やら『ブルークリスマス』やら懐かしの日本映画を堪能する。さっさと原稿書けよという声が聞こえそうだが、実はこの昭和テイスト満載の映画を観るのは、現在構想中のプロットにヒントが欲しいからだったりする。そう、これは仕事。仕事なんだ。

七月四日

十二時、小学館Mさんと打ち合わせ。十一月刊行予定『セイレーンの懺悔』の初校ゲラを受け取る。ぱらぱらとページを繰るが、さほど疑問点はなさそう。

「今から直しちゃいましょうか」

「えっ」

連載中から修正すべき点は把握していたので今更本文を読み返すまでもない。赤ペンを持つ手を動かし続ける。

描写について校正からエクスキューズが入っている場所は、作家さんによれば「もっと他の言い回しがないだろうか」と考える人が多いらしいが、僕は思い切ってどんどん削除する方向に振っている。何も読者さんは凝った表現や描写を望んでいる訳ではない。それよりも読みやすくする方が親切というものだ。「迷った時には削れ」である。これは僕に限れば経験則上、正しい。削ると意味が曖昧な文章が消え、代わりに文体がスピーディーになるからだ。それに大体において削れば削るほど、文章は簡明になっていく。僕が自分の書いたものに執着がないせいもあるが、こんな些末事に拘るのは大作家に任せればいいと思っている。僕程度の物書きが一文一文に固執しても、ただの自己満足に過ぎないではないか。そんな白己満足、迷惑なだけだ。

修正は一時間で終了。予想よりも時間がかかった。自分の手の遅さに吐き気がする。

これにて今年刊行予定の単行本についてはゲラ直しが完了。僕のすることはほぼなくなった。皆さまよいお年を。

七月五日

宝島社Kさんより連絡。『どこかでベートーヴェン』に関して「月刊ピアノ」から取材の申し込みがあったとのこと。二つ返事で了承すると、

『それからですね、カエル男続編の原稿を今月二十五日までにいただきたいんです』

「えっと、今月って法廷アンソロジーの件もありましたよね」

『ええ、でも掲載誌が九月売りなものですから、こちらを優先してもらわないと』

続いて集英社Tさんより連絡。

『すいません。今月はお盆進行なので締め切りは五日手前になります』

今月はもう余裕がほとんどなくなっている。それでも下請けの辛さで、「はい、承知しました」と答えるしかない。

ああ、神様。わたしに時間を。

それで一生懸命原稿と格闘していると、今度は妻から電話が掛かってくる。

『録画の仕方が分からない！』

電話であれこれと説明していると、それだけで三十分近くかかってしまった。

ついで祥伝社Nさんより電話。こ、こ、今度は何だ。

『あと三日で原稿百枚でしたよね。約束でしたよね』

ああ、神様。わたしに時間を。

愚痴っても仕方がないので『ドラゴンナイト』を絶え間なく歌い続ける。ドラゲナイ、ドラゲナイ。

七月七日

どうやらフライングがあったらしい。

『このミス』大賞一次予選の件なのだが、通過者の一人が自分のスマホに入ってきた通過連絡の画像をそのままSNSに上げてしまったようだ。どうなることかと静観していると、件のSNSは非公開となり、『このミス』のサイトには早速事務局からの通達が更新された。

『選考に関しては、随時、宝島社よりご連絡を差し上げる場合があります。1次選考、2次選考ともに選考過程につきましては、公式発表までには外部（SNS等を含む）に漏らさないようくれぐれもお願いいたします。万が一、情報漏えいが明らかになった場合は厳正なる対処をいたします』

当該者は高校生らしいので、一次通過が嬉しくて嬉しくてつい呟いてしまったのだろうと、これはまあ割に微笑ましい類いの話ではある（むしろ一番問題なのは通過連絡の画像に担当者のメールアドレスまでがきっちり映っていたことだろう。これは個人情報保護の観点からみても厳重注意は免れない）。

こういう話を見聞するにつけ考えてしまうのはネットの功罪だ。件の高校生もSNSで呟くこともなく、友人たちに吹聴するだけに留めればこんな騒ぎにはならなかったはずだ。だが不特定多数に発信できるツールが手中にあれば、どうしても躁がずにいられない。

他人を褒める時は大声でも構わないが、自分を褒める時には小声でぼそっと呟くくらいにした方がいい。大抵碌でもないことになる。

だからという訳ではないが、僕は同業者がSNSで『重版が決まりました！』と呟いているのを見る度に小さく溜息を吐きたくなる。重版が嬉しいのは理解できるが、それを呟くことによって他版元の編集さんや営業さんがどんな気持ちになるのか想像したことがあるのだろうか。打ち合わせの席上、一対一で近況を報告したり、有料のコンテンツに記載したりするのとは訳が違う。全世界に向かって「A社では重版がかかったけどB社ではかからなかった」と大声で吹聴しているようなものだ。僕がB社の担当者だったら、まずその人の人格を疑う（もちろん全著作が重版になっているという作家さんはこの限りではない）。「関係者やファンに報告したい」という言い訳もどうだろうか。第一、重版したのなら版元や書店関係者には普《あまね》く知れ渡っているはずだし、「売れている」という報告が果たしてファンに対する礼なのかどうか。要は躁ぎたいだけというのであれば、精神年齢は件の高校生並みということになる。

もっとも僕もいざSNSを始めたら、毎日のごとく重版自慢をやっちまうかも知れないなあ。しなくて正解だよなあ。

七月八日

十七時、講談社Kさんと喫茶店にてゲラ修正。三十分ほどで終了。

「メフィスト」は次号からいよいよ電子版の一本立て。記念すべき号に掲載してもらえるだけで光栄なのだが、何と綾辻さんや西尾さんとも同時に連載スタートとのこと。

講談社タイガから刊行された相沢沙呼さんの『小説の神様』が評判いいという話をすると、「あれ、書店員さんが気に入ってくれてるらしいんですよ」とのこと。

何が売れるのかは分からないが、こういった書店員さんに愛される本は間違いなく売れる。

羨ましくも喜ばしい話だ。

ちょっと幸せな気分で事務所に戻ると各社からの督促メールが溜まっていた。

『プロットはまだでしょうか。このままでは九月号に間に合いません』

『今日が原稿の締切日ですが、進行状況はいかがでしょうか』

『プロット、今週中でしたよね。お待ちしております』

気分はたちまち急降下。落ち込んでもいられないので、いつものようにエナジードリンクをラッパ飲みしてパソコンに向かう。

十九時三十分、某出版社より電話。インタビュー取材の確認だったのだが、金曜日のこんな時間まで仕事をしているのかと気になった。

『新人賞の原稿読んでいるんです』

もちろん選考は選考委員がするのだが、最終選考前の段階まで残った作品は編集者さんも目を通すらしい。だが、今回は編集者さんの声がおそろしくテンション低い。

『全体的に低調なんです』

それを聞いて、ああ今年もか、と思ってしまう。十年に一度の逸材が現れる時は予備選考の時点で雰囲気が違うらしい。例を挙げれば乱歩賞では薬丸さんと下村さんの時がそうだった。一人のスター作家に限らずとも、新人豊作の年は予備選考の段階で高レベルの闘いになる。電話で話したのはメジャーな新人賞についてなのだが、メジャーな新人賞の傾向は、そのまま他の新人賞の傾向にも影響していく。だから、新人の当たり年というのは、どのレベルからも実力者を輩出しているものだ。

逆に予備選考の段階で低調だと、こういうスター作家はなかなか生まれにくい。折角受賞作を出しても後が続かない。

新人は業界の宝なのだという。もっともな話だ。しかし宝として扱われるには、それなりの資質が備わってこそなのだと、最近は溜息交じりにそう思う。

七月十日

二十時、参院選の開票が始まる。どうやら大方の予想通り与党が着実に票を伸ばし、改憲勢力が三分の二を超えそうな勢いとのこと。

この結果を見て思うのは、リアル社会とネット社会の乖離具合である。選挙寸前まで、ネットでは〈改憲許すまじ〉〈アベ政治打倒!〉など勢いのあるツイートが幅を利かせていた。正直、ネットの反応だけを考えれば与野党伯仲ではないかとさえ思ったくらいだ（無論、僕がそういうツイートだけを偏って閲覧していた可能性もある）。

ところが蓋を開けてみたら、この体たらくである。共産党の議席が若干伸びた程度で、社民党など野党の凋落ぶりは目を覆いたくなるほどだ。

結局、ネットで鼻息荒かった連中よりも、リアル社会に存在していたサイレント・マジョリティの声の方が大きかったことになる。反与党の人たちはこれでまた色々と怨嗟やら罵詈雑言を繰り返すだろう。中には与党に票を投じた人を罵倒する人も出てくるだろう。

だが選挙は数字が全てだ。民意が選択したものに恨み辛みを言い募るのは、引かれ者の小唄でしかない(だから大抵の場合、敗戦の弁というのは聞いていて情けない)。

そもそも僕はネット社会というものに胡散臭さを感じている一人だ。もちろん現実の世界にも胡散臭さは蔓延しているがネットの比ではない。匿名性の問題でもない。何故ならやはり無記名の選挙でこうした結果が出ているからだ。一つ考えられるのはネットが報われない少数意見の巣窟になっているのではないかという仮説で、日頃の発言内容の過激さと現実社会への影響の希薄さで、これはいくぶん類推できるかも知れない(これが一方的な視点であるのは百も承知)。ただしこれも時間の問題で、現在ネット社会に参画している人たちがそのまま高齢者になればネット社会と現実社会との乖離が小さくなっていく可能性はある。もっともその頃、僕は墓石の下だろうが。

それにしても今回ネットを眺めていて目についたのは、思想信条によって敵対するものは徹底的に叩き、味方とみるや拍手をもって迎えるという幼児性だった。敵方なら呼び捨て味方ならさんづけ。挙句の果てには思想信条以外の部分で相手を論《あげつら》う。それも結構いい齢の人間までがそんなことをしている。もちろんリアルに一対一で相対していればこんな不作法もしないのだろうが（現実でいい大人がこんな単細胞な真似をしたら本当の馬鹿だ）、ネットの上ではやりたい放題言いたい放題なのだ。

それを悪いとは言わない。ただみっともないと思うだけだ。

七月十一日

十八時、〈セレブ・デ・トマト〉で海堂尊さんと会食。

実は今までにも何度か歓談したのだが、余人を交えず一対一で話をしたのはこれが初めてだったりする。お蔭で横に編集者さんがいたらできないような話が盛りだくさん。しかし、やっぱり大したものだ。海堂さんが入店するなり、横のテーブルに座っていたカップルの女性が驚いた顔で海堂さんを見ている。名前が知られる、というのはつまりこういうことだ（ただし、いいことだけとは限らない）。前にも書いたが僕と海堂さんは同学年であるため、カルチャー体験、社会に出てからの扱いは非常に似通ったところがあり、お互いの言語が同時代感覚で理解できる。僕はいい気になって海堂さんの小説作法をも拝聴してしまった（内容を聞きたい人間はこの世に何十万人もいるだろうが教えてあげない）。

実作者同士だからこそ分かり合える部分というのは確かに存在し、僕が常々海堂さんの作品について想像していたことは当たらずといえども遠からずだったし、逆に僕の書いたものについて海堂さんが指摘したものもやはり正鵠を射ていた。

「中山さん、自分の主張を表面に出したことないでしょう」

大当たり。この辺りが一般読者の読み方と実作者の読み方の違いだ。一般読者は物語の表層しかなぞらないが、実作者は度々書いている本人の心理状態にまで踏み込むからだ。

そして話は〈『このミス』虎の穴〉に移る。第十二回『このミス』大賞の時に催されたのだが、当時宝島社主催の文学賞は三つあり、その受賞者全員を集めて〈新人作家のための強化合宿〉を実施したのだ。講師は海堂さんと茶木さん。もちろん合宿だから受賞者同士の懇親も図れる。この話を聞くや否や僕も参加したくなったくらいだ。

だが、この魅力ある企画はこの一回きりで立ち消えとなる。何故そうなったのか色々噂を耳にしてはいたが、一度参加者から裏を取りたかったので本日しつこく聞き倒した次第だ(証言が取れたのは僕が執拗なせいで、海堂さんのせいでは非ず)。ああ、やはりそんなことがあったのか。それはもうしょうがないよなあ。

こういう日記にも拘わらずぼかして記述しているのは、企画をおじゃんにしてしまった本人とその行為を特定させる訳にはいかないからだ。言い換えれば、それだけその人物の不祥事は看過できるものではない。先日の情報漏洩と根っこは同じであり、デビューするには作家的才能は当然だが商業行為の一端にいる社会人としての良識がやはり最低限必要なのだ。文壇は未熟児の託児所ではないと思う。

　ついでにこの日記についても話が及ぶ。

「中山さん。この日記は連載して世に出すべきですよ」

「いやあ、同業者、特に新人さんが目にしたら嫌な気分になること請け合いですよ」

「それで、この野郎と発奮する人とへらへら笑って誤魔化す人に分かれるんですよ」

　踏み絵か。

　二人で三時間ほど好きなことを好きなだけ喋る。大抵いつも僕と海堂さんが話し始めると黒いどつき漫才になってしまうのだが、今回も例外ではなかった。その内容は興味ある人にとっては一時間一万円の聴講料を払ってでも知りたい内容だろうが、誰が教えるものか。と言うか、教えたら最後、僕か海堂さんのどちらかが刺される。

　挙句の果てには海堂さんに奢っていただいてしまった。海堂さん、ご馳走様でした。

七月十二日
一夜明けてから、昨夜の海堂さんとの会話でもう一つ思い出したことがある。承認欲求についてだ。

「そう言えばわたしも承認欲求というのは特になかったですねえ」

ここで素人ながら分析を試みる。僕や海堂さんの世代は第一次ベビーブームと第二次ベビーブームの端境期に当たるのだが、前後を含めて子供の数はやたらに多く、早い話が受験戦争の途中だった。また同世代が多いというのは勉強に限らずスポーツや恋愛でも敵が多かったということも意味している。更に二つのベビーブーマーとの軋轢もある。毎日毎日闘うのが日常的になっていたら、そりゃあ承認欲求なんて感じている暇なんてないのである（無論、その頃は「承認欲求」などという単語もなかったし）。

ああ、今、不意に学生時代の思い出がよみがえってしまった。当時は校長や教頭を除く教員の八割以上が日教組に属していた。だからなのか、その口から出る言葉には多分に思想的偏向が聞き取れた。中には「歴史を作るのは俺たち社会科の教師だ」などと嘯く者もいた。いくら冗談でも頭でっかちの高校生を前にして言っていいことではない。そして教員個人が右だろうが左だろうが中道だろうがどんな思想を持とうと勝手だが、それを生徒に押しつけるべきではない。

僕は、そういう先生たちをどこか醒めた目で見ていた。そういう先生たちに認められたいとも褒められたいとも思わなかった。話していても向こうの方が語彙も乏しいし、明らかに読んでいる本が偏っているのが分かったからだ。思っていることは顔に出るものらしく（それでなくても当時からホントに嫌な性格の生徒だった）、僕は特定の教師によく目をつけられていた。「あいつは生徒の癖に生意気だ」という次第だ。だが、僕は僕で成績や日頃の態度で文句をつけられるようなヘマはしなかったので、何とか目立った諍いもなく学校を卒業することができた。

さて、それから十年後のことである。僕は思いがけず結婚することになり、妻の実家へ挨拶にいった。

驚いたことに、妻の父親はその界隈の学校の校長を歴任している人物であった。義父の定年退職後、僕は見知った教師たちのもう一つの顔について義父に尋ねてみたくなった。県職員は同じ県内をぐるぐる回るため、義父の下で働く先生たちに知った顔が多かったからだ。

「総じて彼らは世間知らずだね」

義父は酒が入っても冷静な人間なのだが、その冷徹な口調で僕の知っている教師たちを立て続けにメッタ斬り。その評価は概ね僕が抱いていたものと一致していた。そう言えば僕が妻と結婚したのを知った時、件の恩師たちは「中山が〇〇校長の娘さんと結婚だと！」と、ちょっとした恐慌状態だったという。

更に二十年後、僕が物書きとしてデビューしたのを知った彼らは一様に驚いた後は冷笑ムードで、寿ぐような雰囲気は微塵もなかったとのこと。まあ、そういうものなのだろう。

七月十三日

昔のニュースを漁っていたら、例の図書館問題に当たった。樋口毅宏さん、白石一文さん、我孫子武丸さん、佐々木譲さんも参加した一連のツイートで、僕も物書きの端くれとして興味を持ったことを憶えている。要はエンタメ作品を発売直後に貸出にしたら重版の可能性を殺いでしまうので、猶予期間を措けないか、という提言である。

これについては作家・出版社・書店・図書館・作家のファン・そして図書館利用者の立場で意見が分かれているので、なかなか一致点は見出せない。そもそも公共施設である図書館の存在意義と運営を巡る問題も含んでいるので、どうしても多視点にならざるを得ない。

ただ、百出する意見の中でどうしても看過できないツイートがあった。

『著作の出版で採算が取れなくなったから作家が図書館の利用制限を言い出すなんてみっともない。作家というのは自分で書きたくて書きたくてたまらないことがあって、それで執筆活動をしているはずだ。儲けたいのなら、さっさと違う仕事を見つければいい』(大意)

これは物書きには堪ったものではない、というかあまりに脅迫じみた意見である。物書きの全員が表現欲で書いている訳ではない。そしてまた、それを生活の糧にしている限り、一定以上の収入が得られるのが仕事を継続していく最低必要条件だ。

話を物書きに限定するからこういう誤解が生じるのであって、これを他の職業に当て嵌めて考えてみれば分かりやすい。

『自分の思いを他人に届けたくて音楽家やってるんでしょ。配信や違法ダウンロードで生活が苦しくなったというなら、さっさと引退すればいい』

『病人の世話がしたくて看護師になったんでしょ。それで3Kの職場が苦しいって言うんならさっさと違う仕事を見つければいい』

『社会的弱者を救いたいから弁護士になったんでしょ。だったら報酬が少なくて苦しいのならさっさと違う仕事を見つければいい』

『とにかく無料で話題の新刊を読みたいから図書館を利用するんでしょ。出版社や作家の都合で新刊が読めなくなったのならさっさと違う……』

七月十四日

十一時、宝島社内にて「月刊ピアノ」のインタビューを受ける。

文芸誌のインタビューならまだしも、こういった音楽誌のインタビューは未だにビビる。何せこちらは音楽についてはど素人であり、向こうはオーソリティ。それなのにこちらが答える側というのはいつになっても冷や汗ものだ。

「まだ音楽ミステリーは書き続けるのですか？」と質問された時は、思わず隣に座るKさんの様子を窺う。要はオファーがあれば書くし、なければ書かないだけの話だからだ。

インタビュー終了後、Kさんとランチを摂りながら『このミス』作家さんたちの近況を聞く。書き続けている作家さんも大変だが、そうでない作家さんも違う意味で大変だとつくづく思う。書き続けなければ、書き続けられないのだ。

話は例の、一次通過者による情報漏洩の件に及ぶ。過去の受賞者たちもそれぞれにツイートを上げており、その多くは「若いからまあしょうがないよね」「今回だけは大目に見てほしいなあ」「お茶目というか笑える範囲だよね」とやってしまった本人に好意的。ただ一人深町さんは「事務局は大変だ」と運営側に同情的。みんな、優しいなあ（女の子に）。

僕は血も涙もない人間なので皆とはいささか意見を異にする。『このミス』大賞に限らず、こういう公募の新人賞は性別も年齢も国籍も美醜も関係ない。要件は作品の内容だけだ。だから可能性としては小学生が大賞を獲ることだって充分に有り得る。受賞資格は公平なのだ。それなら情報漏洩を仕出かした本人が高校生であろうと〇〇であろうと、社会人と同じ扱いの処分を受けなければ逆にアンフェアではないのか。第一、この一件で事務局の面々がどれだけ凍りついたのか、少し想像力を働かせれば分かりそうなものなのに。

十四時、喫茶店で幻冬舎Tさんと打ち合わせ。『作家刑事毒島』の再校ゲラを確認するが語句統一だけであり五分程度で終了。ところで出来上がった表紙を見て、飲んでいたココアを噴き出しそうになる。主人公の横顔をアップで捉えた画なのだが、何故だか僕によく似ている。

「別に中山さんの写真をお見せした訳じゃないのに、中身を読んだら自然にこうなっちゃったみたいなんです」

これでますます主人公＝僕になってしまうではないか。いかん、誤解が広がってしまう。僕の方からは献本を何かのキャンペーンに使えないかと打診しておく。尚、『作家刑事毒島』の初版部数も決まったと聞きひと安心。やれやれ、まだ部数は安定しているか。

世間では昨日より、陛下の生前退位の一報を受けて喧しい。議論百出しているが、ほっとするのは誰もが陛下の身を案じているのが窺えること。

そこで思い出すのは昭和天皇が崩御された際、皇居に設けられた記帳所を訪れたティーン・エイジャーの女の子が発したこのひと言。

『何だか、ウチのお爺ちゃんが死んじゃったみたい』

彼女の言葉は、そのまま国民の感慨のように聞こえた。思想的背景や政治的な事情はさておいて、日本人にとっての皇室というのはこういう存在なんだなあ、としみじみ感じ入った次第。

七月十五日

中央公論新社Tさんより短編寄稿のお誘いを頂く。

Tさんにはどれだけ頭を下げても下げ足らない。デビューして間もない頃に書き下ろしの約束をしたというのに、次々と他社から連載の依頼を受けたため未だに履行できていないからだ。本当に今年中に目処をつけないと殺されてしまうぞ。

光文社さんから依頼された長編プロットは今日が締切日だ。のっけから「シリーズになるような」という無理筋の注文だが、仕事なので断る訳にもいかない。とにかく何も見ず何も聴かず、一心不乱に考える。与えられたテーマは社会派。シリーズものにするためには主人公が常時犯罪を扱う職業であらねばならず、そうなれば自ずと職業は限られてくる。

その時、不意に半年も前のニュースが頭を過った。大阪府警全六十五警察署で、少なくとも五千事件の捜査書類や捜査が放置されていたというあのニュースだ。

これでテーマに沿ったストーリーと主人公の職業がたちどころに決まった。

職業が決まれば次はキャラクター。今回はサブキャラに女性を立てることもリクエストされている。ぼおっとしていたら何とか主要なメンバーが浮かんできた。

十時間もそうしていると（これは気づいたら本当にこれだけの時間が経過している）何とかストーリーも走り出した。

更に五時間するとラストシーンまで辿り着いた。やれやれ。今度は全ストーリーを五章に配分して、二千字にまとめるだけだ。まあ、これなら先方も納得してくれる内容だろう。

七月十六日

光文社さん用の長編、プロットはできたもののまだタイトルを決められず、一日中呻吟する。

タイトルは小説の顔のようなもので、僕の場合はタイトルを先に思いつくと後はマーライオンのようにどばどばストーリーが出てくるのだが、逆の場合は四苦八苦することになる。今回がちょうどそのパターンだ。現在、単著で二十三作を上梓しているが初期の四作を除き残りは自分の案を通した。タイトルを決めるのは七割が編集者さんというから、この数字はまあ誇ってもいいのではないか（もっと違うところで誇ろう）。

漢和辞典を広げ、類義語辞典を引っ張り出し、知り得る限りの単語を呟いてもまだ決まらない。

こういう時は他のことをしていると案外に思い浮かぶものなので、同業者のツイッターを覗いてみる。するとある作家さんにトンチンカンな政治論争を吹っかけている人を発見した。件の作家さんは最初の頃こそ丁寧に返していたものの、そのうち「クソリプ」として相手にしなくなった。

こうしたことは日常茶飯事でどこにでも転がっている話なのだが、僕にはどうも理解できない。作家に作品以外のことを吹っかけて何が楽しいのだろうか。これは物書きに限らず有名人全般に言えることだが、ネット上で有名人に絡んで何が嬉しいのだろうか。有名人を困惑させ、激怒させることで自分も有名人になった気分なのだろうか。それとも有名人を自分と同じレベルまで堕としたとして悦に入っているのだろうか。

ネット社会においては誰もが平等で、誰もが同等の発言権を有している。しかし、それと礼節を保つことは別問題のはずだ。

目立ちたいから騒ぐ、難癖をつける。そんなもの、五歳児と同じ精神構造ではないか。まさかそれすらも承認欲求だというのかいな。

七月十七日

呻吟した挙句、新連載のタイトルは『能面検事』とし二千字にまとめて光文社Mさんに送信する。あれだけ考えて辿り着いたタイトルなのに、こんなに単純になったのには理由がある。検事が主役を務めるミステリは古今東西数限りなくあるが、そのタイトルの多くは『検事・〇〇』なのだ。〇〇の中には検事の名前が入り、なるほどこれならタイトルの据わりもいいし、覚えやすい。

しかし、だ。

何というかこのジャンルもベテラン新鋭入り乱れて群雄割拠の様相を呈しており、そんな中にライバルと同様のタイトルで斬り込んでいったとしても返り討ちに遭うのは目に見えているではないか。せめてタイトルだけでも差別化を図らないと。

それで、この気の抜けたようなタイトルかと責められても、まあひと言も返せないのだけれど。ホントにこういうのが下手で嫌になってくる。

とりあえずプロットが一つ片づいたので「小説すばる」の連載に着手する。

そう言えば世間では三連休なのだなあ。きっと休み明けには山ほどの返信メールがくるんだろうなあ。

七月十八日

今月末が都知事選ということもあり、都内では様々な場所で候補者や支援者の応援風景が見られる。僕が東京都民であれば、もう少し当事者意識を持って演説とか見られるのだろうな、と少し残念。

今回は分裂した自民に野党連合が挑む、という構図なのだが、相変わらず他陣営へのネガティヴキャンペーンが凄まじい。不謹慎の誹りを受けるだろうが、僕はそういう発言を見聞きすることが大好きなのだ。何故かと言えば、ある思想・ある特定人物を批判する論理や言説でその人となりの一部が露呈してしまうからだ（もちろん僕の性格が悪いというのもある）。

それにしてもどうして政治信条を語り出すと、人は呆気なく無防備になってしまうのだろう。時流に乗れば安全だとでも思っているのだろうか。自分の言ったこと書いたことは、それきりで雲散霧消するとでも思っているのだろうか。これはとんでもない間違いであり、大抵の人は彼・彼女の発言内容は忘れても受けた印象を引き摺っているものだ。だから彼・彼女が後になって真逆のことを言い出したら当然のように違和感を覚える。

一例を挙げる。

北朝鮮の金正日が日本人拉致を公式に認めた直後、それまで北朝鮮をずっと擁護してきた某政党や進歩的文化人、その他マスコミの狼狽ぶりは啞然とするものだった（拉致疑惑は北朝鮮に物的支援をしたくない勢力の捏造だ、などとまことしやかに主張していたのだ）。今、若い人を相手にしたり顔で説教垂れているあの人たちやあの新聞社が、当時どれだけ泡を食い、見苦しく振る舞い、自分を正当化し、以前の発言を忘れたふりをし、間違っていたことをひと言も謝りもしなかったのか、僕たちはリアルタイムで見せられているのだ。

そういう連中がネガティヴキャンペーンを張っていても、逆効果にしかならんと思うのだがどうか。

七月十九日

食事をしている最中、仮挿ししていた上の前歯が呆気なく抜けた。僕が喫煙者でないのが恨めしい。市川崑監督は上の前歯が抜けた際、「ちょうどいい」と歯と歯の間にタバコを挿したという。いちいちタバコを咥える必要がないので具合がいいということだ。こうして市川監督は始終タバコの煙を吐き続け、ついた綽名が〈蒸気機関車〉だった。喫煙もここまでくれば大したものだと思う。

歯医者にいくと麻酔を打たれまくる。目隠しをされているのだが、何やら肉の焼ける臭いがする。レーザーで患部を焼いているのだろうが、視界を奪われている分何となく恐怖を覚える。

「今日は麻酔を多めに打ってますけど、一時間ほどで切れますから」

そのせいだろうか、事務所に戻るとやけに眠たい。局所麻酔といっても頭に近い場所なので多少の影響があるのかも知れない。熟睡しては仕事にならないので、椅子に座ったまま眠る。

二時間後に目覚める。患部が少し痛みを訴えているのは麻酔が切れた証拠なのだろう。いいぞいいぞ。どうせ今夜も寝るつもりなどない。

執筆を続けていると、光文社Mさんよりメール。無事、『能面検事』のプロットはOKが出たとのこと。やれやれ。執筆は十一月からだが前倒しして執筆することにしよう。

六年もこういう生活をしていると、自分にとって最適な仕事の分量が分かってくる。僕の場合は月十本、月産五百枚から六百枚がベストで、それ以下になると途端に暇を持て余すようになる。人間、暇になると碌なことはしない。しばらくはこのペースを維持するとしよう。

七月二十日

大橋巨泉さんが亡くなった。

僕たちの世代では進歩的文化人の一人という位置づけだった。歯に衣着せぬ物言いが痛快であり、こんな人でもやはり寿命があるのだとただただ慄く。

その死を悼む中で、一つだけ違和感を覚えるものがあった。共産党小池晃議員のツイートである。

『大橋巨泉さん逝く。合掌。最後の言葉にお応えし、都知事選挙で巨泉さんの無念を晴らします！』

因みに、その巨泉さんの最後の言葉というのがこれだ。

『安倍晋三の野望は恐ろしいものです。選挙民をナメている安倍晋三に一泡吹かせてください。7月の参院選挙、野党に投票して下さい。最後のお願いです』

確かに先の参院選挙は野党の惨敗で終わったから小池議員が形勢逆転に躍起になるのも分かるが、だからといって巨泉さんが都知事選挙をどう捉えていたかはご本人のみぞ知ることであって、小池議員のこのツイートは故人の政治利用と捉えられても仕方のない部分がある。いち個人の生死を政治利用することがいいのか悪いのか、僕には知る由もない。

ただ、みっともないと思うだけだ。

七月二十一日

十二時、集英社Tさんより連絡。送信しておいた『TAS　特別師弟捜査員』、今回分もOKとのこと。連載はあと一回を残すだけだが、この段階で犯人と真相は容易く分かってしまっただろうか。

『いやあ、なかなか犯人分かりませんね』

とりあえず胸を撫で下ろしておく。

昼は近所の店でアジフライを食す。アジはいいぞ。安くて美味くて栄養価が高い。サラリーマンの時分は週に二回はアジフライ定食だったなあ。あまり高級魚なるものには興味がなかった。健康に気を遣うつもりなど更々ないが（どうせ死ぬんだ）、文字通り食指が動かない。

そう言えば僕は高級食材なるものにもあまり興味が湧かない。キャビアやらフォアグラやらトリュフなども美味しいとは思うものの、喉から手が出るほどではない。ウナギに至っては関心すらない。土用の丑の日でもウナギを食したいとは毛頭思わない。好き嫌いというよりも、これは幼児体験に基づくものだ。

生まれ育った実家では家の横に小川が流れていた。清流である。当時はこの小川に天然ウナギが生息していた。僕の父親というのが大のウナギ好きで、毎日のように金網筒を仕掛けて獲っていた。しかも自分で割いて自分で調理してしまう。大体が蒲焼きなのだが、醬油にどっさりの砂糖とみりんをぶっかけて焼く。頻繁な時には週に一度は食卓に並んだ。味付けの濃さもあり、やがて中山少年はウナギなど見るのも嫌になってしまう。

マツタケも同様だ。半世紀も前になるが実家は呉服屋を営んでいた。田舎町で一軒きりの呉服屋なので客には困らなかった。ところが田舎であるがゆえ、客の全員が全員現金の手持ちがある訳ではない。中には物々交換してくれというお客もいた。山林でキノコ採りをしている客は反物一反につきバケツ一杯のマツタケと交換だった。すると何週間にも亘って食卓にはマツタケが並ぶことになる。かくしてこれも早々に飽きてしまった。

　高級食材の範疇に入るかどうかは分からないが、鮎だけは飽きなかったなあ。故郷には飛驒川支流が流れており、鮎のシーズンになると大抵の男どもは仕事をほっぽり出して川に向かった。僕の父親もその例外ではなく、それこそ一日中糸を垂らしていた。ところが父親も鮎に関しては釣る一方であまり食べようとしない。食べるのはもっぱら僕の役目だった。今でも鮮明に思い出すのだが、ちょうどこの季節になると僕は七輪を抱えて川に行った。父親が釣ったばかりの鮎をその場で塩焼きにして食べるのだ。これは今から考えれば相当贅沢だったのではないか。

　今ではその川もダムや護岸工事などでさっぱり鮎が釣れなくなってしまったと聞く。そうなると、もう実家に帰る気が失せてしまった。郷愁は味覚とともにあり。

七月二十二日

十時、三友社Mさんと喫茶店にてゲラ直し、十五分で終了。新聞連載の特異性というのは、一回分の原稿で時制や登場人物の位置関係を明示しなければならないので、どうしても説明過多になってしまう点。そのため書籍化の折にはかなりの改稿作業が必要になるのだが、そんな手間暇は無駄なので、なるべく改稿が少なくて済むような描写を心掛ける。

現在掲載紙は九紙に到達。十紙を超えればヒットの範疇に入るということで、Mさんも熱心に語ってくれる。今回は県紙が参入してくれたことが有難いとのこと。それだけでずいぶんシェアが違うそうだ。ともあれあと二回で新聞連載も終了。これも過ぎてみればあっと言う間だった。こんな仕事ばかりしているから月日の経つのが早くなる。

十一時、宝島社に赴き、Kさんに請求書を手渡しする。この請求書というのは連載原稿に関する請求書なのだが、これは多くの出版社の中で今のところは宝島社のみの処理。他社はただ支払い明細の送付に留めている。どちらがいいという訳ではないが、長年他の業界で飯を食ってきた身からすれば、仕事の発注↓納入↓請求書送付↓振込という流れはごく自然に受け入れられる。出版業界独自の商慣習なのだろうが、品物を納入(原稿が完成)してから発注者(出版社)が卸値(原稿料)を決め、請求書もないまま自動的に支払う、という流れは下請け業者に少なからず不利な気がしないでもなく。

これは余談だが、飛驒高山の民芸品や土産を扱う店はいっとき名古屋の商人に品物を卸していたが、すぐ富山の商人に鞍替えした。何故かというと名古屋商人というのは、いったん卸値を提示しておきながら納入直前になって値切り始めるからだ。既に作ってしまった商品を在庫にする訳もいかず、高山の店はひどく往生したという。

まさかちゃんとした出版社さんが名古屋商人と同じことをするはずはないのだけれど。

七月二十三日

本日より岐阜に帰省。紀ノ国屋でパン六斤を買い込んでから新幹線に飛び乗る。

車中で話題の本を読む。奇天烈な世界観ではないにしろ、登場人物の設定を考えれば分類としてはライトノベルになるのだろう。一読し、作者の才能と文章の美しさは素晴らしいと思うものの、やはり五十過ぎのオッサンの胸には沁みてこない。こういうものにはあるべき読者層が存在するのだと痛感する。

昨日から日本でもポケモンGOの配信が始まり、駅でもどこでもスマホ片手にうろうろしている人を見掛ける。幸か不幸かこのテのゲームには一ミリも関心がなく（ただし社会現象としてはものすごく興味がある）、完全に傍観者の立場なのだが、これはもう一週間以内に何らかの事故で死傷者が出るのではないか。要は目を瞑ったまま往来を歩くようなものだからだ。

自宅に到着してから早速「文芸カドカワ」に新しく連載用の原稿に着手する。作品の内容によって文体や書きぶりを変えるのは当然のことだが、今回はまた新しい新しい書きぶりになるのでちょっと楽しい。

七月二十四日

新連載『債権狩り』、新しい書きぶりが面白いこともあって筆が進む進む。もっともこれは読み手には伝わらない種類の楽しさなので紛うことなきマスターベーション。まあ作者の気持ちを投影するマスターベーションとは別物なので、まだ罪悪感は少ない。

それにしても昨日新幹線の中で読んだ小説は作者の叫びが横溢していて、あれを喜ぶ読者も多いのだろうけど、僕には到底真似できるものではない。五十半ばのオッサンが感じたり考えたりすることが特段爽快に思えるはずもなく、それ以前に自分の気持ちを作品の中に込めるという作業が自己愛の発露のような気がして恥ずかしくてならないのだ。

今日も今日とてポケモンGOは世界を席巻し、ゲーム中に他人の敷地やあろうことか国境の外にまで踏み込んだ者も出てきた。

「ゲームに熱中している最中に、何人か怪我人が出ればいいのに」

ゲームに縁のない妻はさらりと言ってのけた。いや、それはさすがに言い過ぎでは。

「でも絶対に変なんだよ。いつも行く公園だと昼は子供たちで賑わっているのに、今日なんか風体の怪しい人たちがスマホ見ながら何人もうろうろして。明らかに子供たちが怖がっているんだもの」

そうだよなあ、ゲーマー以外の人間から見れば、こんな光景、馬鹿げているとしか見えないものなあ。

七月二十五日

無事、『債権狩り』第一回を脱稿、そのままKADOKAWAのFさんに送信する。さて、どんな反応が返ってくることやら。

午後になって幻冬舎Tさんからメールが届く。『作家刑事毒島』の刊行に絡めて何か企画しましょうと、三省堂の新井さんからお誘いがあったとのこと。更に幻冬舎さんでは別にキャンペーンも考えているとのこと。重ね重ね有難いことである。だが、今回に限っては作品の内容が内容なだけに、誰をゲストにしようがとても和気藹々という雰囲気にはならないだろうなあ。しくしく。

宝島社のサイトで第十五回『このミス』大賞一次選考通過作品がアップされている。今年も例年と同じく二十一作品。それぞれ講評と冒頭部分を立ち読みすると、既にこの段階で最終選考まで残るものと振り落とされるものが薄ぼんやりと見えてくる。

そして各選考委員の講評は次の通り。

『ライトな作風を否定しているわけではない』

『この賞は、ミステリーの賞です。謎もサスペンスもない、あってもちょこっと付け足した程度の恋愛小説やお仕事小説、時代小説を送ってくるのは無駄というものです』

『ミステリーとは関係のない文学を主題として用いるのならば、尚更メインのストーリーの骨格をしっかり構築し、そこに組み込むようにしなければなりません』

『現代のエンターテインメントがたいへんな高水準にあるという事実を、書き手はもっと真摯に受け止めるべきではないかと思うのです』

『しかし「広義のミステリー」が対象である以上、その成分を含まないものが（例外はあるにせよ）評価されにくいのも事実。かりに異世界や超能力を扱うにしても、多少のミステリー要素は欲しいのである』

どうも全体的に軽いタッチというか作風で攻めてきた投稿者が多い傾向に対し、選考委員がこれを敬遠したような印象がある。毎度感じることだが、こうした公募の選考過程では直近のムーブメントが色濃く作用する。穿った意見かも知れないのだけれど、名うての本読みたちが意識してあるいは無意識に選択するものはそのまま現況の反映でもある。

ひょっとしたら、今回の講評は〈ライトな小説〉ブームの終わりの始まりを告げるものになるのかも知れない——とか何とか偉そうなことを言ってみる。

七月二十六日

本日より朝日新聞出版さんで連載予定の長編プロットを作成する。毎度のことながら地獄の三日間が始まる——のだけれど、他の連載が一段落ついたので、映画『小説吉田学校』を観る。八三年の製作だが昭和の映画と侮ってはいけない。第二次吉田内閣から自由民主党誕生までの軌跡を描いているのだが、昨今の政治情勢の源流が確認できる一方で、何やら既視感も漂う優れもの。この一編を観るだけでも、政治の本質は昭和の昔からほとんど変わっていないことに気づかされる。もちろん、変わっているものもあるのだけれど。

以前、『総理にされた男』を連載していた時、ある人から「どうして今、政治ものに手を出すんですか」と訊かれたことがある。その時は言葉を濁したが、「今だから」政治ものに着手したというのが正直な気持ちだった。今ほど政治が国民生活に切迫している時はない。生活水準の底上げもそうだが、別の問題も足元から立ち上っている。このままの流れでは、いずれ『総理にされた男』の続編を書けとのオファーがくるかも知れない。

僕のこういう予想は大体において的中する。望まれる時期には望まれる小説が生まれるものなのだ。

十七時、予想通り朝日新聞出版Yさんより「プロットはまだか」との督促メールが届く。はいっ、ちゃんとやっておりますっ。三日、三日だけ時間をくださいっ。

七月二十七日

KADOKAWAのFさんより連絡。『債権狩り』は細かな加筆は必要なものの、結果オーライ。この原稿で入稿するとのことでひと安心。

結構、電話が長引いたので確認してみると、『今まではずっとこうして作家さんと相談しながら進めていったんです』とのこと。

うわあ。

相談なんてしたこと今まで一回もなかったよ。だって頭の中では全部終わっていたから。ただしこのやり方だと、途中でストーリーやキャラクター設定を変更するのはほぼ不可能になる。さて、どっちがいいものやら。

幻冬舎Tさんより連絡あり。『作家刑事毒島』の刊行イベントとして、新井ナイトで一色さゆりさんとのトークショーなら面白いではないかとのこと。僕の方に否はないのだが、果たして一色さんが引き受けてくれるものだろうか。

七月二十八日

何とか長編プロットが完成したので朝日新聞出版Yさんに送っておく。タイトルは『騒がしい楽園』。タイトルのダブりがないかと調べたが、ずいぶん前、りりィさんがテレビドラマの主題歌で歌っていたタイトルで『さわがしい楽園』というのがあった。久しく忘れていたが、まあ、かなと漢字の違いがあるので許容範囲だろう。内容も全然違うし。

昨日、子宮頸がんワクチンの副反応について全国23都道府県の63人が、国と英グラクソ・スミスクラインと米メルクの子会社MSDを相手に一人1500万円の損害賠償を求めて提訴した。案の定、国と製薬会社は一切の責任を認めず、法廷で真っ向から争う予定だという。

僕が『ハーメルンの誘拐魔』を執筆していた時から、こうなることは確実だったように思う。同書を巡る様々な感想の中には「あまりに一面的な書き方だ」という批判もあったが、そんなものは当然であって、実際に泣き暮らしている被害者がいるというのに国や企業に肩入れするような小説を書いて何の価値があるというのか。僕の娘も少なからず副反応に苦しめられた一人だ。原告側の切なる願いが司法に届くことを願う。

今日から実業之日本社の連載長編のプロットに着手。今月内は更にもう一本のプロットが待ち構えている。おおお、怒濤のプロット祭り。

深夜になってYさんよりプロットについての返事がメール送信される。疑問点はあるものの大筋でOKとのこと。さてその疑問というのが『犯人は誰ですか？』

うーん。これはいつも悩むなあ。最初に読んでくれる編集者さんに驚いてほしいので、プロット段階では伏せていることが多いのだけれど。

『お原稿を頂戴すれば、結果的に面白いものになるに違いないと思います』

何というか、しれっとプレッシャーをかまされているような気になる。先方は四百枚を予想しているらしいが、どっこいこちらは五百枚で話を進めようと思う。

七月二十九日

プロット作成の合間、『ブルークリスマス』を観賞する。七八年、岡本喜八監督・倉本聰脚本の日本映画だ。高校生の時に初見してから三十八年ぶりの鑑賞だが、ほとんどのシーンを憶えていたのでまず自分の記憶力にほっとした。

だが安堵したのは一瞬で、観ているうちに途轍もなく狼狽えてきた。この映画が公開された当時は未曽有のSFブームで、猫も杓子も小説もアニメも映画もエンタメ系はほとんどSFの冠をつけていた（そうすると大抵は売れたからだ）。この『ブルークリスマス』もそういう売り方をしており、確か謀略SFとして宣伝していたし、僕もそういう目で見ていた。

世界各地でUFOを目撃した人間は、その血が青くなる。やがて各国政府は青い血の人間を隔離し、弾圧するようになる——ここまであらすじを書くともう分かってしまうのだが、これはSFというよりはヘイトを巡る寓話なのである。ヘイトが表面化されている現在だからすぐに分かるものの、十七歳の僕は何故こんな単純な暗喩に気づかなかったのだろう。画面の至るところに思わせぶりなカットが紛れているというのに。あの頃に戻れたら、十七歳の自分を張り倒したいくらいだ。馬鹿っ。

十九時、スカパー4K総合にて『キングコング対ゴジラ』4Kデジタルリマスター版を観賞する。

何だ、これ。

とても五十年以上前のフィルムとは思えない。発色も粒状も現代のものと遜色ない。さぞかし手間暇も費用もかかったんだろうなあ。

その美麗さにひたすら感嘆し、結局最後まで見入ってしまう。

古い映画二本に色々と衝撃を受けた一日。

七月三十日

引き続きプロット作成に悩む。既にタイトルは『ふたたび嗤う淑女』に決まっているものの、まだ漠然とした全体像しか掴めていない。主人公の蒲生美智留という女は僕にすれば純粋悪の象徴であり、物欲もなければ金銭欲も自己顕示欲もない。ただ人を陥れ、もがく様を見ていたいというだけの存在だ。だからこそストーリーの構築が難しい。ミステリーというのは最低限、リアルな動機が必要となるのだが、彼女を主役に据えると動機以上のものに説得力を持たせなければならないからだ。

プロットができない時の苦しさというのは、他の業種の方にはちょっと想像がつかないのではないだろうか。誰かの真似をすることも、自分の過去作品も参考にならない。締め切りまでに（僕の場合は三日）ゼロから創り出さなくてはならず、その追い詰められる心境というか切迫感は、何というか逃亡犯に近いものがある。まだサラリーマンだった頃、作家やマンガ家が執筆途中で逃げ出したなどという話を聞くと、「根性なしだなあ」と他人事のように思っていたのだが、いざ自分がその立場になると全てを放り出して逃げたくなる気持ちが痛いほどよく分かる。いや、ホントに。

十六時を過ぎた頃ようやくストーリーの残り百枚が現れ、メイントリックも降りてきた。こうなると後は早い。一気呵成に最後の一行まで考え、やっと一本終了する。やれやれ。

七月三十一日

文藝春秋さん連載用のプロットに入る。タイトルは『静おばあちゃんと要介護探偵』。以前に刊行された作品で、それぞれ主役を張った二人を闘わせるという、何というか『ゴジラ』のVSシリーズみたいなノリだが、高齢者がこれだけ多くなってくると老人が主役のミステリーというのは案外面白いのかも知れない。ただ、静おばあちゃんも香月玄太郎も相当にアクの強いキャラクターなので、バランスを考えないととんでもなくハチャメチャな話になってしまう。まあ、それでも面白ければいいのだけれど。

二十時、都知事選の投票締め切りとほぼ同時に小池さんの当選が確実となる。二位の増田さん三位の鳥越さんに大差をつけての勝利だが、早くも敵対陣営からは「不正選挙だ」との声が上がっている。保守だろうが革新だろうが、結果が思い通りにならなかっただけですぐに陰謀説を流布させようとするのは、やはりみっともない。しかも敵に票を投じた有権者を平気で愚弄している。勝者側も敗者側もなく、敵方に投票した人間を蔑むような資格を誰が持っているというのか。駄々をこねている子供と一緒ではないか。気に食わないのであれば、今後の都政について一層の監視をすればいいだけのことだ。

八月一日

今週、人と会う予定があるので東京に戻る。事務所に戻ると、早速某文芸誌より原稿督促のメールが入っている。締め切りを漠然と設けていたので油断していたのだが、これは明らかに僕が悪い。すぐに今週内に原稿を送る旨を伝えておく。ひいこら。

ただし、明日は薬丸さんの〈新井ナイト〉が開催されるため、それまでに最新刊の『ラストナイト』を読了しておかなければならない（文芸誌連載時に読んでいるのだが、薬丸さんは刊行時に改稿することが多いので油断できないのだ）。しかも明日の九時からは『シン・ゴジラ』の鑑賞、十三時からはゲラ直しとスケジュールはすっかり埋まっている。

いやいやいやいやいや、愚痴はいかんと思い直し、執筆に移行する。

途中、妻からメールが入る。息子のケータイの待ち受け画面がラブライブからシン・ゴジラに変更されていたとのこと。

さては先を越されたか、チクショウ。

実業之日本社Kさんより連絡あり。『ふたたび嗤う淑女』プロットはＯＫ、このまま進めてくれとのこと。いつものごとく図に乗って今月から書き始めるなどとと宣言してしまい、あっと思った時はもう後の祭り。人はこうやって自分の首を締めていくのね。

八月二日

九時、ＴＯＨＯシネマズ新宿にて『シン・ゴジラ』を観賞。噂に違わぬ出来。矮小な人間ドラマを極力排除し、観客が観たいと思うもの、作り手が観せたいと思うものを過不足なくぶち込んだ印象がある。特撮ファン・ゴジラファンでなくても、十二分に客を呼べる内容。何というか、長年の日本映画で蓄積された鬱憤を晴らすようで小気味いいくらいだ。予てより怪獣映画は災害映画だと考えていたのだが、その観点からも百点満点。

以前、某特撮映画のスタッフが海外SF映画との出来を比較された際、「こっちは向こうの何分の一の予算でやってると思っているんだ」と反駁したことがあったが、今回の『シン・ゴジラ』によって、もうその言い訳は通用しなくなってしまった。カネの問題ではない。おそらく将来展望と創意工夫、そして才能の問題なのだ。あああ、近くに特撮ファンがいたら語り合いたい。

十三時、喫茶店にてKADOKAWAのTさん・Fさん・Kさんとゲラ直し。十分で終了。編集長からはタイトルを一考してほしいとの依頼があり、既にお三方は二十ものタイトルを提案してくれている。だが、ここは作者の我がままを通してもらい、『笑えシャイロック』に決めさせてもらう。鬱々となりがちな内容なので、主人公の成長を図る意味でポジティブなタイトルにしたかったのだ。

十九時、三省堂池袋本店〈新井ナイト〉で薬丸さんのトークショーを聞く。それにしてもホスト役の新井さんは薬丸さんの時には対象書籍に貼った付箋を見返しながら懇切丁寧な質問をするのに、何故僕の時には対象書籍を放り出してトークするのだろうか。解せん。

僕の真後ろに座っていたお客さんと話していると、何とこの人は滋賀から駆けつけてきたとのこと。やはり薬丸さんは読者さんに愛されている作家さんなのだと痛感する。

八月三日

八時、昨日から何も口にしていないことを思い出し神田神保町へ食事に出掛けたところ、道でばったり『このミス』受賞作家の八木圭一さんと会う。向こうは出勤途中のきちんとした格好だが、こちらは徹夜明けの思いきりラフな格好であったため、手短に挨拶を済ませると逃げるようにして帰る。この界隈は出版社が集まっていることも手伝い、よく業界関係者と出くわすので油断がならない。

事務所に戻り、再びプロット作成に没頭。途中で気づいたのだが、静おばあちゃんは大正生まれで玄太郎さんは昭和ヒト桁だった。どうも僕はこの世代に弱いらしく悪く書けない、というかヒーロー視してしまう傾向にある。というのも両親とも大正の世代なのだが、妙にハイカラで湿っぽいのが大嫌いな性格だったから、二人の子供として育った僕はその影響をモロに受けてしまったのだ。とにかく論理的でしかも倫理観が厳格でもあった。

一方昭和ヒト桁というのも捨てがたい。焼野原だった戦後日本に奇跡の復活をもたらした功績はこの世代だったという認識が僕にはある。まあ、そのパワフルなことパワフルなこと。逆説的だが、だからこそその下の世代にどうも共感が持てなかったりする。

今回は、その論理的な世代とパワフルな世代がタッグを組むという物語だ。面白くならない訳がなく、面白くならなければ、その全責任は書き手である僕にある。ああああ。

八月四日

十一時、丸の内TOEIにて『ワンピース　ゴールド』を観賞。途中から前の席辺りから光が洩れているのが気になった。ひょいと覗き見ると、高校生くらいの男の子がスマホで映画を盗撮しているではないか。

明滅でスクリーンが観にくくて仕方がないので、身を乗り出して彼の耳元で囁いた。

「やめてくれ」

かの高校生はひどく驚いたようだったが、ラストまであと三十分というところでそそくさと席を立っていってしまった。

僕は何も出ていけと言った訳ではない。そのままスマホを切り、最後まで黙って観ていてくれればそれでよかったのだが（念のために書くが、映画の盗撮は10年以下の懲役、又は1000万以下の罰金又はこれらの併科なので、罪としては相当に重い）。

いつもそうだが、こういうことをするとしばらくの間自己嫌悪に陥る。自分でよかれと思ってやったことだが、大抵はいくばくかの後悔を覚える。きっと小心者だからだろう。

八月五日

十一時、『作家刑事毒島』の見本を受け取るため、幻冬舎社屋に赴く。サイン本を作りがてら担当Tさんや K 編集長と歓談。編集長からは過分にお褒めの言葉を頂く。何というか、プチ流行している業界モノの流れに逆行するような小説なのだが、版元にだけは迷惑をかけたくないものだ。なお、この日記が「幻冬舎plus」で連載されることに決まったとのこと。ほ、本気かあんたたち。そうまでして僕に敵を作らせたいのか。

昼食をTさんとともにいただく。ここでの会話はもっぱら『シン・ゴジラ』について。

「わたし怪獣ものなんて観ないんですけど、それでも面白かったあー」

うんうんうん。こういうお客さんがいるからヒットするんだよなあ。今やどんなジャンルであっても、固定されたファンだけではヒットが望めないのだ。

十六時、喫茶店にて実業之日本社 K さんと新連載の打ち合わせ。先方からは創立記念にと来年の刊行を提案されるが、既に二〇二〇年まで刊行予定が埋まっているため、これは平身低頭してお詫びをするしかない。自分ではさほど量産しているつもりはないものの、こういう局面に立たされるとやはり弊害が出てくる。どうしたものやら。

ついでがあったので、見本を携えて半蔵門の宝島社と文藝春秋にお邪魔する。『作家刑事毒島』については各担当者さんに概略を伝えていたため。皆さん表紙を一瞥するとまるで罰ゲームを命じられたような顔で見本を受け取ってくださる。いや、心配しなくても中身はもっとエグいから。

帰りがけ、Tさんから連絡が入る。

『ポップの文章、中山さんの手書きでお願いします』

慌てて神保町の喫茶店に取って返し、手書きポップを作成。既に十八時を過ぎていたので夕食にお誘いする。席上の話題に上ったのは石原慎太郎さんの『天才』。とにかく衝撃的な著作だったので、一方的に感想をぶつける。最近、映画『小説吉田学校』を再見していたので、内容が殊更に面白かったのだ。

大体、聖職者の話よりも毀誉褒貶ある人間の評伝の方が数段面白いに決まっている。その意味で田中角栄という人物は、実に味わい深い人間だったなあ。そして、最近になって彼を再評価した石原慎太郎さんもまた然り。

八月六日

十時、『ヒポクラテスの誓い』テレビドラマ化記念企画として、祥伝社内で写真撮影とインタビュー。土曜日で休日なのだが担当Nさんとカメラマンさんは出勤。お疲れ様です。モデルの質が悪いので何十枚も写真を撮る羽目になる。ううう。

インタビューといっても、質問内容は既にNさんと何度も交わされたことであり、正直言ってNさん一人の脳内で完結してしまう。

「いや、でも一応はインタビューですから」

三十分ほどの質疑応答で浮かんだことは取材の功罪である。取材は本当に必要なのかどうか。また必要であるなら、それを作品にどう生かすのがベストなのか。これについては作家ごとに意見が分かれるだろうし、元より正解のあるものではない。ただし現時点で僕は取材の必要がないし、下手に取材をすれば却ってデメリットになる部分がある。今しばらくはこのスタイルを続けても支障はないだろう。しかしこれはいつも思うことだが、新人作家に必要なのは取材力ではなく、むしろコミュニケーション能力ではなかろうか。それが証拠に、この業界に長くいる先輩作家さんたちは一様にその能力が高い（というか世間的にフツー）。そしてすぐ消えてしまう者は概してそれが欠落している。人と会わなくてもいいとか、原稿だけ書いていればそれで済むという商売では決してないのだが、この辺りが変に誤解されているような気がしてならない。

Nさんに『シン・ゴジラ』を観たかと逆に質問すると未見とのことなので、シン・ゴジラはいいぞと要らぬお節介を焼く。各自の好き嫌いや評価は二の次で、およそ創作の現場に身を置く者なら、観ておいて損はないと思う次第。

インタビュー終了後、ヒポクラテスシリーズの第三弾を執筆しろとのご依頼。プロット提出は十月。つい後先考えずに了承してしまう。ああ、やっとプロット祭りが一段落ついたというのに、また四本の依頼が溜まってしまった。

「第三弾では真琴ちゃんと古手川の恋の進展、どうするつもりですか」

「普通にくっつけたんじゃ面白くないから、ここはやっぱり恋敵を登場させて……まあベタなんですけど」

「ベタ、いいですねえ。やっぱりベタってエンタメには大事なんですよ」

これは『シン・ゴジラ』と重なるところだが、客の観たいものを観せるというのは至極ありふれた、しかし重要な要素なのだと思う。

八月七日

昨日より『死にゆく者の祈り』の執筆に着手しているのだが、なかなか筆が進まない。いつも通り書くべき文章は頭の中で出来上がっているものの、実際に書き出したものを確認しながら次の行に移っているので時間がかかる。

何故かと言うと、テーマがテーマであり、掲載誌が掲載誌であるため、新しい文体にしているからだ。テーマは死刑制度、掲載誌は「小説新潮」。テーマに合致した文体というのは自ずと存在し、また掲載誌に合致した内容というのも厳然と存在する。今までもそういうことを書き分けてきたつもりだが、新しいことに挑んでいる時はこんな風に軽い昂揚感さえ覚える。もっともこんなものは書いている本人だけの主観であり、読む方にとってはどうでもいいことなのだが。

十七時、三省堂神保町本店にて綾辻行人さんのサイン会があるので出掛ける。

サインは百二十名が定員。全体を三部に分け、僕は八十一番目で第三部の先頭だった。目の前に綾辻さんが着席し為書き用のメモを見るなり驚かれた。

「中山さん。何でわざわざ」

いや、わたし綾辻さんのファンなんですって（だからちゃんと皆さんと一緒に並んでいるじゃないですか）。

十九時、『静おばあちゃんと要介護探偵』のプロットを送信しておいた文藝春秋のYさんとIさんから返信あり。日曜日だというのに本当に申し訳ない。この内容で進めてくれとのことで、ほっと胸を撫で下ろす。

二十二時、『作家刑事毒島』を献本した友人から受領のメールが届く。

『自分が読む前に次女が読み切り、あーうちのこと言われているみたいと口にしながら一気に読んでおりました。イラストレーターか漫画家になりたいと頑張っておりますので』

いや、だからそういう若い人の芽を摘み取るような小説じゃないんだって。

八月八日

十時三十分、喫茶店にて小学館Mさんと『セイレーンの懺悔』ゲラの最終調整。主人公の人物造形について、あと二、三行だけ加筆してほしいとの内容。これはもうMさんの趣味の領域なのだが、最初の読者である担当者さんに気に入ってもらわなければ意味がないので迷わず一筆、三分で終了する。

ドラマ『重版出来！』がとてもよかったと感想を述べると、何故かMさんは複雑な表情を見せた。

「色んな漫画家さんや作家さんからお褒めの言葉をいただくんです」

「それはそうでしょう」

「でもですね、お褒めになる人は大抵売れている人たちばかりで、そうでない人からはあまり反響がなくて」

気まずくなったので、慌てて話題を変える。そうだな、小学館文庫小説賞の話でも……。

「やっぱり作家さんにも最低限の社会性は必要だと思いますん？

「文庫小説賞もですね、最終選考に残った段階で編集長以下数人が候補者と顔合わせするんです。やっぱり、これから長いお付き合いをする訳ですから」

「まあ、当然でしょうねえ」

「ところがある候補者に面談した編集長がすごく嫌そうな顔して帰ってきたんです。『あれはダメだ』とか言って。作品はともかく人間的に問題があったんですよ。結局その人の候補作は作品本位で審査して落選したんですけど……」

作家志望者が聞いたら何だと思うかも知れないが、これは真っ当な話なのだろうなあ。社会人として通用しないから、あるいはまともな人間関係を築けないから漫画家や小説家になりたいという人たちがいるらしいが、クライアントになる出版社はまともな社会人の集まりだ。そんな性格破綻者を相手にしたいなんて、いったい誰が思うものか。

八月九日

『死にゆく者の祈り』、四十枚まで書いたところで猛烈な睡魔に襲われる。気がつけばもう五十時間ほど寝ていない。生理的欲求には逆らえず、椅子に座ったまま寝る。ところが二時間もしないうちにケータイの着信音が鳴る。相手は祥伝社のNさん。

『あの、「ヒポクラテスの誓い」のブルーレイと文庫版三刷の見本ができたんですけど、これからお送りしましょうか』

「ああ、それはどうもわざわざ」

『それから続編のゲラ修正はどこまで進んでいるのでしょうか』

しまった。連載用原稿にかまけて初校ゲラを預かってそのままにしておいたのだ。何となく罪悪感に襲われて、つい口走ってしまった。

「ええっと、それじゃあ今から修正して十七時には直接お渡しします」

『それはどうもありがとうございます』

ああああ、またいつもの安請け合いだ。仕方なく一時間で修正するが、一章分はどうしても細かい見直しが必要なので、そこだけ省いて作業を完了させる。

打ち合わせの喫茶店にいくまで、通りには熱風が吹いていた。十七時でこんな状態なら、日中はいったいどんな地獄だったのか。

やってきたNさんに原稿を渡す。編集者さんというのは誰も彼もチェックが早く、大抵は十分程度で見直しが済んでしまうから怖ろしい。

「あっ、そう言えば今日は『毒島』が入荷されているんですよね。あたし楽しみにしてたんです。帰りに買っていきますね」

いや、あの。業界の方が読んだら笑うか嘆くか怒るかの内容なので……。

事務所に戻って執筆再開。何でも世の中ではオリンピックというものが開催されていると聞いたけど、きっと気のせいに違いない。そうとでも思わないと、やってられない。

八月十日

十五時、角川春樹事務所Nさんと新連載についての打ち合わせ。先方が出してきたいくつかの案は既に他の文芸誌に発表済みであり、残ったのは次の三つ。

〈白中山と呼ばれている、残酷ではない作品を希望。ハートウォーミングな作品だと〇〇賞を狙えるか〉

更に、

〈大学時代に執筆された『謝罪』を読ませていただくことは可能か？〉

また更に、ももいろクローバーZ『白銀の夜明け』の全歌詞が記載され、〈このような世界観の小説〉、とある（よく分からない）。

二番目の、学生時代に書いた小説については即座に却下させてもらった。生まれて初めて書いた長編で乱歩賞の一次は通過したものの、ビギナーズラックとしてこういうことはよくあることだから、二次を落とされた時点で噴飯ものの作品であるのは自覚している。第一、今の時代にマッチしていないし、若書きがどうにも恥ずかしい。

できるとしたら一番目と三番目の案だが、〇〇賞云々というのはどこまでギャグなのか。

「いえ。本気で獲ってほしいと思っています」

やはり六年もこの仕事をしていると、そろそろ賞の一つも獲れという圧力が各方面からかかってくるものらしいし。ももクロの世界観はともかく、第一の案に沿い、年内中にプロットを提出することとする。連作短編でハートウォーミング、しかもミステリーでなくとも一向に構わないという。

有難いお話だが、僕から残酷と毒舌を取ったら何が残るのだろうか。

十六時三十分、祥伝社に赴き『ヒポクラテスの憂鬱』一章分のゲラを返却しておく。その場で細部の詰めをし、再校の段階で確認することとする。その気になれば僕の事務所から祥伝社までは徒歩で三分、ゲラ修正も社内で済ませれば、ゲラが上がって二十分で全てを終わらせることができる。出版社が近くにあると本当に便利だ。

事務所に戻ると幻冬舎Tさんからメールが届いていた。『作家刑事毒島』刊行記念のトークショーの相手をしてくださる一色さゆりさんから感想が返ったとのこと。

『毒島刑事、面白くあっというまに読んでしまいました！　ただ、なんというか新人作家なら誰しもがぞっとするにちがいない記述（！）が多々あって』

いや、だからそういう若い人の芽を摘むような小説じゃないと何度言ったら……。

八月十一日

嫌な予感がする。

今年の新人賞についてなのだが、ひょっとしたら今年も不作に終わるかも知れない。

何故か。

八月時点で既に乱歩賞は決まり、『このミス』大賞も最終候補が出揃った。実はこの二つの賞の内容がその年の出来不出来を占っているように思える。両賞の賞金は一千万円と一千二百万円。もちろん賞金だけの話ではないが、才能はカネのあるところに集まるのでいきおい両賞の中身がそのまま全体に波及するといっても言い過ぎではないだろう。

僕が注目する内容というのは受賞作の中身ではなく選考会での経緯だ。たとえば「予選段階からぶっちぎり」とか「今年は実力者揃い」なんていうのであればいいが、最終選考で大きく票が割れたりすると、やはり売れ行きに響くし、デビュー作の売れ行きが悪ければ当然その後のブレイクも難しくなる。下読み段階で低調が囁かれたら、やはり受賞作の出来もそこそこに終わってしまうことが多い。

折しも今回、アガサ・クリスティー賞とミステリーズ！　新人賞では該当作なしとの発表があった。出版社にしてみれば是非とも受賞作が出てほしいのに、それが該当作なしだったのはとんでもなく不作だったということに他ならない。これも嫌な予兆だ。

また選評で目立つのが所謂使い回しの多さだ。何も使い回しが悪だという訳ではないが、あまりに繰り返すと、「この投稿者は小説が書きたいのではなく、作家になりたいだけなのではないか」と思ってしまう。小説を書くことと作家になることは、つまり目的と手段の話であって、言うまでもなく目的と手段を取り違えると大抵碌な事にはならない。そして多くの選考委員はそんなことなど百も承知しているので、選考の際にもついそれが頭を過る。いくらそれが（あくまでも相対評価で）候補作の中で一番よかったとしても、デビュー後の躍進が期待できないものに冠を被せたくないと思うのは当然のことではないか。

こういう予想は外れてほしいと思うのだが、生憎と外れたことはただの一度もない。

八月十二日

伽古屋さんに『作家刑事毒島』を献本したところ、早速感想をツイートしていただいた。

『というわけでさっそく作家刑事毒島を読みはじめたんだが、これはヒドイwww想像以上にぶっ込んでて、ニヤニヤが止まらない。この「あ、この人知ってる」感（笑）メールで本人が言っていたが、いつか誰かに刺されるな。』

いや、もう覚悟はできてるから。

十四時三十分、かかりつけの歯医者でやっと前歯の挿し歯を装着する。何と118、800円也。たかが歯一本でこんな大金を払うのは業腹なので、やけくそ気味に同じくらいの値段のシン・ゴジラフィギュアを買ってバランスを取る（何だその理屈は）。

歯医者から戻ると祥伝社さんから『ヒポクラテスの憂鬱』の帯案、小学館さんからは『セイレーンの懺悔』の推薦文が届いていた。こういうものを見るにつけ、僕は才能には恵まれないけれど人には恵まれていると痛感。その場に泣き崩れる。

プリンターのインクが切れたので秋葉原の家電量販店に向かう。盆休みということもあってか平日だというのに、街は人が溢れ返っている。

もっとも聞こえてくるのは、そのほとんどが中国語なのだけれど。

何故、中国の人の声が大きいかというと中国語には四声というものがあって、同じ言葉でも発音がわずかでも違うと全く別の意味になる。従って相手に正確に意思を伝えようとしてどうしても大きくなってしまうらしい（この声の大きさと態度に対抗できるのは、大阪黒門市場に集うオバハンたちくらいではないか）。

大声で傍若無人に見えるからどうしても眉を顰めそうになるが、僕はどうしてもこの人たちを悪し様に言えない。ほんの少し前までは日本人も同じようなことをしていたからだ。

七〇年代初頭だから大阪万博の頃からだったと記憶しているが、高度成長の波に乗り、日本人の中にも海外へ旅行する者が増え始めた。その多くを占めたのが農協さんだった。現代でも地方から出てきた若者が都会で「やっちまった」経験が大なり小なりあるだろう。当時はまだまだ外国の情報が少なく、そこへ持ってきて「どうせ言葉が通じないなら、旅の恥は掻き捨てだぎゃあ（何故に名古屋弁？）」と考えているご一行が渡航あそばしたのだ。その乱痴気ぶりは目を覆わんばかりで、海外での不祥事が取り沙汰される度に国民は赤面していたものだ。冗談でも何でもなく本当に国辱ものだった。この辺りの実態は筒井康隆さんの『農協月へ行く』に詳しい。ストーリーはドタバタSFの体裁を採っているが、登場する農協さんのキャラクターはほぼ当時の農協さんそのものだ。疎開した先の農村で苛められた筒井さんだから、ずいぶんカリカチュアライズしてあるんだろうなどと思うのは大間違いで、他ならぬ町内での農協さんご一行の素行を見聞きしていた僕にはリアル以外の何物でもなかった。

その後、海外での評判を苦々しく思った官民が旅行マナーの普及に努め、少しずつ上品になっていった延長線上に現在の日本がある。とてもよそ様のことを笑えた義理ではない。

秋葉原から帰るとKADOKAWAのTさんからメールが入っていた。

『九月放映のドラマは現在編集中であるらしく、出来上がったらDVDを送付します』

ドラマというのは犬養シリーズの短編「白い原稿」を基にしたものだ。児童書籍を多く出版しているビブレ社が少子化の煽りで収入減となり、起死回生の妙案で元タレント篠島タクにヤラセで新人文学賞を与えたまではよかったが、あまりの酷評に本人が書くのをやめてしまい、挙句の果てに殺されるという内容。

やっぱり誰かに刺されるな。

八月十三日

九時。ＴＯＨＯシネマズ新宿にて『シン・ゴジラ』再見（仕事せえ、仕事）。連休中ということもあり、一回目だというのにほぼ満席。二週連続一位の興行成績というのも頷ける。

今日は意識して前の席に陣取る。スクリーン９は同館でも最大級のスクリーンなので、これだけ近いと視界がほぼ画面に占拠されるかたちになる。前回は事前情報ゼロで観賞しひたすら驚かされたのだが、今回は情報をしこたま収集してから観たので、また様々なことに気づかされる。

印象的だったのは登場人物のほとんどが抑えた演技をしていることだ。怪獣映画だというのに、闇雲に叫ぶキャラクターはほぼ皆無と言っていい。もちろん登場人物の多くが官僚や自衛官なので「こういう人たちはやたらに騒がない」ことが前提になっているのだろうが、それにしても皆静かに驚く程度で、金切り声を上げる者も大泣きする者もいない。

以前、映画『さよならドビュッシー』を監督していただいた縁で利重剛さんに話を伺ったことがあるが、その際に「エキセントリックな演技って実は楽なんですよ」と教えられた。日常で実際に泣いたり喚いたりという場面はあまりないので、確かにそういう演技をすれば目立つし、演技もしやすいのだろう。逆に言えば下手な役者は、そういうエキセントリックな演技以外では下手さが露呈してしまう。そして上手い役者はごく普通の演技も自然にこなしてしまう。『シン・ゴジラ』の演出が巧妙なのは台詞部分を膨大にして、役者に演技らしい演技をさせなかったことだ。演技をさせないから当然下手さも目立たない、という寸法。要は脚本の力といって過言ではないだろう。大体ストーリーのほぼ半分が会議のシーンなのに、それが滅法面白いのは、台詞でキャラクターを語らせているからだ。

妙な恋愛話を絡めなかったのもいい。実際、前回も今日の回もカップル客が結構入っていた。怪獣映画に恋愛やら「敵を殲滅することへの葛藤」が必要とも思えない。「デート映画なんだから恋愛成分がないと」などと思っているプロデューサーは時代遅れというよりも、どこかで女性客を馬鹿にしているのではないか。恋愛成分や泣ける要素がないと女性は劇場に足を運ばないなどと、本気で考えているのだろうか（そんなに泣きたいのなら台所で玉ネギを剝いていた方がずっと安上がりだし、昔の監督はお涙頂戴をとことん嫌っていた。観客を泣かせることほど簡単なものはないからだ）。

噂では『シン・ゴジラ』を東宝社内で試写したところ、上層部の評判はあまりよくなかったという。もしそれが事実なら、その不評こそが日本映画衰退の原因であるように思えてならない。

八月十四日

本日より新聞連載『護られなかった者たちへ』の執筆に着手。しかしながらスケジュール上は既に二日遅れ。まずいまずいまずい。とにかく朝食も昼食も摂らずに書き続ける。

十七時、同業者さんとの呑み会に参加。今回は水原秀策さんと増田俊也さんが面子に加わっており、同じ『このミス』出身作家でも話をしたことがなかったので新鮮だった。

話してみると増田さんは元々編集畑だったこともあり、「作家は下請けですよ」など頷ける言葉のオンパレード。もちろん同業者相手なのでどこまでが真意かという疑念はあれど、少なくとも額に入れて飾っておきたいほどの正論だった。どこかの小説講座で講義すればいいのに。その他『木村政彦はなぜ力道山を殺さなかったのか』の裏話やらエピソードやらを死ぬほど聞く。いやあ、これだけで飯が三杯は食えるぞ。スポーツ好きの水原さんがこれまた絶妙のタイミングで興味津々の質問をぶつけてくれるものだから、更に座が盛り上がるという寸法。

これも参加していた神家正成さんからはデビュー二作目の苦労を拝聴する。何と今回は原稿用紙八百枚の大作。ちょうど版元の担当編集さんが産休であったため、レスポンスの遅さに不安を覚えたとのことだが、あのですね、レスポンスが早過ぎても別の意味で不安になってくるんですよ。

やがて話は表現規制の問題に移る。「断固として闘いたい」と水原さんが気勢を上げると、片や神家さんは「いや、僕は娘がいる関係で、そっち方面の表現はどうしても回避しがちになって」と、人によってそれぞれ。その性格が皆さんの作品にも表れているのは僕の穿った見方だろうか。因みに僕は出版社の表現自粛や差別用語排除に対し、唯々諾々と従いながらもっとキツい表現を巧妙に混ぜ込むという手法を採っている（巧妙というよりは姑息だな）。つまり面従腹背を地でやっている訳で、これほどタチの悪い物書きもいない。

閉店間際まで喋り倒してから事務所に戻り、執筆再開。どうせ今日も寝られない。

八月十五日

終戦記念日のため、しばし黙禱。

現在、憲法9条を巡っては色んな立場の人が色んなことを表明しているが、「もう戦争は嫌だ」という気持ちだけは共通であり、「でも、もし外敵が攻めてきた時に我々はどうするべきなのか」という点で意見を異にしているだけのことだ。だから今日くらいは思想信条を超え、静かな祈りを捧げたいと思う。あー、そこの街宣車くんたちも今日は静かにしていてね。

十九時、例のごとくトマト料理店にて一色さゆりさん・三省堂新井さん・宝島社Kさん・幻冬舎Tさんと「新井ナイト」の打ち合わせ。面子を一瞥した新井さんは「何、このハーレム」と言っていたが、敢えて否定せず。だって昨日の呑み会ときたら加齢臭が蔓延するような男祭りだったのだ。今日くらい華やかな気分を味わってもいいじゃないか。終戦記念日なんだし（祈りを捧げるんじゃなかったのか？）。

新井さんは僕のデビュー作を書店員さんで初めて評価してくれた人。Kさんは初めての担当編集者。Tさんは文芸誌で初めてオファーをくれた人。

「このお三方は全員、僕にとって初めての人たちなんですよ」と説明すると一色さんは、

「ええっ、初めての女が三人もいるなんてエロい」

いや、あの。

くどいようだが一色さんというのはとても真面目な人で〈新井ナイト〉当日のために質問事項をノートいっぱいぎっしりに書き込み、書籍には付箋貼りまくり。ああ、この人は勉強や仕事もこんな風に一生懸命なんだろうなと思うと、今まで全て行き当たりばったりで生きていた自分が恥ずかしくなる。話は新人あるあるに移り、僕はサラリーマン生活が長かったので、経験からこんなことを言ってみた。

「新人のうちから熱く語るヤツは大抵長続きしないよね」

これには皆さん納得顔だったが一人Kさんだけは、「何も語らないうちに辞めちゃうのもいますけどね」とぼつりと洩らす。

あんたが一番黒い。

八月十六日

本日は『作家刑事毒島』に関して書店訪問。ところが朝からダイヤが乱れるわ台風が接近するわで、何やら波乱含み。無事に終わればいいのだが。

十一時三十分、東急ホテルで幻冬舎Tさんと合流。食事をしている際、作家的才能の話になる。

「どうして到底作家になれそうもない人が公募に応募してくるんでしょうか」

これは僕なりに考えたのだが、関門が少ないせいではないのか。たとえばスポーツなら小学校体育の時間に自分の運動能力を思い知らされる。音楽の時間、美術の時間も同様に自分の才能にダメ出しを食らう。そういうことを繰り返して自分の適性を探っていく。ところがお話を作るという授業は存在しない。従って大抵の人間は自分の作家的才能の有無を知らされないまま成人し、そして勘違いしてしまうという寸法だ。

さて、書店訪問開始。
・ＳＨＩＢＵＹＡ　ＴＳＵＴＡＹＡ様
・紀伊國屋書店新宿本店様
・ジュンク堂書店池袋本店様
・三省堂書店池袋本店様
・有隣堂ヨドバシＡＫＩＢＡ店様
・三省堂書店神保町本店様
皆さま、ありがとうございました。

ところである書店員さんから衝撃的なことを聞く。シリーズものを書店で展開する際、既刊の文庫本と新刊の単行本を並べるというのは、どの出版社の営業もお願いしていることだが、これが実際はほとんど意味がないどころか書店側には迷惑でさえあるという。

「だって文庫本と単行本では売り場も違えば担当も違います。並べておくと崩れやすいし、第一、文庫本を買われるお客様と単行本を買われるお客様は層が違いますから、並べても何の意味もないんです」

「で、でもシリーズが映像化された場合、そのタイミングで新作を出す場合があるじゃないですか。そういう時にはやっぱり並べた方が相乗効果があるんじゃないですか」

「今日び映像化される作品が目白押しなので、それも大したアドバンテージにはなりません。帯を替えるのだって、労力の割に効果は少ないですし」

「さ、最近ではおまけにフリーの掌編をつける作家さんもいて」

「そういうのを有難がるのは元々のファンですから新しい読者を獲得できる訳じゃありませんし、シュリンクの際に余計な手間を食うから書店員には不評ですよ」

「あ、あの、あの、それでは出版社側は何をすれば効果的なのでしょうか」

「何もしてくれない方がいいです」

シリーズものを並べておく、映像化の際は帯を替える。書籍の売り上げにはそれが鉄板だと思い込んでいた僕とTさんは大ショック。あんまりショックだったので別の書店さんで同じ質問をしたのだが、やはり似たような回答が返ってきた。もちろん大型書店ならではの事情も介在するのだけれど、出版社と作家がよかれと思ってやってきたことはほぼ逆効果だったという結論に至り、僕たちは半ば呆然として書店を後にしたのであった。（続く）

八月十七日

昨日の書店訪問は衝撃の連続で、文庫本と単行本を並べて陳列することの無意味さ以外にも、とても嫌な話を聞いたのだ。

　ある書店員さんが店内業務をこなしているとお客から「何か面白い本はありませんか？」と訊ねられたという。書店員さんは本のソムリエでもある。そこで忙しい身であるにも拘わらず、流行りの本、個人的にお勧めの本など懇切丁寧に紹介した。すると件の客は、「よく分かりました、ありがとうございます。それじゃあ紹介された本を早速図書館で借りてきますね」と言って、店を出ていったそうな。

　またある書店員さんは万引きを現行犯で捕まえた。ところが万引き犯の弁明がふるっている。

「こんな場所に、万引きされやすいように置いてあるから悪いんだ！」

　一冊一冊、鎖に繋いで金庫に保管しておけとでもいうのだろうか。

　この二つに共通するのは本に投資をするのは馬鹿げているという意識。もっと言えば本に対する敬意のなさである。何というか、怒るよりも先に哀しくなってしまう。

　十三時、書店訪問の二日目で有楽町交通会館前に赴く。
・三省堂書店有楽町店様
・丸善丸の内本店様
・ときわ書房本店様
・八重洲ブックセンター本店様

皆さま、ありがとうございました。

そして今日の訪問でも万引きについてこんな体験談を聞いた。万引きを現行犯で捕まえてみれば、身なりはちゃんとした役員風で腕にはロレックスをはめている。カバンの中を検めさせると、何と中には額面五億円の契約書が入っていた。それで万引きの理由を尋ねると「おカネがなかった」と言う。つまり五億円の商談をまとめ、ロレックスをはめた社会人が本一冊買うカネもなかったと言うのだ。

これには翻訳が必要だろう。つまりこの男性は「ロレックスを買うカネはあっても、本を買うカネはない」と言ってのけたのだ。これは生活困窮者がひもじさのあまり、ついスーパーの食品に手を出すのとは訳が違う。窃盗という犯罪態様は同じであっても、行為に至る構造は全くの別物だ。昨日の話に被るのだが、要はやはり本や書店に対する敬意のなさと娯楽にカネを出すのはもったいないという考え方である。

ある医師がDSソフトの違法ダウンロードを自慢している子供たちを「おっ違法w」と茶化したらその親から逆ギレされた、という話がある。「お前は医者だから何でもかんでも買えるかもしれねえけどさ、俺たちは金ないから、DSのソフトなんか子供に買えねえから！無料で手に入るなら普通にそうするだろ。正義きどってんじゃねえよ！」

ここでも顔を覗かせているのはかたちの見えない娯楽なんかにカネを出すのはもったいな

いという意識と、(経済的)弱者を錦の御旗にすればこの程度の悪さは見逃してくれるだろうという思いあがりだ。

違法ダウンロードはれっきとした著作権法違反という犯罪であり、2年以下の懲役もしくは200万円以下の罰金またはこれの併科である。言い換えればこの親はカネがないこと、そしてちゃんと罪悪感はあるということを免罪符に堂々と犯罪を行い、しかもそれを自分の子供に奨励しているのである。

言うまでもなく、子供に犯罪を奨励してまで楽しまなければならない娯楽など存在しない(何だか曽野綾子さんのエッセイみたいになってきたな)。ソフトを買うカネがなければ我慢すればいいのだし、百歩譲ってソフトを入手しなければ恐ろしい目に遭う、殺される、吉田沙保里選手とガチで格闘しなければならない等の特別な事情があるのならせっせとカネを貯めればいいだけの話だ。

こういう人たちに対する特別な刑罰というものを僕は密かに夢想しているのだが、人道的にとてもとても問題があるので妄想は妄想として愉しんでおこう。

八月十八日

KADOKAWAから九月放送予定『刑事　犬養隼人』のDVDが送られてきたので早速

視聴する。毎度思うのだが、こうして映像化されたものを見ても自分が原作を書いたとはなかなか実感できない。次から次へと書き殴っているせいで、最新刊以前の著作については既に当事者意識すらないのが現状だったりする。それでも映像を追っていると「ああ、そういえばこんなストーリーだったなあ」と思い出すから、やっぱり僕が原作を書いたんだろうなあ（あまり自信がない）。

原作はもっとシニカルなのだが、さすがに全編シニカルを通すのはテレビドラマとしてはしんどいと見えてラストは何となく感動するような構成になっている。原作は五十枚の短編なのだが、ここまで膨らませた脚本に感嘆する。しかも原作の持つテーマは揺るぎないので水増し感はない。

テーマはすばり「承認欲求」である。承認欲求がもたらす邪念、承認欲求がもたらす挫折。普通の人間が持っている普通の欲求なので、そこに犯罪の萌芽が発生しても不自然にならない。またいつかこのテーマで一本書ける気がする。

折も折、幻冬舎Tさんよりメールが届く。「幻冬舎ｐｌｕｓ」でインタビューを予定していらっしゃるそうだが、何と僕の物書きになるまでの道程と挫折体験を語れとの内容。

うーん、苦節何年でデビューした訳でもないし、第一挫折体験と言われても……基本的に、僕は今まで生きてきて辛かった思い出が皆無に近い。いや、これは説明が必要なのだけれど、普通の人の苦痛とか困難とかに相当することが僕にはそう感じられないのだ（友人に言わせると、そこがネジの緩んでいる証拠だそうだ）。例えば失恋した時ですら次の瞬間には「明日から別の女の子に声を掛けられる」と喜んだクチだし、高校三年で就職に失敗した時は「まあ大学に入ればいっかー」とへらへらしていたし（クラスの連中からは、少しは落ち込め！　とひどく怒られた）、サラリーマン時代に無理を言われた際もゲーム感覚で楽しめたし、それより何より承認欲求なんてものが欠片もなかったから挫折のしようがなかったのだ。特別な何かになれるともなりたいとも思わなかった。唯一挫折らしいものと言えば、第六回の『このミス』大賞で最終選考までいきながら受賞を逃したことだが、あれだってまさか最終までいくなんて想像もしていなかったからルサンチマンじみたものもなく、半日経った時点で傾向と対策に着手していたものなあ。

挫折を感じない要因というのはもう一つあって、僕は何事にも誰にも期待していないのだ。挫折というのは期待から生じる結果の一つであって、期待していないのならどんな結果に終わったとしても挫折のしようがない。元より他人の評価を期待していないので承認欲求も起こらない。こんなところが同業者から変わり者扱いされる原因かも知れないが、やたらトラブルや犯罪の原因となるような欲求を持つより〈変わり者〉の方がどれだけマシか分かりゃしないと思っている。

八月二十日

まずい。

先週から執筆のスピードが極端に落ちた。通常であれば一日二十五枚書ける原稿が、このところ十五枚しか書けていない。いや、もちろん書店訪問やら様々なアンケートに答えるという別の仕事が入っていたのも一因だが、最大の理由は集中力の欠如、というか映画の観過ぎだ。

何せ『シン・ゴジラ』だ。あれを劇場で観てしまうと、家に帰るなりどうしても岡本喜八監督の『日本のいちばん長い日』を観ずにはおられなくなる。それを観終わると次には『東京裁判』を観ないことには原稿に手がつけられなくなる。それぞれ一五八分と二七七分の映画だから二本立て続けに観ると七時間以上経ってしまう。こんなもの、原稿が書ける訳あるか。

ということで昨日からは映画断ちして原稿を書いているのだが、それでも同業者のSNSなどを覗き、ニュースを見、キングの新作などを読んでいるとなかなか筆が進まない。若い頃はもっと集中力があったはずなのに、五十を過ぎた頃からこんな風になってしまった。ホント、齢はとりたくないものだ。おまけに最近ではレッドブルも効かなくなったのでモンスターとメガシャキの三種混合を試しているのだが、効き目が持続しない。あああ。

八月二十一日

取次のトーハンさんが出しているPR誌「新刊ニュース」からアンケートを依頼された。今まで惚れ込んだ本を二冊挙げて推薦しろとの内容である。『ヒポクラテスの憂鬱』を連載していただいたご縁もあり、すぐに回答したのだが、数日経ってから戻された。

『折角ご協力いただいたのですが二冊とも絶版になっております』

アンケートの趣旨は〈全国の新刊書店での増売および店頭活性化を図ること〉なのでこれはよく調べなかった僕が一方的に悪い。慌てて現在入手可能な二冊を選び直しておいた。

やがてぞっとした。

僕が最初に選出したのは横溝正史の『獄門島』（ただし杉本一文画伯のイラスト）とD・R・クーンツの『ウォッチャーズ』。その二冊がもう市場に出回っていない現実に愕然としたのだ。思い起こせば類似の企画で生涯のベスト10を選んだ際も十冊中八冊は絶版になっていた。

こう書くと「絶版なんて十年も二十年も売れなかったからそうなったのであって、いつまでも古い本に愛着を抱いているお前がアナクロなだけだ」と思う方もいるだろう。

違う。絶版なんて二年かそこらで決まってしまうのだ。

某編集者さんとある同業者さんの新刊について話が及んだ時のことだ。この同業者さんは僕も一度お目にかかったことがあり、その執筆活動を陰ながら見守っていた。新刊と言ってもその出版社から二年前に刊行された単行本で、僕としてはどのタイミングで文庫化されるのかを知っておきたかった。その文庫化のサイクルは自著にも当てはまると思ったからだ。

ところが編集者さんはひどく残念そうにこう言った。

「その本は文庫化されません。ウチは文庫の部門がないので他社さんに文庫化を打診したのですが、どこからも手が挙がらなくて」

「じゃあ、このまま単行本で売り続けるんですね」

「いいえ。絶版が決定しました」

「ぜ、絶版？」

「売り上げが見込めない本をいつまでも抱えている訳にもいきません」

断っておくがこの同業者というのは名のある賞で大賞を射止めている人だ。だからこそ僕は驚いた。大賞受賞者だろうが何だろうが、セールスに結びつかなければその著書はいとも簡単に市場から消えてしまうのだ。

いや、たとえ絶版でも刊行されるだけまだマシかも知れない。一般の人には信じられないかも知れないが、文芸誌に連載しながら書籍化されないことも多々あるのだ。これもやはり件の同業者なのだが、一時期同じ文芸誌で二人の連載が重なり僕より一足先に終了した長編があった。そこでやはり書籍化のタイミングが知りたいがために、彼の原稿について訊いたところ、その編集者さんはあっけらかんと答えた。

「ああ、あの原稿は書籍化されません」

当時、僕もデビューして間がなかったのでそんなことがあるのかと驚いた。

「だって連載中も面白くなかったし、どこをどう直しても面白くなりようがないので。どうせ売れないと分かっているものを刊行するはずないじゃないですか」

「でも連載中の原稿料は払われたんでしょ」

書籍化されない連載に原稿料を払うのは、ドブにカネを捨てるようなものだ。

「まあ払ったものは仕方ないですね。高い授業料でしたけど」

この文芸誌が彼に連載を依頼することは金輪際ないだろう。いくら担当編集者さんが彼を買ってくれていたとしても、編集会議に通らなければ連載は叶わない。そして、こんな例は他にいくらでもいくらでもあるのだ。因みに書籍化不能とされた原稿は彼に突っ返された。お前の好きなようにしろという意味だ。彼はその原稿を他の出版社に持ち込んだりもしたが、未だに書籍化の話は聞いていない。そして彼は書くのを（ほとんど）やめてしまった。

これが現代の作家の現状だ。鳴物入りで華々しくデビューしたとしても、常に数字を残せなければたちまち不良債権のように扱われてしまう。僕が何となく六年も生き残っているのは、偏に鈍感だからに過ぎない。

だから、こんな商売を目指さない方がいいよ（こうやって若い芽を摘んでおく）。

八月二十二日

何というかまあ、居たたまれない話だ。

ある4コマ漫画家さんが『シン・ゴジラ』を観賞した感想をマンガにしてアップしたところ、ネットで大炎上したのだ。感想の内容は件の映画をななつぼしのブランド米に喩え、「いやまあ普通に美味しかったけどさ……みんな稗とか粟しか食ったことないの？」と洩らしたのだ。

断っておくが、この漫画家さんは最初に〈某邦画を観た感想〉と表題を付している。感想というのは手前の好き嫌いを述べるだけのものだから、他人の感想にケチをつけるというのも大人げないところがある。もっとも炎上になった原因は作品のみならず、それを観賞してよかれと思った人たちに〈稗とか粟しか食ったことないの？〉とやってしまったから叩かれに叩かれたのだが、まあこれだって好き嫌いの表現方法が稚拙だったと思えばそれほど腹も立たない。しんどい話だが、創作を生業とする者はネットに己の感想一つ上げる時ですら〈芸〉を要求されるようなところがある。

それにしてもと思うのだが、どうして人はこうも悪口を言わずにおれないのだろうか。一つ考えられるのは、元々悪口が楽しいということが挙げられる。特に小説やら映画やらは誰でも楽しめるし、大体が悪口を言う権利料込みで代金を支払っているからだ。ところがその悪口にも歴然たるレベルの差があり、ただ人を不快にさせるもの、多くの同意を得られるもの、問題提起をするもの、そして思わず心のノートにメモしたくなるようなものと様々に分かれている。厄介なのは悪口の内容で言った本人の教養まで問われてしまうことで、下手をすれば吐き出した悪口がブーメランよろしく返ってきてしまう。

僕が特定の映画の批判をしないのは前にも書いた通り、映画には返しきれないほどの恩があるからだが、実を言うと悪口を言うのにあれこれと頭を使うのがしんどいせいもある。もちろん不特定多数に発信するのではなく、特定少数が相手なら聞き手が閉口してしまうくらい毒舌を吐き続けることができるのだが。

本日より「小説トリッパー」で新連載予定の『騒がしい楽園』にやっと着手。初回は原稿百枚の約束だが、先方の指定した締切日は今日だったりする。ひいいいいいい。

八月二十三日

十二時、怖れていた通り朝日新聞出版Yさんより督促メールが届く。すぐに電話をかけて平身低頭し（いや、向こうには見えないんだけど）、三日だけ猶予をいただく。本当に自分の遅筆が呪わしい。あまりの情けなさに溶けてしまいたいと思うのはこういう時だ（もっとも脳みそは既に溶けている）。

十三時三十分、「オール讀物」新連載の件で文藝春秋Iさん・O編集長・新担当Tさんと打ち合わせ。取りあえず原稿を書き溜め、掲載時期と枚数はオールさんの判断にお任せすることとする。

席上、『テミスの剣』の映像化について進捗を聞かされる。毎度毎度のことだが、候補に上っているキャストを聞くと他人事のようにしか思えない。どうして僕ごときの小説に、そんなビッグネームの俳優さんの名前が出てくるのか。尚、その際の文庫化には解説をあの作家さんに打診してほしい旨をお願いする。それにしてもなあ、中学の頃に愛読していた文芸誌に自分の作品が連載されるなんて、どうも実感湧かないよなあ。夢かも知れん。

十五時、祥伝社Nさんと打ち合わせ。『ヒポクラテスの憂鬱』の再校ゲラチェック。専門分野の直しがあるため、作業終了までに一時間も費やしてしまう。遅筆の上にゲラ直しも遅い。この愚図っぷりはどうにかならないものか。

作業中、最新刊『作家刑事毒島』の話題になる。Nさんにも読んでいただき、編集部内で回し読みされているらしいのだが、そのさ中、編集部に一本の電話が掛かってきたとのこと。

『わたし○○賞に投稿して一次で落とされた者なんですけど、祥伝社さんから出版された××という小説が、わたしの作品と内容が酷似しています。これってパクリじゃないんですか？』

編集部の方はちょうど『毒島』を読んでいたところなので、その同時性に呆れるわ感心するわだったそうだ。念のために付け加えておくと祥伝社は現在新人賞を設けていない。従って件の抗議電話はただの妄想でしかない。

羽田圭介さんが最近のインタビューでこんな名言を語られている。

『物事にはびっくりするほど裏がない』

物事にコネとか裏ワザは存在しないという主旨で、僕などは深く深く首肯してしまう。「俺の投稿作品が受賞できないのは下読みに嫌われているせいだ」「選考委員にコネがなかった」「下読みをしている新人作家が俺のアイデアをパクった」「ＣＩＡの陰謀だ」ｅｔｃ・新人賞に裏はない（あ。過去に一度だけ……）。要は自分に実力がないのを認めたくないがための言い訳に過ぎない。そしてこれは先の選挙にも同様のことが言える。

「我が候補者が落選したのはマスコミの偏向報道のせいだ」「投票に不正があったに違いな

い」「当確の出し方に疑惑がある」「対立候補に投票した者は馬鹿だ」「KGBの陰謀だ」

　これだって候補者と支持団体に票を集める力がなかっただけのことで、それを認めたくないばかりに陰謀説を唱えているだけではないのか。

　大抵の失敗は自身の能力不足に起因している。それなのに他人や外部要因の責任にしているから正確な敗因分析ができず、敗因が分からないまま次の闘いに身を投じるからまた負ける。そしてまた陰謀論を唱え、何度も同じことを繰り返す。そのうち疑心暗鬼に陥り、性格や人生を拗らせていく。はい、もう一度。『物事にはびっくりするほど裏がない』。

八月二十五日

十一時。宝島社にて「週刊現代」のインタビューを受ける。〈生涯のベスト十冊〉を挙げろという企画なのだが、こういう企画ほど回答者泣かせのものはなく、十冊選べば十一冊目が不憫になり、十一冊を挙げると十二冊目が不憫になる。これが百冊二百冊と際限なく続く。そこで今回は、僕が小説を書く立場になって役立った十冊という括りで選んでみた。
・エジプト十字架の謎　エラリィ・クイーン
・ABC殺人事件　アガサ・クリスティー
・獄門島　横溝正史

・IT　スティーヴン・キング
・ウォッチャーズ　D・R・クーンツ
・絃の聖域　栗本薫
・奇想、天を動かす　島田荘司
・さよならジュピター　小松左京
・虚航船団　筒井康隆
・アドルフに告ぐ　手塚治虫

これらにつき、どの部分が僕の小説に影響を及ぼしているか、自己分析しながら喋っているとあっという間に一時間が過ぎてしまった。

尚、本来であれば横でメモを取るのはKさんのはずなのだが、風邪を召したらしくお休み。代打で何とI局長がパソコンの前に陣取っているのでびっくりした。今後の刊行予定の話になり、

「本当は、毎年一度は宝島社で刊行させてほしいですねえ」と言われ、ひたすら恐縮する。すみません、局長。全部、僕が遅筆のせいなんです。おどおど。

いったん事務所に戻って執筆を再開。しかし十六時三十分に再び外出。十七時、池袋に移動して「幻冬舎plus」のインタビュー。お題は〈挫折〉だが以前日記に書いたように僕

は挫折を感じたことがないので、全くテーマに沿った話ができず。にも拘わらずインタビュアーは大笑いされ、ついでにカメラマンも大笑いされている。何故だ。今、必死になって思い出そうとしているのだが、さっぱり記憶から抜け落ちてしまっている。

十九時、三省堂池袋本店にて『作家刑事毒島』刊行企画の〈新井ナイト〉に一色さゆりさんと登壇。一色さんの質問に僕が答えるかたちでトークを進める。何というか、喋っているうちに中山七里が喋っているのか毒島が喋っているのか自分でも判別できなくなった。一色さんは本当に入念な準備をされており、僕の日記にまでマーカーや付箋がされているのを見てびっくりする。勉強でも仕事でも小説でもそうだが、これだけ真面目なことを普通にやっていたら、それは伸びるし好かれるし結果も出せる。そういう聡明な女性と僕のようなヤクザな物書きが質疑応答するので、一種異様な化学反応が起きる。そしてここでも客席から何度も笑いが起こるものの、僕自身はギャグを言ったつもりもおちゃらけを言ったつもりもないのだが、いったいどうして皆さんは笑ったのだろう。実を言うと、この時のこともあまり記憶にない。どうも最近、都合の悪いことは優先して忘れていく傾向にある。

それにしても僕の益体《やくたい》もない話を聞くためにこれだけのお客様がいらしてくれたことには感謝の言葉しかない。皆さん、本当にありがとうござ……あああっ違う。今日のお客さんは一色さんを見にきただけに決まってるじゃないかあああああっ。

八月二十六日

依然として『騒がしい楽園』を執筆。百枚予定なので今日中に終わらねばならない……のに、またぞろ『シン・ゴジラ』を観に劇場に赴く（だから仕事しろって）。

本日はＩＭＡＸでの鑑賞。マスキングをした上で拡大しているのか体感上はおそろしいほどの大スクリーンだが、実は僕の目当てはそれよりも音響設備にある。使用機材が違うのか、今までと比較しても最良の音質で台詞の一つ一つが聞きやすい。お蔭で細かい情報も把握できる。やはりこの映画は繰り返し観賞で本来の面白さを満喫できるようになっている。今回も終演後に拍手が起き、あちこちでファンの人たちが濃い感想を披露し合ったり、カップル客がいちゃついたりしておる。うん、楽しめる映画としては理想的ではないのか、これ。

事務所に戻って執筆を再開すると幻冬舎Ｔさんよりメール。この日記を「ピクシブ文芸」に連載したいとのこと。

『十月二十七日に起ち上げる投稿サイトですが、投稿者たちに中山さんの日記で奮起してほしいのです』

僕としては連載がどこになっても構わないのだが、果たして投稿者の励みになるのかは甚だ疑問だ。

昨今、巷のカルチャーセンターの小説教室や投稿サイトはどこも花盛りらしく、小説家を目指す人の数はますます増えた感がある。新人は業界の宝だから、いったんデビューしたからには、僕も彼らを応援することには吝《やぶさ》かではない。しかし作家を目指している段階であれば、「やめた方がいいよ」と言うしかない。メジャーな賞を獲れる確率はとんでもなく小さいし、マイナーな賞ではデビューできてもなかなか後が続かない。脅す訳ではないが、賞を獲るなんて、続けていくことに比べれば馬鹿らしいほど簡単だ。その馬鹿らしいことに四苦八苦するようでは、作家業を継続していくなんておよそ不可能なのは自明の理ではないか。

第十五回の『このミス』大賞には四百四十九編の投稿があり、このうち二十一編が一次審査を通過した。この中に高校二年の女の子の作品があった。選評によれば『キャラクター造形と文章力は、一次を通す水準にはあると判断しました』。僕も冒頭を拝見したのだが、まあ書き慣れた高校生の文章だと感じた次第（後記になるが、彼女は二次の段階で落とされた。つまり、結局は書き慣れた高校生の作品でしかなかった）。つまり、一次に落ちた残り四百二十八編の応募作はキャラクター造形と文章力において高校二年生にも及ばなかったことになる。才能はカネのあるところに集まる。『このミス』は現時点で賞金が最高額の公募だから、腕に覚えのある投稿者やプロの作家も参戦している。それでこの体たらくなのだ。悪いことは言わない。少なくとも『このミス』は諦めなさいって（他人のことは放っておけって？　まあ、それはそうなんだけれど）。

八月二十九日

本日より『笑えシャイロック』に着手するも、既に締め切りは過ぎている。僕はまだ駆け出しなので締め切りにサバを読んでもらって助かっているが、今日中に五十枚仕上げないと本当に危ない。物書き生命の危機だ。

それで書斎に籠もり、一心不乱に書いていると経理関係の書類を整理していた妻が怒鳴り込んできた。

「この〈シン・ゴジラフィギュア　99、800円〉って何なのよ。99、800円って何よ。そんなフィギュア、見たことも聞いたこともないわよ」

「ああ、それは新しい差し歯が118、800円もしたので、つい悔しくなって」

「どうして差し歯が高価だからって理由でこんな高いオモチャ買わなきゃいけないのよ。意味分かんないわよ。いったいどんな名目で落とすつもり？」

「えっと……それは資料ということで……」

「このフィギュアを眺めていたらトリックを思いつくとでも言うの」

「思いつく！　多分、きっと、ひょっとしたら、万が一……」

「それに、この歯医者さんの領収書も怪しいわ。どんだけ長いこと通院しているのよ。ひょっとして女医さんと浮気しているんじゃないでしょうね？」

耳元をドリルの音が掠めていくデートなど願い下げだ。

しかしまあ、亭主の浮気を疑ってくれるのならまだ幸せなんだろうなあ（何だそのノロケは）。

十五時、怖れていた通りＫＡＤＯＫＡＷＡのＦさんより原稿の催促。

「すみませんすみませんすみませんすみません、明日まで待ってください」

連載を何本も抱えていると言えば聞こえはいいが、とどのつまりはその数だけ平身低頭していることに他ならない。決してカッコいいものではないので、良い子のみんなは真似をしないように。

それにしても『笑えシャイロック』の初掲載は九月である。既に二回目の締め切りがきているのはいささか早くないか。

『他社さんの事情は知らないんですけど、意外なことに電子版は紙媒体よりも編集に時間が掛かるので、締め切りがどうしても早くなってしまうんです』

電子版なら校了からサイトにアップするまでの工程が迅速になるとばかり思っていたが、どうやら僕の勘違いだった。やはり聞いてみるものだ。

八月三十日

昨日より書斎のドアの蝶番が緩んできた。特別仕様の防音ドアなので素人が勝手にいじる訳にもいかず、急遽ハウスメーカーさんをお呼びする。夜にも拘わらず駆けつけてくれた担当者さんはドアをひと目見るなり、こう言った。

「もう寿命ですね。大体あの時期に作られた防音ドアは十年が耐久期間でした。これ、もう二十年以上経っているでしょう？　よくこれだけ保ったものですよ」

寿命なら仕方がない。ドアだけでも新調しようと、見積もりを確認して驚いた。

単行本初版の印税とほぼ同額だった。これには横で聞いていた妻も表情を変えた。

結局、九月以降の着工になると金額が上がる可能性があるため、すぐにでも発注することになった。すると妻がじっとりとした視線で僕を見る。

「十万円のフィギュア、百数十万円のドア。十万円のフィギュア、百数十万のドア……」

「いや、あの、ちゃんと稼ぐから」

「泥酔するまでお酒呑ませてから、外に放置してあげる。そうすれば真夏でも凍死するのよね」

それは僕が短編で使用したトリックだ。僕の本を読んでくれるのは嬉しいけど、現実の世界で試そうとするな。

十八時、妻とハワイへ行くため中部国際空港に向かう。『笑えシャイロック』はまだ二十枚。担当Fさんに断りを入れてから、空港まで直通の電車に乗り込む。きっと機内でも仕事をする羽目になりそうだ。

八月三十一日

機内で原稿を書き続ける。追い込まれた状況であるためか筆が進む進む。以前、海堂さんは機内で短編一本を書いてしまったことがあったそうだが、僕ももっと精進すればできるかも知れない。

午前十時四十分、ホノルル空港に到着。そのままシェラトンホテルへと向かう。

「さあ、ゆっくりしよーっと」

妻はバカンスを楽しむ気満々なのだが、僕はといえばKADOKAWAのFさんの顔がちらついて気が気でない。こんなことなら原稿を書き終えてから来ればよかったと後悔したのだが、更によく考えてみれば締め切り数本を抱えた身なら、いつ旅行に来ても気が気でないのは同じではないか。

締め切り。それは人間から安穏と愉悦を奪う魔物。

昼食を終えると案の定、Fさんから督促メールが届いている。散策に行きたいという妻を放置し、部屋に籠もってひたすら書き続ける。

一つだけ言わせてほしい。

僕は生来が出不精であり、自分から旅行に出掛けたいと思ったことはほとんどない。結婚し、家庭を持ってから旅行の機会が増えたのも家族の要望に応えたからに他ならない。物書きになってからも執筆に飽きたとか嫌になったとかの理由で旅行に出たことは一度もない(そうでなければ、誰が旅先にまでパソコンを持参などするものか)。それでも旅行に出る度、今回のような原稿督促に神経を苛まれる。

僕のようなマイナーな物書きでもこれが現状なのだ。それでもあなたは小説家になどなりたいのか。

夕刻になってようやく『笑えシャイロック』第二回を脱稿。日本では今何時だろう。

九月一日

十時、アラモアナセンターで妻のショッピングに付き合う。これは色んな男性に訊いているのでそんなに間違いはないと思うが、基本的に男の買物は何か確たる目的物があるので店舗にいっても早々に用事は済んでしまう。ところが女性の場合はウインドー・ショッピングというのか何というのか明確な目的もなく店舗に赴くのでえらく時間がかかる（それがいいんじゃない！　と言われるのだが）。で、僕も御多分に洩れず、ずるずると付き合わされる羽目になるのだが、ここで「もう帰りたい」などと言ってしまうと今後十年ほど恨まれるので、黙ってついていく。

部屋に戻ってから新聞連載の原稿に着手。本当にこの仕事はパソコンさえあればどこでもできる。喜んでいいのやら悲しんでいいのやら。

十六時、サンセット・クルーズに乗船、生演奏を聴きながら落陽を見る。スタッフに記念写真を撮ってもらったのだが、これがなかなか綺麗に撮れている。考えてみれば僕はプライベートではほとんど写真やビデオに映っていない。家族写真はいつも撮る側だったし、元より写真があまり好きではないからだ。ところがこの記念写真は妻がいたく気に入り、「早速これを遺影にしましょう」と浮かれている。頼むからまだ殺すな。

本来ならもっとリラックスするべきなのだが、どうも落ち着かない。理由は分かっている。原稿を書いていないからだ。毎日毎日、一定量の原稿を書いていると生活の一部になる。食事や呼吸と同じで、しばらく執筆を中断すると禁断症状が出るのだ。それが証拠にホテルの部屋に戻り、原稿を書き始めた途端に落ち着いた。僕のようなマイナーな物書きでも以下同文。

九月二日

午前十時、妻とともにトロリーバスに乗り込み、ダイヤモンドヘッドまで観光に出掛ける。何というか、海の色が沖合から波打ち際にかけてロイヤルブルーからエメラルドグリーンへと変わるグラデーションを見ていると溜息が出そうになる。ダイヤモンドヘッドはオアフ湾防衛のため、大昔に米軍が基地を構築した場所で、幸か不幸か基地としては一度も使用されたことがないが、あちこちに軍事施設としての名残を留めている。気絶しそうな海の青さと、老朽化した軍事施設を見ているとミステリーのネタがいくらでも湧いてくるのだが、山村美紗さん原作の二時間ドラマみたいな話になるのでやめておく。

部屋に戻ると予測していた通り三友社Mさんより原稿督促のメールが入っていた。はいはい、分かってますよ（『シン・ゴジラ』を観た人にだけ伝わるギャグ）。

しばらく執筆を続け午後五時三十分、〈BLTステーキ〉に外食へ出掛ける。現地に行って分かったのだが店舗はトランプホテルの中に入っていた。テナントなので当然店の収益の何パーセントかはトランプ氏の懐に入ることになる。

正直、躊躇を覚えた。坊主憎けりゃ袈裟まで憎い、ではないが、僕の出したカネの一部が彼の選挙資金になると思うと二の足を踏んでしまう。よその国のこととはいえ、移民やマイノリティに対してあれほど苛烈な発言を繰り返す人物を応援する気にはどうしてもなれない。

かと言って予約の段階で既に料金は払って、

「考えるより先に食べちゃおうよ」

妻のひと言で考えるのをやめ、僕は引き摺られるようにして店の中に入る。食欲の前に政治信条は為す術がない。

第十五回『このミス』の最終候補作が出揃った（もっとも八月末の時点で大賞は決定しているのだけれど）。今回も二次選考を務めた三人の選考委員のコメントは、投稿者にとって最上の羅針盤だ。と言うか、いつも語られる内容は似たようなもので今回も使い回しについての言及があった。

喩えてみるなら、つまりこういうことだ。一本のあまり面白くない映画のソフトがあり、それをデジタルリマスターしようが４Ｋ仕様にしようが内容が一緒なら、それはただの使い回しなので面白くなるはずがない。選考委員がよく言うところのブラッシュアップとは、同じキャストを使って全く別のストーリーにするとか、評価された部分だけを再利用してやはり新しい物語を紡ぐことなのだろう。同郷の鈴木輝一郎さんという先輩作家が、こんな秀逸な（ヒドい）ことを言っている。『うんこはどれだけ磨いてもうんこ』。

元々『このミス』大賞というのは、「デビューさせたらこいつの人生が狂っちまうかも知れないけれど、面白い小説なら出しちまおうぜ」という趣旨で創設された賞だ。ところが第一回受賞者浅倉さんのミリオンセラーや第四回受賞者海堂さんの活躍などもあって十五回まで続いている。ここまで続く新人賞は今日び珍しい。すると当然選考委員にも欲が出てきて、受賞者がデビューしたら長く文壇で生き延びてほしいと思うようになる。選考委員の皆さんに確認したことはないが、選考する際にはやはりそういった将来性も頭を掠めるのではないか。大体、どこの新人賞でもそうなのだけれど、選考委員が過去に指摘している事項をクリアできない時点でデビューの可能性は疑問視せざるを得ない（だって、ここをこうすれば受賞できると懇切丁寧に指導してくれているのだから、これほど楽なことはないのだ）。仮に万が一デビューできたとしても後が続かない。私見だが、デビューする才能と作家を続けていく才能は全くの別物だ。

九月三日

現地時間午前九時四十分にホテルを出立、ホノルル空港へと向かう。十二時四十五分に搭乗して機内で原稿を書き始めるが、途中でどうしようもなく眠くなり、座席を倒して二時間ほど仮眠を取っていると妻に起こされた。あと三十分ほどで名古屋に到着するため、機がゆっくりと下降し始めたのだという。待ってくれ、うたた寝していたと思ったらもう三時間も経過していたのか。

「お父さん、ずっと鼾かいて熟睡してたのよ」

十六時十五分、中部国際空港に到着。携帯電話の電源を入れた途端、不在着信が八件、メールが四件。帰って来るなりまた仕事。わはははははははは。

結局そのまま書斎に籠もり、原稿を書き続ける。物書きにバカンスなし。

その最中、やけに首筋に違和感を覚える。おかしいと思い、妻にシャツを捲ってもらう。

「キャアアアアアアアアアアアアアアアアアアアアアッ」

いきなり首筋を叩かれ、何事かと思ったら床に十五センチほどのムカデがのたくっている。どうやらこいつが違和感の正体だったらしい。慌てて熱湯をかけて退治する。

「洗濯物の中に忍び込んでたんだ……それにしても、よくお父さん刺されなかったね。着替えてから二時間くらい経ってたでしょ」

「うん。原稿書いていてあまり気がつかなかった」

「こんなのに首刺されたら間違いなく病院行きだよ。何て悪運が強いのかしら」

うん。まあ、悪運の強さだけで五十五年も生きてきたからなあ。

九月四日

時差のある旅行から帰ってくるとその調整に手間取るという人がいるが、僕は元々一日の流れが破綻した生活を繰り返しているので、何の痛痒も感じない。とにかくパソコンに向かって延々とキーを叩き続けるだけだ。

午前十時、注文していたコトブキヤのエイリアンフィギュアが届く。これは過去に数多出たエイリアンフィギュアを軽く圧倒するもので、全長二十二センチと小ぶりながら劇中のエイリアン・スーツを眩暈がするほどの精密さで再現した優れもの。しばし観察してその出来栄えに溜息を吐く。

『エイリアン』は言わずと知れたSF映画のマスターピースだが、一作目は監督リドリー・スコットの作家性もあり、ホラー要素もふんだんに取り入れられている。だからだろうか、エイリアン（ちゃんとビッグチャップという名前がある）の造形はこの上なく不気味で凶悪なのだが、反面とても魅惑的でエロチックでさえある。これはデザインしたH・R・ギーガーの個性でもあるのだが、大抵の優れたホラーはセクシャルでもあることの好例。これだけ異形な姿が四十年近くもSF映画のアイコンになっているのは、偏にその容姿自体が性的な淫靡さと結びついているからではないのか。

ストレートにジャンルの要素だけを提示するのではなく、何か異質なものを混在させておく——これはデザインに限らず、全ての創作物に共通するのではないかと思う。

九月五日

執筆途中、三友社Mさんより電話あり。新聞連載『護られなかった者たちへ』、あと八日分について、今日中に書き上げる旨を伝える。先方はラストも近いので十日分ずつでもいいとのことだったが、やはりひと月分毎にゲラ確認した方が落ち着く。

更に実業之日本社Kさんからも電話あり。

『来月号の「ジェイ・ノベル」から新連載開始の広告を打っていいですか』

元より八日までに一回目の原稿を渡すつもりだったので、僕の方に否やはない。承諾して電話を切ってから、今回もまた安請け合いであったことに気づいて床の上を転げ回る。

ああああああ、僕は何て馬鹿なのだろうか。

何でもそうだが、時には断る勇気が必要だ。ところが新人のあさはかさで、僕にはどうしても断るという選択肢がその場では思いつかず、後になって死ぬほど後悔するという愚行を繰り返している。今まではそれが量産という結果につながったのでまだ傷は浅くて済んでいるが、今後この悪癖がどんな災いになるか知れたものではない。

でも結局受けてしまうんだろうなあ。

ちょうど今、『〆切本』（左右社）という本を読んでおり、これが著名作家九十人による、締め切りに間に合わない言い訳の数々。名だたる文豪たちが締め切りに怯え、編集者に怯え、白い原稿用紙に怯えている。この偉大なる先輩諸氏に共通しているのは、謙虚さと責任感だ。だからこそ弁解の羅列を読んでいても嫌な気はせず、却って勇気のようなものが湧いてくる。僕が弁解するとしたら、もっと醜悪で鼻持ちならないものになるだろう。

こういうものを読むにつけて、やはり自分はつくづく小者だと思う。

九月六日

名古屋駅前、ダイケンのショールームにて最新の防音ドアとやらを体験。室内で銃弾飛び交ったり、恐竜がのし歩いたりする映画を大音量で流すがドアを閉めればあら不思議。ほとんど音が聞こえなくなった。うーん、僕がオーディオ・ルームを作った頃、こんな防音性能のドアなんて夢のまた夢だったのだが、本当に技術というのは日進月歩なのだなあ。

今週は人に会う用事があるため、そのまま新幹線に飛び乗って東京事務所に戻る。

十七時、いつもの喫茶店で「文芸カドカワ」のFさんとゲラ修正、十分で終了。

ゲラを直しながら、（Fさんは先日の〈新井ナイト〉にも来てくれていたので）『作家刑事毒島』の感想を聞いてみる。

「読んでいる最中、ずっと毒島が中山さんに脳内変換されて」

だから、それは違うって言っているのに。

「えっと、あの、ホントに書いてあるのは実際にそのままなんですけど、やっぱり新人作家さんにお勧めはいたしかねます」

作業中に「野性時代」のY編集長から電話があり、「野性時代での連載は可能か？」との問い合わせ。つまりKADOKAWA二誌で同時連載という意味だ。

「いいっスよー」

僕がいつものように二つ返事をすると、Fさんはまるで珍獣を見るような目で僕を凝視する。

「い、いいんですか？」

「いいっスよー。リクエストさえいただければ何でも書きますから」

別れてから死ぬほど後悔する。

ああああああ、僕は何て以下同文。

十八時、最新刊『ヒポクラテスの憂鬱』の著者見本を取りに祥伝社に向かう。見本十冊にサインして発送手続きをお願いしておく。ここでもシリーズ三作目のプロットを十月中に出すよう約束してしまう。

ああああああ。

馬鹿は死んでも治らない。

九月七日

十一時、文藝春秋に赴き、Ｉさんから連載予定の『静おばあちゃんと要介護探偵』についてこんなことを言われる。

「やっぱり初回は百枚掲載ということで」

五十枚でいいかなあ、と思っていたので正直困ったのだが、次の瞬間自分の口から出た言葉で僕自身がびっくりした。

「あ、いいっスよ。それなら百枚書きますから」

こういう時、頭の中では冷静な自分が発言した本人を散々罵倒しているのだが、当の本人は聞く耳なんか持っちゃいねえ。こいつ、ホントに頭のネジが緩んでるんじゃねえのか。

折角半蔵門まできたのだからと宝島社を訪れ、Ｓさんと話す。

「いいですねえ、『毒島』。最高っ」

ええ、担当編集の方は皆さんそう仰ってくれるんですけどね。誰一人としてこれを他の作家さんに勧めようという人はいらっしゃらないんですよ。

「じゃあ、『このミス』出身の新人作家さんに勧めてくれますか」

僕がそう訊ねても、Ｓさんはにここと微笑むだけで返事は一切してくれない。しくしく。

九月八日

十時、喫茶店で双葉社Yさんと『翼がなくても』初校ゲラを修正。今回は加筆部分があったために七十分もの時間を要してしまった。恥ずかしい。

Yさんの方から話題を『作家刑事毒島』に振ってもらう。「小説推理」の編集部で回し読みされているのだが、皆さんからウケているとのこと。

「特にですね、投稿作品の下読みのところなんかは本当にもう」

何度も書くが『毒島』に想像の部分はあまりない。全て僕が編集者さんや同業者さんたちから聞いた実話で成り立っている。投稿で一次落ちの憂き目に遭っている人はこの先を読まない方がいいが、まず一次予選を落ちるような小説は、文章力が出来のいい高校生のレベルにも達していない。冗談でも何でもなく一ページ読み通すのが苦痛だというのだ。人物造形に至っては読んでいるこちらが赤面するか壁に投げつけたくなるという。そんな小説を恥ずかしげもなく送りつけてくる人間の精神状態を疑いたくなるという（いや、ホントに多くの編集者さんが同じことを言っているんだったら）。「そういう作品も含めて読むのが新人賞の審査だろう」とお怒りになる向きもあろうが、下読み担当の弁を借りれば「そもそも審査云々以前のレベルなので、その理屈は通用しない」そうだ。

本日より実業之日本社「ジェイ・ノベル」連載用の『ふたたび嗤う淑女』に着手。半分まで書き上げると時刻は十七時。TOHOシネマズ新宿へ駆けつけ、もう何度目か分からない『シン・ゴジラ』を観賞。ただし今回は4DXで振動やら座席移動やら噴霧やらのギミックが面白い。特に身体中が凝っていたので、背中や腰にごつごつと拳の当たるような振動がとても気持ちよかった。実はちょっと贅沢なマッサージ・チェアのつもりで観賞に臨んだのだが、大正解だった。

折角なので二十一時より同館で『君の名は。』も観賞。何というか大林宣彦監督のあの作品と設定がよく似ていて、すっと話の中に入ることができた（今の若い観客はあの名作を知っているのだろうか）。しかも物語の舞台は僕の郷里に近い飛驒市辺りで、風景が皮膚感覚で馴染んでくる。老若男女、誰が観ても切なさ満載のストーリーで、これもまた今年の邦画の大収穫。

九月十日

一日過ぎてから思い出したが、昨日は江戸川乱歩賞の授賞式だった。知人のツイッターを見ると多くの人が参加し、赤川次郎さんも登壇されたとのこと。あああ、出席するかどうか迷っていたのだけれど原稿が……。

色々な出版社とお付き合いしている関係で、こうした授賞式や出版パーティーからのお誘いをよくいただくが、原稿書きが忙しくなった五年前から全く参加できていない。締め切りに追われているということもあるが、会場で担当の編集者さんと顔を合わせるのが怖いせいでもある。

「あら、中山さん。パーティーに来られるということは、もうウチの原稿は書き終えたんですね？」

そんなことを言われたら立つ瀬がない。言われないためには会場でパソコンを開いて仕事しなければならず、それはそれで同業者さんたちから嫌われてしまう。

では仕事を早めに片付ければいいではないかと言われそうだが、もし僕がそういうパーティーに余裕綽々で参加したとしたらどうなるか。

「見ろよ、あれ、中山だぜ」

「へへっ、前は忙しくて忙しくてとかほざいていたのに、どうだい、あのヒマそうなツラ」

「こういう場所で仕事のオファーもらおうとでもしてんのかね」

「三文文士は節操がなくて嫌だね」

「ホントにマイナーな作家はゲスいよな」（被害妄想）

他にもこうした出版パーティーに顔を出しづらい理由があって、こうした集まりは業界内の関係者だけであるはずなのに、中には一般の人が混じっているからだ。

たとえば乱歩賞の授賞式について言うと、これは日本推理作家協会の会員に洩れなく招待状が発送される。ところがその招待状を持参すれば関係者の同伴者ということで何名かは会員以外の人も会場に入ることができる。僕の見聞きした例では、協会員で小説講座を主宰している作家さんが生徒さんを引き連れてやってきたらしい（そんなことをする作家さんも大概なのだけれど）。

この生徒さんたちの立ち居振る舞いが凄まじかった。受賞者と写真を撮る、サインをねだるまでならまだいいのだが、会場に用意されていた飲み物や食事をかっ食らい、挙句の果てにブログに受賞者やら関係者やらの写真を無断でアップしたらしい（この話を僕にしてくれた編集者さんは吐き捨てるようにそう言っていた。よほど腹に据えかねていたようだ）。

言うまでもなく、こうした集まりは業界内の親睦が目的であり、原則的に部外者が立ち入るものではない。それゆえにパーティーの開催費用は協会員の会費で賄われている。要は特権云々以前に良識の問題だろう。いくら作家に憧れているとは言え、部外者が立ち入って浮かれているのは見ていてとてもイタい。

そういうイタい人は当然、他の参加者から邪魔者扱いされているのだが当人たちは自覚がないらしく、何度も会場に足を運んでいるとのこと。そしてまた、それを呆れた目で見ている関係者各位。

新人の誕生を寿ぐ場所の片隅に、こうしたイタい光景がある。そんな場所、居たたまれないではないか。

九月十二日

執筆しながら映画評論家春日太一さんの話を見聞きしていたら、こんな話が出てきた。所謂シナリオ学校では「キャラクターの公私を描く」のが鉄則というか、基本になっているらしい。公私両面を描写することで人物造形に深みを持たせるという訳だが、この「公私を描く」の部分が春日さんに言わせると「脚本がダサい要因」の一つになってしまったとのこと。考えてみれば〇〇学校の先生というのは過去に実績を残した人なのだから自ずと年配の人が多く、その方法論が旧態依然になるのも当然と言えば当然。

話はまたもや『シン・ゴジラ』になってしまうのだが、この映画が成功した理由の一つにキャラクターの私生活をほとんど描写していないことが挙げられる。つまり巨大不明生物が首都を蹂躙し、核攻撃の危険に晒されている時、主人公の家族やら恋人の絡みなんて関係ない、むしろ邪魔だろう、という訳である。

この映画を愉しめなかったという観客はまさにこの部分に言及していて、つまりキャラクターの「私」の部分が描かれていなかったので感情移入しにくかったらしい。ところが大多数の観客はこの種の映画に「私」など、どうでもいいとジャッジを下した。これは実は小説にも通じることで、僕などもキャラクターに感情移入させるために私的な背景や描写を色々と挿入していたのだが、そろそろこれは不必要ではないかと思ったりして、現在は試行錯誤の途中にある。

この日記で『シン・ゴジラ』を何度も取り上げていて、「中山はホントに特撮、好きだよな」と思う人も多いだろうが、冗談でもフカシでもなく『シン・ゴジラ』というのは今まで通用していた（と、何となく皆が思っていた）作劇の基本を根底から覆すものだと僕は思っている。それこそスピルバーグ監督の『プライベート・ライアン』がそれ以後の映画におけるゴア表現を一変させてしまったようにだ。実際、この映画を観た後で以前の映画・アニメ・小説・ドラマを観るとどうしても作劇の古さが際立ってしまう。もちろんそれが悪い訳ではないし、そうした作劇を未だに好む層が存在するのは無視できないのだけれど、同時にそうした様々な「お約束」はもう過去形のものになってしまったことを認識せざるを得ない。一般の観客も含め、創作に携わる人たちが『シン・ゴジラ』とその観客動員に注目しているのは、おそらくそういう理由からではないのか。

九月十三日

本日より『連続殺人鬼カエル男ふたたび』の執筆に着手。百二十枚を最低でも五日間で仕上げなければならない。裏デビュー作である『カエル男』の正統な続編なのだが、当時の狂気じみた雰囲気を取り戻せるかが勝敗の分かれ目になるだろう。

デビュー前、もちろん計算もあったがそれ以上に熱量で書いた小説だった。今読み返しても猟奇色が強く、よくこれがあれだけ売れたものだと我ながら驚く。続編だからといって拡大再生産するなど愚の骨頂、カラーを維持したまま別種の落としどころがなければ読者さんを喜ばすことができないのも承知している。うぬぬぬ、気合い入れろおーっ。

十二時、読みたい本が溜まったので、新刊書店に赴く。すぐ近くに神保町があるのは本当に便利で、数軒も回れば欲しい本は大抵手に入る。実物を手に取り、ぱらぱらと数ページを繰り、「これこれ」と忍び笑いを洩らして籠の中に放り込む。いかにネット書店が手軽なのかは知らないが、これに勝る快感はなし。ただしあっと言う間に福沢諭吉が飛んでいくのだけれど。

書店に来ると、見まい見まいとしても自著の置き場所に目がいってしまうのは職業病のようなものだろう。ちょうど最新刊の『ヒポクラテスの憂鬱』が入荷したばかりなので、その置かれた場所が気になって仕方がない。

書店における平台というのは物書きのステータスの一つだ。話題本、セールスの安定している本、特定の読者が既に約束された本の定位置だが、逆に言えば平台に置かれない本はその時点で書店側から冷徹な評価を受けていることになる。これは小説だろうがビジネス書だろうがコミックだろうが全て同じだ。何というか残酷な椅子取りゲームが本の形を借りている光景であり、じっと見ていると背筋が寒くなるので、買い物を済ませた後は早々に退散したくなる。

以前ツイッターで、自著をそっと平台に移すという涙ぐましい努力をしている同業者の存在を知った。気持ちは痛いほど分かるのだけれど、それぞれの担当者が数時間ごとに補充のチェックに回っているので、これは無駄な足掻きでしかない。すぐ元に戻されてしまうからだ。そしてまた件の作家さんがやってきて自著を移動させ、それをまた担当書店員さんが元に戻す……。

せ、切ない話だよなあ。

九月十五日

引き続き『連続殺人鬼カエル男ふたたび』を執筆。昼過ぎから歯茎が痛みを覚える。そのうち尋常な痛みではなくなってきたため、かかりつけの歯医者に直行する。

「また膿が増えてますねえ」

いったん抜いたはずの膿がまたぞろ増殖するとは、いったいどうしたことか。

「体温が急激に上がったり疲労が溜まったりすると、こうなるんです」

激痛がいつしか快感に変わり（そんなはずあるか）、これでしばらくは眠れずに済むとまた執筆に戻る。つくづく因果な商売だと思う。

おお、今日は十五日。ＴＯＨＯシネマズ新宿では『シン・ゴジラ』の発声可能上映が開催予定の日だった。本来なら行きたかったのだが、締め切りに追われて断念するよりなかったのだ。うううううう。

発声可能上映というのは、言うなれば観客参加型の上映だ。海の向こうで一番有名なのは『ロッキー・ホラー・ショー』だろう。観客がコスプレしスクリーンに流れる曲に合わせて歌い踊るイベントで、僕などは日本ではあまり定着しない上映方式だと決めつけていた。いや、日本にも『機動戦士ガンダム』とかはシャアの台詞に合わせて「坊やだからさ」などと発声するようなことはあったが、あくまで観客や劇場が勝手に（しかも小規模に）やっていたのがほとんどだった。それが今度の発声可能上映は東宝側が企画し、サイトなどを利用して手筈を整えている。しかも今回を含めて三回目だが、チケットはいずれも瞬殺でソールドアウトになってしまった。

観る映画から愉しむ映画へ。

今後、こうしたかたちの上映方式は増えていくだろう。いや、増えて欲しい。長らく沈滞していた映画ビジネスが復活するための呼び水となる可能性を秘めているからだ。そしてやはり映画は映画館で見てナンボではないか。

ああー、でもホントに行きたかったなあ。仕方がないので『シン・ゴジラ』のサントラをBGMにしながら執筆を続けることにする。黙々。

九月十六日

十時、新刊『ヒポクラテスの憂鬱』書店訪問を開始。西武百貨店の前で開店を待っていると、先着していたお客さんに飲み物のサービスがあり感心した。きっと、こういう細かな心配りがリピーターを生むのだろうなあ。

・三省堂書店池袋本店さま
・ジュンク堂書店池袋店さま
・紀伊國屋書店新宿本店さま
・ブックファースト新宿店さま
・三省堂書店有楽町店さま

・八重洲ブックセンター本店さま
・丸善丸の内本店さま
・三省堂書店神保町本店さま
ありがとうございました。

今回、多くの書店でやはり祥伝社さんから同時に刊行された知念実希人さんの『あなたのための誘拐』のサイン本が展開されていた。現役医師が警察小説を書き、ド素人の僕が医療ミステリーを書いているのだ。おかしいのではないのか。

書店訪問を終えたのち、祥伝社にてサイン本二百冊を作成。何しろサインだけは早いのであっという間に終了する。

時刻はまだ午後四時。先方からは夕食のお誘いを受けるが、早く事務所に戻って原稿を書きたかったので固辞して社を出る。食事なんて三日摂らなくても死にはしないが、原稿を三日書かなかったら、注文がこなくなり、結果的に死ぬ。どちらが重要なのかは言うまでもない。

今日だけで五百冊近くサイン本を作った。もちろん売れっ子作家さんには比べるべくもないが、中山七里などという画数の少ないペンネームでよかったと思うのはこんな時だ。武者小路実篤とか薔薇憂鬱彦さんとかだったらとっくに死んでいる。

九月十七日

引き続き『連続殺人鬼カエル男ふたたび』を執筆。プロットを立てた時点で文章も考えていたので詰まることはないものの、これはちょっと困った。辻褄が合わないとかではなく、内容が唯々残虐なのだ。これは正編以上に映像化が困難になると、現段階で分かる。もっとも、当初から映像化できるものならやってみろの精神で書いているので、今更と言えば今更なのだが、想像力のたくましい読者は食事前に読めないのではないか。特にこの原稿を最初に読むであろう宝島社のKさんには同情を禁じ得ないが、これも僕みたいなヤクザな物書きの担当になったのを不運と割り切ってもらうしかない。

六年この仕事をやってきて、最近薄々分かってきたのだが、書いている側が変な気配りをすると読者からは「ヌルい」と判断されやすい。どうせリミッターを解除しても、おそらく生理的なものが自ずと制御するだろうから、そんなことは気にせずに書き続けた方がちょうどいい案配になるのではないか。

カレーだって辛い方が美味しいのと同じ理屈で、もちろん甘いカレーをお好きな方もいらっしゃるだろうけどやはり少数派であり、全体を考えるのなら香辛料は多めにしよう。

そして僕は残酷描写に心を込める。ぐさぐさぐりぐりぴゅるぴゅるどばどば。

九月十九日

とりあえず『連続殺人鬼カエル男ふたたび』を半分まで書き上げたところで、有楽町日劇にて『BFG』を観賞。スピルバーグ作品は『ブリッジ・オブ・スパイ』以来になるが、近年ますます職人監督となってきた印象がある。何というか徹頭徹尾ディズニー映画であり生粋のファンタジー映画であり、こちらも観賞態度をチェンジしなければこの映画の面白さを充分に味わえないのだろうと思う。

どんなジャンルに手を突っ込んでも必ず水準以上のモノを創る、というのは存外に難しい。ジャンルにはジャンルの約束事というかテンプレがあり、それらは時として作家性と相反するものだからだ。その点、手塚治虫とスピルバーグというのはやはり巨匠なのだとつくづく思う。僕が特定のジャンルだけではなく、まるで雑食性のように色々な小説を書いているのも、一つにはこの二人の影響があるのかも知れない。

事務所に戻ると三省堂新井さんより〈美女と夜会〉二回目の企画が送られていた。今回の相手にと打診されたのは十一月に小学館さんから新刊の出るあの方。ちょうど僕の新刊も小学館さんから出るので色々都合がいいのだろう。意外な人選だったが、僕の方でも予てからお話ししたいお相手だったので二つ返事で承諾しておく。問題は先方さんが僕を嫌っているかどうか。

いや、本当に最近は色んなところで色んなことを言われているんだったら。もちろん同業者に嫌われるくらいでないと、やっていけないんだけどさ。

九月二十日

台風が接近しているせいで朝から大雨。気候に関係なく仕事を進められるのが自由業の数少ない特権の一つ。低気圧で頭が痛くなる人も多いそうだが、こちとらそんな繊細な神経は持っちゃいねえや。

十二時三十分、かかりつけの歯医者に赴くと、いつもカウンターに置いてある僕の著作が二冊ほどなくなっている。先生に理由を訊ねると、

「中山さんの本を置いていたら、患者さんから貸し出しの要望がありまして。好評なんですよ」

いつの間に歯科医院が図書館になっている。

執筆途中で妻より電話あり。

『税理士の先生と話しているんだけど、例の十万円のフィギュア、経費に落とせるかどうか微妙なんだって』

とにかく、それを見ているだけで創作意欲が湧く、としか言いようがない。いや、これは本当なんだったら。言い張るんだ、自分。

十九時、山の上ホテル〈鉄板焼ガーデン〉にて幻冬舎M編集局長・Tさんと会食。会食といってもただ食べるだけでは済まず、そこはきっちりとビジネス。食べている最中に『作家刑事毒島』続編のオファーをいただく。

「今度は毒島が刑事を辞めるきっかけになった事件が読みたいです。あっ、今度は長編がいいですね面白いですよね『毒島最後の事件』なのにエピソードゼロって犬養とのバディなんて最高あんなアクの強い毒島と渡り合えるくらいだから犯人もレクター博士くらいの人でないと駄目ですよねよろしくお願いします」

いつもの通り、リクエストは全て反映させる。こういう場所でご馳走してくれるという時点で既に契約済みというのが双方暗黙の了解だ。「胃袋を摑まれた」などという下品な言い回しもあるが、所詮こちらは下請けなので人殺し以外なら何でもしなければならない。これが仕事というものだ。

「プロットは来月にでも」

さすがにそれは勘弁していただき、十一月提出を約束する。この時点で新年からの連載本数がぼんやりと頭に浮かぶが、考え始めると恐怖心に襲われるので忘れたふりをする。

これが仕事というものだ。

九月二十一日

八時四十分、新宿ピカデリーにて『聲の形』を観賞。心に刺さる映画だなあ。何気ないシーンなのに、僕を含めた観客が息を詰めて緊張しているのが肌で分かる。原作に忠実なのにこの時間に纏めているのは見事。舞台は大垣市で、原作ではよく分からなかった名所も映画の方では（大垣市とのタイアップなのか）「ああ、あそこか」と瞬時に思い出せるようになっていた。市内にあっても低い建物、街中の至るところに流れる川、田園風景の中の通学路。今年はいい映画が多くて本当に幸せ。エンドロールを見ていたら〈法務担当〉というセクションがあったことを知り、深く納得する。聴力障害を扱った物語であり、ともすれば作品のテーマよりは、枝葉末節に要らぬツッコミが入りかねない映画なのだ。その点だけでもこの映画化は称賛されていい。

事務所に戻って執筆がてら作家さんたちのツイートをチェックしていたら、島田荘司さんがこんなことをボヤいておられた。

『「編ミス」はもうダメだなあ。誰も書かないよ。書きあがった人は新潮A氏、講談社A氏の2人のみ。言いだしっぺの原書房ラビット氏も待てど暮らせど原稿来ない。ぼくが忙しすぎて、R氏に任せきりもまずいのだけどね。それに較べて「福ミス」は水準高いなあ。今年も1作のみ選出というのは無理かもね。』

編ミスというのは読んで字のごとく編集者さんにミステリーを書いてもらおうという企画なのだが、この島田さんのボヤきを綾辻行人さんが煽る。

『「編ミス」は楽しみにしています。島田さんのあの、傑作檄文も拝読しています。……にしてもやはり、各社編集さんにはプレッシャーが大きすぎる気が……(苦笑)。』

『いやもう、こりゃ駄目ですよ。みんな逃げまくりで、綾辻さんからも何か言ってやってください。作家をせかすばかりが編集者の仕事じゃないです。自分で、状況の盲点を衝く、鋭い短編のひとつも書いてみせないとね〜。なんて言うからみんな逃げるのかしらん。これ以上逃げるなら、もう原稿やらないからな。』

思わずにやにやと笑ってしまった。それは確かにプレッシャー大きいよなあ。

ちょっと前まで編集者が作家に転身することはさほど珍しくなかった。生島治郎さんや都筑道夫さん、最近だと三津田信三さんや折原一さんとか。ただ私見になるのだけれど、こういった転身組の作家さんたちは本来作家になるべきだった人が間違って編集者になっていたのが実際ではないだろうか。というのも作家に求められている資質と編集者に求められている資質は全く別物と僕は考えているからだ。第一、全ての編集者さんに作家の才能があるなら、僕なんて枕を高くして眠れないではないか。

九月二十二日

本日より「文芸カドカワ」の連載『笑えシャイロック』の執筆に移行。十枚書いたところで小休止。横溝正史『貸しボート十三号』を読む。

所謂「金田一シリーズ」は僕の聖典である。角川ブームの起こった昭和五十年代、中学三年だった僕は、それこそ貪るようにしてこのシリーズを読み耽ったものだ。よく言われることだが、中学の時分に夢中になった趣味やら嗜好やらはそのまま成人になっても続くことが多い。僕などその典型的な例だろう。最近になってからまた熱がぶり返し、このところは一日一冊のペースで再読している（仕事せえ、仕事）。

横溝さんの文章は独特で、何というのか幻惑効果がある。最初の一ページを読んだだけでどっぷりその世界に引きずり込まれてしまう。こういうものを十五歳当時に読んでいたのが僕の資産になっている。その頃から一日一冊読むのが習慣で高校でも継続していたのだが、ある日担任から「そんなものは大人になってから好きなだけ読めるので、今は勉強しろ」と忠告された。もし、その忠告通り読書をやめて勉強ばかりしていたら、おそらく中山七里という物書きはこの世に存在していなかっただろう。

基本的に僕は教師の忠告や助言など馬耳東風で過ごしてきたが、今になってつくづく正解だったと思っている。

九月二十三日

十時三十分、喫茶店にて小学館Mさんと『セイレーンの懺悔』ゲラの最終確認。一時間で終了。予定していた〈新井ナイト〉で撮影の許可を提案する。これは別に僕のアイデアではなく、深夜番組でキングコングの西野さんが当の新井さんに提案していたことである。なるほどと思ったので、すぐ乗っかった次第。つまり来場者にどんどんSNSで拡散してもらおうという試み。こうしたイベントでは大抵撮影不許可なのだが、一律不許可というのも変な話で、トークする本人さえ支障がなければ構わないと思うのだがどうか。その他キャンペーンについては別途企画があり、結構楽しみ。

十五時、実業之日本社Kさんとゲラ修正。五分で終了。作中で使用されたトリックについて質問するが、全く見当もつかなかったとのこと。よかった。編集さんの段階で丸分かりのトリックなど、お客さんに出せる訳がない。話の途中で売れる作家と売れない作家の話に及ぶ。まだ六年目だが、それでも沢山の作家さんの話を聞いた僕はこんな比較をしてみる。

「売れる人は期限に拘り、売れない人は完成度に拘る」

これは作家に限らず、どんな職業でもそうだと思う。

十六時四十五分、角川春樹事務所に赴き、角川社長と歓談。何と言っても立志伝中の人物であり、こちらの緊張度合も半端ではない。

「とにかくですね、ハートウォーミングなミステリーをお願いします。今はラストがほっとする小説が望まれているんですから」

僕にしてみれば難問のリクエストだが、これはもうやらねばなるまい。中学生の時分から憧れていた人からの依頼だ。これを果たさなきゃ物書きになった甲斐がない。とにかく、客が持ち込む難問をイケメンの主人なり美人の女店主がたちどころに解決、なんてのは他の作家さんが死ぬほど書いているから、今更僕が同じようなものを書く訳にはいかない。さて、どうしたものやら。

レストランに場所を移して歓談の続行。僕は比較的辛うじて少しは申し訳程度にぼそぼそと遠慮がちに喋る方なのだが、角川さんは桁外れでもう次から次へと言葉が出てくる。しかも出版界事情から政治に関わるあれこれまで、この日記には書けない話のオンパレード。思わず僕は周囲を見回して警戒したくらいだ。こんな話、表に出せるものか。

すっかり満喫し、角川さんとお別れした後、同席していた担当Nさんがぼそりと呟いた。

「いやあ、普段はあんなに喋らない方なんですけれどね」

それを聞くと、ちょっと嬉しくなった。

九月二十八日

たまには炊き込みご飯でも作りましょうと、妻がタコ飯を炊いてくれる。絶品。醬油とごま油をかけ焼きおにぎりにすると更に絶品。のろけになるが、やはり料理上手な奥さんを持つと幸せだ。家で美味しいご飯が待っていると思えば亭主は真直ぐ家に帰ってくる。浮気なんてしようとも思わなくなる。しかしこれも相手が出版社と同様、「胃袋を摑まれた」状態と言えなくもないか。

十三時、KADOKAWAのTさんから電話。先日放映した『刑事　犬養隼人』の平均視聴率は九・七パーセント。同時間帯二位なれど健闘したとしてテレビ局さんは喜んでくれたらしい。主演の沢村一樹さんも犬養役を気に入ってくれたため、早くも第三弾を企画中とのこと。そこでTさんは長編第三作である『ドクター・デスの遺産』のゲラ原稿を先方に送る所存とのこと。ただし、これはよくあるパターンだが、原作のストックが枯渇した場合、犬養のキャラクターを借りてオリジナル脚本で制作する案も考慮してほしいと打診があったそうだ。うーん、犬養シリーズだけ連発できるような環境ではないのだけれど、オリジナル脚本でやった場合、KADOKAWAさん側に利益がなければ何の意味もないしなあ。困った。

十五時、小学館のMさんより『セイレーンの懺悔』についてのPR案が送られてくる。これによると突撃レポーターに扮した女性がパパラッチよろしく中山七里を神保町で追いかけるとの内容。ホント、色々アイデア出してくれるなあ。悔しいので知り合いの作家さんや書店員さんを巻き込んではどうかと提案しておく。こういうのは楽しんだ者の勝ちだ。

九月二十九日

引き続き『護られなかった者たちへ』執筆続行。今回が最終回なので伏線の回収に回る。ミステリーを書いていて一番楽しいのは、この回収作業だ。何というか収穫の愉しみとでも表現すればいいのか。

同業者さんのツイッターを覗いてみると「量産か寡作か」という話題が飛び交っていた。執筆量というのは作家さんの作風にもよるし、僕ごときがどうこう言うことではない。

ただし僕の事情を言えば、やはりデビューして名前が出ている時に量産しなければいつ量産するのだという考えがあったので、とにかく注文がくればその場で承諾し、何が何でも一年に最低四冊、できれば六冊というペースを守ってきた。粗製乱造の心配は全くしていなかった。スタート時点で下手なことは自分で分かっていたので、書けば書くほど上達すると信じていたからだ。

一年に一冊、それが理想的だという作家さんもいる。確かに一年間をその一冊だけに注ぎ込めば傑作も書けるに違いない。その傑作がハードカバーで初版二十万部も売れれば生活にも困らないのだが、しかしそんな作家さんが日本に何人いるのだろうか。

一年に一冊、その一冊が読者にとって生涯忘れ得ない一冊になればいい。しかし年間に三百人もの新人作家が誕生し、懸命に書いたデビュー作を上梓している。その三百冊に埋没しはしまいか。

一年に一冊、しかし書店には一日に二百冊もの新刊が並ぶ。その本が平台に置かれているのは何カ月だろうか、何週間だろうか。いや、そもそも平台に置かれるのだろうか。

そういうことを考えれば考えるほど僕は怖くなって原稿を書かざるを得ないのだ。

十月三日

十時、三友社Mさんより原稿督促の電話。これはもう想定内のことだったので二日の猶予をもらって事なきを得る。僕の一カ月なんてこんなことの繰り返しだ。繰り返しだから慣れてくるし、締め切り間際になっても危機感が麻痺してしまってへらへらしていられる。もうこうなってくると末期症状なので、良い子は真似しないように。

十八時、六本木〈ウルフギャング〉にて海堂さん・一色さんと会食。僕と海堂さんは一色さんの年齢の倍以上になるため、三人の会話が嚙み合うかどうか不安だったのだが、全くの杞憂に終わった。知性は時として年齢の壁を越えるという好例で（僕のは痴性）、まあ話が弾む弾む。世代的に僕と海堂さんはバブルを謳歌し半ば郷愁に近いものを持っているのだが、片や一色さんはバブル崩壊時に生を受けているので、育った外部環境がずいぶん違う。それでも同じ物書きというカテゴリーの中では共通点の方が多くなるのが不思議と言えば不思議。

毎度のことながら僕と海堂さんの会話はどつき漫才の様相を呈してくる。話の途中からはしきりに僕のことを「変態」と連呼し始める。まさか僕の隠れた性癖まで知られているはずはないので（本当にそうじゃないんだったら！）、これは執筆態度のことを指しているのだけれど、よくよく聞いてみると乾緑郎さんや安生正さんまでが僕をそういう目で見ていたとのこと。そうか僕は変態だったのか。

ただし海堂さんにしても、デビュー直後は最低でも年に二冊は上梓するべきだという意見。寡作のままでは生き残れないことは、周囲が死屍累々であるのを眺めていれば嫌でも気づく。五年もこの世界で生きていれば否応なく分かることであり、そうでない人は見て見ぬふりをしているだけだ。

会話の途中、周りの席がいきなり賑やかになる。客の一人が誕生日だったらしく店のスタッフがハッピーバースデイを唱和してくれるのだが、何と本日は三連チャン。祝される本人にしてみれば一種の羞恥プレイではないかと思うのだが、そこで一色さんが突っ込みを入れてくる。

「でも、誕生日を祝ってもらえるって嬉しいですよ」

それはあんたが若くて女の子やからや。

結局、この日も海堂さんに奢ってもらう。あああ、また一つ海堂さんに借りが増えてしまった。僕としては後輩の作家さんにペイフォワードしなければ顔向けができなくなる。どなたか今度、誘いに乗ってください。

十月四日

新聞連載『護られなかった者たちへ』の執筆が佳境に入る。が、他の原稿ほどスピードが上がらないので苦心する。

理由は明白だ。他の原稿は一枚が四百字に対して、新聞連載は九百九十字つまり四百字詰め原稿用紙換算で二・五枚であるため感覚の調整が難しいのだ。

僕はプロットができた時点で一枚目の一行目から最終ページの最終行までをほぼ頭の中で作り上げるという手法を採っている。もちろん語句の一字一字までを正確にトレースする訳ではないが、マンガで言うところのベタとトーン貼りまでは終了しているので、いざ執筆する際には何の迷いもなく筆を進められる。昨夜の会食で海堂さんから変態扱いされたのも、実はこの部分だったりする。

これを才能と言っていいのかどうかよく分からないが、培われた時期は紛れもなく中高生の時分だろう。まだビデオが一般的でなかったころ、劇場で観る映画はそれこそ一期一会だったから、決して忘れまいと記憶に刻みつけるように観賞した。お蔭で観た映画についてはそれこそカット割りで再現できるようになったのだが、それが執筆に流用されているだけのことだ。

ところがそれは四百字を一フレームとして初めて機能する手法であって、これが九百九十字となると、途端に齟齬を来たすようになる。早い話が緩急のつけどころが実際の原稿に書かないと計算できなくなるのだ。しかも新聞という限られたスペースの中での連載なのでどうしても九百九十字単位で話を構成しなくてはならず、かと言って無意味な描写や逆に必然性のない削除もできない。

そしてこれは同業者の方なら分かってくれると思うのだけれど、掌編・短編・中編・長編によって書くのに要する筋肉が違ってくる。六年やってきて四種類の使い分けは辛うじてできるようになったのだが、新聞連載というのはまた別の筋肉を使わなければならないのだ。

よくこんな仕事を九カ月にも亘って（しかもそのうち六カ月は夕刊との同時連載だった）続けられたものだと我ながら感心する。しかしそれもあと二日で終了する。最後の踏ん張りどころなので、ここは突っ走るより他にない。

十月五日

十七時、喫茶店にて「野性時代」のY編集長・Fさん・Kさんとゲラ修正ならびに打ち合わせ。ゲラ修正はいつも通り五分で終了するものの、今回の本題は「野性時代」での新連載についての打ち合わせである。現在KADOKAWAさんでは「文芸カドカワ」に『笑えシャイロック』を連載しているので、「野性時代」も引き受けるとなると一出版社に二本同時連載ということになる。しかもY編集長のリクエストが奮っている。

「〇〇〇〇会賞を獲れるようなものをひとつ……」

あんたもかい！

新潮社さんといい角川春樹事務所さんといい、何か壮大な間違いをしているように思えてならない。

「やはり賞狙いということであれば単発もの。わたしとしては事件を核とした家族の崩壊と再生を書いてほしいですね」

クックみたいものだろうか。

ここでFさんとKさんからも注文が入る。

「骨太の社会派がいいです」

「もちろんエンタメで」

三人のリクエストをじっと聞いている。さて、いったいどんな物語になることやら。

出版社からのリクエストというのは取りも直さず受注である。逐一聞かなくては仕事として成立しないので、こちらは口を差し挟むことなくじっと黙っている。取りあえず年内中にプロットを提出して来年一月からスタートすることとする。

するとFさんがにこにこして切り出した。

「えーっ、担当編集はわたしなので毎月十五日と月末にお原稿をいただくことになります。どうぞよろしく」

……仕事があるのはいいことだ（でも、たまには断る勇気も持とう）。

その後はいつものように業界裏話。各種文学賞について候補作が選定される仕組みを聞く。大変ためになったので、お返しに某作家さんの経歴詐称を耳打ちする。

三人ともひどく驚いたようだった。当たり前だ。このネタは文壇広しといえどもまだ三人しか知らない特ダネなのだから。

尚、修正した原稿はCD－ROMではなく紙ベースで欲しい旨を伝えておく。僕の頭の中にあるハードディスクはオンボロなので、初期情報は保存できても上書きができない。従って修正した部分は記憶に残らないのだ。

そう説明するとKさんがぼそりと呟いた。

「中山さんの言ってることが全然理解できません」

そうだろうなあ。僕も時々自分の言っていることが分からなくなる。

十月九日

執筆の合間、ネットの投稿サイトなるものを覗いてみる。実は『作家刑事毒島』を読んでいただいた某編集者さんがこんなことを言っていたからだ。

「中山さん、予選段階の投稿作品をご覧になったことがないでしょう。最近はですね、一次落ちの作品を投稿サイトにアップする人が少なくないので、興味があったら覗いてみるといいです」

何でも、投稿数六千近くを誇っていた電撃大賞の応募数が最近わずかに減少気味なのは、投稿者が「小説家になろう講座」や「カクヨミ」に流れているからだそうだ。つまりこうした投稿サイトで閲覧数が上位になれば出版社からお誘いがかかる可能性がある。それなら熾烈な大賞争いなどせず、ここに投稿しておいてデビューのきっかけを待つ方が賢明、という訳である。

早速、両サイトを覗いた。が、五分もしないうちに撃沈、サイトを閉じた。「投稿サイトで才能を見つけるのは、鳥取砂丘で砂金を探すのに等しい」と言っていた編集者さんの比喩は的確だったと知る。

後日、別の編集者さんに聞くと、最近は作家を目指すとかではなく、ただただ自分の作品が公開できれば満足という投稿者も多いのだという。さもあらん。それなら納得できる。この両サイトを眺めた上で『作家刑事毒島』を書いていたら、もっと過激な内容になっていただろうなあ。

十月十日

連載『ふたたび嗤う淑女』脱稿。続いて『連続殺人鬼カエル男ふたたび』に着手。あっ、二つとも正統な続編ではないか。デビュー当時、あれほど続編を書く気はないと公言していたのに、気づいてみれば連載の半分は続編だったりシリーズものだったりする。何故だ。

執筆をしていると某漫画家さんの不倫報道が流れて、少し考え込んでしまった。

芸能人や政治家の不倫報道は何となく分かる。前者は「キャンペーンの時にはマスコミを呼んでおいて、自分のスキャンダルは隠したいというのは許せない」だろうし、後者は「パブリックな立場で不道徳な行為は報道に値する」のだろう。

しかし漫画家や小説家はどうだろうか。仮にマスメディアの露出が多いとの理由で〈みなし公人〉に括られたとしても、基本的に裏方である物書きの不倫を知らされていったい誰がどんな得をするのだろう。ネタ切れというか何というか、なりふり構わない姿勢に見えるのは僕だけだろうか。もっと他に書くべきものがなかったのだろうか。ひと昔前、人気作家の浮いた話は山ほどあったが、そのころの週刊誌にはもっと慎みというものがあったように記憶している。作家の色恋が表立って話題になるのは、相手が人気女優だった場合に限定されていたのではないか（ただし「噂の眞相」は除く）。

具合の悪いことに、こうした不倫ネタを商売にしている週刊誌は大抵大手出版社であり、僕のクライアントでもある。これは気まずい。妙な比喩になるが、僕の前では聖人君子だった仕事相手が、別の場面では品のない出歯亀になっているようなものだ。

そしてこれは取材している当人の話になるのだけれど、以前、著名な芸能レポーターが「そんな覗き見みたいな仕事をして恥ずかしくないのか」と問われた際、「需要がありますから」と答えたことがある。僕はそれを聞いた時、麻薬売買で捕まったヤクザが法廷で同様のことを裁判官から尋ねられた時、「欲しがっている客がいるので」と答えたのを思い出した。

合法か非合法かの違いだけで、両者はともに「需要があるから仕事として成立している」という理屈だ。

だが需要だけが職業の成立要件なのだろうか。そこに「自分以外の人間を幸せにする」という要件はないのだろうか（件の漫画家さんの不倫報道で、彼に嫉妬していた人間は溜飲を下げるかも知れないけれど、それを幸せとは呼ばないと思う）。無論、芸能レポーターの一人一人は愛すべき人たちなのかも知れないが、どうにもその仕事自体を好意的に見られない。これは僕が狭量なせいなのだろうなあ（いや、こんな綺麗ごとを書いているが、実は僕自身の悪行を嗅ぎ回ってほしくないから牽制しているだけの話なのだ。何しろ僕の悪行といったら浮気やら不倫やらクスリといった謝れば済むような話ではなくて……）。

十月十一日

十時、日比谷スカラ座にて『ジェイソン・ボーン』を観賞。三部作の後にスピンオフとなり、実質仕切り直しとなったシリーズ五作目なのだが、いやあ目が回った。何しろ手持ちカメラの撮影部分が揺れに揺れ、画角一杯で観ているとちょっとした船酔い状態。

こういうものを観るとシリーズものの難しさというのがよく分かる。僕が可能な限りシリーズもの・続編を避けたがっているのは映画でその困難さを嫌というほど学んでいるからだ。

他の作家さんたちは、いったいどんな工夫でそれを乗り切っているのかしらん。

帰宅して執筆を再開していると「自民党、領収書に金額記載をするよう所属議員に通達」とのニュースが流れる。つまり今までは金額空欄の領収書が大手を振ってまかり通っていたということである。高市総務相が「法的に問題はない」と発言した直後の通達なのだが、まあ金額の記載されていない領収書など領収書とは言えないことは誰でも知っている訳で、こんな人たちが政治の舵を握っていると思うと笑い出したくなる。

そんなもの、法律以前の問題ではないか。そして、こういう問答をいつもいつも繰り返しているから国会議員は〇〇（ピー）だと言われているのが、まだ分からないのだろうか。

十月十四日

十時、喫茶店にて三友社Mさんと最終回分のゲラ修正。

最終回は編集部の女性が読んでいて変な声を上げたとのこと。こちらはそうなるために仕掛けを仕込んでおいたので満足。掲載紙も十四紙を超えたというので、まあまあのヒットといったところか。

ゲラ修正はいつものように五分で終了。するとMさんの方から「あとがきを書いてはどうでしょう」と水を向けられる。聞けば新聞連載を終えた時点で多くの作家さんがあとがきを掲載しているとのこと。

僕は速攻で断った。大御所や人気作家ならともかく僕のような駆け出しが書くあとがきなんて恥晒し以外の何物でもないからだ。

あとがきについては少し苦い思い出がある。デビュー直後、やはり同年デビューした作家さんが文庫版であとがきを書いていたのだが、これがどうにも読んでいて居たたまれない。早い話が罰ゲームのように思えてしょうがなかったのだ。

あとがきというのは、要するにメイキングである。よほど売れた作品もしくはよほど有名な監督作品ならともかく、そうでない作品のメイキングを見せられても白けるだけではないか。もっと身も蓋もないことを言ってしまえば、売れない作家のあとがきなんてただのマスターベーションに過ぎない。僕はそんな代物を書きたいとも思わないし、読みたいと思う読者も少ないだろうに。

十月十五日

出版社を介し、データ管理会社から「マイナンバーを提出せよ」との封書が届く。同業者の方はご存じだろうが、こうしたものはお付き合いしている出版社の数だけ届く。僕の場合はこれが九通目（あと六通は届くはずだ）。

制度開始の頃は物珍しさも手伝ってこまめに提出していたのだが、出版社ではなく、データ管理会社に提出するかたちが増えた頃から考えを改めるようになった。カードや身分証のコピーを添付する手間もそうだが、当然コピー代は自分持ちだ。つまり自分の首を斬るための刀を磨いておけと言われるのに等しい。

そんなこと、誰が好き好んでするものか。

会社員時代も、そして物書きになってからも、僕の収入はガラス張り状態だ。脱税など一円もしたことのない模範的な国民と言えよう（ただし人間としてはちっとも模範的ではない）。そういう人間に向かって「へっへっへっ、一円の見逃しもなく税金を分捕ってやるからよ、ちゃっちゃっとマイナンバー教えろよな」と言っているのに等しい。

そんなもの、誰が教えるものか。

しかも出版社が独自に管理するのではなく、大手のデータ管理会社に委託されている。いや、僕だって個人情報保護法くらいは知っている。個人情報の委託元が委託先を管理・指導するという条項も知っている。しかし同時に、こうした大手のデータ管理会社で実際に情報の入力作業をしているのが正社員ではなく、そのためなのか度々漏洩事件を起こしていることも知っている。

そんな危ない会社、誰が信用するものか。

従って最近はこうした用紙には「データ提出を拒否します」と書いて送っている。提出は義務ですとか何とか謳っているが、提出しなくても今のところ先方からは何も言ってこないし、提出が義務かどうかは知らんが罰則はない。第一、払うものはちゃんと払っているのだ。文句あるかこの野郎（怒りに我を忘れている）。

十月十六日

十月というのは年末ランキングの締め切りという事情もあり、大御所や名のある作家、その他ランキング狙いの書籍が雪崩を打ったように出版される。すると当然のごとくＳＮＳをしている作家さんたちは自著の宣伝に忙しい。

『十月〇日発売です。よろしく！』

『新刊の表紙はこれ！』

『発売一週間の初速で全てが決まってしまいます。店頭で見掛けたらすぐに買ってください』

『この新刊に作家人生がかかっています』

出版不況の折、著者本人が自著のＰＲに勤しむのはやむを得ないことだが、こういうＰＲをすればするほどフォロワーが減っていくという傾向が報告されている。そういうものなのだろうと、両方の気持ちが分かるのでとても切ない。

僕自身はSNSによる自己宣伝に懐疑的だ。ネット社会と言われるが、そもそも大抵の人間は関心のないトピックスには近づこうともしないので、著者が懸命に声を張り上げても元からのファン以外には声が届かないように思ってしまうのだがどうか。

仮に僕が似たような販促活動をするとしたら漫画家の田中圭一さんがやったように、自著を買ってくれたとツイートした人全員にリツイートするという手法だが、こんなのはよほどの根気と臨機応変さがなければ続くはずもなく、なまけものの僕が完遂できるとは到底思えないのだ。ああ。

十月十七日

十七時、新刊『セイレーンの懺悔』PV撮影のために三省堂神保町本店へ。小学館さんのスタッフを待っていると、カメラを担いだ人が店の前に到着。ひと目で撮影スタッフさんと知れるが、近寄ってこない。後で聞いたらドッキリを狙って素知らぬふりをしていたとのこと。いや、もう最初からバレてるって。

そうこうするうちに佐藤青南さんが到着。前に書いていた作家のゲストというのは佐藤さんのことだ。二人で話している最中に撮影が開始される。その後、小学館の新社屋に移動して新刊告知のシーンを撮る。一発OK、五分で終了。同行していた編集者のMさんは「何でこんなに早く終了するんだろう」と不思議がっていたが、なに、本人に何の拘りもないからです。後は三省堂新井さんのパートを撮影するだけ。

佐藤さんとMさんを交えて会食。この席で佐藤さんから個人的におめでたい話を聞く。次にMさんから業界的に哀しい話を聞く。いずれも感慨深い話だったが、やはり業界の残酷話はいつまでも胸に応える。もうホントに冗談抜きで四六判の本が売れなくなっているとのこと。そんな中で四六判を出し続けていられる僕は幸運以外の何物でもない。

Mさんというのは天然なのかそれとも狙っているのか、アルコールも回っていないのに佐藤さんの女性関係について根掘り葉掘り訊き出している。佐藤さんは途中からしどろもどろになるが、見ていて面白いので僕はずっと見物していた。そのうち、Mさんはとうとうこんな質問まで口にする。

「佐藤さんに、中山さんはどんな風に映っているんですか？」

答える方も聞いている方も、とんでもなくきまずい。あんまりきまずいので僕は最近の初版部数事情の話に切り替えた。

もっときまずくなった。

十月十八日

現在、『校閲ガール』が放映されており、扱う職業が職業なだけに同業者たちの関心を惹いている。実際に校閲に携わっている方たちが「こんなことはありえない」とか「放送事故クラスの誤り」とか、まあ色々と喧しい。ただ間違いを指摘したくなるのは校閲さんの習い性みたいな部分があるので、これはこれで納得した次第。

気になったのは「こんなことは有り得ない」という指摘。

僕も校閲さんのお世話になって久しい。誤字やら慣用句の間違いやらもあるので、指摘される度に「僕のような文盲が小説家になってよかったのだろうか」と煩悶することもしばしばだ。しかし、「現実にこのようなことはないそうです」という指摘があった時にはちょっと考える。確かに有り得ない設定であるが、それを承知の上で書いていることが多い。無論リアリティには欠けるだろうが、リアリティを失う代償にドラマが作り出せればOKだと思っているし、大体リアリティなんていうものは設定以外でいくらでも表現できる。おそらく物書きと校閲というのは目指しているベクトルが違うのだろう。どちらがどう、ということではなく、何でもそうだが匙加減の問題だ（も一つ言えば作家の力量）。

校閲で忘れられないエピソードがある。僕は第八回の『このミス』大賞を太朗想史郎さんとでダブル受賞したのだが、彼の受賞作『トギオ』は一種のディストピア小説で、発表当時は物議を醸した。さて、その太朗さんの初校ゲラの話なのだが、不思議なまでに校閲さんの指摘が少なかったのだという。さすがだなあ、と感心していると担当編集者さんからはこんな答えが返ってきた。

「いえ、描かれている世界観が独特過ぎて、誤字なのかどうか判断がつかなかったらしいんです」

十月十九日

本日より「メフィスト」連載用『悪徳の輪舞曲』に着手。掲載誌が季刊であるため一回分の原稿が百二十五枚。これを五日間で脱稿しなければならない。ひいこら。

十五時、喫茶店にて集英社Tさん・Nさんと『TAS 特別師弟捜査員』刊行についての打ち合わせ。Nさんは全編に目を通した上で、「十代の台詞にリアリティがありました。今日びの子はああいう喋り方しますからね」と褒めてくれる。まあ本人にしてみれば年寄りの冷や水みたいなものだったんだけど。『TAS』は二〇一八年九月刊行予定となる。ついでに『アポロンの嘲笑』の文庫化について訊ねると来年にはそろそろとのこと。ただ、ここでNさんが悩ましげにこう言った。

「だけどあれ、原発の話ですからね。文庫にもしづらいなあ。今回の『TAS』もそうですけど中山さん、平気でタブー書いちゃいますから」

それは僕も自覚していることである。ただし不思議なことに今まで一度として関係各所から抗議を受けたことがない。きっと僕がSNSを一切やっていないお蔭なのだろう。

新連載については年内中にTさんからリクエストをいただくこととする。もっとも連載をスタートするのが早くても書籍化は二〇二一年の五月以降になってしまうのだけれど。

時間が余ったので『このミス』大賞出身者の宣伝をしておく。ところが日頃の行いが悪いせいか「中山さんが後輩作家さんたちをプッシュする本当の狙いは何なんですか」と勘繰られる。いや、だからデビュー直後の新人さんはバックアップしてあげたいんだったら（ライバルになったら潰しにかかるけど）。

十九時、小学館新社屋において雑誌「きらら」の鼎談企画に参加。『セイレーンの懺悔』について三省堂内田さん・有隣堂佐伯さんを交えてメイキングなどの話を一時間あまり。残りの時間はお馴染みの業界危険トークで盛り上がる（いや、盛り上がったのは僕だけだったかも知れない）。席上、僕がデビューして六年目であることを知ると、佐伯さんは大いに驚いた様子だった。

「もう十年以上のベテランだと思ってました」

ええ、そりゃあもうデビュー当時からふてぶてしいヤツと言われていましたから。

十月二十日

朝一番の新幹線で岐阜に戻る。

書斎に入ると案の定、ドアの取り付け工事や壁紙の張り替えで移動させたらしく、色々なものが動かされている。特に難儀だったのがスピーカーで、折角ミリ単位まで追い込んでいたというのにまた一からやり直し、結局設置のし直しだけで一時間以上を浪費してしまった。妻に聞くと、下請けの施工会社がひどく雑だったとのこと。密かに殺意が芽生える。

各調整を済ませてから、新しい防音ドアと新しいシステムによる『E．T．』を観賞。おおお、これはすごい。冒頭の森のシーンからエリオットが怪物探しに行くまでをチラ見しただけでも、劇場では絶対に見えなかった画が観え、絶対に聞こえなかった音が聞こえる。これで家人に遠慮することなく（いや、今までも遠慮したことはなかったのだけれど）映画に浸れる。調子に乗ってその後三本観ていたら、あっという間に夕方になる。しししし、しまった。原稿書くの忘れた。

十月二十二日

今年もまたランキングの季節がやってきた。もっとも僕の場合、もっぱら選ばれる方ではなく選ぶ方なのだけれども。

毎年、「週刊文春」のミステリーベストテンのアンケートに参加している。一人につき海外作品五作、国内作品五作を選ぶことになっているのだが毎年悩みに悩み抜いている。海外作品はあっという間に選出できるのだが、国内作品がなかなか選べない。

何故かと言えば作品数は多いものの今年はどれもこれも似たような、はっきり言ってしまうと〈日常の謎〉〈お仕事ミステリー〉が大半を占めていて食傷気味になっているからだ。これは作家さんの作風もあるが出版社の意向も多分に働いていて、今のブームに乗り遅れてはならじと、どこもかしこもそういうミステリーばかりを出版する。百花繚乱と言えば聞こえはいいが、実態は雨後の竹の子のようなものだ（ああ、今僕は天に唾している）。もっともそうなると、出版社が本気を出している作品が自ずと目立つはずなのだが、今度は僕の趣味に合わなかったりする。ベストテンの選出と個人的趣味は別物という意見も当然あるのだけれど、折角与えられた投票権なら好きに行使したい。文句あるか。

文春のミステリーベストテンは歴史が長く今年で四十回目を数える。四十回もあれば時には妙な話があって、あるベテランの作家さんが自作をベストテンに入れたいがためにお弟子さんたちを動員し、組織票固めをして（日本推理作家協会に入会していればアンケート用紙が送られてくる。今はどうなっているのか知らない）、まんまとその年のベスト何位かを掬ぎ取ったとのこと。ところがどう好意的に読んでも十位以内に入るような出来ではなく、おまけにその他のベストテンではかすりもしなかったことから不正が発覚、次の年から規約が改訂されたという後日談もついている。たわけた、情けない話である。こんなこと、ヤラセでやっても読者はすぐに見抜いてしまうのに。げに怖ろしきは売れない作家の妄執なり。

最近は僕も無理に五作を選ぼうとは思わなくなった。琴線に触れる作品が一作しかなかったのなら、それはそれでいいではないか——ということで、海外作品二作と国内作品三作を選んでさっさと投函する（付記　これも規約で自作は選べないから、僕が選出した国内作品というのは、もちろん他の作家さんの作品だ）。

十月二十四日

KADOKAWAのFさんより原稿の督促メールが届く。

『締め切りは明日ですが、今月は他の連載が重なっていると聞いています。本当に大丈夫なんでしょうか？』

素晴らしい。締め切り前の督促なのだ。これでお分かりかと思うが、僕はそれだけ信用がない。全ては何でもかんでも安請け合いをする僕の自業自得である。

すぐに弁解のメールを返信しておく。この業界に入ってからというもの、弁解の仕方や言い訳の技術が飛躍的に向上した。喜んでいいのやら悲しんでいいのやら（悲しめよ）。

声優の肝付兼太さん逝く。藤子不二雄作品は言うに及ばず、様々なアニメで演じられたキャラクターは、その声とペアで記憶に刻まれている。

僕の魂を作ってくれた人が次々と鬼籍に入っていく。

十月二十五日

五月の参院選で大麻解禁を公約に謳っていた元女優さんが大麻所持の現行犯で逮捕された。まあさほど意外性もないのだが、早速動きを見せたのはテレビ局だ。以前この女優さんがレギュラー出演していた刑事ドラマ、早速差し替えになったのだ。局の自粛なので仕方ないのだろうけれど、大昔に制作したドラマだ。今回のことが予測できていたのならともかく、制作した時点で局やスタッフには何の責任もない。それなのに、何故遡って自粛するような態度を取るかと言えば、クレームを入れたがる視聴者が必ず存在するからだ。多分、彼らの存在がなければ、局だってそんな過敏なことはしないのではないか。

いったいテレビ番組にクレームを入れる人間というのは、どんな正義の味方なのだろうと思う。きっと品行方正で、生まれてこの方立小便もしたことがなく、道往く人がゴミを捨てたらちゃんと本人を捕まえて延々と理を説き、一日中テレビの前に正座してどこの番組がどんなけしからんことを放送しているかいちいちチェックしているのだろうなあ。

そんなに気に食わない番組ならチャンネルを替えるかスイッチを切ってしまえばいいのに。

十月二十七日

本日発売の「週刊文春」、某男性アイドルグループがカネでレコード大賞を買ったとのスクープ。相変わらず飛ばしているなあ。先の大麻所持で逮捕された元女優さんの一件と同じく「ああ、やっぱりな」というニュースなのだけれど、受託側の請求書写しを入手している。まあちょっと考えたらどういうルートでこの写しが流れたのかは見当つくのだけれど、そういうルートを確保していることがすごい。おっとりした社風だというのは、僕の早合点だったのかも知れない。

今月号の「日経サイエンス」を購入。特集はノーベル生理学・医学賞を受賞した大隅教授のオートファジー理論。ニュースで見聞きしても概要しか分からなかったので、ちょうどよかったのだ。もちろん小説のネタにすることは考えていないのだけれど、知識はないよりあった方がいい。普段読まない記事も、こういう機会に読んだ方がいい。第一、読書なんて目的を決めてするものじゃないというのが僕の持論。この持論で五十年、ようやく今になって役に立っている。いや、もっと本音を言ってしまえば、多くの人が知っていることを知らないのが怖ろしくて堪らないという気持ちもある。これは、僕が基本的にあまりに物識らずだからだ。

十七時、講談社KさんとKADOKAWAのFさんより、ほぼ同時に原稿督促される。苦慮した結果、前者は本日中に、後者は二十九日までに仕上げることとする。毎度毎度、多重債務者のような気分になるが、慣れればこれもまた快感（……な訳あるか）。

十月二十八日

夜半に『悪徳の輪舞曲』第二回を脱稿。何とか講談社さんとの約束を果たした後、KADOKAWAさんの原稿に移るが、さすがに根を詰めたので二時間だけソファに横たわる。この際、決してやってはいけないのは寝室のベッドに向かうこと。最近、妻が寝室の模様替えをしたことも手伝い、居心地が良過ぎる。ベッドに倒れこんだら間違いなく惰眠を貪ってしまうだろう。

本日、幻冬舎さんから「小説幻冬」創刊。同社「幻冬舎plus」のHPには「この時代に狂気の沙汰」と謳っているが、これは決して過言ではない。喩えて言うなら、広島の負けが込んでいる時、カープファンの群れの中に単身虎ジマの帽子とユニフォームで割り込むようなものだ（ちょっと違うか？）。つまりそれくらい文芸誌は売れなくなっている。現在、各社の文芸誌が挙って電子書籍に移行しているさ中、この創刊はまさに蛮勇。元より幻冬舎さんは「他では出版できないものでも、出版する価値があるのなら出す」会社という印象があり、何というか孤高の存在。冒険的な試みなだけに他社さんも息を詰めて推移を見守っていることだろう。

執筆のご依頼があれば喜んでお受けするのだが、創刊時のラインナップを眺めると、とても僕ごとき物書きの入り込むような余地はないんだよなあ。しくしく。

十月二十九日

夜半に『笑えシャイロック』第四回分を脱稿。これも何とかKADOKAWAのFさんとの約束を果たした格好で、ほっと胸を撫で下ろす。撫で下ろした瞬間、猛烈な睡魔に襲われるが、まだ月内に「小説トリッパー」連載『騒がしい楽園』百枚を片付けなければならないので眠る訳にはいかない。急いで例のごとくエナジードリンク混合液を喉に流し込んでから執筆を再開する。

それにしても、どうして各文芸誌というのは大抵月末が締切なのだろうか。どうせなら上手いこと五日、十日とかに分かれてくれれば嬉しいのだけれど。

十月三十日

八時、妻が息子の部屋を掃除がてらチェックしてくるというので駅まで送る。これで明日まで僕は自宅の留守番である。

話し相手がいないと執筆が嘘のように捗る。『騒がしい楽園』をずっと書き続ける。何というかつくづく因果な商売で、執筆の時間とインプットの時間が両立しない（いや、きっと僕のスケジューリングが下手なだけなんだけど）。こんな具合でよく今の今まで二十六作も書いてきたものだと思う。過去から蓄えてきたストックがそろそろ切れてきたのかも知れない。最近とみにおもうのだが、小説や映画からのインプットはもちろんだが、それ以上に現実世界との関わりの方がはるかに重要なインプットなのではあるまいか。本来であれば文壇パーティーに足繁く参加し、同業者と飲み食いし、美術館などを巡り、もっともっと人と会い、もっともっと色んな場所に行かなくてはならないのに、執筆に時間を取られてしまう。

しかし、執筆していないと禁断症状のように落ち着かなくなるし、どうすりゃいいのさこのわたし。本当に、他の作家さんたちは一日どんなタイムテーブルで仕事しているのかしら。六年やってきて分かったのだけれど、およそ普通の生活をしていたら物書き稼業なんて続かないと思うのだが。

十一月一日

『騒がしい楽園』の原稿を今日中に終わらせるのはどうも困難になってきたので、朝日新聞出版Yさんに断りの電話をいれて、締切を伸ばしてもらう。本当に最近はこんなことばかりで、つくづく自分の遅筆さに吐き気さえ覚える。

本日より幻冬舎のWEBサイト「ピクシブ文芸」にて日記の連載がスタート。公開した旨を担当編集者さんに告げると、早速反応がきた。

『あんなことを口走った覚えはありません!』

『いくら何でもあの内容は』

『後生なので、あの部分は削除してください』

『もう、口も利きたくありません』

『修正を乞う』

『死んでしまえ』

いやもう何というか非難囂々。

ネットでの公開というのはかくも反応がビビッドなのかと少し驚く。僕のことだから事実誤認もあるかと思うが、そういう時にはご連絡ください。修正に即時対応できるのがWEB連載のいいところ。

十一月二日

相も変わらず『騒がしい楽園』の執筆。一回で百枚というのは、ちょうど一章分を一回で書ききってしまうので筆が進みやすいという同業者もいるが、僕にはあまり関係ない。百枚というのはつまり掲載誌が季刊か隔月刊ということなのだが、これが月刊文芸誌の中に混じると、月ごとの執筆枚数に百枚から百五十枚の差が出てくることになる。これをスケジュール調整するのがひと苦労。理想としては月産枚数を五百五十〜六百枚に固定できれば体調や睡眠時間も一定になると思うのだけれど、これもないものねだりなのだろうなあ。

執筆の合間を利用して『悪い奴ほどよく眠る』を観賞。これは製作年が僕の出生年であり、もう半世紀以上前の作品なのだが、テーマもキャラクターも全く古びていない。音声もリミックス5.1ch TrueHDが収録されている。ストーリーはというと談合を巡る企業ものなのだが、まあサスペンスの釣瓶打ち。西村晃の顔芸だけで飯が三杯は食えるぞ。何というかステーキの上にフォアグラを載せてキャビアをまぶしたような映画。こういうものを観て成長すると、そりゃあ平成のドラマが体質に合わなくなるのも自明の理。また、それがいいかどうかは別問題。

ただ一つ言えるのは、こうした昭和のカネも時間もかかった贅沢な映画をリアルタイムで観ていた事実だけで物書きとしては大したアドバンテージになるということ。これぱかりはロートルであるがゆえの特権と言えよう。べーだ。

十一月三日

知り合いの同業者さんが相次いで小説講座の講師をすることになった。僕も聴講生として参加したいのだが日程が合わなくて断念することになった（それ以前に、申し込んでも拒否られる可能性大なのだけれど）。何故、参加したいかというと講師の立場で〈才能〉についてどう言及するかを是非とも聞きたいからだ。

以前、僕自身が小説講座の講師を再三依頼された際、固辞したのも僕ごとき若輩者が講師などとんでもないという思いもあったのだけれど、他にも以下の理由があったからだ。

正直、才能というのはよく分からない。六年も物書きで生計を立てている僕自身、才能があるとは到底思えないからだ。しかし公募の新人賞で最終選考まで引っ掛からないのは、その人に才能がないからだと某編集者さんは断言した。

「免許証もないのにプロドライバーを目指すようなものですよ」

つまり、夢を追うには夢を追うための最低限の資格が必要という理屈で、これはスポーツ選手や音楽家にも当てはまるから納得せざるを得ない。だがスポーツや音楽と違い、小説を書く才能というのは客観視がなかなかできない（そもそも客観視できるくらいの才能があれば予選など楽々通過できるのではないか）。

「どんな人でも小説が書けます」と言うのは簡単だが、小説講座に通う人の目的は「小説を書く」ことではなく「作家としてデビューする」ことだと推察する。そういう人たちもおカネを払って聴講に来ている訳だから、安易に希望を持たせるだけというのは実は詐欺商法に近いのではないか。「可能性の少ない夢を追っていると辛くなるから、才能がないのならさっさと諦めろ」と聴講生に宣告できない限り、講座に立ってはいかんと思うのだがどうか。

十一月四日

九時、懇意にしている市議会議員さんの訪問を受ける。

「市長から仕事の依頼があるので、中山さん宅の連絡先を先方に伝えてもいいだろうか」

応諾すると三十分後、市長秘書課から電話が入ってきた。

『実は今度駅前に新設する公共施設について銘文を考えてほしい。ついてはコンセプト等の説明が必要なので市長と面会してくれないか』

従来、こういった公共の仕事はなるべくお断りしている。とてもじゃないが柄ではないからだ。しかし今回は使いを出し、連絡の可否を確認し、その上で依頼をしてくれている。つまり真っ当過ぎるほどの手順を踏んでいただいているのであり、そういうかたちを示されたからには会わない訳にはいかない。

何をしち面倒臭いと思われる向きもあるだろうが、仕事には内容のレベルに即した形式というものがある。SNSが縁で舞い込んでくる仕事、友人関係で引き受ける仕事もいいが、得てして依頼の形式と責任の所在には相関関係がある。固くて慎重な依頼は、責任の所在も固くて慎重になる傾向がある。

しかし面会の約束をした後でふと考えた。

市長にしても僕を推薦してくれたどなたかも、僕の著書は映像化された『さよならドビュッシー』だとか『贖罪の奏鳴曲』だとか『切り裂きジャックの告白』だとか『ヒポクラテスの誓い』とか、そういう人生に希望を見出せるような系統を読んだ上で、僕なんかに白羽の矢を立てたんだろうなあ。一方で『カエル男』だとか『毒島』とか書いているんだけどなあ。そっちを読んでたら、絶対に公共施設の銘文考えろなんて言ってこないだろうなあ。

十一月六日

頭が痛い。

いや悩みがあるとかではなく（基本的に悩んだことがない）、純粋に頭痛がする。どうしようもないので執筆を中断し、そのまま椅子で小休止しようとした。

驚いたことに目を閉じたのも忘れていた。気がつけばもう五時間が経過している。締切が過ぎているというのに、この体たらく。寝落ちしていた五時間がもったいなくて思わず椅子を事務所の窓から放り投げたくなる。

おそらく自制心だけでは何ともならず、肉体が睡眠を必要としているのだろう。ふん、肉体の都合なんぞ知ったこっちゃねえ。例のごとくエナジードリンク三種混合液をがぶ飲みし、執筆に戻る。今日中に仕上げないことには、次の連載のプロット提出が目の前に迫っておるのだ。

やはり五十も半ばになると無理が利かなくなっているのだろう。僕としてはこのペースで何とかあと五十年は保ってほしいのだが。もう死ぬかも以下同文（こんな風に、しょっちゅう死をアピールするヤツに限って長生きする。「遺憾に存じます」と口走る人間が絶対に責任なんか感じていないのと同じだ）。

ふと開封しないままだった祥伝社さんの郵便物を開くと、中から単行本巻末の感想文とファンレターの束が出てきた。全て自著を購入いただき、直接筆を執り、封筒に入れ、切手を貼り、ポストまで足を運んで投函してくれた有難い手紙だ。単純だと思われるかも知れないが、こういう感想文は物書きにとって一番のカンフル剤になる。この一通がネット書評の数百以上に値する。

　現金なもので、発奮して原稿を五枚ほど書いていると次第に頭痛が治まってきた。何だ、やっぱり単純じゃないか。

十一月七日

　十一時、脱稿直後の原稿を送信して歯医者にいく。今日は歯石を取るだけなのだが、診察台に上って治療を待つ間に眠り込んでしまった。

「麻酔もかけていないのに寝ないでください」

　女医さんに小言を言われながら治療を終了。で、直後にこんなことを言われた。

「ああ、そうそう。そう言えばこの間テレビでカエル男の予告編を見ました」

　いや、それはコミックが原作の、僕の作品とは全く関係がなくて。

「えぇーっ、でもカエル男なんてそうそう誰もが思いつくような話じゃないでしょう？　中山さん、パクられたんですか」

　これについては同業者や業界関係者から散々色んなことを言われ、もう飽き飽きしていたから適当に話を合わせておく。自意識過剰はよくない。それでなくても最近少しおかしいのだ。昨日など駅の売店に売られている新聞で『中山確定』との大見出しがあり、いったい僕に何の嫌疑が掛けられているのかと近づいてよく見たら競馬新聞だった。

十四時、KADOKAWAのFさんより連絡あり。今回分の原稿につき、電話で修正の打ち合わせ。今回も煩わしい修正箇所はなく、いつも通り五分で終了。

「次回は主人公が窮地に陥ると嬉しいのですけど」

連載五回目では時期尚早であり、次々回からそういう展開にする旨を伝える。主人公がピンチに陥るのは確かに面白いが、タイミングを間違うとスラップスティックになってしまう。

十五時、光文社K編集長・担当者Mさんと新連載についての打ち合わせ。こちらも内容確認だけだったため五分で終了（いいのか、それで）。話はなろう系に移る。水を向けてみると、どうやら光文社さんはなろう系にいくぶん消極的な様子。

「やっぱりですねえ、わたしたち編集者は新人賞でデビューした新人さんを育てていきたいという願望がありましてね」

昔かたぎと思う方もいるだろうが、僕はこういうスタイルが大好きだし、それこそが著名な文豪を輩出した原動力の一つだと思っている。なろう系に積極的だったり消極的だったり、バラエティに富んでいた方が業界は健全に思える。

「なろう系というのは、まあ持ち込みみたいなものなんでしょうけど、ウチでは受け付けてませんしねえ」

最近、なろう系やラノベ系の作家さんがSNSやブログで「自分たちは差別されている」といった内容をアップしている。曰く出版社からの条件提示が著しく低い、曰く一般文芸の作家と扱いが全然違う、曰く夢見た印税生活はやっぱり夢でしかなかった——。

こんなことは言っても詮無いことだが（どこでもそうだけど）、文芸の世界は決して公平ではない。もっと言えば、デビューしやすい門から入ってきた新人はやっぱりそれなりの扱いしかされない傾向がある。デビューしやすいということは、それだけ素人に近いということだからだろう。大体が文学賞なるものがあるのならそこに権威が存在する訳であり、権威が存在するところにヒエラルキーが発生するのは当然ではないか。

十一月八日

スケジュールの関係上、今日から二日間で「浦和医大法医学教室シリーズ」のプロットを作らねばならず、朝から身悶える。法医学ミステリーの第三作という訳だが、毎度毎度医療知識皆無の僕にとってこのプロット作りは難行苦行、どうやって二作分のネタを搾り出せたのか、今考えても不思議でならない。

十八時三十分、〈翔山亭〉にて講談社Kさんとゲラ修正。原稿百二十五枚もあったので十分もかかってしまう。その後はいつものように四方山話となるが、ふとペンネームについてこんなことを聞く。

「やっぱり憶えやすいペンネームが一番です。本人にも色々と思い入れはあるのでしょうけど、読者に憶えられないペンネームというのはちょっと」

ああ、それはその通りだなあ。憶えにくかったり読みにくかったりでは、書店やネットで著作を検索することもできないものなあ。

では、憶えやすいペンネームとはどんなものなのか。

「中山さんみたいに数字が入るのはいいですね。それから方角が入るのもいいです。東野さんとか西尾さんとか」

東西南北一二三（トンナンシャーペイ　ヒフミ）というのはどうだろうか。

十一月九日

椅子に座っていても一向にアイデアが浮かんでこない。こういう時は外出するに限るので、取りあえず新宿方面に向かってみる。小一時間歩いていても何も浮かばないので池袋へ移動。とにかくアイデアが浮かばない時の物書きの心境というのは、ちょっと表現しがたい。ただ単に追い詰められるとかではなく、担当編集者から罵倒され唾を吐きかけられるのではないかという絶望、これを境に仕事が全部切られるのではないかという恐怖心が付き纏う。しかし池袋界隈を回っても成果がなく、仕方なく事務所に戻ると、ドナルド・トランプが大統領選に勝利したとのニュースを知る。日経平均は一時１０００円以上も下げ、日本中が本国アメリカよりも驚き慌てているといった印象。

驚きの根幹には「どうしてアメリカが選りに選ってこんな選択をしたのか」という思いもあるだろう。だがご存じの通り、かの国は多様でありそして惑うことも少なくない。ワシントンを動かしているような一部エリートならともかく、全体を俯瞰すればそれほど思慮深い民族とも思えない。何しろ平気でヘイトを口にする人間を大統領に選んだのだ。その国の政治家のレベルはその国の国民によって作られる。だから今のアメリカというのは、トランプと同レベルの国と考えた方が間違いが少ないように思う。いずれにしてもこれからの四年間は色んな意味で刺激的な年になるのだろうなあ――なんてことを考えていたら不思議や不思議。煮詰まっていたアイデアが一気に噴き出てきた。これで何とかなりそうな雰囲気。全く何が幸いするか分からないけど、取りあえずありがとうトランプ。

十一月十日

昨夜思いついたプロットを自身で検討してみたところ長編にはそぐわないことが分かった

ので、最初からやり直すことになった。畜生、くそトランプ（ひでえ八つ当たり）。気晴らしに映画や録り溜めしていた歌番組を観てみるが、やはり一向にいいアイデアが浮かばず。締切間近だというのに、時間だけが空しく経過していく。エナジードリンクを飲んでも床を転がっても、欠片さえ見えてこない。

元より僕は続編が苦手だ。現在でも六つほどのシリーズを手掛けているが、それらは全て出版社の意向で続けているもので、自分からシリーズにしようと思ったことは一度もない。続編はキャラクターが確立しているから楽ではないかと思う方もいるだろうが、キャラクターが確立しているからこそ新しい魅力を引き出さなくてはならず、しかも第一作の焼き直しでは続編の意味がない。巻を追う毎に新しい切り口、そして世界観が深まらなければと思っている（もっとも僕だって、眼高手低の謗りを免れないのだけれど）。

昼過ぎになって、ようやくテーマに沿ったストーリーを思いつく。これなら第一作第二作と被ることがない。多少は大味になるかも知れないが、そこは書き込みでカバーすれば何とかなるだろう——ということで、早速頭の中で一枚目から書き始める。

十一月十一日

十四時、『セイレーンの懺悔』著者見本が出来たとのことで、気晴らしも兼ねて小学館社屋に赴く。新社屋の二階受付で来意を告げるがどうにも話が嚙み合わない。担当Mさんと連絡を取ると、先方は仮社屋で待ち合わせるつもりだったらしい。受付嬢の冷たい視線が突き刺さる。エスカレーターがとんでもなく長いので、転落して死のうかと思う。

Mさんと合流しPVの編集現場にお邪魔する。やはりいい出来で僕は満足するが、「折角新刊紹介のPVを作っても、大抵は閲覧数が情けなくなるほど少なくって……」

それで僕の方から、じゃあキャプションは〈中山七里逮捕！〉にしたらいいんじゃないですかと提案。

「い、いいんですか？」

「こういうのは目立ってなんぼです」

言ってしまってから、本人がまた後悔する。あああああ。

献本分を宝島社に持っていくと担当KさんとI局長が応対してくれる。ここで業界世間話と『連続殺人鬼カエル男ふたたび』の刊行について少々打ち合わせ。

「最近は本が売れなくてですねえ」

I局長は僕と会う度にそう仰る。もはや挨拶代わり。いや、「タレーラン」が二百万部も売れてるやないか！

「それから中山さん。ここで話したことは絶対に日記に書かないでくださいね」

安心してください。

この日記にも『作家刑事毒島』にも文壇ネタは満載しているが、本当に差し障りのあることは書いていない。書けば作家志望者や新人作家たちが悲嘆のあまり大麻に手を出すか首を吊るような話は山ほど仕入れているが、それを公開しないのが僕のせめてもの良心だと思っている。せめてものと言うか、毛先程度と言うか、まあほとんどないのだけれど。

次に文藝春秋に赴き文庫新担当のNさんに挨拶。同時に来春刊行予定『テミスの剣』文庫版のゲラを受け取り、二日後に返す約束をする。

気晴らしのつもりが仕事を貰って帰ってきた。

事務所に戻るとKADOKAWAのKさんより電話。

『深見真さんの新刊で推薦文を書いてほしいのですが……』

僕の推薦など売り上げに何の寄与もできないと思うのだが、二つ返事で承諾する。何ということだ。結局、気晴らしにも何にもならなかったではないか。ぐおおお。

それでも何とかプロットを完成させ、祥伝社に送信しておく。これでも僕の一日は終わらない。続いて宝島社から依頼いただいた法廷ミステリー百枚のプロットに取り掛かる。尚、こちらはプロットを立て次第、すぐ執筆に入る。寝る間なし。さあ殺せ。

十一月十二日

前にも書いたが、長編・中編・短編・掌編では使う筋肉が違ってくる。出来不出来はともかくとして、僕は短編を書くのが結構得意だ(因みに色んな人の話を総合すると、百枚までが短編、三百五十枚までが中編、それ以上が長編の括りであるらしい)。百枚の短編なら10時間も考えていればプロットが出来上がるので、後は書くだけだ。留意すべきはただ一点、キレがあるかどうか。実際、キレの有無だけで短編の出来は九割方決まってしまうのではないか。

十八時、テアトル新宿にて『この世界の片隅に』を観賞。なんて静謐で雄弁な映画なのだろうと思う。後半なども爆撃の音は絶えないのに、全体のトーンは淡々としている。声高に叫ぶ者もいないのに、ひと言ひと言がすとんと胸に落ちてくる。ただの日常がこんなにも愛おしく思えてくる。水彩画のような淡い色合いなのに画面から一瞬たりとも目が離せない。終演後は多くの拍手が起こった。今年、邦画は本当に豊作だ。奇跡の年なのではないのかとさえ思える。

ロビーに溢れ返った観客からは静かな感動が漂っている。何故、芸能マスコミがこの映画の良さについてもっと報道してくれないのだろうかと不思議に思う。魅力溢れる新進女優さんと才気溢れる映画監督が素晴らしいものを創ってくれた。しょーもないスキャンダルを追うくらいだったら、この映画の宣伝をもっとガンガンやってくれんもんだろうか。テレビ局とタイアップしていない映画だからニュースにできないというのなら、こんなに狭量なことはない。いや、だからさ、本当に社会現象になるような映画なんだったら。こういう映画はマスコミでも口コミでも何でもいいから使って、ヒットさせなきゃダメなんだったら。

十一月十三日

新しい原稿よりも先に『テミスの剣』文庫版のゲラを片付けてしまう。こちらは三十分で終了。すぐヤマトさんに持って行ってもらう。次に送られてきた深見さんの新刊のゲラ原稿を拝見する（自分の仕事より他人様の関わる仕事を優先するのはビジネスの決まりごとだ）。こちらもほどなく終了、自分の原稿に戻る。

今回、〈法廷ミステリー〉という括りでアンソロジーに組まれる一編になる予定だが、それだけではもったいないので岬シリーズのスピンオフにすることとする。これならアンソロジーとして組まれた後も『どこかでベートーヴェン』の巻末に収録すればお客さんが喜んでくれるからだ。

その昔、筒井康隆さんはある先輩作家さん（確か星新一さんだったと思う）から「短編を書く場合には、将来一冊の自著になった時の収まり方まで考えておくべきだ」と教えられたという。深く深く首肯するものである。

十一月十四日

十時、喫茶店にて双葉社Yさんと打ち合わせ。『翼がなくても』ゲラに数カ所表記の揺れがあったとのこと。五分で修正。これで正真正銘、作品は僕の手から離れることになる。

原作が双葉社さんということもあり、『この世界の片隅に』の感想を縷々述べる。熱心に褒めてばかりなので、傍から見たら関係者に見えるかも知れない。

「いやあ、実はまだ観てなくって……」

社命だと思って劇場へ行ってください。

自分で喋っていて昂奮してきたので、つい原作本と公式ガイドブックを衝動買いしてしまう。ついでに息子と娘と知り合いの書店員さんにも劇場観賞を勧めてしまう。そしてまたついでにテアトル新宿へ出掛けてチケットを買ってしまう。

十一時、KADOKAWAのKさんと待ち合わせるが、約束の時間を過ぎても現れない。どうしたことかと思っていると会社を通じて「十分ほど遅れます」とのこと。実際十分後に来られたのだが、何と乗っていたタクシーが事故を起こしたらしい。早速ゲラと推薦文三種を渡し、簡単な感想を述べておく。簡単な感想だと思ったのだが、気がつくと二十分を超えていた。何故だ。

十二時、歯医者に赴く。

「あー、奥の歯は縦に罅割れができてますね」

「ひ、罅割れ？」

「縦にできちゃうと何かの拍子で崩壊します。思い切って支柱部分を残して除去してしまいましょう」

がががががががががが。

少々、虚脱状態になっているところ、祥伝社のNさんより電話。プロットは大筋でOK。ただし専門的知識に立脚したプロットなので、確認のため一日時間をくれと言う。

あのう、提出した本人にそんな専門的知識は1ミリもないんですけど。

十一月十五日

十六時、執筆途中に連載原稿についてある出版社さんから修正依頼が送信されてきた。眺めればどれも細かな修正なのだが、中に一点だけ熟考せざるを得ないものがあった。

〈目明き千人、盲千人〉という諺が差別的なので取ってほしいとの内容だ。話の中では高齢者が〈ものの道理を分かっている者も存在する〉ことを相手に伝えているのだが、浅学な僕は諺まで使用不可とは思っていなかったのだ。

唐突に打ち明けるのだけれど、僕は片目がほとんど見えない。小学生の頃、専門医に診てもらったら視力は0・001と言われた（コンマ100位だ！）。乳飲み子の頃、えらい病気に罹り、幸い一命を取り留めたものの視力障害の後遺症が残ったらしい。視力0・001というと光は辛うじて感知できるが輪郭が摑めない。お蔭で体育は基礎体力を競うものなら何とかなったが、遠近感を必要とする球技は全く歯が立たなかった。片方の視力だけでは物体を立体的に捉えることが困難だからだ。しかしこれは強がりでも何でもないが、片目が不自由なくらい苦でも何でもなかった。日常生活に支障がある訳でなし、自分では個性の一部くらいにしか考えていなかったのだ。

もちろん差別めいたものはあった。高校の時だったか、僕の不具合を知ったクラスメートが太陽光線を鏡で反射させ、僕の見えない方の目に当てたのだ。

「どうだ。見えるか」

そのクラスメートは学年の成績が一番で背も高く、バスケ部の選手で人望もあった。僕もいいヤツだと思っていたので、いささか驚いた。

ああ、これが差別というものか——と実感した瞬間だった（実は、このエピソード、『どこかでベートーヴェン』という作品でちゃっかり使用させてもらった。転んでもタダでは起きないのは本当に嫌な性格だ）。

だが不思議なことに怒りとか憤りは全く感じず、むしろ人間の二面性が見られて得したような気分になった。

こういう身上なので差別される側の感情もわずかながら知っているつもりだ。だからこそ〈たとえ諺であっても、差別を匂わせる言葉は一切許さない〉と声高に叫ばれると少し困惑してしまう。無論、差別語を推奨したり助長させたりするつもりはないが、諺までを狩っていいものかどうかよく分からない。差別の本質は言葉ではなく、気持ちにある。言葉だけを狩ったところで差別感情がなくなる訳では決してなく、むしろ言葉を隠すことによって面倒な対応を誤魔化しているように受け取られかねないのではないか。

お世話になっている出版社を困らせる気は毛頭ないのだが、さてどうしたものやら。

十一月十六日

執筆途中、本日が「ジェイ・ノベル」の締切であることに気づき、慌てて実業之日本社Kさんに連絡、二日ほど待ってもらうことにする。

今回、連載中の『ふたたび嗤う淑女』はある思いつきを試している。全く別の連載『笑えシャイロック』とともども同じ新興宗教の内部を、別の角度で描いてみようと思ったのだ。どうも宗教立の大学で学んだせいか、僕には新興宗教を斜に構えて見てしまう癖があって、早い話がおちょくりたくって仕方がない。いや、宗教自体には敬虔な気持ちなのだが、それが宗教団体というかたちを取った時点で歪んだ見方になってしまう。宗教法人は色々と優遇税制が採られていて、商売として旨味があるのも偏見の一因になっているのだろう。

今から三十年ほど前、先輩に連れられて京都は先斗町に呑みに行った。先斗町は東京で言えば銀座のような場所で、まあどこもお高いと先輩は言う。

「京都で金持ち言うたら坊さんとヤクザしかおらんやろ。せやから今から行く店も客筋は坊さんとヤクザだけや」

で、十人も入れば満員のその店に入って困惑した。

客の全員がスキンヘッドで見分けがつかなかったのだ。

十一月二十日

目が覚めたのは午前七時だった。

連載用の原稿を書き終わったのが十九日の午前八時。一段落したので小休止しようと目を閉じたのが悪かった。椅子に座ったまま二十三時間も眠り続けてしまった計算になる。

アホか。

これでは三日連続の徹夜も意味がないではないか。失われた一日を返せ。

慌てて書き終えた原稿を担当者さんに送信し、すぐ『笑えシャイロック』に着手する。今月はこの他にも『静おばあちゃんと要介護探偵』百枚、「小説宝石」新連載五十枚、「小説NON」新連載五十枚、あああ、それから法廷ミステリー百枚がまだ残っているのだ。死ぬ。絶対に死ぬ。

心を落ち着かせるため、池袋HUMAXシネマズで『この世界の片隅に』を観賞（仕事せえ、仕事）。

十一月二十一日

十一時、喫茶店にて朝日新聞出版Yさんとゲラ修正。百枚ぽっちの原稿なのに修正に十五分も費やしてしまう。情けない。

昼飯時なので場所をカレー屋さんに移し、出版界について雑談。とは言え当然僕が振る話はヤバめのものがほとんどなので、Yさんの表情は終始曇りがちになる。最近、担当編集者さんたちがこの日記連載を知り、「中山の前では下手なことが言えない」と警戒しだしたらしい。ところがこっちはそういう人からヤバい話を引き出すのが何よりの娯楽なのだ。けけけけけけ。

Yさんは『この世界の片隅に』未見とのことだったので、強く勧める。著名な作家さんが既に観賞済みなので、担当編集者が未見だと話が合わなくなりますよと脅しておく。本来、こういうことを無理に勧めるのは性に合わないのだけれど、テレビでは全くと言っていいほど宣伝も報道もしないのでは、こうした口コミが頼りになる（僕はSNSをしていないので口コミしかできない）。監督を交えたトークショーの場では、この映画がヒットしたら困る人間がいるとの話も出たらしい。

こういう話を聞くにつけて情けなくなり、僕が抵抗できるのは映画の価値を拡散し、足繁く劇場に通うことしかないのだと実感する。実感したので、更にチケットを五枚ほど購入しておく。自分用もあるが布教用も含んでいる。声が出せないのなら力ネを出す。カネが出せないのなら声を出す。それが応援というものだ。

これほど評判の映画を、二十一日現在まだテレビは黙殺している。テレビ離れが進んでいるというのに、この上自ら拍車をかけるつもりなのだろうか。

十一月二十三日

「小説NON」十二月号の見本誌が届く。ぱらぱら捲っていくと、次号予告の最上段に僕を含めた四人の作家さんが〈始動カルテット！〉として紹介されている。

「ヒポクラテス」シリーズ海外へ！

煽り文句は素晴らしいです、はい。

問題は、その新作がまだ着手もされていないこと。つまりこれは見本誌という名の督促状というか脅迫状なのである。ひいいいいい。分かりました。今すぐ、今すぐ書きますから！

さて、今日の読売新聞にこんな記事が載っていた。

『全国の出版社などが加盟する日本書籍出版協会の文芸書小委員会は二十二日、公共図書館での文芸書の取り扱いについて配慮を求める要望書を、全国約２６００館の公共図書館の館長あてに送付した。図書館に要望書を送るのは異例だという』

この件については過去にも日本推理作家協会やら日本文藝家協会やらが何度も申し入れをしているにも拘わらず、図書館側が黙殺し続けたという経緯がある。つまり図書館でベストセラーを何冊も貸し出していることと文芸書の売り上げ減には何の因果関係もないとの主張だ。これは互いが互いの利益と権利を護ろうとしているから平行線になるのは当然だ。そして一冊あたりの疲労度を考慮してベストセラーは副本を用意しなければ、という図書館の主張も分からなくもない。

しかしいくら限られた予算とは言え、郷土史料や一般では入手困難な専門書を後回しにしてでもベストセラーを大量購入するのは本当の市民サービスなのだろうか。図書館の存在意義とは知の財産の保管であり、安易なサービスの提供などではないのではないか。僕は出版社側から実名を聞いているが、もう少しで重版がかかるところを図書館での利用が多くて踏み切れなかった例は確実に存在している。そして利用者数を増やしたいがために図書館は資料価値のある書籍も購入せずにベストセラーを大量に仕入れ、無料の貸本屋に堕している。

はっきり言おう。そんなものは市民サービスでも何でもない。ただの民業圧迫だ。

出版社は何やかんや言っても儲けているから図書館が多少利益を圧迫してもいいだろう、などというのは見当違いも甚だしく、今まで出版社が利益を得てこられたのは雑誌とコミックの売り上げに助けられていただけに過ぎない。ところがご存じの通り雑誌は休刊廃刊が相次ぎ、コミックもネットカフェや違法ダウンロードのためにさっぱり売れなくなった。今やどんな大手出版社が潰れても不思議ではない。だからこそ普段は商売や交渉事が苦手なはずの物書きたちが真剣に要望し、声を上げ、解決の道を探っているのだ。

こんなことが続いていたら、いずれ作家や出版社のサイドが最後の手段に訴えるかもしれない。今回の要望書はその前兆になる可能性を孕んでいる。今のうちに図書館側が話し合いのテーブルに着いて解決しなければ、やがて作家も出版社も斃れ、図書館には古書しかなくなる——そんなディストピアだって充分あり得るのだぞ。

以前に書いたことを繰り返す。

お気に入りだった作家がいつの間にか新作を発表しなくなった。

贔屓にしていた文芸出版社が民事再生を申請し、文芸書を一切出版しなくなった。楽しみにしていたシリーズが尻切れトンボのまま終わってしまった。

それは何故か。

あなたがその作家の本を買わなかったからだ。

十一月二十五日

十時、執筆に飽きてきたのでユナイテッド・シネマ豊洲にて懲りもせず『この世界の片隅に』を観賞しにいく。実はこの小屋を訪れるのは初めてなのでうきうきしている。と言うのも、僕は方向や場所をよく憶えている方なのだがこれにはコツがあって、まず映画館をランドマークにしてからその東西南北で記憶するという方法だ。一番興味のあるものが中心になるので、これは本当に忘れにくい。そして初めての劇場に入る時は何というか遠足前夜の園児状態。

この劇場は現在都内で『この世界の片隅に』を上映している小屋の中では最大級のスクリーンを誇る。僕は前から五列目の席を予約した。こうすると視界全てをスクリーンで覆うかたちとなる。何故この映画は不思議な感動をもたらすのか、細部に亘って検証してやろうという試み。感動を言語化できずに何が物書きか。いやあすごかった。キャラクターの指先の動きから歩き方、笑い方までを具に見ると自分の感動ポイントが面白いように理解できる。箸を持ち替える、ちびた鉛筆を回しながら削る、半歩ずつ摺り足しながらモッコを運ぶ。どの動きも実写のようだから従来のアニメになかったリアリティを獲得している。二度三度と劇場に足を運ぶ人はみんなこんな状態になっているんだろうなあ。

十六時、集英社のTさん・Nさんと新連載の打ち合わせ。先方の要望はサイコVSサイコ。フレディVSジェイソンみたいなものか？　それともキングコング対ゴジラか？　あまり深く考えずに応諾。本来こういうのはユーモアホラーでなければ設定が困難な話なのだが、集英社さんは多少のユーモアをちりばめつつガチのどんでん返しミステリを書けと言う。それはいったい、どんな話なのだろう。

それからまたぞろ『この世界の片隅に』を執拗に勧める。Nさんは既に観賞済みなので二人でTさんを責め立てる。

「創作に携わっている身でありながら！」

「担当編集者さんの中には見学として、平日一番で劇場へ行った人もいるというのに！」

「知り合いの作家さんはほとんど見終わって熱烈なツイートをしているというのに！」

「今この場で全部ネタバレしてやる！」

軽いイジメである。

十七時、岐阜から来た妻・大阪から来た娘・そして息子と合流して会食。子供が成人すると家族全員揃う機会がなかなかないので、何とかこういう会食をするように心がけている。しばらくは近況報告などしていて息子が「結局、また『この世界の片隅に』を観に行った」と報告したので少し嬉しくなった。だが、別の話で思わず口の中のものを噴いた。

「大学の論文問題でさ。まず音楽関係者三人の著書から一つを選ぶんだけど、小澤征爾さんと小林研一郎さんの著書に並んでお父さんの『さよならドビュッシー』が挙がっていた」

えっとですね、皆さんは何かとんでもない勘違いをしていらっしゃいます。あの、僕は小学校の頃から音楽の成績はずっと2で……。

十一月二十六日

十時、築地で遅めの朝食を摂る。創業三十ウン年、市場に近い店なので期待に胸を膨らませたのだが、取り立てて言うほどのことはなし。

東京で暮らし始めてからこういうことが結構多い。大阪なら二週間で廃業に追い込まれるような店が「老舗だから」とか「有名人が訪れる」とかの理由でずっと潰れずにいるのだ。一度、古の文豪が通ったという天ぷら屋にも行ったが、正直味はそれほどでもなかった。困ったのが天ぷらを塩でいただく際に店主が「ウチは伯方の塩を使っているからね」と得意げに説明してくれたこと。そんなもの、一般家庭でも使っている。

十一時、新幹線で岐阜に戻る。一時間半もあるのだからまた読書ができるだろうと思っていたのだが、結局眠り込んでしまい、目が覚めた時には既に三河安城を通過していた。

もう僕は駄目かも知れない。

自宅の書斎に戻り原稿を開いたところ、パソコンが待機中を続けて一字も入力できない。こういうことに詳しい知人に訊いたところ、アップデートの際に時折発生するアクシデントではないかとのこと。

『だからさ、ウィンドウズ10にしておけば、そういうアクシデントは起こらないと思うよ』

未だにウィンドウズ7を使用している僕は、何だか嫌がらせを受けているような気分に陥る。結局この日は全く執筆が進まず、仕方がないので映画を観倒す。

十一月二十七日

夜半を過ぎてからパソコンを開くとやっと回復していたので、急いで連載一本を書き上げる。続いて新連載『ヒポクラテスの試練』に着手。

毎度のことながら冒頭の一文を書き出す時には少なからず緊張する。文章自体はプロットの段階で推敲まで終わっているものの、映画で言えばファーストシーンだ。これに訴求力があるかどうかが全体の出来を決めてしまいかねない。

　とにかくシリーズものは苦手だ。有難いことに出版社さんの依頼で書き続けているが、そうでなければ誰が続編なんて書くものか。これは同業者であれば理解してもらえると思うのだけれど、読者さんの要望が嬉しい反面、常に前作を超えなければならないという使命がある。言い換えるなら一作目が１００の出来なら二作目は１２０、三作目は１５０といった風に尻上がりの面白さにしないと前作並みの面白さに感じられないのだ。ひい。

十一月二十八日

　結局徹夜で執筆を進めるものの、書斎には未開封のブルーレイが山積しており、ついつい見入ってしまう。その間は執筆の手が止まるので、徹夜しても計画していたほどには達成できず。本当に怠け者だと思うが、映画と原稿とどっちが大事かと言われると、そのですね、人間には食事や睡眠以外に生きるために必要なことがあってですね。

　当然寝室には行かず、たまに水分補給しにキッチンに向かうのだが、翌朝妻にこんなことを言われた。

「昨夜ね、キッチンからごそごそ音が聞こえて、てっきり強盗に入られたと思って。どきどきしてたら、お父さんが帰ってきてるのをやっと思い出した」

忘れないでよ。

十一月二十九日

数日前から右手が思うように動かない。妻に話すと「ああ、それは五十肩よ」とあっさり言われる。確かに五十を過ぎているものの、いざ自分がなってみるとこれは結構衝撃だった。長時間キーを叩き続けていると次第に腕が重くなってくる。それで間に休憩を挟むと、ただでさえのろい筆が更に遅くなる。何ということだ。

十四時三十分、市役所庁舎にて市長と面談。福祉関連の建物を新築するに当たって銘文を作成せよとの正式な依頼。

「子供の未来のために」
「働くお母さんを支援するために」
「夢と希望のあるキャッチフレーズを」

市長と健康福祉部さんの説明を聞くに従って、従前から抱いていた違和感が増大する。注文内容が高邁過ぎて、場違い感大爆発。この場で『カエル男』の凌辱シーンや『作家刑事毒島』の嫌味な台詞を音読したくなった。

しかし、これも仕事なので羞恥心に頬被りをして受注する。そこで双方困ったのが謝礼の額。何しろ依頼する方も受ける方も初めてのことなので相場すら知らない。交渉以前の問題でしばし悩むが、最終的に先方さんに丸投げする。どれだけ報酬をいただいてもどうせ地方税として市に徴収されれば行って来いだと気づいたからだ。

書斎に戻ると光文社のMさんより原稿督促のメールが入っていた。ひいい、書きます書きます。

映画『この世界の片隅に』は上映三週目に入り、前回一〇位から六位に順位を上げてきた。これはとんでもない快挙だ。上映館が二百〜三百という大作の中、六十三館からスタートした小規模な映画が奇跡を起こそうとしている。二〇一六年は邦画奇跡の年だったが、まさか最後の最後になって一番の奇跡が訪れようとは。テレビの大量広告などものともせず、純粋に口コミとSNSの拡散で観客主導の大ヒット作が生まれようとしている。本当に胸がすく思いだ。

十一月三十日

十一月最終日午前二時。おお何ということだ。明日から師走だぞ。それなのに積み残しの原稿が二百五十枚も残っている。来月には長編五本分のプロットを提出しなければならんというのに。誰か嘘だと言ってくれ。

大急ぎで祥伝社「小説NON」連載原稿を仕上げ、光文社「小説宝石」の新連載に着手。こちらも明日までに五十枚書かなければならないのだが、何というか生きた心地がしない。

韓国の朴大統領が辞意を表明。任期途中での辞任は前代未聞とのこと。相次ぐ不祥事と連日の退陣要求デモを見ていると仕方のない結論とも思えるが、一方で「生贄を出さなければ納得しない」という空気に慄然とする。そういう気持ちが僕の中にも存在するのが分かっているからだ。犠牲というのは新しい時代に移行するために必要な通過儀礼かも知れない。しかし犠牲がなければ前に進まない国とか政治とかは、本当に真っ当なのだろうか。

十二月一日

新連載用の原稿を書いている最中、KADOKAWAのFさんと『笑えシャイロック』の修正部分について協議する。要点は新興宗教のありようが画一的ではないかとの指摘。

これは僕にも思い当たるフシがある。何故かと言うと、僕が知り得る限り新興宗教の勧誘の仕方や教義はどれもこれも似たり寄ったりだからだ。

・この教えを信じれば、あなたは幸せになれる。
・しかし信じなければ地獄に落ちる。
・そしてこれ以外の教えは全て邪教である。

・カネや私有財産に生き甲斐を求めると餓鬼道に堕ちる。

はっきりさせておきたいのだけれど、僕は新興宗教なるものに偏見を抱いている。その原因も説明できるように思う。

高校三年の夏、僕は自主映画を撮りたくなった（ほら、映画好きの兄ちゃんが自分にも才能があるんじゃないかと勘違いしてカメラを持つようになるアレです）。で、8ミリカメラを借りたのはいいが、映写機のあてがない。困っていると父親が「知り合いが8ミリ映写機を持っている」と教えてくれたので、伝手を頼って何とか借りられることになった。

ところがその人の自宅まで馳せ参じたところ、貸すのは構わないがついでに一本観賞していけと言う。

「素晴らしいフィルムなんや」と勧められるので、ちょっとハードルを高くして視聴に臨んだ。やがてスクリーン代わりの壁に映し出されたのは○価学会の全国大会の模様だった。

「見んさい、あの一糸乱れぬ動きを。すごいやろ」

画面の中では学会員の人たちがマスゲームを繰り広げていた。折角観せてくれたものの、画面から迸る熱気に反比例して、僕の方はすっかり白けてしまった（後日、北朝鮮におけるマスゲームを観た際に、この時のことがフラッシュバックのように甦った）。一時間ほどの視聴だったが、正直あれほど苦痛に感じた映像体験は他にない。僕の宗教団体アレルギーは、多分あの時の経験が原因になっている。

十二月二日

夜半を過ぎても「小説宝石」連載用の原稿は脱稿できず。仕方がないので編集部に連絡を入れ、今日一日だけ猶予をもらうことにした。

今月だけでもう何度人に頭を下げただろうか。小説書きに憧れを抱いている人には悪いが、ニュースやドラマで作家さんがちやほやされているなんてのは幻想である。いや、もちろん僕が著名でもなく、しかもスケジューリングが不得手なので身から出た錆と言われればそれまでなのだけれど、サラリーマンをやっていた時分だってこれほど取引先に謝ったことはなかったのだ。まさか、こんなに苛烈な仕事だったとは。

何とか原稿を書きあげ、休む間もなく「オール讀物」新連載用の原稿に着手。こちらは舞台設定が二〇〇七年である。ちょうど僕が『魔女は甦る』を書いていた時期でもあり、しばし感慨に耽っていると、ヨコハマ映画祭で『この世界の片隅に』が作品賞、主役声優ののんさんが審査員特別賞を受賞したというニュースを知る。

特別賞のコメントは以下の通り。〈『この世界の片隅に』の作品世界を決定づけた声音の魅力を称えて〉

更に二〇一六年日本映画ベストテンでは堂々の一位に。

よかった。

本当によかった。

十二月三日

今月は連載原稿を仕上げる一方で七本の長編プロットを提出しなければならず、しかも毎年のごとく年末進行が入っているので、かつてないほど忙しい状況になることが確定。ところがそんな時に限って、僕は映画館に行ったり人に会ったりする回数を増やしている。これは何と言うか自殺衝動に近いものがあるのではないか。

本日もコンピュータソフト会社に勤める友人夫妻を招いてしばし歓談。それによると昨今のゲームソフト業界も二極分化が進み、下層の業者やクリエイターは本当に悲惨な状況なのだと言う。

「アニメだって同じでさ、アニメ専門学校みたいなのがあるやろ。今や声優志望者ばっかりでアニメーター目指しとるヤツなんて二人か三人しかおらん。あんだけアニメーターは低収入やって騒いでたら、そりゃそうなるよ。それでも何とか業界が成り立っとるんは、それが好きで好きで堪らん！　てヤツが残って踏ん張っとるからや。で、そいつらが力尽きたら、いよいよ業界は崩壊していく」

　事はゲームやアニメに限らない。ひょっとしたら大抵の職業はそうなってしまっているのではないか。実は小説家も同様で……。

十二月四日

　東京事務所へ戻り、郵便をチェック。予想通り、不在通知やら何やらで溢れ返っている。たった一週間留守にしていただけなのに、何とかならんのだろうか。

「週刊文春」２０１６ミステリーベスト10、海外部門の一位は『傷だらけのカミーユ』だったが、僕のコメントが採用されていた。嬉しい。更に『特撮秘宝』vol.５、シンゴジ感想大会でも拙文が採用されている。こういう趣味の分野で採用されるのは依頼原稿より嬉しかったりする。きっと仕事抜きだからだろう。

　十四時、三省堂池袋本店に向かう。本日は芦沢央さん・彩瀬まるさん・岡崎琢磨さん・似鳥鶏さんのトークショー。普段からよく集うお仲間らしく、四人の息はぴったりと合っている。興味深かったのは「執筆の最中に何を口にするか」という質問で、四人とも「甘いもの、コーヒー」を挙げていたこと（岡崎さんは著書の手前、コーヒーと言わざるを得ない）。僕みたいにワインや黒ビールを呑みながら書くというのは、やはり少数派なのだろうか。

サイン会に移行する直前、司会の新井さんからマイクを押しつけられる。

「はい、中山さん。自分のイベントの告知やって」

この人はトークショーの際も司会を似鳥さんに丸投げして、その上告知まで本人にやらせようというのだ。逆らえず、二週間後に芦沢さんとトークする旨を会場の皆さんにお伝えする。ちょっとした羞恥プレイ。

会場を出て驚いたのは知念実希人さんに友井羊さん、それから青崎有吾さんがいらっしゃったこと。打ち上げの際には合流する人もいるらしく、思わず紛れ込んでやろうかと思ったが、各社締切が遅れていることを思い出し断念。ううう、自分の遅筆が恨めしい。もっと僕に才能なり集中力があれば、こんな風に他の作家さんと親睦が深められるのに。悔し涙に暮れながら事務所に戻り、執筆を再開する。

十二月五日

執筆途中、突然筆が止まる。

考えていたトリックが現実には使用不可能であることに思い至ったからだ。このまま書き進めていけばストーリーの破綻を招きかねず、やむなく熟考に入る。こんなことはデビュー前ですらなかったことなので慌てる。幸か不幸かまだ伏線を張る前だったので書き直しはせずに済むのだけれど、一から新しいトリックを創造しなければならなくなった。しかもその内容いかんではストーリーも変更しなくてはならない。連作短編最初の一話なので、ストーリーはこぢんまりとさせたくない。どうしようどうしようと悩むうちに十時間が経過。本当にどうしようもなくなったので丸の内TOEIに『この世界を片隅に』を観にいく。別に殺人トリックを扱うような映画ではないのだけれど、アイデアというのは、こんな風に全く関連のないところからひょっこり現れるものなのだ（担当さん、信じてください。）『この世界の片隅に』は快進撃が続く。一月からは百九十館以上での上映が決まり、ロングランの可能性も濃厚になった。順位も先週六位から四位に上がり、今朝のNHKでは特集も組まれたらしい。こういう映画が当たるのは本当に嬉しいっていうか早く中山原稿書けよ。

結局その後もいいアイデアが浮かばず、悄然として事務所に戻る。気分は最悪で、開店から閉店までパチンコ屋で粘り、挙句の果てに数万円負けたような徒労感に苛まれる。

十二月七日

十三時、KADOKAWAのFさん・Kさんとゲラ修正。五分で終了。お二人とも『この世界の片隅に』は観賞済み。ネタバレしても構わないので、一時間延々と同作品の魅力について語り尽くす。

目下お二人の悩みは新人の育成。というのも、なろう系出身の新人さんの担当をしているからだ。当方、デビューしてから六年、潰れた新人さんはそれこそ山のように見てきた。名前の売れているうちに複数のジャンルを跨いだ方が、生存率が高いのではないかと勝手なことを言っておく（言っている本人が危険水域をうろうろしているというのに）。十五日締切のプロットについて早々にも打ち合わせがしたいとの申し出あり。

「ええっと、それはその、プロットが出来ていない段階でスケジュールを組むというのは、何と言いますかがんじがらめに拘束されているような気がするのですが……」

「ええ、そのつもりです」

尚、今月は年末進行のため、十二日までに原稿を書けとの命令。ひえええええ。

十四時、歯医者にて奥歯の治療。本日は新たに金属を被せる。10万円也。まるで歯の治療のために原稿を書いているようなものだ。金歯にしたことを妻に伝えると、

『わあ。そうしたらお父さんを火葬して残った金歯はわたしのものだからね』

十六時、光文社Mさんとゲラ修正。三分で終了。連載第一回としてはインパクト充分だったというのでほっと胸を撫で下ろす。問題は作中で取り上げた場所が実在の場所なので何とかならないかという。急ぎ、架空の地名にする。まさか実在するなんて思ってなかったんだよー。

編集長のKさんも『この世界の片隅に』を観賞し、「今年一番かも知れない」と呟いていたとのこと。そうだよなー、普段から映画を観慣れている人ほど、あの映画を推すんだよなあ。お子さんが生まれたばかりのMさんも「映画観終わったら、すぐに家に帰って子供を抱き締めたくなりました」

唯一あの映画の辛いところは、独身者が観ると結婚したくなるという点だ。片渕監督はそういう映画を目指したということで納得がいくのだが、既に婚期を逃し一生独身であることを覚悟している人間が観賞したら、羨望か絶望で落ち込んでしまうのではないか。

「あっ。それから今月は年末進行なのでいつもより五日ほど早めに原稿下さい」

ひえぇぇぇぇ。

十七時、祥伝社Nさんとゲラ修正。五分で終了。なんとNさん、手掛けた担当作家さんたちの売れ行きもよく社長賞を獲得したとのこと。ぱちぱちぱち。本当に僕の担当編集さんたちは表彰されたり出世されたりが本当に多い。

何と「早稲田文学」からインタビューの申し込みがあったとのこと。ずいぶん格調の高い雑誌からお誘いがきたものだと、場違い感半端なし。インタビュワーは俳優の谷原章介さん。谷原さんには「王様のブランチ」で拙著を称賛していたたいた縁もあって快諾する。

「ああ、そうそう。中山さんの日記、拝読してますよー。でもアレですよねえ。普段こうして話している時の毒舌を十倍くらいに希釈して書いてますよね」

当たり前である。そんなもの無修正で発表したら、翌日には僕の死体が江戸川に浮かんでいる。

「それから今月は年末進行なので原稿は早めに」

ひえええええええ。

十二月八日

執筆しながらスケジュールを考えていると、どうしても宝島社さんから依頼された法廷ミステリを今週中に仕上げるのは無理であることが判明。恐る恐る担当のKさんに連絡し、何とか締切を延ばしてもらう。何と言うか、こういう弁解をしている時の気分はまさしく多重債務者のそれであり、まるで自分が世界一カネや時間にルーズな人間のように思えてしまう。生きてててすみません。ついでに同社の発行している『この世界の片隅に　公式アートブック』の在庫があれば売ってほしい旨を伝える（リアル書店もネット書店も品切れなのだ）。厚かましいにも程があり自分で言ってて嫌になるが、よくよく考えればこの図太さと厚顔無恥があったからサラリーマンも物書きも何とか続けてこられたのだと自己弁護。

十七時、某担当者さんよりゲラの一部修正の件で連絡あり。『自閉症』という言葉がまずいとのこと。僕は大学時代にそういう病歴の人たちと接する機会があり、自閉症といっても言動が多少派手なだけで至極普通の方々という認識が根付いていて、つい文中でさらっと記載してしまう。ストーリーや文章に関わることではないので削除したが、どうにも出版社さんは僕以上に差別表現に気を遣っている（僕が無頓着と言ってしまえばそれまでなのだけれど）。大体、物書きなんて大なり小なり心を病んでいる人が少なくなくて、たとえば自閉症ではないけれど同業者の（自粛）さんなどは、その日常の振る舞い自体が（四字抹消）で、担当編集さんも（大自粛）という話がまことしやかに伝わっているではないか。それに比べたら僕の無頓着さとか暴言なんてものの数ではないと思うのだがどうか。

今日は弁解と自己弁護に終始した一日だった。

十二月九日

十三時、『この世界の片隅に』関連書籍の情報を漁って昨日宝島社さんに在庫確認をしたところ、既に重版が決定しているではないか。慌てて担当Kさんに連絡すると、

『今、中山さんに献本の手続きをしているところです』

何と言うか、母親に小遣いをせびった道楽息子のような錯覚に陥る。デビュー版元というのは本当に母親のような存在だなあ。ママー。

そのままお礼を伝えるだけでは申し訳ないので、数週間前から温めていた企画を伝える。今乗れば間違いなく売れると思った企画だ。もちろん乗るか乗らぬかは先方次第。それでも話しておくのは、後になって類似企画が他社さんから出た時に、「そんな思いつきがあったのなら、何故もっと早く教えてくれなかった」と恨み言を言われるのが怖いからだ。

十五時三十分、双葉社Yさんより連絡あり。一月新刊の『翼がなくても』について「ダ・ヴィンチ」誌より取材の申し込みがあったとのこと。有難い話であり応諾する。ところが電話を終えてから愕然とする。自分で書いたものにも拘わらず、早くも内容の細部を思い出せないのだ。いや、もちろん大体のストーリーラインは言えるのだけれども。

これは僕の悪い癖で、一本書き上げてしまうと完全に頭から離れてしまい、再読してもまるで他人が書いたようにしか思えなくなる。従って思い入れもなくなっている。あああ。

十二月十一日

新年会の打ち合わせで旧友たちと連絡を取り合う。聞こえてくるのはこの世代共通の嘆き節。

『二十代三十代の頃はよ、定年が近づいたら窓際で楽な仕事させられると思ってたんだけどなあ。齢を取る度に仕事量が増えるのは何故なんだよ』

『正月でも休めやしない』

これはもう、しょうがないことである。

僕らの世代は大量採用最後の頃で、当然のことながら社内での生存競争が厳しかった（しかもその後の新入社員が激減した）。病欠などもってのほか、多少の風邪なら這ってでも出社しろ、月月火水木金金、日本全国がブラック企業みたいな時代だったのだ。結果的に生き残った者は実力と奸計を備え、取引先との付き合いも長く濃くなるので、自ずとこういう人材には仕事が回るようにできており、回ってきた仕事をまた何とかこなすものだから、ますます仕事を押しつけられるという寸法。

一方、新入社員はサービス残業など真っ平ごめんとばかりに早々と退社する。哀れ残ったロートルオヤジは滅私奉公よろしく残務処理をするという具合だ。以前、若い後輩社員から「五十代以上の老害が上に居座っているから、自分たちがなかなか昇格しない」との文句を聞く機会があったのだけれど、こっちにはこっちの都合があるので、あまり責めるのは酷だと思う。で、よくよく考えるとこの傾向は文壇も似たようなもので……。

十二月十二日

十四時、いきつけの歯医者で治療。奥歯の被せものを交換するのだが、費用は25万円とのこと。あまりの金額に開いた口が塞がらなくなり、そのまま診てもらう。頭の中では歯一本が原稿用紙何枚に相当するのかを計算している。とても空しい。

十九時、神保町〈ビストロ　フェーヴ〉に招かれ、講談社Kさん・Tさん・某書店員さんと忘年会。料理も美味しいのだが、やはり業界話が一番美味。話に興じているとTさんから、「今日、ある作家さんから中山さんの話題が出ました」と聞く。僕とは何の面識もない作家さんなのだが、「中山さん、都市伝説みたいなもんですから」

生ける伝説かあ、カッコいいなあ（どうせ碌な話じゃない）。

取次さんを大事にしないといけないなーという話になり、僕は書店訪問でバックヤードを訪れる度、日販さんと東販さんの箱を数えるのだと伝える。

「大型書店さんだと、日販さんと東販さんの扱い量が等分じゃないんですよ。季節によっても違いますし」

ここ数年、出版社さんと取次さん、取次さんと書店さんとの関係は色んな人から訊いている。多分間違った認識はないと思ったので滔々と話していると、目の前でKさんとTさんの表情が怪訝なものへと変わっていく。

「それでですね、取次さんや書店さんの話を聞いていくと偶数月というのはビッグネームの出版が目白押しだったり、各出版社さんが〇〇フェアしたりとかするじゃないですか。そんなバトルロワイヤルみたいな戦場に飛び込んでも分が悪いの分かってるから、僕はずっと奇数月に本を出すことに」

次第に妙な空気になっていくのだけれども自分で止められない。いったい他の作家さんたちはこういうことを考えないのだろうかいやそんなはずはない僕だけが特別なんてことがあるものかきっと皆も知ってて知らないふりを。

十二月十四日

九時、立川シネマシティに到着。シネマ・ワンのｆスタジオにて『この世界の片隅に』（もう十回目辺りから数えもしなくなった）観賞。座席数は二百二十六席なれど、デモに流れた音楽で早々と音響設備の素性のよさが分かる。

開巻からとにかく音に聞き惚れる。従来の劇場の音とは少し性格が異なり、微細な効果音までも確実に再生するといった執念さえ感じ取れる。言ってみれば徹頭徹尾管理されたダビングステージの音質に近い。ブルーレイが発売された時、書斎で再生する際の基準にしようと思う。

十一時、某大手出版社さんから連絡あり。

『佐藤青南さんに執筆をお願いしたいので、佐藤さんの連絡先を教えてください』

同業者の仕事を増やしてやる義理はない。嫉妬心もあるのでヤクザの事務所の電話番号を伝えようとしたが、すんでのところで思い留まる。

二十二時、幻冬舎Tさんより仕事のお誘いあり。七尾与史さん『ドS刑事』最新刊企画として、「小説幻冬」で対談せよとのこと。「七」のつく、作家生活七年目の二人という語呂合わせ。そう言えば七尾さんとはプライベートではよく話すものの、誌上対談は初めて。これは自分の仕事なので一も二もなく承諾する。どうせ対談しても中身の黒さから、掲載できるのは十分の一にしかならないのだろうけど。

十二月十五日

「野性時代」連載用のプロット提出は今日が期限日。朝から唸って何とかアイデアの端を摑む。しばらくして全体像が浮かんできたのでKADOKAWAのFさんに概要を伝える。拒否反応はなかったので今日中にまとめることにする。

ストーリーを組み立てている最中の十四時二十分、実業之日本社Kさんより電話あり。

『原稿の進み具合はいかがでしょうか』

「今週一杯待っていただけませんでしょうか」

『今月は年末進行です。挿画の都合もありますので、半分だけでも早めにいただけませんでしょうか』

「あ、あ、明日一日ください。何とかします」

またしても安請け合い。自分の首が締まっていくのが実感できる。ざっとスケジュールを確認すると、これから大晦日までは机に向かう以外何もできなくなってしまう。

年末の大掃除はどうする。

年賀状はどうする。

考え始めるとどうにかなりそうなので（実はもうおかしくなっている）、いったん外出してエナジードリンクの買い出しをする。五十本ほど買ってきて冷蔵庫に放り込む。ああ十八日は〈新井ナイト〉ではないか。本当に出席できるのだろうか。

十二月十六日

あんまり年末進行がキツいので日劇にて『スター・ウォーズ　ローグ・ワン』を観賞（原稿はどうした）。本日が初日のため、コスプレしたりライトセーバーを振り回したりという客が多い。こういう映画は一種のお祭りなので許容範囲。お祭りだからハマり具合が半端ない人も多く、僕の隣に座っていた人など感極まったのか終盤はずっと泣いていた。

事務所に戻ると宝島社より仕事の依頼。何とバラエティ番組の出演とのこと。芸人さんと

のクイズ対決に作家をゲストに呼ぶ企画で、過去には著名な作家さんがずらりと並ぶ。妻にメールで伝えると、

『きたきた！　ついにバラエティ』などと浮かれている。

しかしこれは悩んだ。読書に関する番組ならともかく、こういうバラエティで著書の紹介がされるのは冒頭五秒ほどだ。バラエティというのはつまり出演者を笑う作りになっているので、そんなところに作家がのこのこ出掛けていっても笑われて帰ってくるだけだ。いや、笑われて自著の売り上げに少しでも貢献できればいいのだが、こういう番組を観る視聴者が、では出演した作家に興味を持って本を買うかといえば絶対にそんなことはない。その作家を視聴したことで、その作家を知ったような気になって本を買おうとまでは思わなくなるからだ（これは大沢在昌さんからの受け売り）。更にテレビというのは消費するメディアであり、しかも一過性だ。長生きしようとしている人間にとっては甚だ不相応な媒体である。既に著名な作家さんならともかく、僕のような駆け出しが醜態さらしても何もいいことがないのでお断りすることにした。

それにしても驚いたのはギャラの額で、以前『宮崎美子のすずらん本屋堂』に出演させてもらった時の三倍以上。これは局の違いではなく、バラエティ番組は概してその水準とのこと。れっきとした俳優さんがバラエティ番組に出るのはこういう理由だったのかと合点する。

十二月十七日
実業之日本社Kさんよりメール。

『挿絵の松田洋子さんが待ってくださるので少し猶予できます』とのこと。

ああああああ、ありがとう松田さん。住所教えてください。そっち方面に足向けて寝ませんから。

ひたすら原稿を書きながら、明日のトークライブについて芦沢さんとメールでやり取りする。

『新刊のプロモーションなので軽く触れるくらいはいいでしょうけど、それより創作スタイルの違いとか具体的な方法論の方が面白いんじゃないでしょうか』

うぅん、確かにその通りなのだけれど、これも悩むなあ。

会場には一般のファンの方以外にも同業者が何人か顔を見せるはずだ（いや、僕ではなく芦沢さんを見るために）。同業者の前で僕の具体的な方法論など噴飯ものではないか。大体が誰にも習わず師事もせず、感覚だけで二十六作を書いてきた。一応の方法論らしきものはあるが、多分説明しても分かってもらえないだろう。しかしそれではトークライブにならず、折角お越しいただいたお客さんに申し訳ない。何とか言語化しようと頭を捻ってみるが、まさか皆さんの目の前で執筆する訳にもいかん。これが漫画家さんだったら、目の前で原稿仕上げるのも立派なライブになるというのに。本当に小説家というのは……。

十二月十八日

何とか実業之日本社さんの原稿を仕上げると、既に時刻は午後一時。慌てて身支度をし、池袋の三省堂に向かう。

十三時三十分、三階バックヤードを訪ねると芦沢さんが先に到着している。二人で直に話をするのは貫井徳郎さんの〈新井ナイト〉以来だからずいぶん久しぶりとなる。ほどなくして新井さんも顔を見せる。本部付きになったのでもう制服姿ではなくなっており新鮮。女性って着ているものでころころ印象が変わるんだよなあ。今回は僕と芦沢さんによる〈実践小説講座〉という建てつけなので、新井さんは司会進行すらしてくれなそう。芦沢さんと新井さんは何やら楽しそうで、小学館の担当Mさんと H さんに至っては燥いでさえいる。これから到来するであろうトーク地獄に落ち込んでいるのは僕だけだ。

十四時、〈中山七里と美女夜会2〉スタート。客席を見れば神家正成さんの顔、そして他社担当者さんの顔がちらほら。何とか満席のようでほっと胸を撫で下ろす。開始早々、最前列ど真ん中の席に七尾与史さんが滑り込んでくる。あなた、今の住まいから池袋は近所じゃなかったのか。

トークの前に、まず僕は小説講座に通ったこともなければ人に教えてもらったことも、碌に小説指南の本も読まなかったことを表明しておく。つまりど素人の独断と偏見なので、妄想話だと思って聞いてほしいのだ。

芦沢さんはやはり聡明な方なので、僕との質疑応答にも澱みがない。話していても全くストレスを感じないので、喋りが苦手な僕も何とか講義（らしきもの）を進められる。ホワイトボードなども用意してもらい、形はなるほど講座なのだが、喋っている本人が詐欺師であることを自覚しているために、まるで催眠商法のステージに立っているような気分を存分に味わうことになる。物書きというのは基本的に嘘吐きなので、良い子の皆さんは絶対に信用してはいけません。

お互いの創作スタイルを比較した後、短編と長編の物理的な相違、質的な相違について各新人賞募集要項の枚数制限を基に述べる。独学我流なのだけれど、誰も不審そうな顔はしていなかったので、まあそんなに突拍子もないことは言わなかったのだろう。

トークショーの後、サイン会に移行。今回もお馴染みの読者さんが来てくれている。本当にこんな機会でもなければ物書きがリアル読者さんと触れ合うことはないので、とにかく皆さんには感謝するしかない。こんな人間の話に耳を傾けていただき、ありがとうございました。

イベント終了後、芦沢さんから「時間配分まで完璧でしたね」と感心される。一時間の予定のところ三分だけオーバーしていたのだ。

「え？　ちょっと待って。だって話しながら、ああ今三分経ったなとか自分で分かるものでしょ？」と返すと、とても妙な顔をされる。

事務所に戻ってから「小説NON」の連載用原稿に着手。結局、今日も寝られず。

十二月十九日

十三時、神田淡路町〈魚國〉にてKADOKAWAのTさん・Fさん・Kさんと「野性時代」新連載用のプロットについて打ち合わせ。大筋ではOKであるものの、

「もっと普通の家庭にしてください」

「主人公も平凡なサラリーマンで」

「事件もテロとかじゃなくて、もっと普通の」

初期段階では主人公は公安の刑事、これにテロ事件を絡めるという内容だったのだが、今回はそういった時事性は抑えてほしいとの要望。

今まで派手にしてくれというリクエストは多くいただいたが、その逆というのは初めてだったので、とても新鮮だ。それにその程度の修正なら三時間で済むなどと、例の安請け合い

をしてこの話は終わり。

「もうそろそろ刊行数を絞りませんか。年六冊は出し過ぎです」

「いや、駆け出しなのでもう少し認知度を上げたくて」

「中山さんなら、もう充分に認知されてますよ」

騙されて堪るか。僕なんて「このミステリ界の片隅に」と自虐ギャグを飛ばすくらい認知されていないと思っている。

ただし、そろそろ自分の既刊で自分の新刊を食っているという状況も出始めている。既に約束したものは仕方ないが二〇二一年からは年四作に絞ることを検討してみよう。

また『ドクター・デスの遺産』についても一月中に追加分八十枚を書けとのお達し。当方、海外での解決を提案するが少し渋い顔をされる。まあいい。予めラストは三種類用意しておいたのだ。

十二月二十日
本日より岐阜に帰省。自宅に着くと、先に到着していた海洋堂シン・ゴシラ2号雛形レプリカモデルを早速組み立てる。ううむ、聞きしに勝るクオリティ。しかし高さ712㎜に体幅307㎜、全長に至っては1055㎜。こんな巨大なフィギュアをいったいどこに飾ればいいのだろうか。

僕らは、子供時分に欲しい物が溢れていたにも拘わらずあまり買ってもらえなかった世代だ（お金持ちのボンボンは除く）。高度成長期といえど、まだまだ中流家庭の子供にまでは恩恵が与えられなかった。おそらくその時の反動というか復讐心が、この世代の人間を高いオモチャの購入に走らせている。家族は冷ややかな目で見るだろうがここは勘弁してほしい。そういう欲望と闘い、諦め、その悔しさをバネに歯車として働いてきたのだ。

原稿を5枚ほど書いてから、未開封だった『アイアン・ジャイアント　シグネチャー・エディション』を観賞。泣く。こっちは近くに映画館がないので、どうしても書斎のホームシアターに入り浸ってしまう（代わりに東京事務所にいる時は、ほとんど毎日映画館に通っている）。

その後、『いつかギラギラする日　角川春樹の映画革命』を読む。とにかく一日一本の映画観賞と一冊の本を読まなければ身体に変調を来たす。僕にとっては睡眠や食事や排泄よりも重要な日課なのだ。

十二月二十一日

締切を一日だけ延ばしてもらうため某担当者に連絡するが、メールには返信がなく、電話もつながらない。そのまま執筆し続けていると五時間後にようやく返事があった。

『すみません。実はノロウイルスにやられちゃって』

お大事に、という言葉を添えたが、ほんの少しだけ羨ましかった。勤め人は病気に罹ったらとりあえず仕事を休めるからなあ。

しかし僕ときたら中学以来風邪をひいたことも病気になったこともない。口の悪い友人に言わせれば「ウイルスにさえ嫌われている」らしい。この無意味に健康な体質は編集者さんにも知れ渡っているので、碌に仮病も使えやしない。もっとも「精神的には常軌を逸している」と噂されているから、こっちの理由でなら何とか騙せるかも知れない。

高速増殖炉もんじゅの廃炉が正式決定される。僕も『総理にされた男』でこの件に少しだけ触れているのでずっと動向はウォッチしていたが、まあこれは予想通り。原発ムラの役人たちは未練たらたらの様子だが、遅きに失したくらいだ。この間に使われた国費は一兆円以上、廃炉にも相当の予算を必要とする。いったい、このカネは誰が返してくれるのだろうかと、ふと素朴に考えてみる。国家プロジェクトとはいえ、やはりこれを推進した議員なり役人なりを追跡調査し、資産から没収するなり年金を停止するなりした方がいいのではないか。ペナルティを怖れて仕事をしないのも考えものだが、これだけの無駄遣いをして誰も責任を取らないというのも異常ではないのか。

十二月二十二日

印刷所の動いているのが二十八日までであるため、各出版社から二十七日までに原稿を寄越せとメールが届く。ううむ、連載はまだ四本も残っているのだが。いかん。これより六日間は食事の時間も惜しんで書かなければ到底間に合わないではないか。そう言えば物書きになってからは一度としてゆったりした年末を過ごしたことがない。いつも綱渡りで、おまけに正月でもずっと原稿を書き続けている。きっと今年もそうなるのだろうなあ。

飯塚市の市長と副市長が真昼間から賭けマージャンをしていたとのことで糾弾されている。糾弾されているのは「真昼間から」なのか、それとも「賭けマージャン」なのか。注目の仕方によって、その人物の倫理観も透けて見えるというニュースだ。こういう時、大抵の政治家は「法的に問題はない」とか言うが、いや、一円だって賭けたらそれは犯罪なんだったら。

僕自身はおよそ賭け事に縁もなければ興味もない。生涯に楽しんだギャンブルといえばパチンコと宝くじくらいだが、それでも大学時分に二年ほど遊んでからは疎遠になってしまった。ある尊敬する人物から「人間は一生のうちに使う運は限られている」と教えられてからは、商店街の福引にさえ手を出さなくなった。こんな小さな賭け事で運を使うのが嫌になったからだ。

何だ、よく考えてみればギャンブルが嫌いなのではなく一発大逆転を狙っているだけではないか。

十二月二十三日

十時、ハウスメーカーの担当者さんがやってくる。最前行なった工事の残務処理のためだ。こうしたこと（相手の不都合を含めて）を公開しているのをいつまでも秘密にしておく訳にもいかず、担当者さんを手招きして「ピクシブ文芸」のサイトを開く。

「えっと、とりあえずここと、ここに御社の話を挿入しておきましたから」

担当者はあらあらあらと笑っていたが、目は笑っていなかった。きっと私小説を書いている作家さんは、こんな風に世間が狭くなっていくのだろうなあ。

二十二時を回って、何とか「小説ＮＯＮ」連載用の原稿を書き上げる。続いて「小説宝石」連載用原稿に着手。

ここまで読んでいただけば分かってもらえると思うが、ほぼ毎日がこんな状態なので書いた原稿を見直したり推敲したりする時間は僕にない。同業者間で噂されている〈都市伝説〉とやらは決して伝説でも何でもなく、スケジューリングが下手くそな物書きの開き直りのようなものに過ぎない。スケジューリングが下手なものだから、今日が天皇誕生日で皆が休日を愉しんでいるというのに、僕はといえば締め切りに追われ机の上でひたすら原稿を書いている。

　先日の芦沢さんとのトークショーでも話したことだが、憧れ産業であればあるほど光と影のコントラストは激烈なものになる。ところがマスコミで喧伝されるのは、ほとんどが光の部分でしかない。物書き商売についてもアニメーター同様に残酷物語を広く伝えるべきだと思うのだがどうか。もっともそんな話をしていたら憧れ産業ではなくなってしまうのだが。

十二月二十四日

昨日が祝日、本日を挟み明日は日曜ということで世の中は三連休を楽しむ人が多いだろう。しかも今日はクリスマス・イブときている。

　それなのに僕ときたらずっとパソコンに向かっている。まあこの商売になってからというもの日曜日もクリスマスもついでに正月もないのだけれどいったい何故こんな商売を選んでしまったのか自業自得だろでもこれではあんまりうるさい仕事せえ仕事。

　いい加減書き疲れたので、『スローターハウス5』を観賞。言わずと知れたカート・ヴォネガットJrの原作をジョージ・ロイ・ヒルが監督した時間SFの傑作――と、三十年前はそう思っていたのだけれど、今再見してみるともっと深遠なテーマを内包していたことに気づく。あああ、しかも音楽はかのグレン・グールドではないか。

傑作というのは映画も小説もそうなのだけれど、観賞する年齢やタイミングによってころころと印象や味わい深さが違ってくる。こんなことができるのも手を伸ばせば届く範囲に愛読書や映画ソフトがあるからだ。とにかく棚に目を走らせれば背表紙が視界に入り、思わず手に取ってしまう。レンタルや配信も結構だが、こういうことは書籍なりパッケージメディアが手元になければ思いつきもしないだろう（他人はともかく、僕はそうだ）。

断捨離と逆行する生活スタイルだが、こういう生活にはこういう生活の旨味というものがあり、なかなか手放す気にはなれない。って言うか、くたばれ断捨離。

十二月二十五日

執筆途中、パソコンの調子がおかしくなったので、ソフト会社に勤める友人に様子をみてもらう。そろそろハードディスクの寿命がきているので交換すべきとのこと。

昼食がてら〈今、岐阜はブームである〉という話をするが、おそらく不完全燃焼で終わるだろうということで意見が一致する。作家を多く輩出し、人気アニメの舞台になっても、まず観光地化することは有り得ない。

何故か。

岐阜の人間は商売が下手、というかまるで商売っ気がないからだ。これは隣の名古屋に比較してみると一層際立っている。

数年前だったか、生まれ故郷が映画のロケ地に選ばれたが、役場の観光課は積極的に動こうとしなかった。監督がロケハンの途中でいい佇まいの民家を見つけた際、観光課の役人と交わした会話がこうだった。

「ああ、あの家使わせてもらえませんかね」

「無理です」

けんもほろろとはこのことだ。

この時、窓口に立った職員は観光課に配属されたばかりであり、しかも映画に一ミリの興味もなかったらしい。所有者に確認もしないで無理です、と断言したのは所有者との交渉が鬱陶しかったからに過ぎない。こうして折角町興しのきっかけになるはずだったネタを、こともあろうに役場の観光課が潰してしまった。

この職員の対応はもちろん、映画に興味のない人間を撮影スタッフの窓口にする上司もどうかしている。これは本当に極端な例だが、岐阜県民という括りで見た場合に少なからず頷いてしまうような県民性もある。岐阜県出身の作家さんは多いが、漏れ聞く人物評はいずれも朴訥であり、商売っ気があまり感じられない。オレがオレがという風ではなく、目立つの

うというのが一般的な印象。もう少し欲深なくらいがちょうどいいのだろうが、多分そういうDNAが心身に刷り込まれているのだろうなあ。

十二月二十六日

KADOKAWAのFさんより原稿督促のメールが届く。

『本日が締切日でしたが、進行状況はいかがでしょうか。年末進行が重なりお忙しい中恐縮ですが、どうぞよろしくお願いいたします』

言い訳の文章を考えるのに約三十分を費やす。辛い。

午後になってからようやく「小説宝石」連載用の原稿を脱稿、休む間もなく督促をいただいた「文芸カドカワ」の連載原稿に着手。こちらも二日間で仕上げなければならない。

気晴らしに同業者さんたちのツイートを覗くと誰も彼もが年末年始は原稿用紙に向かう様子。重ねて書くが、こんな生活、作家志望者さんたちは本当に望んでいるのだろうか。

十五時、カーポート改築のためハウスメーカーさんが訪問。先日、僕の日記に登場させられているのを知ったせいか、余計なことはひと言も口にしようとしない。きっと私小説を書いている作家さんは以下同文。

夕方になって息子が帰省。相変わらずの極楽とんぼぶりだが、話を聞けば音大の学生さんは多かれ少なかれ皆こんな風なのだと言う。まず、こんな時期だというのに学生課が就職斡旋に積極的ではない。一般企業に就職したいなどと口を滑らせると途端に冷淡な態度に豹変するという。ただし学生自身が就職活動に血道を上げている訳でもないとのこと。

やはり音楽家を目指そうとする人間は、どこか世間ずれしているものなのだろうか。

十二月二十七日

今度は大阪から娘が帰省してくる。これでようやく家族四人が揃ったが、言い換えれば僕だけが書斎に閉じ籠もる訳で、何と言うかこれはこれで辛い。そうこうしているうちに宝島社さんと文藝春秋さんから進捗伺いのメールが届く。両社とも年内中が締切だが、実質印刷所は二十八日が最終日であるため、こうした確認は必須となる。当方、年内中には必ず仕上げる旨を平身低頭しながら返信する。

十七時、インストーラーのN社長と社員二人が到着。書斎にあるプロジェクターの交換に取り掛かる。工事中は書斎が使えないので執筆をしばし中断。ただし執筆の手は止めていても考えごとはできるので、新作長編のプロットなどを練り始める。プロットの主軸は言うまでもなく、誰をどんな動機でどのように殺害するかであり、その隣では妻が息子や娘と談笑している。一種異様な孤立感を味わうが、これもこういう因果な仕事を選んだ報いである。

取り換え工事終了後、ブルーレイの作品を片っ端から観る。隅々までピントが合い、極上の画像。しばらく見とれているうち、あっという間に二時間が経過。まずい、仕事しなきゃ。

十二月二十八日

レイア姫、キャリー・フイッシャー逝去。享年六十。

何てことだ。また往年の映画スターが本当の星になってしまった。いったい十二月というのはいつもこんな風に有名人がばたばたと鬼籍に入るような印象がある。そんなことまで急ぐことはないのに。

映画館で大きくなったという自覚がある。映画に教えてもらい、映画に支えてもらったという恩がある。だからこそスクリーンで慣れ親しんだスターの死は殊更に応える。銀幕で活躍していた頃もあまり見掛けなくなった頃も、傷害や浮気やクスリなどで晩節を汚す人もいた。しかし大部分のファンにとって、そんなことは些末事に過ぎなかった。彼、あるいは彼女の演技・表情・そしてオーラが健在であればそれでよかった。無論一般人には致命的な汚名ではあったのだけれど、彼らにしてみれば汚名すらもアクセントに過ぎなかった。スターというのは元来そういうものだった。たった一度のスキャンダルで消えてしまうようなスターはスターではない。ただの星屑だ。

傷心に駆られてという訳ではないが『スター・ウォーズ　エピソードⅣ』を観賞していると年賀状をまだ一枚も書いていないことに気づく。大慌てでハガキを買い求め宛名を印刷し始める。今年は仕事関係だけで五十枚。齢をくう度に年賀状の枚数が増えていくのは、もう何かの祟りだとしか思えない。

やっと宛名印刷が終わったと思ったらKADOKAWAのFさんより原稿督促のメールが届く。間に合うのか、自分。

十二月二十九日

朝方、ようやく「文芸カドカワ」連載用の原稿を脱稿。すると直前に担当者Fさんからのメールが届いているではないか。

『文芸カドカワの公式サイトに掲載する著者コメントを今月もう一度いただけますでしょうか。100字〜200字でお願いします』

殺す気なのだろうか。

本日が仕事納めということもあり、各社からメールで挨拶あり（必ず締め切りについて釘を刺されているのは仕様だ）。そう言えば、個人的に仕事納めというのはこの五年間で一度もなかったなあ。家族が大晦日の番組を観ている隣で原稿を書き、近所の神社へ初詣に行った後も書き続けていた。

少しだけ休もうと二時間だけ横になる。うつらうつらしてきたところで、まだ文藝春秋さんのやり残しと宝島社さんの百枚が残っていることを唐突に思い出して跳ね起きる。明日から正月明けまで、各担当者さんは正月休みに入る。我々物書きはその間に遅れていた仕事、頼まれていた仕事を一気に片づけなければならない。

十八時、親子で鍋を突きながら昔一緒に映画館に行った話に花を咲かせる。僕はあまり褒められた父親ではないのだけれど、子供たちを映画好きにし、とにかく気になった映画は必ず映画館で観るように育てたことは上出来だったと思っている。不思議なことに長男も長女も、初めて映画館の暗闇に呑み込まれた時にひと言も発せず、落ち着いていた。父親のDNAだろうか。特に息子などは筋金入りの映画ファンとして真っ当に歪んでおり、現在も絶賛捻じ曲がり中だ。

最初に映画館で観た映画は何だったのか、という話だけで相当盛り上がる。感心するのは二人とも、傑作ばかりを勘で引き当てて観ていること。

「ポスター見ただけで、面白いか面白くないか分かっちゃうんだよね」

これは本読みにも当て嵌まることだろう。本読みは平台に置かれた本の表紙を一瞥しただけで、面白いかどうか、自分の好きな本かどうかを感知してしまうのだ。

もちろんこうなるまでには、幾千もの駄作を味わわないといけないのだけれど。

十二月三十日

『ジ・アート・オブ　シン・ゴジラ』を読む。まず書籍の厚さと重さにびびるが、内容の濃さで更に圧倒される。こんなもん一時間やそこらで読めるか。読破を諦めて執筆に戻る。

しばらく書いてからある同業者さんのツイートを覗く。有名な人気作家さんなのだが、映画の製作に関わり、オリジナル脚本を手がけたのだと言う。シナリオ学校に通ってまで書いた脚本は全ボツ。ところが出来上がった本編にはその作家さんの書いたフレーズや要素が生きていた。これが世に出てしまうと、もう自分のオリジナルとして通用しなくなる。件の作家さんはプロデューサーに抗議したのだけれど、結局は泣き寝入りするしかなかったとのこと。

脚本家が交替し、その際に直前のシナリオにあるアイデアを転用するのはよくあることだ。いや、改稿を重ねることのメリットは実はそれだったりする。しかし慣習や契約内容云々という意見もあるだろうが、それ以前に信用問題なのだと思う。僕は幸運にもそうした目に（まだ）遭っていないのだが、かの世界で類似の事案は山ほど小耳に挟んでいる。その全てが噂という訳ではあるまい。

今年、二〇一六年は邦画にとって奇跡の年だった。その奇跡をもたらした数々の映画は邦画界の悪しき慣習から脱却できたために完成した一面がある。そういう年だったにも拘わらず、一部ではこうした昔ながらの悪習がはびこっているのが残念でならない。

十二月三十一日

家の中はいつも家内がこまめに掃除をしているため特に大掃除をすることもなく、執筆を続ける。やはり年内中に仕事を終えるのは無理だった。夕方親子で食事をし、僕と息子だけは更に年越しそばを食べて一年を締めくくる。

皆さん、よいお年を。

二〇一七年

一月一日

あけましておめでとうございます。

という訳で早速年賀状を確認すると昨年よりも増えていた。返事を出さねばならないのだが原稿優先だ。果たして時間的な余裕があるかどうか。

息子は明日から練習があるとかで、ひと足早く東京に戻る。その様子を見ていた妻は、「まるで売られていく牛みたい」と形容した。何だそれは。

十一時、同窓会に出掛ける。もう四十年近く続いているので恒例行事と化しているのだが、同窓会といってもメンバーは僕を含めた数人にそれぞれの家族という、ごく少人数。それにしても元日営業の店が増えた。利用する側は便利で助かるのだが、店側のローテーションも大変ではないかと要らぬ心配をしてしまう。

帰宅して執筆再開。同業者さんたちのツイートを眺めていても完全オフの人は数える程度。やはり盆暮れ正月のない仕事だと実感する。

十七時、妻方の実家で新年会。昨年『校閲ガール』が流行ったためか、ゲラ直しや校閲さんのことで親戚から山のような質問を受ける。

「何で、原稿のことゲラって言うんですか」

「あんな風に校閲さんが直接作家さんに会ったりするの」

「やっぱり、あんな風に赤ペンが入るの」

「校閲さんは収入がいいのかな」

目立たぬ職業にスポットライトが当たるのはいいことだけど、それにしてもドラマ化効果は絶大と感じた次第。

一月五日

僕にも経験があるのだけれど、仕事始めというのは実質新年の挨拶会のようなもので、通常運転とは程遠い。翌日からが本格的な始動になる。

そんな訳で今日はいきなり数社から電話やメールが届く。

『ゲラ直しは明日でどうですか』

『プロットの締め切りは明日です』

『インタビューの骨子が決まりました。目を通しておいてください』

『次回原稿の締め切りは十五日です』

『いつまで正月だと思ってんだ』

心を落ち着かせるために『グラン・トリノ』を観賞する。偏屈な老人がふとしたことから隣に越してきたヒスパニックの一家と交流を深め、やがて一家の揉め事に否応なく巻き込まれていく——監督を兼任している主演のクリント・イーストウッドがとてもとてもいい。差別意識丸出しの毒舌オヤジだが、ちょうど初校の見直しをしている小説の主人公に重なる。昔は多かったんだよあ、こんな風に家族や近所から嫌われる偏屈者で、それでも存在感は抜群のクソジジイ。

以前、島田荘司さんにこんなことを予言されたことがある。

「中山さんはねえ、そのうち和服でも着て新人作家さんたちを叱り飛ばすようになるんじゃないかなあ」

そういう嫌われ者に憧れていたので、僕は何度も頷いたものだ。

あれ？　ちょっと待てよ。

そのうちどころか、もう現時点でかなり嫌われているような気がするのだが。

一月六日

各社からの督促が厳しくなってきたので東京に戻る。予想通り郵便ポストは見本誌や賀状で溢れ返っている。この整理だけでも一時間。

十五時、光文社Mさんとゲラ修正、三分で終了。後は例のごとく雑談。聞けばK編集長も『この世界の片隅』にいたく心を動かされ、会う人に洩れなく観賞を勧めているとのこと。

口コミが広がっているのをリアルに目撃するのはそうそうあることではないので、少し嬉しくなる。五月刊行予定『秋山善吉工務店』についてジャケットをどうするのかを相談。いつも通り先方に丸投げしておく。ライトノベル作家さんの中には、自分の作品だからと絵師さんや帯まで指定する人もいるらしいが、僕は素人が口を出して碌なことはないと思っているクチなのでこうしている。もちろん、どちらがどうということはないのだけれど、今の時点では功を奏しているように思う。

十六時、祥伝社Nさんとゲラ修正。こちらは専門医師の監修があるために大きな修正点があり十五分も費やしてしまう。しかし毎度毎度思うのだが、作家さんの中には現役医師が山ほどいるというのに、何故僕のような者が医療ミステリなどを書いているのか。

雑談をしていると、作家の筆が荒れるケースに話が及ぶ。

「あまり多作でなかった人が何かの文学賞を獲ると、急に仕事が舞い込んできます。今まで多作の訓練をしてこなかった人は荒れることがありますよね」

そして荒れた作品で、結局は評価を下げてしまう。折角賞を獲得したというのに、却ってそれが仇になってしまうのだ。

一月七日

新連載用の長編プロットを練っているのだが、これが全く欠片も思い浮かばず。ただ座っていてもどうしようもないので、外出し、書店を巡り、映画を観てもやはり何も浮かばない。担当の編集者さんからは矢のような催促である。同業者の方なら分かってもらえると思うが、塗炭の苦しみというのはまさにこれではないのか。飯を食っても味が分からず、これに雑誌締め切りが重なると強迫観念まで襲ってくる。自分の才能に疑問が湧き、電車の線路が妙に恋しくなる（はっ）。

本当にどうしようもなくなったので、棚にあったブランデーをがぶ飲みする。するとまあ何ということでしょう。一気にアイデアが湧いてきたではありませんか。何とかラストまで思いついたのでプロットにまとめてみる。うん、何とかなった。

こんなことを繰り返していたら絶対長生きはできないだろうが、まあ仕方がない。ゼロからモノを創るというのは何でもそうなのだけれど本人から何かを削っていく。それが健康だったり精神だったり財産だったりという違いがあるだけだ。作家さんの中にジム通いやランニングを日課にしている人が少なくないのは、この辺の事情と無関係ではない。正直、真っ当で平穏な人生を歩みたいという人に向いていないのは確かなのだろうなあ。

一月八日

これは同業者の方でもよくあることなのだが、一つプロットが浮かぶと続いて別のプロットが不意に浮かぶことがある。おそらく頭がそういう方向に特化しているせいだろう。昨日に引き続き、懸案だった編集者さんからのリクエストがみるみるうちに形を成してきた。本来なら今日から短編百枚の執筆に着手する予定だったのだが、流れに任せて新しいプロットを組み立てることにする。

ＰＨＰ研究所さんからリクエストのあった鉄道ミステリーには、実際難渋していたのだ。今まで書いてきた小説は大なり小なり興味なり知識なりがあったのだけれど、これが鉄道となると本当に何も浮かばなかった。わずかに鉄ヲタさんたちについての興味があるだけだったのだ。だからといって鉄ヲタさんの生態だけを扱って肝心の鉄道についての思い入れなり描写がなければ、鉄道ミステリーとしては不充分であるような気がしていた。

でも、このプロットなら鉄道ファンの感興を殺ぐことなく、しかも不穏な空気を作品の中に持ち込める。非鉄ヲタの読者も手に取ってくれるかも知れない。

出来のいいプロットというものは手応えが違う。特徴としてはすぐにタイトルが思い浮かぶ。タイトルが浮かびやすいのは作者自身に全体のイメージができあがっているからだ。そんな訳で、このプロットは（完成度は未知数としても）とても筆の進む内容であるのが今から予想できる。やれありがたや。因みに仮タイトルは『帝都地下迷宮』としておく。

映画『この世界の片隅で』は絶好調。既に興収は十億円を突破し、未だベスト10位以内に踏みとどまっている。この状態が続けばロングランも視野に入ってくるだろう。一方、この映画に対する批評も色んな方向から出てきた。優れた作品は何通りもの読み方、幾層もの解釈が可能なのでこれは当然なのだが、中には我田引水よろしく同作品を右や左に寄せて解釈する向きがある。解釈の仕方は観客に委ねられるので間違っているとも愉快不愉快とも思わないのだけれど、映画に対する政治的解釈というのは往々にして独善的で底が浅くなる傾向にあり（元々政治イデオロギーというもの自体がそれほど高尚でもなければ高邁でもない）、評した人間の思考力や映画的教養も露呈してしまう危険性があることは心に留めておいた方がいい。右や左に絡めなければ映画の感想一つ言えないというのは、自分の言葉を持っていないからだ。借り物の政治思想を口にして、自分が一端の論客にでもなったかのように錯覚しているだけなのだと思う。実際、そんな単純なアプローチだけで読み解けるような作品だったら、こうまで幅広い年齢層に受け容れられ、とんでもない回数のリピーターを生むはずがないのではないか。

一月九日

十四時、文藝春秋Iさんとゲラ修正。五分で終了。新連載『静おばあちゃんと要介護探偵』は初回百枚と大盤振る舞い、以降分載を挟むものの、全体のペースとしては一回百枚掲載になるとのこと。要介護探偵というのは『さよならドビュッシー』に登場させた頑固一徹のジジイなのだが、今回は静おばあちゃんとタッグを組ませようという試み。無論、宝島社さんには仁義を通している。

掲載誌が「オール讀物」ということには感慨深いものがある。中学の時分から定期購読していたという事情もあるが、この文芸誌に連載することで一つ約束が果たせるからだ。

デビューして最初に連載が決まったのは「別冊文藝春秋」だった。僕は『このミス』大賞受賞の知らせを受けた直後、「中山七里三カ年計画」なるものを作成した。そのうちの一つが文藝春秋・新潮社・講談社・角川書店・集英社の五社から連載を勝ち取るというものだった。

単純に嬉しかったので選考委員の一人である茶木則雄さんにお会いした際にその報告をすると、茶木さんからは、「でも、オール讀物に連載するくらいにならないとね（大意）」と返された。つまり「オール讀物」に連載するというのは一種のステータスであり、大賞受賞者を生み出した選考委員の一人として「そういう作家になれよ」という励ましの言葉だったのだと思う。僕は「分かりました」とだけ返事をした。茶木さんがどう受け取ったのかは分からないのだけれど、僕にしてみれば約束だった。今回、その約束を果たせてほっとひと息つけたというのが正直な気持ち。実は茶木さんからはその他にも色々な無理難題を約束させられているのだが、さていつ履行できることやら。

一月十日

十時、KADOKAWAのFさんとゲラの修正作業。五分で終了。次いで今月から「野性時代」にてスタートする新連載プロットについて再確認。

「普通っぽいのがとてもよかったです」

今までそういう褒められ方をされたことがないので少し戸惑う。つまり大がかりなトリックや誇張されたキャラクターで引っ張る訳にはいかず、ただひたすら心理描写だけで五百枚を書き上げることになる。まあ何とかなるだろう。

昼食を摂っているとPHP研究所のYさんより電話。先に上げておいたプロット、面白そうなのでそのまま進めてほしいとのこと。やれやれ、これでプロットが二つ片づいた。デビュー以来、ボツをくらったことはまだなく、これでまた記録を更新できた（いったい僕は何と闘っているのだろうか）。

キネマ旬報が『この世界の片隅に』を二〇一六年の日本映画ベストワンと監督賞に選出。

映画を観た人間でこの結果に納得しない者はおそらくいないのではないか。そしてキネ旬ベストワンがこれほど寿がれた作品も珍しいのではないか。この映画は観客が応援したくなる。他の配給会社はその辺りの構造を分析するべきだと考えるのだけれど、これは余計なお世話なのだろうなあ。危機感を抱いている真っ当な会社なりプロデューサーなら、とっくの昔に考えているはずだもの。

一月十一日

十四時、双葉社にて「ダ・ヴィンチ」誌のインタビュー。三月刊行予定『翼がなくても』に関しての企画で、インタビュワーは『スタート！』の際にもお世話になった河村道子さん。まずインタビューの前に編集局長以下営業部の方々がずらりと勢揃い。こちらは恐縮してコメツキバッタのように頭を下げる。

インタビューでは色々と詳細を訊かれたので、担当編集のYさんにも伝えなかった物語の二項対立やら、何故この物語に御子柴や犬養を出したのかキャラクター分析を交えて説明する。

誰から何を教えてもらった訳でもないが、どこをどうしたら物語が流れ、どんな起伏をつければ一気読みしてもらえるか、くらいは知っている。と言うか、二十七作も本を出していれば自ずと身につくことだ。更に言えば、この程度のテクニックなら何百冊何千冊と本を読んでいれば普通に理解できるはずだ。羽田圭介さんの説ではないが、数多の作家志望者はそんな面倒臭いことはしたくないからと小説講座に通ってテクニックを得ようとしている。言い換えれば走りもしないで筋肉を作ろうとしているのだ。そんな付け焼刃のような筋肉で走ればすぐに肉離れを起こしてしまう。さもなければ転倒だ。無茶にもほどがあると思うのだがどうだろう。

十六時、文藝春秋に赴き、Iさんと『静おばあちゃんと要介護探偵』、Nさんと『テミスの剣』文庫版の打ち合わせ。お二人の話し方から「本を売ろう」という気概がひしひしと伝わってくる。先の双葉社さんもそうなのだが本当に僕は才能には恵まれない代わりに、人に恵まれている。七年も物書きを続けてこられたのはこのお蔭だとしみじみ思う。

十六時三十分、宝島社に赴き法廷ミステリについて締め切りの確認をする。すると執筆者の一人が体調を崩されたため、刊行スケジュールが遅れるとのこと。自動的に締め切りが延びることになり、こちらとしては少しだけ余裕ができる。ちょうど友井羊さんが同じく打ち合わせ中だったので、終了後担当のKさんとともに会食することとする。最初にイタリア料理の店を目指したのだが、この時点で僕はすっかり失念していた。友井さんが訪れたお店は大抵休業しているというジンクスがあるのだ。案の定、目指したイタリア料理店はシャッターが下りていた。もう、お見事と言うしかない。

一月十二日

本日より「野性時代」用連載原稿に着手。今回は派手な展開も目立つキャラクターもおらず、ただただ平凡な家庭を描くという内容。心理描写の腕を問われる作品であり、今までとは全く違うアプローチが必要になる。もちろんこれをリクエストした編集者さんたちの気持ちはひしひしと伝わっている。久しぶりに書き出しに緊張してしまった。

島田荘司さんがツイートで拙著『テミスの剣』を評してくださっていた。
『トリックや一種の余裕感覚で読ませるのではなく、畳み込むシャープでストレートな文体、男臭い小説。ゲラなど見ないと語る彼ならではのぐいぐい引っ張る面白さ。冤罪が扱われ、プロ刑事の男気が、いかに冤罪を作り出すかがリアルに描かれる。北方・大沢ファンも是非読んで欲しいな』

前にも書いたのだけれど、僕は承認欲求が希薄というかほとんど皆無の人間である。しかし言い換えてみれば、ある特定の人に認めてもらえれば他の誰かにどんな酷評をされても平気ということだけなのかもしれない。たとえば立川談志師匠の場合、それが手塚治虫さんだった。談志師匠を引き合いに出すのはあまりにおこがましいけれど、僕の場合はその特定の人が島田さんなのだろうなあ。

一月十三日

十一時、届けるものがあったので宝島社を訪れる。Kさんが会議中であったため、もう一人の担当者Sさんと話す。話はいつしか『この世界の片隅に』へ。僕が「監督はこの時期、食費を一日百円に切り詰めて」とか「あのシーンで晴美さんは」とか話し出すと、「やめてー、中山さん。思い出してまた泣けてくる」と叫んで本当に泣き出してしまった。この映画に関してSさんのような人は決して珍しくなく、中にはコトリンゴさんの歌が流れ出した瞬間に自然に泣く人もいる。まさしくパブロフの犬状態。

十七時三十分、早稲田文学フリーペーパーのインタビューでTBSへと向かう。一階フロア、やけに家族連れが多いなあ、と思っていたらやってきた女性スタッフのひと言で疑問が氷解した。

「はい、『カルテット』子役オーディション応募の人たち集まってくださあい」

その声に呼応してヴァイオリンケースを携えた子供たちがわらわらと集まってきた。頑張ってねーと手を振る親御さんたちが見送る中、子供たちがスタッフさんに先導されてスタジオの中に入っていく。親御さんたちは終始にこやかだったのだが、目だけは笑っていなかった。

十一階、和室造りの一室でインタビューがスタート。インタビュワーの谷原章介さんは僕の著書の多くを読んでいただいており、質問の一つ一つが勘所を突いていて気持ちがいい。それも半可通な質問ではなく純粋に読者目線に徹しているのでこちらも答えやすい。なかなかできることではなく、これを臨機応変にやってのけることで谷原さんの賢明さが窺い知れる。どんな世界であっても生き残っている人というのは、こういう技術を持ち合わせているのだと痛感する。

インタビュー終了後、神田神保町のステーキハウスにて担当編集者さんと雑談。そこで予てより疑問だったことをぶつけてみる。

「新人賞の最終候補に残る作品は、本当に全作とも最終候補に残るような価値があるんでしょうか」

編集者さんの答えは予想通りだった。つまり五作の最終候補作があれば二作、七作あれば三作程度は単なる数合わせだというのだ。言うなれば「枯れ木も山の賑わい」というヤツである。見分け方は簡単で講評で短くまとめられたもの・酷評しかないものは大抵数合わせのための候補作であり、それは一次も二次も同様らしい。

単なる数合わせで候補に残されただけなのに、本人は「自分には才能がある」と勘違いし、その後も投稿を繰り返すものの後は鳴かず飛ばず。それでも候補に残った成功体験が忘れられなくて夢にしがみついて無為徒食の日々を過ごす。傍目には地獄絵図でしかないのだけれど、本人はそれに気づきもしない。気づいていても気づかないふりをしている。つくづく罪作りな話だと思う。

一月十四日

「野性時代」連載用の原稿を書き続ける。度々途中で熟考する。いつもは頭の中で全部出来上がっているのでこんなことはないのだが、今回に限りこれでいいのかと何度も自問自答する。ストーリーよりは心理描写を濃くしているので、この程度の描写で足りるのか、それとも過剰なのかを吟味しながら書いているのだ。僕にしてみれば新鮮な体験なのだが、ある同業者に尋ねると「それが普通なんだよ」と言われた。どうもすみません。

一月十五日

例年であればそろそろ『このミス』大賞授賞式の時期だが、今年に限り遅れている。理由は十五周年を記念して、テレビカメラも入るような大々的なものを計画しているため、いつもより準備に時間がかかっているからだそうだ。聞けばスペシャルゲストも呼んでいるとのことだが、それでも他社の編集者を招待する気がないのはさすが。実際、『このミス』受賞作家に対する各社編集者さんたちの視線は熱く、中には会場の入り口で作家さんを捕縛し執筆依頼をした剛の者までいる。僕などはいっそ他社さんも呼べば、新人の仕事を保証することになっていいと思うのだが、そこは当然ながら賞金その他を拠出する版元の都合というものがあるのだろう。

十八時、KADOKAWAのFさんより原稿督促のメールが入る。

「今から寝ずに書きます」と返信すると、すぐにまた返ってきた。

『ご無理はなさらないでくださいね……と言いつつ、明日にはいただけるとありがたいです』

文面から立ち上ってくる焦燥と憤怒に怯える。

一月十六日

十五時、幻冬舎さんに赴く。会議室で待ち構えていたのは盟友七尾与史さん。本日は『ドS刑事5』刊行記念として「小説幻冬」に二人の対談を載せるという企画。

最初のうちこそトリックの発想法や、キャラクターの創り方など真面目な話で始まったのだが、元より互いの著作で〈黒井〉やら〈毒島〉やら主人公に物騒なネーミングを施すような二人であって、こんな輩の対談が明朗快活のまま終わるはずもない。話は次第にダークな方に流れ、とてもではないが第三者の耳に入れるのが憚られるような内容に突入していく。ただし、そういう話に限ってメチャクチャ面白いのがお約束。

「あの受賞作は実は○○賞の一次落ちで」

「某賞も遂に二極化してきて」

「●●賞って、募集を中断したのかな」

「事実上廃止でしょ。だってあの賞の出身で売れた新人ゼロだもの」

「七尾さんの『××』は書きながら困っている顔が目に浮かんで」

「そっちこそ『△△』は最後に時間切れで慌てたのが丸分かりで」

司会進行のSさんから何度、「今の話は掲載できません」と溜息を吐かれたことか。しかし言っておくが、これは僕や七尾さんのせいではない。こんな組み合わせを企画した方が悪い。

一月十七日

本日より『ふたたび嗤う淑女』に着手。今回は議員後援会の話で、例によって予備知識皆無。それでも怖いもの知らずで書くのは、確かな想像力は事実に肉薄できるという妙な自信があるからだ。実際、物書きが書こうとしているのは特定の専門知識や職業あるあるではない。もちろん、そうした事柄がストーリーにリアリティを付加するのは否定しないけれども、あくまでテーマは〈我々は何者で、どこから来てどこへ行くのか〉だったりする。

幸いにも市議会議員に知り合いがいて、仕事の内容を詳しく聞くことはないのだけれど、日々の生活や行動を眺めていればうっすらと見えてくるものがある。時には本人の口から聞くよりも、その立ち居振る舞いを観察していた方が正確な情報を得ることができる。

取材自体を拒否もしていないのだけれど、僕の場合は取材して現実を知ってしまった瞬間に想像力が殺がれるのではないかという恐怖がある。そう言えば昨日の対談で七尾さんも似たようなことを発言していた。ご存じの方もいるだろうが、七尾さんは現役の歯科医師でもある。その彼が専門知識を生かして執筆したのが『表参道・リドルデンタルクリニック』だが、その中でさえ何もかも事実に忠実には書いていないそうだ。

「正確に書くとミステリーとして成立しないんですよ」

同業者として非常に頷ける言葉だった（この項続く）。

一月十八日

（承前）という訳で、今まで僕は想像力頼みで取材も資料漁りも何もしないで小説を書き続けてきた。でも、そんな僕に冷や水をぶっかけたのが去年公開された『シン・ゴジラ』と『この世界の片隅に』だ。

この二本の映画は徹底的なリサーチの上に成り立っている。〈ゴジラ〉〈すずさん〉の存在以外は全て現実そのままと言っても過言ではない。言い換えれば〈ゴジラ〉〈すずさん〉という、たった一つの嘘を成立させるために九十九の現実を総動員させているのだ。

最近、両映画のムック本を買い揃えて熟読したのだが、その取材量と執拗さに舌を巻いた。『この世界の片隅に』の片渕監督に至っては、劇中に出てくる海苔を自分で作ってさえいる。この気の遠くなるようなリサーチがあるからこそ、観客はゴジラの東京蹂躙に恐怖し、すずさんがまるで身内のような親近感を抱く。

取材とはかくあるべしなのだと思う。中途半端にリアリティを持たせようとか、専門知識やあるある話を網羅しておけばお得感が出るとかのみみっちい目的なら、いっそ想像力だけで物語を構築した方が広がりやすい。

これだけ取材を重ねれば、間違いなく僕の小説も変質するだろう。だから今、取材がしたくて堪らない。しかし僕は自分の性格を知っているので、いったん取材し始めたら一カ月や二カ月は優に消費してしまうのが目に見えている。ところがそんな時間的余裕はとてもなく、こうして臍《ほぞ》をかむより仕方がないのだ。あああ。

一月十九日

午前零時十五分、ＫＡＤＯＫＡＷＡのＦさんより電話。

『新連載の原稿、もう少しミステリー色を薄めてください』

改稿ではなく、後半に展開させるエピソードを前倒しに持ってくるだけでいいのですぐに承諾する。

最近、この種のオーダーが増えてきた。最初は『総理にされた男』で、ＮＨＫ出版さんからは、「必ずしもミステリーでなくても構いません」とのことだった。その後、非ミステリーのリクエストを三つほどいただいた。

ミステリーでデビューしたにも拘わらず非ミステリーを書け、と言われる理由は二つしかない。

「こいつ、もうミステリーじゃ売れないな」

あるいは、

「そろそろミステリー以外のものも書かせてみるか」

ミステリーというのは確かに売りやすいジャンルであるものの、読者の中にはミステリーを読まない方もいる。物書きの立場としたら新しいチャンスをいただいたと好意的に解釈するしかない。そうとでも思わないと、やってられない。

一月二十日

小学館のMさんから、先日開催された芦沢さんとのトークショーのゲラ原稿が送られてくる。これは同社発行のPR誌「きらら」に掲載予定のものだが、従来のものに比べて二倍の分量で載るのだという。

光栄なことなのだがゲラを読んで焦った。あああ、あれえっ。僕はこんなこと話していたっけ？

記憶をまさぐる行為はいつしか悪夢を再現する行為に変わる。汗顔の至りとは、きっとこういうことを指すのだろう。これではまるで僕が先輩風を吹かす嫌な野郎ではないか（いや、実際そうなんだけどさ）。

それでも喋ったことにそうそう間違いはなく、審判を受ける被告人の気持ちで特に修正はしなかった。けっ、石を投げるなら投げるがいいさ（ヤケになっている）。

十五時三十分、実業之日本社Kさんより原稿督促の電話あり。そろそろくる頃だと戦々恐々としていたので、ケータイの表示を見るなり動悸が乱れた。

「はい申し訳ありませんやっと半分まで進みました明日までに必ず五十枚仕上げますよろし

くお願いしますええ嘘は言いません今まで吐いたこともありません少なくとも自分ではそう思っています友だちは少ないです」

一月二十一日

ようやく『ふたたび嗤う淑女』今回分を脱稿、すぐさま「野性時代」連載用原稿加筆分に着手。気がつくと昨日から何も口にしていないことを思い出し、エネルギー補給のために外出する。

本日神保町界隈は〈神田雪だるまフェア〉なるものが開催されており、街のあちこちに雪だるまが鎮座している。ただでさえ寒風吹き荒ぶというのに、更に寒くなる。それでもどこにこれだけいたんだと思うくらい子供たちが集まっているので、決して悪い気はしない。齢をくったせいか、最近は子供を見るだけで顔が緩んでしまう。新幹線や飛行機の中で赤ん坊が泣き出しても、全く怒る気になれない。気分はもうご隠居。

食事をしたついでに書店に立ち寄ると「オール讀物」二月号が出ている。おそらく事務所のポストには著者献本分が投函されているのだろうけど、好奇心に負けてつい目次ページを開いてしまう。

びびった。

『静おばあちゃんと要介護探偵』の第一話が掲載されているのだが、その扱いが分不相応なくらいに大きい。しかもこの文芸誌の特徴で、掲載している作家さんは洩れなく顔写真つきだ。そしてご丁寧にも、僕の隣には何と赤川次郎さんの作品が。

血の気が引く音が聞こえた。

目次ページを開いただけなのに罪悪感に苛まれ、手に取ったそれをレジに持っていってしまった(因みに、やはり集合ポストには同じ「オール讀物」が投函されていた)。

未だに、こういうことに慣れない。

一月二十二日

「野性時代」連載用原稿の加筆部分終了。続いて『連続殺人鬼カエル男ふたたび』に着手。こいつを三日で仕上げなければ、また今月末も地獄を見ることになる。もっとも毎月見ているので、最近は地獄が当たり前になってしまったのだけれど。

海の向こうではトランプ大統領の就任演説が行われ、何と言うかえらい騒ぎ。過去にもこうした反対派のデモやら集会はあったけど、今回のは最大ではないのか。救いといえば賛成派と反対派が激しく対立して紛争にはなっていないこと。これがたとえば内戦状態とかになれば本気でアメリカはヤバくなる。

今では映画ファンでなくとも知っているが以前トランプ大統領、古くは『ホームアローン2』や最近では『ザ・シンプソンズ』に出演している。その扱われ方で、ハリウッドが彼をどう見ていたのかが具に分かるようになっている。慌てただろうな、ハリウッド。

一月二十三日

宝島社Kさんより原稿督促の電話。宝島社さんからこういう電話がくるのはひどく稀なので、そろそろデッドラインが近いことが分かる。

はいっ、書きます書きます。

原稿を書いていると、今年の結婚記念日をとうに過ぎたことを思い出し、恐る恐る妻に電話する。

「今度、デートしないか」

承諾を得られたのでほっとする。

執筆の合間に色んなニュースを見ていたが、一つ気になるものがあった。とある映画祭のチラシに某参加者が寄せたコメントだ。

「(前略)『君の名は。』を観て泣いている人は、映画史上の名作を観たことないんだろうと思った。それでも『この世界の片隅で』が入ってると聞き、真っ当な客もいるのかと思って観に行った。相も変らぬ戦争＝被害映画、これはダメだと思った。庶民に戦争責任は無いのか。戦争で手を失った田中裕子が天皇の責任を言う映画があり、戦時下の日常を描いた実写映画があり、加害を描いた映画もあったのに、もう忘れたのか。いま、客が一番悪い。」（原文ママ）

この人は脚本を書いたり映画雑誌の編集に携わったりしている人である（僕の大好きな映画の脚本も書いていらっしゃる）。公開された映画をどう観ようがどんな批評をしようがそれは個人の勝手であり、右に寄せることも左に寄せることも自由だと思う。優れた映画にはいく通りもの解釈ができるという証左でもある。

ただし絶対に言ってはいけないことがある。カネを払って映画館にきた観客を貶めるような言動だけはご法度だ。いったい自分を何様だと思っているのか。以前、『シン・ゴジラ』の感想をツイートして炎上した同人漫画家さんと共通しているのは、〈作り手としての上から目線〉が感じられることで、おそらくこれが多くの人の顰蹙を買っているのではないか。

創作に携わっている人の中には幼児性を残している方が少なからず存在する（これを業界では「少年の心を持った」と形容する）。俺の作品以外、あるいは俺の認めた作品以外がヒットすると、こういう人は大抵八つ当たりに走る。八つ当たりは別に悪いとも思わない。それで精神の均衡が保てるのなら、犯罪抑止の観点からもやむを得ないだろう。ただし八つ当たりの相手を間違えると碌なことはない。

一月二十五日

人と会う予定が途切れるため、岐阜に戻る。新幹線の中で原稿を書き始めたものの、一昨日からの睡眠不足が祟り、いつの間にか寝入ってしまう。気づいた頃にはもう三河安城駅を通過していた。名古屋まではもう十分しかない。

医者の話やら医療関係の本やらでは、健康の大敵は栄養不足でもなければ運動不足でなく、睡眠不足らしい。これは手塚治虫さんや石ノ森章太郎さんが若くして亡くなったことと無関係ではない。お二人が徹夜の長さを半ば自慢げに話していた途中、水木しげるさんが割り込んできて「徹夜なんかしたら早死にするよ」と忠告したエピソードは有名だ（水木さんは九十三歳で亡くなったのだから、これはもう大往生と言っていいだろう）。

同業者間では〈都市伝説〉などと言われているが、僕の場合三日程度の徹夜なら通常モードと言っていい。こんな生活を続けていたらいつ死んでも不思議ではないので、早死に防止のために周囲から憎まれるように心がけている。そっちの霊験あらたかなのか、睡眠不足は続いているが、未だ健康面に不安なし。

一月二十六日

そろそろ書斎の中で映画ソフトの収容能力が限界に近づいてきた。そこで、もう再生はしないであろうLDソフトを泣く泣く処分することにする。もっとも、現在ブルーレイなどではスクリーンサイズで収録されているものの、元はビスタサイズであったものを除外していくと、結局処分できるソフトも限られてくる。しかもどうせスペースが空くからとブルーレイやUHDソフトをまとめ買いしたために棚が足りなくなってしまった。

急遽棚を増やす必要に迫られて、にわか大工の真似事に興じる。この時点で締め切りを四つ抱えており、もはや現実逃避にやっているとしか思えなくなる。

最近、ジャック・ニコルソン引退のニュースが流れた。だからという訳ではないのだけれど彼の主演した『ウルフ』を観賞する。ああ、やっぱりすごい俳優だと思う。オオカミ人間に変身する男を演じているのだが、メイクをしているのかどうかさえ全然分からないものなあ。

一月二十七日

本日より『ヒポクラテスの試練』に着手。圧倒的に日数が足りない。クローンでも何でもいいので、僕があと三人いてくれたらいいのに（うるさくてしょうがない）。

十三時、インストーラーさんが到着。UHDプレーヤーを設置していく。UHDというのは、おそらくディスクメディアとしては最終形態になるだろうと言われている。『ハドソン川の奇跡』を再生して驚愕する。確かに最終形態だ。画も音もブルーレイを遥かに凌駕している。こういうものを見てしまうと、もう後戻りはできなくなる。VHSビデオの時代から三十余年、パッケージメディアは遂にここまできたのかと、しばし感慨にふける。

一緒に試聴していたインストーラーの社長は「でもUHDソフトはまだバカ高くって」。これはもう、仕方のないことだと諦めている。新しいメディアが普及するにはどうしても先行投資という犠牲がつきものだし、そういう犠牲を買って出るのがエンスージャストという存在だ。彼らの並々ならぬ熱意と出費があってこそ現在のパッケージメディアがある。かつて僕がAV（オーディオ&ビジュアル。アダルトビデオに非ず）の道に飛び込んだ時、既にとんでもない先輩たちがいた。保存しているビデオテープを湿気から護るために巨大な業務用冷蔵庫を購入した人はまだ可愛い方で、いい音を聴きたいがために自分で電柱を立ててしまった人、防衛上の問題から禁輸品になっている素材（何と潜水艦部品だ）を、オーディオ機器の制振対策のためだけに密輸した人など枚挙にいとまがない。もちろん大方は奥さんとは別れ、「趣味に介入する人間がいなくなって清々した」と本心から喜んでいるような人たちである。

マニアの語源は狂的、つまり双極性障害だという説がある。実際、これくらい一途でなければマニアと名乗ってはいかんのではないか。

一月二十九日

何とか『ヒポクラテスの試練』連載第三回を脱稿、続いて『能面検事』に着手。それにしても、僕はどうして見たことも学んだこともないジャンルを書き続けているのだろう。少し時間が空いたのでUHD盤の『ジェイソン・ボーン』シリーズ三作、『マン・オブ・スティール』『バットマンVSスーパーマン』『パシフィック・リム』などをマラソン視聴する（何が、少し時間が空いただ）。

いかん、完全にハマった。3Dでなくとも目の前に飛び出してきそうな立体感。思わず身を竦めるような音響効果。飯も食わずに観続け（生憎と妻が外出していた）、気がつけばもう夕方ではないか。とても締め切りをあと三本も抱えた物書きの態度ではない。海よりも深く反省するものである。

慌てて執筆に取り掛かるが、さすがに半日以上の映画観賞から執筆モードに切り替えるには時間が必要になる。こういう時には文章に慣れるのが一番だ。再読中だった『その女アレックス』を数ページ読むと何とか勘が戻ってきたのでパソコンに向かう。

この日記、僕の担当編集者さんの多くが読んでくれているらしい。すみません。僕の原稿が遅れるのは大抵こういうことが原因なんです。あっ、石を投げないで。

一月三十日

十一時、光文社のMさんに原稿の進み具合を連絡。基本的に小心者のため、締め切りが迫るとこちらから電話することが多い。それで案の定自分を追い込む結果になるのだから、これはもう自殺願望みたいなものである。

「あのですね、担当さんは不安になったりしないんですか。僕が原稿落としたり、急に消息不明になったりとか心配じゃないんですか」

するとMさんは至極あっけらかんとこう答えた。

『ええ、ちっとも心配なんてしていません。中山さんというのは、人間とは別の生き物だと思ってますから』

喜んでいいのやら悲しんでいいのやら。

執筆の合間に同業者のツイッターを覗く。本日目に留まったのは、僕と同じく『このミス』からデビューした矢樹純さんのツイート。矢樹さんは小説の他にも作画担当の妹さんと組んでコミックの原作も手掛けている。で、このツイートとブログで自著コミックの売れ行きやプロモート、果ては編集部とのやり取りまでを赤裸々に綴っているのだ。正直、ここまで書いていいものかと他人事ながら心配になるが、同業者としては色々と身につまされるものが多々あり途中で止めることができない。

物書きというのは創作活動には違いないが、一方では売れてなんぼの世界でもある。娯楽はタダで当然だとか、創作する者は発表するだけで幸せだろうと思っている人には是非、矢樹さんのブログに目を通してもらい、我々の置かれた現状の百分の一でも知ってほしいと思う。もっとも、どの世界にいても楽な仕事なんて本当は有り得ないのだけれど。

一月三十一日

お茶を切らしたので、ドライブがてら妻と道の駅まで買い物に出掛ける（いや、原稿の締め切りは過ぎてるんですけどね）。大した気晴らしではないのだけれど、それでも気分転換にはうってつけだ。と言うか、クルマの運転を定期的にする必要もあった。

デビューした頃、版元の担当編集者さんからこんなことを言われたのだ。

「いいですか、中山さん。絶対不名誉なことで新聞を賑わすような真似はやめてくださいね。交通事故もいけません」

「どうしてですか」

「一般の人が事故ったくらいでは記事にならなくても、中山さんが事故を起こせば必ず面白おかしく書かれるに決まってます」

当時はあまり訳の分からない理屈だったが、雑誌やらテレビやらで顔が出るようになると、さすがに理解する。そこで妻がドライバーを引き受けてくれることになった。だが助手席に座ったままでいては本当に運転できなくなってしまうので、時々はハンドルを握るようにしているのだ。

十九時、宝島社のKさんよりメール到着。某大型書店さんが『連続殺人鬼カエル男』を気に入り、大きく展開してくださるとのこと。ついては販売促進用の冊子を二百部ほど撒くので内容を確認せよとの内容。同作は裏デビュー作なのだが、有難いことに『さよならドビュッシー』とともに根強いファンがいてくれる。今は「ほっこり」した小説が大流行なのだが、その一方でこんな猟奇ミステリーも命脈を保ってくれている。

これはこれで健康的ではないのかしらん。

二月一日

十時、ヤマト便で送られてきた長編のゲラの直し作業に入る。修正点は主に表記の揺れなので二十分ほどで終了したが、黄色の付箋が花咲く中、一本だけ青い付箋が挿してあった。

『五体満足』は差別語ではないかというのだ。

僕は考え込んでしまった。穿った見方をすれば差別語と捉えられないこともないだろうが、これがもし差別語なら『健常者』『健康体』『金持ち』『普通』『一般』『すくすくと』『自由』などは軒並み差別語になってしまうのではないか。第一、乙武さんのあの著書名はどうなるのだ。

出版社さんを徒に困らせるつもりはないのだが、悩む。

最近、妻を観察していると、とにかく国際政治に興味を持っている。国際政治というよりはトランプ大統領の政策とそれに対する諸外国の反応が気になるらしい。言い換えれば一般の主婦を巻き込むほど、かの地の大統領の立ち居振る舞いは奇異に映るということだ。どうなることやら。

十八時、執筆を続けるものの、どうしてもＫＡＤＯＫＡＷＡの「文芸カドカワ」に迷惑がかかることが判明。平身低頭して二日の猶予を貰う。何と言うか、物書きのキャリアを積めば積むほど頭が低くなっていくような気がする。

昨日一月末日は、乱歩賞やアガサ・クリスティー賞、小説現代長編新人賞といったメジャータイトルの募集締切日だった。そのせいだろうか、某編集者さんに教えてもらった巨大掲示板の創作文芸板というスレッドを眺めると、投稿者さんたちがそれぞれに手応えなり次回への意気込みを書き込んでいる。その中に興味を惹くものが多々あった。

数ある新人文学賞を順位づけし、〇〇賞は権威、××賞は論外などと悦に入っている人たちがずいぶんいるのだ。以前大沢在昌さんがその著書の中で、新人文学賞にも偏差値の相違があると書かれておられた。つまり将来的に直木賞など非公募の文学賞を獲れるか、作家として長命なのかでランク分けができるというのだ。

これはある程度正鵠を射ているがあくまでも傾向であり、偏差値の高い新人賞を獲れば絶対に安泰かと言われたらもちろんそんなことはない。ビッグタイトルからデビューしても続かなかったり、ひどいのになると一年後にはもう忘れ去られた存在になったりする。

正直な話、ジャンルごとの違いはあるにせよ、デビューしてしまえば後はその人の地力の問題でしかないと思う。どんな賞からデビューしようが残る人は残るし、残らない人は遅かれ早かれ消えていく。どこのどんな世界でも一緒だ。

そんなことは投稿者さんたちも重々承知しているはずなのに、相も変わらず賞のランクづけから脱却できないのは、作家としてデビューすることよりも『〇〇賞受賞作家』という肩書が欲しいからではないのか。

確かに肩書は残るだろう。残るが、しかしそんなものは大抵の人間が忘れてしまう。忘れられた肩書には、もはや何の価値もない。実業でなく虚業なら尚更だ。

肩書を求めることほど空しいものはない。最近つくづくそう思う。

二月二日

ようやく『能面検事』を脱稿、続いて「文芸カドカワ」連載用の『笑えシャイロック』に着手。こちらは一日半で仕上げなければ、続く「小説トリッパー」連載用の原稿が本当に間に合わなくなる。しかも今月は二十八日間しかない。つまり現時点で既に三日を無駄に費やしている計算になる。働け、中山。

とは言うものの、しばらく書いていると例の禁断症状が出てきた。
「もう締め切り過ぎてるんだよ」という天使の声を押しやり、
「一本くらいはいいよね」という悪魔の囁きに耳を貸して、『マイマイ新子と千年の魔法』を観賞する。

とても、いい。

同じ片渕監督の『この世界の片隅に』に流れる通奏低音がこの作品にも流れている。観終わって思う。優れた創作者は作品に名前をつける必要なんてないのではないか。誰が見てもあの作者の作品だと分かる。作品そのものに作者の名前が刻まれているからだ。きっと個性とはこういうものなのだろう。

表層の派手さや奇抜な色使いではない。中身にこそ独自性が宿る。これは人間も同じ。

二月三日

やはり「小説トリッパー」の原稿が間に合いそうにないので、担当Yさんに詫びを入れて締め切りを延ばしてもらう。一月の連載分だけでこの体たらく、連載が更に一本増え、おまけに日にちが三日も少ない今月はいったいどんな地獄が待っているのか。

執筆中の『笑えシャイロック』、作中に現代アートの記述を差し挟む、と言っても当方に絵画や現代アートの知識は全くと言っていいほど皆無。それでも何とかエピソードとして消化できるのは、一色さゆりさんの『神の値段』を読了していたお蔭。昨年の「このミス」受賞作だが、著者の一色さんは現役のキュレーターでもある。従って作中の蘊蓄はまさに現場仕込みの知識。こういうものを読んで自分の血肉にしない手はない。何とか本日中に脱稿しなければ。ひい。

二月五日

『騒がしい楽園』を延々と執筆しているうち禁断症状が現れたので、すぐに『七人の侍』を観賞する。入手しているのはクライテリオン版と東宝版があるのだが、本日はクライテリオン版。これをリアル4Kで観賞すると、ちょっと筆舌に尽くしがたいくらいの感動が得られる。スピルバーグ監督は新作に入る前によくこの映画を観るというが、その気持ちがよく分かる。とにかく映画に限らず全ての作劇の見本であり、観た直後に執筆にかかると、どんな傑作でも書けそうな錯覚に陥る（あくまでも錯覚）。

妻が頭痛を訴えてくる。どうやら長時間パソコンの前に座っていたのが原因らしい。

「やっぱり長時間、同じことしていたら病気になるわね」

それなら僕はどうなる。

「お父さんは最初からビョーキじゃないの」

二月六日

十一時、妻とデート。名古屋駅前の天ぷら屋で昼食を摂った後、某有名ブランド店にて買物。妻が躊躇しているようなので、「迷ったら買え」と古書を買う時の心得を伝える。実際、買わずに後悔するよりも買って後悔した方が、精神衛生上ずっといいではないか。結局ワンピース二着を購入し、妻は上機嫌。うん、奥さんの機嫌がいいに越したことはない（本当は恐妻家）。

明日から人に会う約束が目白押しなので、そのまま新幹線に飛び乗って東京へ戻る。戻って早々の十三時、宝島社のKさんと『連続殺人鬼カエル男ふたたび』のゲラ修正。予定では明後日までに戻さなくてはならないのだという。そんなに時間は必要ない。五分で終了。『このミス』授賞式の日取りはまだ決まらないとのこと。わははは、このまま三月までずれ込むかも知れんな。

二十時、KADOKAWAのFさんより電話。『笑えシャイロック』、今回分もOKとのこと。

『現代アートのバブルだとか、すごい興味深かったですー』

いや、これも半分以上は想像の世界なので。

その後、別の出版社さんから「今週、会えないか」というメールを三本立て続けにいただく。まるで見計らったようなタイミングで、どうも誰かに行動を監視されているような気がしてならない。

とにかく、こういうことがあるので物書きは首都圏に仕事場を置いた方がいい。

二月七日

十時、NHK出版のSさんと『護られなかった者たちへ』書籍化の件で打ち合わせ。同作品は連載中から書籍化の際のことを考慮して執筆したので、大幅な修正は見当たらず。ただし原稿用紙で七百枚近くになるため、このまま上梓すれば1800円になってしまうという。そんなバカ高い本が売れるのは一部の作家さんだけなので、何とか1600円台にするべく二人で知恵を出し合う。タダは困るけれども、なるべく安価で新刊を提供したいというのは作者も版元も同じ。とにかく来年一月の刊行に向けて充分なプロモーションをしていただけるよう、こちらも最善を尽くさないとなあ。

十五時、光文社のMさんと『能面検事』のゲラ修正。五分で終了。後は例によって四方山話。前回の続きではないが、やはり光文社さん現時点ではなろう系にはさほど積極的ではない様子。七年も業界にいるとそれぞれの出版社には社風があることが知れてくる。なろう系が肌にしっくりくるところとそうでないところが分かれても、それは当然のような気がする。

そう言えば以前、なろう系のサイトに投稿する人たちのツイートやブログを眺めて気になったことがある。彼らはもちろんプロ作家を目指している人が大勢を占めるが、中には「数人の読者がいればいい」「数が少なくても感想がもらえれば良し」「投稿していればそれで満足」という人が少なからず存在する。僕はそれをどこかの何かにそっくりだとずっと思っていたのだが、最近になってやっと思い出した。

地下アイドルだ。なろう系の作家さんや作家志望者さんというのは彼女らの精神構造に近いのではないか。その立ち位置や認知のされ方を含めて。

二月八日

十七時、祥伝社のNさんとゲラ修正。今回、浦安市を埼玉県に間違えるという大失策を犯す。五カ所ほどの地名修正で何とか事なきを得たが、本当にもう穴があったら入りたい。

その後は雑談。何でも売れている作家さんは平均して五、六作を連載しているとのこと。きっと一作一作が死ぬほど売れているからその本数でも生活が成り立っているのだろう。一瞬、殺意が湧く。

映画『この世界の片隅に』は依然ロングランを続けており、各種映画賞を総なめにしている。何と言うか胸のすく思いだ。主役声優を務めたのんさんの評価は日増しに上がる一方。『あまちゃん』で一世を風靡してからのこの活躍、もはや強運を超えて神がかってさえいる。日本は今、とんでもない才能を目の当たりにしているのではないか。

それにしても思い出すのは例の事務所騒動があった際の各週刊誌の扱いである。僕の記憶では特に「週刊女性」辺りが〈能年玲奈、事実上芸能界を引退へ〉などという見出しで記事を書いていた。当然のことながら、こういう記事は書かれた本人にしてみれば風評被害以外の何物でもなく、「タレントの有名税」という逃げ口上は通用しない。あの記事を書いた記者さんと「週刊女性」は彼女の活躍をどんな風に見ているのだろうか。恥じる気持ちはないのだろうか。謝罪する気持ちはないのだろうか。

二月九日

十時、KADOKAWAのFさんと『笑えシャイロック』のゲラ修正。

「今回、ホントに情報量が多くて」

金融小説というのは一面で情報小説でもある。担当編集者さんがそういう感想を抱いてくれたのなら、現時点ではまあ及第点といったところか。

別作品の話から、どうも海外を舞台にした内容が巧みに回避されている印象があったので、思い切って質問をしてみた。すると「海外までスケールを広げて、ストーリーに纏まりがなくなるのが怖い」とのこと。ふむ、一理あり。読む方だって全く土地鑑のない場所を出されても親近感が湧かないものな（だったら異世界ものはどうなのだ）。

異世界もので思い出したが、最近大手広告代理店が某出版社に「ウチと合同でなろう系の掘り起こしをしませんか」とプレゼンをかけてきたらしい。天下の博〇堂らしく、プレゼンの際には各種データを提示したようだが、人伝に聞く限り素人の僕でも提示できる内容のようだった。件の出版社は難色を示して話は流れてしまったのだが、広告代理店が乗り出した時点で既にブームの終焉が見えている。

大体、〈なろう系〉などと言い出したのが誰かは知らないが〈系〉と呼ばれるとあたかもそれが一大ムーブメントのように錯覚してしまう。しかし実際に売れているのは数人だけである。僕が聞く限りその作家さんも出自がたまたま投稿サイトだったというだけで、かの系統全体に注目が集まっている訳ではない。もっと正確な言い方をすれば、その作家さんの出現でいったんはクローズアップされて各出版社が手を突っ込んだものの、二匹目のドジョウが見つからずに往生しているのが現状ではないのか。そんなところに広告代理店が口を出したら、辿り着くのはケータイ小説と同じ末路だぞ。

十四時、新潮社Mさん・Oさん・N編集長と新連載について打ち合わせ。先に提出したパイロット版で承諾を得、このまま書き進めることとする。

「今はとにかく色んな層に働きかけていくことが重要だと思っています」

この辺りは新潮文庫nexを立ち上げた出版社さんだからこその意見だろうと、拝聴する。実際、素人の僕の目から見ても今の読者人口というのは歪であり、もっと露骨なことを言えば経済力のある層に本を（買って）読んでもらわないと本当に危ない。

二月十一日

建国記念の日は楽しみにしている祝日の一つだ。何故かと言うと、この日は右翼の街宣車が靖国通りを走り回り、大音量で懐メロを流してくれるからだ。実際、こんな時でもないと軍歌など聴く機会がないから貴重なのだ（もっとも最近では谷村新司の『群青』や『宇宙戦艦ヤマト』のテーマやらを流す右翼もいるので油断がならない）。

右翼で思い出したのだが、少し前右翼関連本を店先に並べたとかでネット界隈からの糾弾を受けた書店さんがあった。狭量なことだと思う。僕自身右翼思想に肩入れするつもりもへイトに賛同するつもりもないが、だからといって書店に特定の本を置くな、というのは一種の言論弾圧なのではないか。神田神保町を巡ってみたら分かるが、ミステリー専門店や音楽雑誌専門店などジャンルに特化した古書店が林立している。猟奇的な本をずらりと揃えている古書店もある。いち書店が購買層を考えて特定の本を並べるなんて日常茶飯事だ。中には中国書籍専門店さえあり、もし中国との仲が険悪になったら、この店を閉めろとでも言い出すつもりか。ヒトラーの『我が闘争』だって大型書店に普通に置いてあるぞ。気に食わなければ無視をすればいいだけの話であり、何も正義の味方面して排斥運動をするようなものでもないと思うのだがどうか。

そんなことはない、書籍の頒布や読書によって洗脳されたらどうするという意見が出そうだが、それこそお笑い草であり、たかが右翼本一冊読んで洗脳される程度の浅薄な読者なら、何を読んでも影響されるに決まっている。言っちゃあ何だが、最も多感な時期に捏造写真満載の『〇国の旅』を読み耽った僕でさえが、思想的にはほぼノンポリのままなのだぞ。

二月十二日

先日、某編集者さんと話していて印象的なことを聞いた。若い作家さんほど保守的だというのだ。

「とにかく書評で取り上げられたい。文学賞が欲しい、と仰るんですよね」

逆に僕のように遅めにデビューした者は概してその意識が希薄とのこと。

「一応、文庫でヒット作を出しているのに単行本とかハードカバーに拘って、およそ売れない方向にいきたがる。まあ、気持ちも分からなくはないんですが」

つまり単行本でなければ書評ももらいにくいし、文学賞の候補にも挙がらないからなのだが、気持ちが分かるだけさすがだと思う。僕などはそういう作家さんの気持ちが全く理解できない。何度も書いているが、これも承認欲求の一種なのだろうけどまるで訳が分からない。

そんなに他人に認められたいのだろうか。

そんなに褒められるのが嬉しいのだろうか。

物書きなら、そんなことよりも優先させるべきことが他にあるんじゃなかろうか。

多分、何を言っても僕の声なんか届かないんだろうなあ。

十四時、光文社Mさんの依頼で、『秋山善吉工務店』刊行記念のエッセイを執筆。原稿用紙二枚程度なのだが大いに悩む。相当前に連載を終えているので、自分で書いたという実感がない。プロットを立てた時の状況を必死に思い出してやっと書き上げる。

執筆の合間に同業者のツイッターを覗いていたら七尾さんが鍵つきになっていた。いったい何があった、七尾さん。

二月十三日

本日より「野性時代」連載用原稿に着手。今回はスケジュールの都合で一日しか執筆時間が取れない。まるで地獄のような様相を呈しているが、元より地獄でも楽しむのが身上なので文句は言わない。しかも、こういう無理とか無茶をしているうちに筋肉はついていく。どうせ棺桶に入ってしまえばずっと休めるのだ。生まれついての一人ブラック企業。

ブラック企業で思い出したのだが、某タレントさんが新興宗教に出家するとかでいきなりの引退発表。何と言うか突っ込みどころが多過ぎてどうしていいか分からないのだけれど、件の芸能プロが睡眠時間三時間で働かせて月給五万円というのは本当らしい。他のタレントさんも金額については「俺もそれくらい」と同意しているようだ。

これを「どんな商売だって、駆け出しの時ァ皆んなそんなもんだ」と捉えるのか、「言語道断、何たるブラック企業だ」と義憤に駆られるかは人それぞれ。ただ付け加えるなら、一般に憧れ産業というのは概して収入がピラミッド型を形成しており、「嫌なら辞めちまえ」というのが結構正論であったりする。厳しい労働環境も低賃金も、夢を叶える代償という理屈である。そしてご承知の通り、特殊な業界だから一般常識はあまり通用しない。

二十三時三十分、KADOKAWAのFさんから案の定、電話が掛かってくる。

『「野性時代」の締め切りが十五日なので……』

はいっ、分かりました。今やってますっ。

二月十四日

各担当編集さん（♀）より続々とチョコレートが届く。やれ嬉しや。おおお、チョコ本体のほかにも、ちゃんとメッセージが添えられているぞ。

『執筆の合間にお召し上がりください』

『召し上がって、原稿早く上げてください』

『甘いものを摂ると、発想力が増すようですよ』

『執筆、頑張ってください』

何というか、疲れたダンナを休ませようとせず、栄養ドリンクを飲ませて会社に送り出す主婦を彷彿とさせる。

執筆を続けていると、深夜になって宝島社のKさんから電話が入る。いったい、この人は自宅に帰っているのだろうか。

『今回の「このミス」大賞の授賞式ですが、三月の半ばになりました－』

例年は一月開催予定のものが三月にまでずれ込んだのは、主にテレビ局やスペシャルゲスト招待の都合らしい。確認すれば確かに豪華なゲストだった。

十五周年ということで授賞式を盛り上げていきたいという気持ちは手に取るように分かる。デビュー版元で苦楽を身近で聞いているから尚更だ。ただ反面、こういう華やかな式典であればあるほどこぢんまりとしてもいいいんじゃないのかという思いも捨て切れない。

一般的に、式典を派手にしたがるのは脛に傷を持つような団体に多いからだ。僕が前に勤めていた会社もそうだった。一部上場で名前も知られていたけれど、創立記念の式典は、それはそれはひどいものだった。役員を崇め奉り、社員全員が男芸者と化していた。あれだけは思い出しただけで赤面する。肌に合う会社だったから余計にそうだった。

現在、物書きなどという浮草商売に身をやつしているが、少なくともあんな太鼓持ちみたいな真似はしなくて済むようにはなった。代わりに安定を手放したことになるが後悔はしていない（今のところだけど）。

二月十六日

十四時、ＴＯＨＯシネマズ日劇にて『ミス・ペレグリンと奇妙なこどもたち』を観賞（締め切りはどうした？）。またもやってくれたぞティム・バートン。これだから彼のファンはやめられない。どこを切ってもバートン印。おまけに主演（？）のエヴァ・グリーンが本当にいい。この人は何と言うか自分の魅力を知っていて、それを最大限生かせる映画を選んでいるような気さえする。これも重要な才能の一つだ。

十八時、ゆえあって公募雑誌なるものを読んでいたのだが、ある連載に目が留まってしばし考え込んだ。某（元？）職業作家さんが新人賞獲得の極意を伝授するという体裁なのだが、まあこれがひどいの何の。

何がひどいといって、ミステリー系新人賞の傾向と対策を解説する際、受賞作のネタバレ・トリック解説を平気でやっているのだ。断っておくが会員限定の有料講座とかではなく、不特定多数の読者が目にする定期出版物でだ（ご丁寧にも僕のデビュー作も俎上に乗せられていた）。

ミステリーのネタバレはいついかなる場合でも厳禁である。出版物でもネットでの発信も同様だ。以前僕は『作家刑事毒島』という作品で、出版社の編集者に「買ってもいない本なのに書評サイトで批評やネタバレをするヤツは図書館ヤクザ」と言わせたことがある。図書館ヤクザというのは僕の造語だけれど、買いもしない本で批評するヤツとミステリーのネタバレをするヤツはただの営業妨害、というのは各編集者のリアルなぼやきである。

実際、どんな稚拙な小説であっても、ミステリーと銘打っている以上は謎の解明という一点で読者を最後まで引っ張る仕様になっている。従ってそのネタを未読の読者に晒すのは完全なマナー違反だ。僕などは脱税よりも重い罪だと思っている。実際これを犯した馬鹿は書店と図書館を出禁にしてもいいくらいだ。何しろ全読者、全ミステリーファンの敵なのだから。

最低限のマナーであるから、これを破る書評や解説なんて碌なものじゃない。「ここから先はネタバレ注意」などと謳っているものもあるが、ネタバレさせなければ書評一本、感想文一つ書けないなんて小学生以下ではないか。

だから僕は、この禁忌を破るような書評家は一切信用しないようにしている。件のコラムを連載している人も同様だ。こんな内容で原稿料を取っている段階でヤクザである。

二月十七日

ああっ何ということだ。『ふたたび嗤う淑女』で不動産関連の法律を扱っているのだが、ふと調べたら設定に関わる法律は十年前に改正されているではないか。これでは話が成立しない。

僕の法律やら医療やらの知識は二十年前、三十年前に仕入れたものが基礎になっている。記憶力はいい方なのだが、頭のハードディスクがポンコツなので上書きができない。かくて古い知識は更新されないまま今に至るという体たらく。とにかくこのままではどうしようもないので、新しい法律を基準にして再度話を練り直さなければならない。

十三時、KADOKAWAのKさんより電話。

『すみません。ドクター・デスの残り八十枚はいつになるんでしょうか』

スケジュール表はもう真っ赤だ。もうどうしようもないので三月五日までにと伝えておく。

十四時、KADOKAWAの今度はFさんからメールが到着。先に提出した原稿について「もっと普通にしてほしい」との内容。三カ所程度の修正で済むので大した苦労はないのだが、これほど普通を望まれるのは初めてだ。と言うより、いかに今まで普通ではない小説を書いてきたかという証拠。

十四時三分、講談社のKさんより『悪徳の輪舞曲』の締め切りについて確認のメールが届く。その他四社からも同様のメールが届く。やはり信用されていないのだ。しくしく。

ない。

二月二十日

という訳で、目が覚めた時には日付が変わっていた。三日徹夜して、意識が薄れたと思ったら、パソコンの前で丸一日眠りこけていたというお笑いの一席。これでは徹夜した意味がない。

丸一日何も食っていないので冷蔵庫にあったチョコレートを貪り食い、トマトジュース三缶を飲み干す。ようやく意識がはっきりしてきたので再度執筆にかかる。

十一時、妻からの求めにより表参道の紀ノ国屋にてブレッドを山ほど購入。いったいこれだけの量、いつ食べるんだろ。

十四時、かかりつけの歯医者へ向かう。女医さんはあと五回ほどで昔に入れた銀歯を全て撤去すると言う。

「古い詰め物の銀ですから、何かの具合に外れて呑み込むとちょっとシャレじゃ済まなくなるんですよ。銀って毒だから」

ああ、それなら大丈夫ですよ。僕の体内、元々毒でいっぱいだから。

十七時、朝日新聞出版のYさんとゲラ修正。百枚ながらほとんどがルビ確認であったため五分で終了。

「やっぱりミステリー系の作家さんはプロットが先にあるせいか、連載していても破綻が少ないですよね」

僕も同意する。ミステリーは伏線を回収するジャンルなので、プロット通りに書かないと後半に進むに従ってどうしようもなくなる。この世界で、プロットなしで書き始めるという先輩を五人ほど知っているが、やっぱり五人ともバケモノだった。

十七時三十分、幻冬舎Tさんより先日の七尾さんとの対談原稿が送られてくる。現場ではもっときわどいことを話していたはずなのだが、編集の賜物なのかずいぶん上品になっている。まあ、あのままの内容じゃあ絶対載せられないよなあ。

二月二十一日

生活を安定させるために、いったん岐阜に帰省。午後九時に自宅到着。数日前から先に帰省していた娘はまだ眠りこけている。一人暮らしの時には規則正しい生活を送っていても、いざ実家に帰った途端ダメ人間に成り果てる。僕にも覚えがあるので、ここは見過ごしてやるのが武士の情け。

早速書斎に籠もって執筆を再開する。やっぱり捗る。新連載『テロリストの家』、公安の知識はないと書いたが、それでも東西冷戦終結から民族紛争勃発に移行する中、公安部がどう変遷したかくらいは基礎知識としてある。後は想像力の問題であり、ルポを書くのでもない限りストーリー構成上、取材はしなくて済むはずだ。

十二時、三人でとんかつ屋に突入。僕も割に健啖家の方だと自負しているが、それでも二十歳そこその胃袋に勝てるものではない。この小さな身体のどこにそれだけ入るのか、肉を食べる早さが尋常ではない。

食事を済ませると、娘だけは慌しく帰り支度。就活まっただ中で明日からはまた忙しくなるからだ。

「帰りたくないよー」と、何度もグズる娘を強制送還、明日からはまた夫婦二人きりの生活となる。

十七時三十分、FMふくやまの戸田さんと新刊『翼がなくても』について電話インタビュー。戸田さんとは以前、「福山ばらの街ミステリー」で福山にお邪魔した際、お世話になった間柄。これも島田荘司さんから招待していただいた縁であり、こういうことからも僕が才能よりも人の縁に恵まれている証拠。

二月二十二日

一昨日、関東地方では春一番が吹いた。春の訪れということで喜んだ人も多いのだろうけど。

畜生、やられた。

花粉症が始まったのだ。もう起きた瞬間から連続して大くしゃみ。余りの勢いで上半身が跳ね起きてしまった（いや、ギャグとかそういうのじゃなくて）。何でも花粉の飛散量は昨年の四・四倍とのこと。何と言うか全く生きた心地がしない。普段でもいい加減怠け癖がついているというのに、この季節の僕は稼働率が通常の四割程度に低下する。まだ月内の締め切りが五本も残っているというのに。

とは言え泣き言を言うには早過ぎる。くしゃみをしながら執筆を続けていると、そのうち頭が痛くなってきた。それでも何とか『テロリストの家』第一回分を脱稿し、続いて『悪徳の輪舞曲』に着手、こちらは五日間で百三十枚。

妻は通販で入手したディスコミュージックのCDをかけまくっている。七〇年代から八〇年代にかけてのヒット曲なので僕にもどストライクの収録曲。曲をかけながら妻はこの曲を聴いていた時代、自分がいかに自由がなかったかを力説する。どこでも同様なのだろうけど僕と妻は生まれ育った環境も、両親の教育方針もまるで違っていた。だから未だに妻の子供時分の話が興味深くて聞き飽きるということがない。

二月二十三日

花粉症は悪化の一途を辿り『悪徳の輪舞曲』は筆が進まない。頭が朦朧としてただでさえポンコツの脳内ハードディスクが機能不全を起こしているせいだ。法律が許すなら自宅を中心とした半径百キロメートルの森林を焼き払ってやりたい。

娘が就活のために東京に行くというので、今話題沸騰のアパホテルを紹介してやる。娘は中国語が堪能なので、フロントの前で中国人父娘を演じてトラブってやろう——と提案したら、妻から呆れられた。わはははは。

二月二十四日

身体中の水分が鼻水となって排出される。朝からポカリスエットを飲み続けているが体調は思わしくない。そろそろと言うか案の定と言うか、各社から執筆状況の進捗伺いがメール送信されてくる。それだけではない。実業之日本社のKさんからはゲラ修正を含めた諸々の報告、KADOKAWAのFさんからもゲラの再確認。小学館のMさんからは『アイアムアヒーロー』文庫化に際してのゲラチェック。更には宝島社のKさんと『どこかでベートーヴェン』文庫の解説をどなたに依頼するかで頭を悩ませる。

『因みに文庫の初版部数は〇万部で検討中ですー』

数字を聞いて慄く。それでいいのか、宝島社。

『もちろんこの数字は、書き下ろし短編が付録につくのが前提条件ですからねっ』

あああぁ、仕事が、依頼が溜まっていく。

各社への連絡と報告を終え、執筆を再開するが、頭痛と鼻水と視界朦朧で二十五枚しか書けず。本当にだらしない。

二月二十五日

五十を過ぎると確実に集中力は低下する。しかも花粉症ということで、どれだけ頑張っても一日二十五枚。自分がほとほと嫌になったので『空の大怪獣　ラドン』を観賞（何だそれは）。れっきとした怪獣映画なのだが、冒頭三十分だけを観るとミステリーかサスペンスにしか思えない。驚いたことに開巻間もなく一人の登場人物の口から「地球温暖化」という言葉が洩れる。これ、実は一九五六年の映画なのだ。つまり六十年以上前から地球温暖化の危機が叫ばれていたことになる。言い換えればこの六十年の間、目覚ましい対策が立てられなかったという意味にもなる。深く考え込む。

二十時、KADOKAWAのFさんとゲラ修正に関して電話で打ち合わせ。このままでは『笑えシャイロック』も『ドクター・デスの遺産』書き下ろし部分も三月になることを告げると、『ドクター・デス』を優先にしてくれとの回答。三月には『静おばあちゃんと要介護探偵』百枚も控えており、早くも忙殺されることが予想される。そして第十五回の『このミス』授賞式は十三日のしかも平日。僕はまだヒマな方だからいいものの、他の兼業作家さんたちは本当に出席できるのだろうか。

二月二十六日

睡眠時間を削ってみても一日二十五枚。ああ、もう僕はダメだ。

気晴らしに『インデペンデンス・デイ』を観賞（おい）。この映画もずいぶん久しぶりだが、今回の観賞はUHD版なので、画と音がどれだけグレードアップしているのかが主な視聴ポイント。いやあ、凄かった。４K画質は当然としてもDTS‐Xの音響効果は一瞬言葉を忘れるほどで、ジェット機やUFO、ミサイルの音がびゅんびゅん飛んでくる。ついでに完全防音のはずなのに妻からクレームも飛んでくる。

公開当初、「アメリカの右傾化を象徴する」と一部評論家の意見が見受けられたが、今観てみると外部からの脅威に対して呉越同舟、各国が一致団結するという図式はまだ平穏であったことに気づく。何といっても自国第一主義が台頭し始め、呉越同舟すら認めたがらないような現状なのだ。『インデペンデンス・デイ』の頃は、まだしも多国間・他民族間に協調の余地があった訳で、映画を観終わった後で静かに絶望する。

夜半、同級生の死を告げられる。享年五十五。肺がんを患いながら人には知られたくなかったとのこと。手向ける言葉がすぐに思いつかない。

二月二十七日

明日が月末ということもあり、締め切りのある出版社から相次いで進捗確認の電話が入る。その度にコメツキバッタのように頭を下げて猶予をもらう。今頭を下げさせたら僕は日本一だ。

十時、確定申告を控え、妻とともに税理士事務所を訪れる。早速決算報告書を見せてもらって仰け反る。

何だ、これは。

以前勤めていた会社で決算報告の読み方は心得ている。売上高のベスト3はいずれも作品が映像化されて単行本や文庫の売れ行きがよかったものだが、まあそれはいいとして。

消費税（原稿は出版社に売るというかたちなので、連載の都度消費税が発生する）、そして所得税の合計が徴収される税額となる。

何て数字だ。

ところが経費として控除される金額は昨年度と大した変わりはない。言い換えれば執筆に励めば励むほど、本が売れれば売れるほど国に徴収されることになる。

税理士さんは気の毒そうにこう言った。

「まあ作家さんはですねえ、取材旅行とか資料代くらいにしか経費使えませんからねえ」

一時間ほど説明を聞いたが、結局大きな節税効果を期待できるものはないという結論に落ち着く。しかも僕は商人の息子、妻は公務員の娘で倹約意識が人並み以上に強く、散財に罪悪感を抱いているので余計に経費を使い辛い。

税徴収額にしばらく妻は呆然とし、僕は憤然としていた。同業者の何人かはシンガポールなど税率の低い国に移住しているのだが、確定申告の時期がくる度に追随したい誘惑が襲ってくる。税理士さんは半ばヤケクソ気味にこんなことを言い出した。

「中山さん、今度税務署を叩く小説を書いてやったらどうですか」

言われなくても書きます。どうせ僕にできる腹いせなんてその程度だ。悪人になってやる。もうね、税務署職員とか署長をバラバラ死体にしたり、硫酸のプールに投げ込んだり。

十六時、双葉社のYさんより新しい仕事のオファーをいただく。

『今度、〈この世界の片隅に〉のファンブックを作るのですが、よろしかったら寄稿されますか？』

書きます書きます書きます。それはもう、万難を排してでも。

二月二十八日

妻と話し合った結果、いよいよ事務所を移転せざるを得なくなった。

現在の事務所を選ぶ時の条件は次の四つだった。

1. 各出版社となるべく等距離であること。
2. 加えて各出版社から二十分以内で移動できること。
3. 宅配便業者の営業所が徒歩圏内にあること。
4. 共益費込みの家賃が十万円以内であること。

その条件を全て満たす物件がここだった。僕にしてみればパソコンを置く机と椅子さえあればよかったので（そこで寝ることは全く考えてなかった）、物件探しも比較的容易だったのだ。

ところが購入した書籍が半端なく溜まり始めた。サイン本以外はなるべく捨てるようにしているのだが、それでも溜まっていく。これにブルーレイのソフトが加わるのだから、いかんともし難い。折角妻が東京に来ても泊めてやることもできない。

東京事務所としてもっとらしいものにしてくれ、というのが税理士さんの要望だ。拒否する理由は一つもないのだが、いざ移転するとなったら妻が俄然燃え出した。住宅情報のサイトから物件を拾い始め、あれやこれやと寸評を始める。

個人的には、何にしても図体の大きくなることに恐怖心が付き纏う。派手な出費、メディアへの露出、自己愛の膨脹。僕のような駆け出しが何を錯覚しているのかと、自分で揶揄したくなるのだ。いや、そういうのが似合わないんだったら。実際。

二十一時、遅れに遅れていた原稿を脱稿し、次の原稿に着手。この時点でまだ締め切りの到来した仕事が四本残っている。さあ殺せ。

三月一日

本日より事実上の就活解禁。正式の解禁日は六月なのだが、実際はこの三カ月間に八割の学生が内定をもらうのだという。今年も少子化を反映して売り手市場だというものの、やはりここでも二極分化が起こっており、どうしても人気企業とその他に分かれてしまう。

娘は深夜零時から就職説明会のエントリーを開始したが、何と言うかチケットぴあの申し込みよろしく午前三時まで頑張ってみたが、とうとうゲットできなかったという。

この季節になると思い出すのは、以前勤めていた会社の社内報だ。新入社員の一人がこの時期どんな就活をしていたのかというエッセイを載せていたのだが、その一文に年甲斐もなく泣きそうになった。この新入社員も他の就活生と同様、何社も何社もお祈りメール（不採用通知だ）をもらい続け、そのうちこんなことを考えるようになったという。

「あたし、世の中に要らない人間なのかなあ」

そんなことはないから。

誰にでも必要とされる場所がある。ただ、そこを探すのが簡単ではないというだけだ。

十四時、息子が帰省してくる。そういえば院に上がった息子も就活生ではないか。

「俺は六月までゆっくり会社を選ぼうと思って」

こちらは就活のしの字も感じさせない相変わらずの極楽とんぼっぷり。本当に音大生というのは。と言いながら僕が説教なり小言を洩らすかというとそんな立派な振る舞いはせず、一緒に『ジョーズ』を観賞しながらキャッキャ騒いでいる有様。この父親にしてこの息子あり。

三月二日

十七時三十分、息子が興味を示すので近くのフレンチレストランで食事をする。ここは工務店が経営しているという変わり種のレストランで、食材は近郊の山野から採れたものを多く使っているので、味の割に格安で気に入っている。

食事の合間に息子が音大の授業について話す。それによれば、教師の大部分は努力とか一生懸命という言葉が大嫌いで、それを口にした生徒を高く評価しないらしい。傍で聞くとひどいと思う人もいるだろうが、実は美大の関係者からも同様の話を聞いたことがあるので、芸術関係の大学というのは概ねそんなものなのかなあ、と思ってしまう。つまり努力とか一生懸命とかは作品には何の関係もないことであり、作品に関係のないことを力説するなという主旨だ。

これは文芸の世界にも当て嵌まることで、実際新人賞を獲るとか作家として続けていく上で、努力なんてのはあまり役に立たない。七年間、多くの先輩や同業者を観察してきたが、生き残る作家に必要なものは才能でしかないのだ（何の才能かは人による）。そんなことはない、ベストセラー作家の○○はこういう努力をしているではないかとの声が聞こえてきそうだが、それはあくまで傍で見た印象であり、おそらく本人は努力なんて思っていない。第一、編集者や読者は本人の努力を評価して連載させてくれたり本を買ってくれたりするものではない。ただ単純に面白く、素晴らしいから評価してくれるだけであって、努力したからといって評価されるのは小学校の運動会くらいのものだ。

これは別の分野の話になってしまうのだが、例えば羽生結弦さんや錦織圭さんなど一流アスリートの練習量は半端ではないが、本人たちはその練習を至極当然のこととしてこなしている。つまりルーチンワークでしかなく、努力だとは思っていないのではないか。現状の能力を向上もしくは維持するための作業なんて努力でも何でもない。練習を努力だと認識している人間は、その時点で彼らに到底敵わない。

もちろん何にでも努力は必要だと思うが、それは才能の世界においては最低限の条件でしかない。努力を売りにする人間は、そこで停まってしまうと思うのだがどうか。

二十一時四十分、ＫＡＤＯＫＡＷＡのＦさんより『ドクター・デスの遺産』と『笑えシャイロック』の進捗状況について確認の電話が入る。生憎両方とも未着手であり、見えない相手に向かって何度も頭を下げ続ける。僕のように才能もなく、努力もしない人間は最低だと思い知った次第。

三月三日

何と言うか本当に生きた心地がしない。

とうに締め切りは過ぎ、デッドラインも間近だというのに、連載原稿を仕上げられる目処が立たない。こんな時、つくづく勤め人を辞めてよかったと思う。こんな精神状態で満足な仕事などできるはずがない。ぎゃあああと叫びながら原稿を書いていると、息子が書斎に入ってきた。

「お父さん、『フォースの覚醒』、一緒に観ようよ」

うん、分かった。

本日、日本アカデミー賞が発表され、『シン・ゴジラ』は最優秀作品賞・最優秀監督賞を含む七部門制覇、『この世界の片隅に』も最優秀アニメーション作品賞を受賞した。当該組織の中には各種柵《しがらみ》が入っているとの噂もあるため両作品の受賞を危ぶむ声もあったが、この結果には相当多くの映画ファンも納得するのではないか。きっと皆さん、しみじみニヤニヤしとるんじゃ。

夜半を過ぎてからようやく『能面検事』脱稿。引き続き『ヒポクラテスの試練』に移る。急に睡魔が襲ってきたのでエナジードリンク二本をラッパ飲み。げほげほ。

三月四日

昨日脱稿した『能面検事』の中で実在する店舗名を記述していた。書籍化した際に問題が発生しては相手方に迷惑をかけるので、その店の社長に直接電話をして屋号記載の承諾を得る。おそらく校閲さんがゲラ段階で指摘するだろうが、こうして先手を打っておけばひと安心。

僕は今までテーマ的にも記載内容もヤバめのものを扱ってきた。それでも未だかつて抗議やクレームの類いを受けたことがない。これは僕が全く取材しないのが理由の一つなのだが、他にもこういう事前の根回しを欠かさないからだ。全て以前の職業で培った世知なのだが、まさか物書きになってから役立つとは予想もしていなかった。

十四時、妻がボランティアから戻ってくる。妻は文化創造センターとかでコンシェルジェのような仕事を受け持っているのだが、持ち帰った来月以降の催事スケジュールを見て驚いた。何と仲道郁代さんのコンサートが全席四千円で販売されているではないか。こんなもの、東京では一万円を超えるぞ。

「館長がねー、採算度外視だっていつも言ってるのよ」

つまり著名な音楽家や劇団を招聘し市民に提供すれば、その文化を享受した子供たちがやがて育ち、教養溢れる大人になって帰ってきたら、地元にも豊饒な文化が根付くのではないか。そのために入場料は採算度外視という主旨である。当然、足りない分は市の税金で賄うことになる。

先日市長と歓談した際、この創造センターは年間二億もの赤字を垂れ流し続けているということだったが、その内実はこういう理由だったのだ。

館長の方針が正しいかどうかは立場によって意見が異なるだろう。ただ、文化を享受するにはカネがかかるのはどうしようもない真実であって、それを無償あるいは安価で済ますことによって、どこかにしわ寄せがくることは憶えておいた方がいい。

三月五日

徹夜の結果、『ヒポクラテスの試練』連載第四回分を何とか脱稿。本日より『ドクター・デスの遺産』加筆部分の執筆に入る。こちらは三日で八十枚予定。大丈夫か自分。

ちょっと意識が朦朧としてきたので、気付け薬代わりに『Somewhere in Time』を観賞。言わずと知れた時間SFの名作『ある日どこかで』なのだが、日本ではDVDのみの販売のため、輸入盤のブルーレイを買ったのだ。日本語字幕はついていないが、台詞のほとんどを記憶しているので支障はない。いやあ、やっぱりいいなあ。時間SFでラブロマンスで胸キュンだ。『君の名は。』が好きな人はハマるのではないか。主演のクリストファー・リーブはこの頃が絶頂期で、本当に正統派の二枚目だったのだと痛感する。もっともっと長生きして欲しかった。監督は『ジョーズ2』でメガホンを取ったヤノット・シュワルツ。余談だが、この頃のソフト発売元の洋画認識度はかなりひどくてDVDのジャケット裏面には監督名をジュノー・シュウォークなどと表記している。因みにこういう例は他にもあって『ポルターガイスト』(一九八二)などは監督トビー・フーパーが「トーブ・フーパー」になっている。こういう間違い、映画とその創り手へのリスペクトがあるならおそらくやらないだろうな。

『シン・ゴジラ』や『君の名は。』、そして『この世界の片隅に』。日々、様々な人がネットに感想を上げていてそれ自体は賑やかで楽しいのだが、中には少し歪んだ人もいて、どうしてもこれらのヒットした映画を自分の政治思想に繋げて語りたいらしい。映画の内容とはほとんど何の関係もないのに、わざわざハッシュタグに映画タイトルをつけ、その映画に関心を持つ人に自身の政治思想を開陳しようとしている。

入場料を払って観た映画をどう捉えようが、どんな感想を呟こうが、それは全くその人の勝手だ。自分の政治思想を宣伝したいがために便乗したって一向に構わない。でも、こういう人はおそらく映画とその創り手をリスペクトしていないのだろうと思う。

三月六日

本日も『ドクター・デスの遺産』の加筆部分を執筆しているのだが、実は事前にKADOKAWAの担当編集者お三方から〈単行本時改稿のご提案〉なるものを拝受している。要は注文書みたいなもので、

・過去シリーズを読んでいない人でも犬養のキャラクター、特徴をもう少し序盤で摑めるように（女性の嘘を見抜けない）。

から始まって何と合計十個もの要望が書き連ねてある。これを全て網羅するとなるとほと

んど全面改稿になってしまう惧れがあるが、それをしてしまうと連載当初のスピード感が損なわれてしまう可能性がある。

そこで熟考した挙句、あるたった一つのエピソードを加えるだけで十項目を全て網羅する方法を思いついた。こんなことを思いつくのは、今まで長編二十七作を上梓してきて勘所が分かってきたお蔭だ。書評家の茶木さんは「エンドマークの数がその作家の実力になる」(大意) という名文句を残しているが (いや、まだ亡くなってないから)、本当にその通りだと感じ入った次第。

十三時四十分、祥伝社Nさんより電話。

『連載、今回も面白かったです』

たとえ社交辞令にしても、ほっとする。毎月毎月綱渡りの連続なので、誰か一人でも「今回はもう一つでした」などと言われた日には、ちょっとおかしくなりそうな気がする (もうなっているかも知れん)。

三月七日

『ドクター・デスの遺産』、加筆部分は佳境に入る。と言っても、書いているこちらのテンションは普段と全く変わらず。僕の執筆状況なんていつもこんな風だ。筆が乗るとか乗らないとか、いったい他の同業者さんたちはどんな精神構造をしているのだろうか。羨ましくてならない。

十五時、光文社のMさんよりゲラ修正について電話が入る。

『今回も微修正だけなので、電話で済ませてしまいましょう』

やってみたら、やはりいつもの通り五分で終了してしまった。呆気なさ過ぎて、逆に申し訳ないような気分になる。

禁断症状が出てきたのでトビー・フーパー監督の『Life Forse』を観賞。ご存じ邦題は『スペース・バンパイヤ』。これも日本ではブルーレイ未発売のため、輸入盤を愉しんでいる。八〇年代のＳＦＸを堪能するだけでも観賞の価値あり。ほほほほほほほ。

三月八日

十一時、新宿伊勢丹へ妻とともに向かう。授賞式その他で着るためのものを見繕うのだが、信用がないので妻同伴となる。前日から予約を入れていたのでコーディネーターの方があれやこれやと用意してくれており、お蔭で一時間もかからなかった。名刺をいただいたものの、こちらは生憎と切らしていた。ちょうど『テミスの剣』文庫版を持っていたので名刺代わりに献本する。先方は恐縮されていたが、よくよく考えれば相手が欲しくもない物を無理やり渡そうとするのだから、もう押し売りみたいなものではないか。

十三時、契約書の件で宝島社のKさんを訪ねる。契約書にサインをした後、今回の受賞者さんたちに『テミスの剣』を献本していただくようお願いする。しかしよくよく考えれば相手が欲しくない物を無理やり渡そうとするのだから、もう以下同文。

有難いことに僕の既刊本を売るために色々と企画を練っていただいている。タレントさんの帯が欲しいのだけれど、プロダクションの壁があるとスムーズに事が運ばないらしい。そこで僕が谷原章介さんから文庫版の解説をいただいた際の経緯を話した。祥伝社さんが仕切った対談の席なのに、その場で谷原さんに直接「『テミスの剣』の解説文を書いてください」とお願いし、承諾を得られるや否やその場にこっそり呼んでいた文春さんの文庫担当者を先方のマネージャーさんに引き合わせて強引に話を進めてしまったのだ。

「……中山さん、そんなヤクザみたいな真似したんですか？」

何とでも言うてくれい。前に勤めていた会社ではこれくらいしたたかでなかったら生き残れなかったんだよお。

十五時、かかりつけの歯医者に出掛け一時間三十分近くドリルの音を聞かされる。さすがにへとへとになっていたらKADOKAWAのTさんから電話。

『〈ドクター・デスの遺産〉加筆分はまだでしょうか』

急いで残り二枚を書き終え、速攻で送信しておく。すると間を措かずに同社Fさんより『〈文芸カドカワ〉連載分も進行がぎりぎりなので、すぐに原稿ください』とのメールを頂戴する。ひい。

三月九日

十時、祥伝社Nさんとゲラ修正作業。今回も専門知識と用語満載であるため専門家の監修つき。素人の哀しさで事実誤認が散見され、結局十分もかかってしまった。つくづく思うのだが、僕はどうして畑違いのジャンルばかり書いているのだろうか。

十一時三十分、実業之日本社KさんとIさんと会う。Kさん退職に伴う引継ぎである。

「で、Kさんの再就職先ってどこなんですか」

聞けば僕も取引がある有名出版社。何だ、場所が近くなっただけではないか。本当に出版関係者の方は各出版社を行ったり来たりというのが多くて、いつでもどこでも同じメンツ。何というか原始共産制みたいなイメージがある（ちょっと違うか）。

事務所に戻って執筆を再開するが、ちょうど目の前でビル建築をしており、騒音が半端ではない。悔しいのでこのビルが竣工したら入居してやろうと画策する。２ＬＤＫ以上の物件を探している最中なのだ。

十七時、講談社のKさんとゲラ修正。こちらは百二十枚あったのだが、修正箇所が存外に少なくて五分で終了。二月は日にちが少なくて苦労した旨を愚痴ると、

「ああ、それは他の作家さんも仰いますね。二月が小の月だと分かっていても、月末になって慌てる、みたいな」

物書きにとって三日というのは本当に貴重なのだ。誰だ、勝手に三日も減らしやがって。責任者出てこい。

三月十日

十時、光文社より今月刊行の『秋山善吉工務店』の著者見本が届く。今回は十四冊を頂戴したのだが、もちろん自宅に置いておいても仕方がないので、お世話になった人や同業者に献本することとする。よくよく考えれば相手が欲しくない物を無理やり……。

十六時、KADOKAWAのTさんから電話。『ドクター・デスの遺産』、加筆部分はいつも通り一発OK。ほっと胸を撫で下ろす。

『それでですね、中山さん。刊行の折には他の作家さんに帯を書いてもらおうと思って』

作家さんの名前を聞いて驚く。そんな。いくら医療ミステリー繋がりといっても、先方はバリバリ現役の医師ではないか。確かに『ドクター・デスの遺産』も医療ミステリーにカテ

ゴライズされるだろうが、こっちは動脈と静脈の違いも分からないど素人なのだぞ。なのに何故。

二十時二十分、またもやKADOKAWAのFさんより電話。『笑えシャイロック』の進捗状況の確認。単行本の加筆に加え同時連載二本を抱えているため、ほぼ二日に一遍は同社から連絡が入ってくる。段々、自分がKADOKAWA専属の下請けになったような錯覚に陥る。

「ええっと、明日の朝までには何とか」

いい加減な返事をしてしまい、結局は自分の言葉に縛られるかたちで日をまたいだ午前四時過ぎに脱稿。休む間もなく「ジェイ・ノベル」連載の『ふたたび嗤う淑女』に着手。先月は遅れてしまったため、担当のKさんからちくりちくりといじめられたのだ。今月こそ早めに提出しよう。

三月十一日

執筆の合間、例の禁断症状が出てきたので、日比谷みゆき座にて『トリプルX再起動』を観賞する。えーっとですね、大抵「リブート」だとか「再起動」とかの言葉がタイトルに入る時は「前作はなかったことにしようね」という意味が含まれていることが多い。それでこの映画もそうなのかなあと思っていたのだが、物語後半でそうではなかったことが判明。監督の作品愛にほっこりしたのであった。

実業之日本社Kさんより『この世界の片隅に』ロケ地マップが送られてくる。おおおお有難うございます。ちょうど今、同社の原稿を書いている最中だったのだ。これを眺めながら仕事をするとしよう。

三月十二日

明日は第十五回『このミス』大賞の授賞式。例年と違い場所が品川プリンスホテルになったため、物見遊山を兼ねて妻と宿泊することとする。何故例年通り帝国ホテルで開催しないのかと言うと、おそらく宿泊も宴席も予約が取れなかったからだろう。と言うのも本日サウジの国王が千人のお供を引き連れて来日しているからではないか。こういう場合、外国人客は大抵帝国ホテルを常宿とする。で、その他の宿泊希望者にしわ寄せがくる。

折角なのでと娘も就活のため日帰りで東京に来ており、親子三人で東京めぐりでも、と思ったのだがこちらは相変わらずの締め切り地獄。妻と娘は街へ繰り出す一方、僕はホテルの一室でかりかりと原稿書きに勤しむ。

三月十三日

十四時、『このミス』大賞授賞式のため宴会会場へと向かう。会場で最初にお会いしたのは今回の大賞受賞者岩木さん。とても大人らしい所作に、やっぱり作品には人柄が顕れるのだと痛感。二番目に来られたのが優秀賞の柏木さん。こちらも非常に腰の低い常識人でいらっしゃり、ほっとひと息。この世界は変な人が多いので、こういう方々が受賞してくれると何だか安心してしまうのだ。今回、テレビ局のリハーサルがあるため、参加者は十四時半から十五時半の間に集合とあったのに、十四時半の時点で集まっていた作家さんは六人足らず。相変わらず集まりが悪いなあ。

プレゼンターの谷原さんとのトークに備えてリハーサルを行うが、今回の受賞者は全員緊張の面持ち。みんな初々しいなあ。僕は最初からふてぶてしかったものなあ。

十五時半、本番開始。今回は歴代受賞者以外には取次さんと書店員さんを招待。谷原さんとのトークセッションには今回の受賞者と僕・七尾さん・岡崎さんが壇上に上がる。谷原さんとは以前に対談をしていたので、あがらずに話ができたのだがここでもふてぶてしい印象を与えてしまったのではないか。

来賓との名刺交換会はまるでオクラホマミキサーのような状態で、しかもかかっている曲は『マイム・マイム』、思わず大笑い。

その後は受賞作に因み、書店員さんたちが白衣を着て登場(何をやらせるのだ)、歴代受賞者とともに記念撮影。これは大森さんもツイッターに上げていたのだけれど、三省堂の内田さんはどこから見ても立派な内科医だった。ところでこの白衣、そのまま書店員さんたちにプレゼントされるそうなのだが、いったい日常で使う機会があるのだろうか。妙なプレイでしか出番がないと思うのだが。

こうして一次会は滞りなく終了したものの、問題は十八時から始まった二次会。参加者は『このミス』関係者のみであったため、羽目が外れる。大森さんと香山さんは選考委員変更の内輪ネタを披露するわ、不参加者の噂話に花が咲くわ(主に話していたのは僕なのだけど)、不穏な空気が漂う。挙句の果てに何人かの後輩作家さんから「どうしたら量産できるのか」などなど訊かれるが、正直返答に困る。宝島社さんの担当編集者さんは事ある毎に「中山の真似はするな」と他の作家さんに言っているらしいが、だから皆さん量産できなくなっているのではないか。ちょうど二次会のさ中、I局長と歓談する機会があったので、僕くらいに量産しないとヤバいですよと苦言を呈すると、局長は「皆さんには書けと言ってるんですけどねえ」と切なそうな顔をされた。

言っておくが、僕は自分ほど怠け者はいないと思っている。その怠け者より書かなくて何が物書きか。

二十時、お開きになってから部屋へ戻り、執筆を再開する。ひぃ。

三月十四日

戻り寒波とかで朝からえらく寒い。ホテルで妻と別れ、僕は事務所に直行。執筆を継続。十時、光文社のMさんと会い、『秋山善吉工務店』の見本にサインして献本の手続きをする。僕もMさんも花粉症であり、二人とも会話していて辛い。同病相哀れむとはまさにこのこと。

十一時、徳間書店がTSUTAYAの子会社になることが報道される。ううむ、噂には聞いていたが、こんなに早くなるとは。これから徳間さんの編集方針も変わっていくのだろうか。幸か不幸か、僕は徳間さんとほとんど何のお付き合いもないけれど他の作家さんの心中やいかに。

十五時、宝島社Kさんと『どこかでベートーヴェン』文庫版のゲラ修正。長編五百枚なれど十分ほどで終了。今回は本編に加え、百枚ほどの短編をボーナストラックとして併録する予定。問題はまだ一枚も書けていないことか。その後は例によって世間話に興じるが、何とI局長、昨日僕と交わした会話を早くも日報で上げていらっしゃるとのこと。ううう、これでまた歴代の受賞者から白い目で見られる。

二十二時、新潮社Mさんから『月光のスティグマ』文庫化の件で連絡あり。しかも今回、Mさんは純文担当となり異動されるとのこと。何というか僕の担当さんの異動が多過ぎはしないか新潮社さん。

三月十五日

十二時、歯医者に赴き最後の冠歯を被せる。合計302、400円也。本当に、歯の治療のために仕事をしているなあ。

十三時二十分、KADOKAWAのFさんと『笑えシャイロック』のゲラ修正。十分で終了。

「もう少し、登場する国会議員に良い面を持たせてもいいんじゃないでしょうか」

これには困った。どうも僕は国会議員、特に某野党第一党の議員に好印象を持っていないのでプロット段階からロクデナシに設定していたのだ。結局、書籍化の際に微調整することで決着する。それにしてもこの連載もあと二回で終了してしまう。本当にこの仕事をしていると月日の経つのがあっという間だ。

事務所に戻って執筆を継続するが、今回は事務所の入っているビルも壁の塗り替えなどで工事に入っており、目の前の新築工事とともに騒音の二乗、これに花粉症が加わって地獄の様相を呈する。さすがに仕事が捗らず四苦八苦する。どうしようもないのでクライテリオン版の『戦場のメリークリスマス』を観賞。国内版と比較して全くの別物。特に冒頭、登場人物が森の中へ分け入っていくシーンでは、クライテリオン版の情報量が圧倒している。こんなことでは誰も国内版を購入しなくなってしまうぞ。

三月十六日

小学館のMさんより『セイレーンの懺悔』映像化の企画書が届く。以前にも書いたことがあるが、こういう企画は百あって一つ実現すればいい方なので、眺めるだけに留める。第一、既に版元に渡した時点で自作といえど自分のものとは思っていないのでそれほど執着がない。映像化といえば大変気の毒なことがあった。何度かお会いしたことのある作家さんの小説が映像化され既にクランクアップ、特設サイトまで立ち上がり、作家さんもツイッターで宣伝に余念のない企画があった。ところがだ、演出家が子役を深夜まで働かせたとかで問題になり、放映の目処が立たなくなってしまったのだ。原作者は意気消沈、その知人である伽古屋さんはわざわざ僕に企画再開の可能性を訊ねてきたくらいだ。

実際、ここまでネガティヴな話題になってしまうと放映は困難だろうし、仕切り直しするような予算もないはずだ。限りなくお蔵入りの可能性が高く、原作者には掛ける言葉もない。

原作者さんもツイッターで色んな方角に謝っている有様だ。本人には何の落ち度もないのに。映像化は本当に水物だ。実際にスクリーンやディスプレイに映し出されるまで、何が起こるか分かりはしない。そんなものに期待していても詮無いだけではないか。

三月十八日

渡瀬恒彦さんが亡くなってから数日、ふと書斎のアーカイブを覗くと渡瀬さん出演の映画ソフトがずいぶんあることに気づく。本日はその中から『セーラー服と機関銃』4K盤を観賞する。八一年の作品であり、三國連太郎さんや佐藤允さんなど既に鬼籍に入られた方が嬉々として演じているのを見ると何やら込み上げてくるものがある。同名作品は今までに二度の映画化、二度のドラマ化がされているが、どれもが製作された時代の匂いを纏っているのが興味深い。昭和世代の僕としてはやはり八一年版のこの映画が一番しっくりくるなあ。出演者はもちろん、画面に映る風景の何もかもが昭和。かつてこの映画を映画館で観た時、自分がどこで何をし、何を目指していたのかを如実に思い出させてくれる。そういう意味で、映画は僕にとってタイムトラベルの装置でもあるのだ。

本日より「野性時代」連載の『蕁草のなる家』に着手。毎度のことながら心理描写が主になる作品なので、この書き方で従来のリーダビリティを獲得できるのか、五里霧中のまま書き進める。

三月十九日

十二時、旧友たちと食事会。家族も含めると総勢十三人のちょっとしたパーティー。この齢になると、それぞれの子供の就職話に花が咲く。と言うより本人が自分の希望する職業を宣言する場となった。

「イラストレーターになりたいです」

聞けば何度かコンテストで入賞もしたとのこと。こういう子は全国に何百人もいるのだろうなあ。イラストレーターに限らず、声優とかアイドルとか物書きとか二十代は憧れ産業に熱い目を向けていて、何と言うかとても微笑ましい。誰にでもこういう時期があって、なってもなれなくても、その情熱を見ているだけでこちらも嬉しくなってしまう（これが三十代以上となると話は全く別で、微笑ましいどころか痛々しくなる）。

ところがこうして聞いている中でひときわ異彩を放つ希望職種があった。

「ウチの息子な。木こりになりたがってるんだよ」

聞けば何かの研修に行った際、すっかりその仕事の魅力に憑りつかれたのだとか。今では〈チェーンソーの磨き方〉なるものを一生懸命習得しようとしているらしい。

うーむ、これも憧れ産業と言えなくもないなあ。考えてみたらイラストレーターよりも狭き門かもしれない。みんな、頑張れ。

二十時、KADOKAWAのFさんより『蕁草のなる家』の進捗確認で電話が入る。はい、分かっています。明日中には必ず。

三月二十日

今週は人と会う予定があるため、急ぎ上京する。新幹線の中で『蕁草のなる家』を仕上げ、ほっとしていたらそのまま東京まで寝てしまった。いかん、たるんでおる。

事務所に到着すると、早速ポストには出版契約書やら献本やら見本誌やらが溢れ返っている。あ、あのなあっ、たった三日留守にしただけだぞ。それが何でこの郵便物。

郵便物の中に推理作家協会の会報があり、記事に喜多喜久さんの入会挨拶が掲載。喜多さんらしく作家活動をポートフォリオで説明されている。もちろんジョーク混じりなのだが、物書きにはこういう経済的視点が不可欠と思うのだがどうか。作家を職業と公言するのであれば、期首に必要な経費を弾き出し、期中に予定の仕事をこなし、期末時点できちんと利益を出し、その利益で自分と家族を養うべきだ。そうでなければ職業と呼べないではないか。

郵便物の処理を終えてから『ふたたび嗤う淑女』に着手。こちらも明日には脱稿しなければば……待てよ、明日は何か用事があったような……おわわあっ、『秋山善吉工務店』のプロモートで書店訪問の予定があったのだ。しかも十時からしっかり夕方まで。
仕方がない。明日の十時まで寝ずに書くしかない。という訳でまたぞろエナジードリンクと黒ビールをラッパ飲みしてパソコンに向かう。よく死なないよなあ。

三月二十一日

本日、書店訪問。同行者は光文社K編集長とMさん。
・三省堂書店神保町本店さま
・三省堂書店有楽町店さま
・八重洲ブックセンター本店さま
・丸善丸の内本店さま
・三省堂書店池袋本店さま
・紀伊國屋書店新宿本店さま
・ブックファースト新宿店さま
・有隣堂アトレ恵比寿店さま
有難うございました。

朝っぱらから内田康夫さん休筆のニュースを知る。しかもそれに伴って、現在毎日新聞に連載中の小説を書き継ぐ者を公募で募集するとのこと。全体の六割はできているのだが、内田さんはプロットを立てないまま書き進めるタイプの人なので、応募する人は苦労するのではないか。

「プロアマ問わずですからね。でも賞金がいいから」

予想だが、これはプロからの応募が多くなるのではないか。ただし、内田さんの文章は本当にストレスなく読める文体であり、これに拮抗する文章力となるとなかなか困難。これはほとんどの同業者が同じ意見なのだが、これねくり回した文章なんて誰でも書ける。本当に難しいのは平明な文章で場面も心理も読者にすぐ理解できるよう描写することで、これはよほどの文章力がなければ不可能なのだ。ついでに言えば新人賞投稿者の文章が読みにくいのは全てこねくり回そうとしているからで、その時点でマイナス評価になっているのは憶えておいた方がいい。

事務所に戻ると、三社から原稿督促のメールが入っていた。即刻、執筆を再開する。

三月二十二日

十三時三十分、新潮社Mさん・Tさんと打ち合わせ。文庫の新担当がTさんになるとのことで初顔合わせとなる。Tさんは入社してまだ間もないとのことで、まあ何というか新鮮。早速『月光のスティグマ』文庫化について話を進める。

Mさんは四月より純文担当とのこと。純文の作家さんはエンタメ系の作家さんに比べて気難しい人が多いので大変でしょう、と聞かなくてもいいことを聞いて困らせてみる。何てひどい男だろう。

これはれっきとした悪口なのだが、ある純文の作家さんは自著が売れないのを出版社の責任にして担当者に嫌味を言っているらしい。大体、プライドの高い人間ほど自分の思い通りにならないと他人のせいにしやすい（ついでに言うと、自己評価の高い人には変な人が多い）。これは我が身を省みて言うのだが、本が売れるのは出版社の尽力の賜物であり、売れないのは作家の責任だ。少なくともそう考えた方が精神衛生上ずっとよろしいし、次につながる。

最近の新人作家さんについて話が移ると、やはり内容が暗くなる。

「年四回の締め切りなのに『もう書けない』とかで引き籠もる人もいるんですよ」

愕然とする。きっとその作家さんは小説を書くのを職業だとは捉えていないのだろうなあ。

「社会人経験のある作家さんは、概してまともな人が多いんですけどねえ……」

十五時、文春のIさんより電話。

『〈静おばあちゃんと要介護探偵〉の原稿の進み具合はいかがでしょうか』

はいっ、分かってますっ、何とか月末には。

ふとスケジュール表を見ると、まだ片づけなければならない締め切りが六本も残っているではないか。

三月二十三日

九時、注文していた『シン・ゴジラ』UHD盤が到着する。

仕事が終わるまでは我慢と思っていた。何しろまだ締め切りが六本も残っているのだから。だが、ああ、僕にとって映画こそ生きるための活力。是非とも大画面で観賞したいという誘惑に抗しきれず、ソフトを抱いたまま新幹線に飛び乗ってしまった。そう、たった一本の映画を観んがために岐阜の書斎まで帰ろうというのだ。担当の編集者さんたちに申し訳なく、腹を切ろうとさえ思う。ただし映画観賞と原稿書きとゲラ直しと刊行打ち合わせとインタビューと書店訪問とファンレターの返事とたまの食事と睡眠が終わった後で。

家に戻るなり、早速書斎に引き籠る。そしてUHDソフトの再生。おおおお、この距離と画質はTOHOシネマズ新宿での初見に肉薄しているではないか。結局そのまま二時間を費やした後で執筆に戻り、一本を書き終える。ひと息吐いていたら今度は特典映像に興味があり、ほんの三十分だけのつもりが、気づいた時にはディスク二枚分合計三三二分を観終わっていた。

すぐ我に返って執筆を再開するが、既に時刻は十九時をとうに過ぎている。いったいわたしはこの半日間何をしていたのだろうか。よし腹を切ろう。

三月二十四日

朝から執筆していると、立て続けに複数の出版社からメールが届く。

『そろそろ締め切りですが、原稿の進み具合はいかがでしょうか』

『二十七日が最終期限ですよ』

『二月に提出予定だったプロットはどうなりましたか』

『掲載予定の文芸誌、ページを空けて待っております』

本当に自分の遅筆に反吐が出そうになるが、堪えて書き続ける。

夜半過ぎ、KADOKAWAのFさんより電話あり。提出した『蕁草のなる家』でどうしても修正してほしい部分があるとのこと。

『日教組に入っている先生のことをとても悪し様に書かれていますが、読者に誤解を与える惧れがあります。何とかなりませんでしょうか』

今ではずいぶん加入者も少なくなったはずだが、僕が学生だった頃、教員の八割以上は日教組だった。別に日教組に偏見を持っている訳ではないが、彼らの授業を受けた時の印象が悪過ぎたのだ。とにかく社会科に限らず、特定の思想を生徒に植えつけようとする先生が多かった。中には最寄りの駅でビラを配っている先生までいた。当時から僕は捻くれていて、誰がどんな思想を持とうが自由だが、それを他人に押しつけるのは違うんでないかいと思っていた。だから顔ではへらへらと笑っていながら、その先生の言うことは専門科目以外のことは聞き流すようにしていた。まさに面従腹背、嫌な子供の典型であり、思っていることは大抵相手にも伝わるので特定の教師からはひどく睨まれもした。そういう過去があるので、どうしても日教組やら特定の団体を斜に見てしまうことがままある（あっ、よく考えなくてもこれは立派な偏見ではないか）。

僕は小説内では、なるべく自己の思想信条を主張しないように心掛けているのだが、今回はつい筆が滑ってしまったらしい。粛々と修正作業に没頭する。

三月二十五日

岐阜では見ることができないが、本日『王様のブランチ』では谷原章介さんが最後の出演。それに伴って思い出の一冊として拙著『贖罪の奏鳴曲』を挙げていただいた模様。ブランチ効果は怖ろしい。それから二時間も経たぬうちにamazonで極端な動きがあり、『贖罪の奏鳴曲』が書籍の部の一位になった他、〈御子柴シリーズ〉が全て十位以内に、余勢をかって『カエル男』や『テミスの剣』までが上位に浮上してきた。やはりマスメディアの訴求効果は大したものだと感心するが、一方で複雑な感慨に浸る。

十二時三十分、KADOKAWAのFさんとゲラについて最終調整。話していて気づいたのだが、僕とFさんでは公務員に対する印象がほぼ一八〇度違っていた。

つまりこういうことだ。僕らの世代はやたらと景気がよく、学校の成績のいい者は大抵民間に就職した。公務員、特に教職はそれにあぶれた学生が最後に頼る就職口だった。ところがFさんの時代は就職氷河期で、成績のいい者は生活の安定を求めてまず公務員を目指したのだ。

才能はカネのあるところに集まる。言い換えれば景気動向によって集まる人間の能力にばらつきが生まれる。従って同じ職種であっても、年代によって価値観が雲泥の差になってしまうという訳だ。僕らの頃は先生に「でも」なるか、先生に「しか」なれないという意味で「デモシカ先生」という言葉が流布したくらいだが、Fさんの頃には全く逆だったのだ。

これもジェネレーション・ギャップの一つなのだろうなあ。

三月二十六日

五月刊行予定『どこかでベートーヴェン』文庫版のボーナストラックとなる短編を執筆。タイトルは『協奏曲』。一読すればタイトルがダブルミーニングであるのが分かる仕掛け。本来は宝島社の法廷ミステリーのアンソロジーに所収予定の短編を転載する予定だったのだが、執筆陣の都合で遅れるため、文庫版の併録が先になってしまったという出版社のどんでん返し。

言い換えれば法廷ミステリーとして完結した話である一方、『どこかでベートーヴェン』のサイドストーリーにもなっていなくてはならない。すると硬質な文章の短編でありながら、『ベートーヴェン』のソフトな内容にも沿っていなければならない。

まだある。本編では岬洋介の父親をひどく無理解な人物に描写しているが、これはあくまで主人公目線であるためにそういう印象になっているだけであり、父親目線で描けばまるで違った風景になることも描かなければ書く意味がない。

こうして並べてみると課題だらけ縛りだらけの短編なのだけれど、実はこういうのが大好きなのだ。「自由に書いてくれ」というのが一番困る。大体、制約の中で工夫するから面白いのであって、実際自由ほど不自由なものはない。これは生活においても同じことが言える。

三月二十七日

『協奏曲』七十五枚は何とか今日中に脱稿予定。途中までKさんに見せるが好反応だったので、このまま続ける。

家にいても寝不足とエナジードリンクの過剰摂取をするため、妻から控えるように言われる。しかしまだ締め切りが四本も残っている状態でそんな健康的な提案に乗れるはずもなく、妻の制止を振り切ってドリンクに手を伸ばす。何だか中毒患者の家庭みたいだな。

さすがに疲れたので一服し『シン・ゴジラ』を観賞。しかも今回は決定稿と見比べながら観る。あまりの早口で聞き取れないところや演出もシナリオで補完する。これはこれで贅沢な愉しみ方。

同業者さんたちのツイートを眺めていると「兼業作家から専業作家になるタイミング」というお題で盛り上がっていた。ある作家さんは「本名よりもペンネームで呼ばれることが多くなる」ことを挙げ、また別の作家さんは「著述による収入が本業のそれの1・2倍を超えた時」とひどく具体的。

こと生活に関わってくる話なので軽はずみなことは言えないのだけれど、僕にも目安のようなものがあって、その一つはアンケートである。つまり担当の編集さん全員に「自分は専業作家になるべきか否か」を聞いて回るのだ。これなど一番客観的かつ確実な回答が得られると思うのだが、一方で本人の心をへし折るという弊害も考えられるので迂闊に提案できない。誰か我こそはと思う新人作家はいねがー。

三月二十八日

未明に『協奏曲』脱稿。続いて『笑えシャイロック』に着手する。こちらは連載をあと二回残すのみ。

漫画家の羽海野チカさんがツイッターで自作への批判に対して物申しておられた。おそらく書評サイトか何かをご覧になっての反応だと思うのだけれど、きっと繊細な人なのだろうなあ。大体、物書きには繊細な人が多い。僕とは正反対だ。

だからという訳ではないのだが、僕のサイトの愉しみ方というのはちょっと歪んでいる。たとえば自作のレビューを見掛けると、過去にその評者が何を読んでいるかまで遡る。そして文章と読書遍歴から「この人はこういう趣味嗜好をしていて、こういう考えを持っているから、今話題の『○○』という本を読んだら、きっとこういう書評を上げるに違いない」と予想して一人で悦に入るのだ。しかも、大抵当たる（第一、著者本人にしてみれば、書いている段階でどんな読者がどんな感想を持つかくらいは容易に見当がつく）。

大体、「わたしは今月、こんな本を読んでこんな感想を持ちました」などとネットで公開する人の気持ちが全く理解できない。僕のような半可通にも、その評者の思想やら嗜好やらが透けて見える。そんなものは究極の個人情報であり、だからこそ図書館などでは個人の貸出記録を厳重に保護しているのに、レビュワーの人たちはそれを自ら進んで晒しているのだ。本当に、全く理解できない。

三月二十九日

本日、花粉は絶好調。眠たくはないのだが、くしゃみの連発で頭が朦朧とし考えがまとまらない。執筆時点であまり考えるタイプではないからと高を括っていたのだが、そろそろ頭の中の台詞と打ち込む文言が違ってきた。ヤバい。人間として役立たずになる前兆だ。せめて頭だけでも通常運転に戻すべく強制的に寝る。おそらく身体が睡眠を必要としていたらしく合計で十時間も寝てしまう。ああああ、僕はとんでもないグータラだ。

慌てて執筆を開始する。まだ頭はぼうっとしているが、考えずにキーを叩く今のやり方にして本当によかった。

十七時三十分、娘より電話。滑り止めに受けていたホテルから書類選考を通過したとの報告。まだ就活は序盤戦だが、一つの収穫なので祝ってやる。

『それでさ、なんばに来てるんだけど急に時間が余っちゃって。お父さん、キングコングって面白いかなあ』

『パシフィック・リム』にハマる娘ならこれもいけるだろうと太鼓判を押しておく。ウチの娘好きだよなあ、怪獣映画。

栃木県那須町で登山部の高校生八人が雪崩に襲われる。惨いと思う。子を持つ親として、彼らの親御さんたちの気持ちを思うと居たたまれない。珍しく妻が怒っている。

「だってさ、生徒なんだよ。先生から登れって言われて、危ないと思っても拒否権なんてないんだよ」

三月三十日

今日も花粉がひどい。鼻をかむのがほぼ十分おきで、そのうちティッシュに血が付着するようになる。鼻腔の血管がすぐ切れるからだが、血染めのティッシュを丸めてゴミ箱に放っていると、まるで昭和の文豪になったような気分になる（違う）。

何とか『笑えシャイロック』五十枚を脱稿。続けて「小説宝石」連載の『能面検事』に着手する。

御子柴シリーズを連載している「メフィスト」最新号の表紙を見て少し驚く。七尾さんの「ドクター・キリオ」が連載を再開しているではないか。同作は以前「小説現代」に連作短編として掲載されたが、二回目がなかなか出なかったのでどうしたのかと気を揉んでいたが、掲載誌を変更してきたとは。

小説を連載していても拠所ない事情で中断する場合がままある。同業者に聞いたことがあるが、こういうのは著者本人が一番気になるもので、下品な喩えだが金魚のフンよろしくいつまでも引き摺っているようで気持ち悪いのだとか。この感覚はよく分かる。長編小説で最後の一行を書き終えた時は、長い間踏ん張っていたトイレから解放されたような気分になる（多分、違う）。

三月三十一日

喜多喜久さんがツイッターで専業作家になる旨を報告。これを明日やってしまうとエイプリルフールと思われるので本日中の報告にしたとのこと。まずはめでたい。他人が本人の就業形態を無責任にどうこう言うてはいかんのだが、こっちは一人でも多くお仲間がほしいのだ。

やってみると分かるが、物書きほど潰しの利かない職業はない。大体〈元作家〉なんて肩書、聞いたことがない。あるとすれば議員になることくらいだが、あれは職業には非ず（いや、あれは職業だろうという意見もあるだろうけど、それはそれで失礼な気が）。実際、専業作家になってしまったら書き続けるか、さもなければ野垂れ死ぬか二つに一つくらいの覚悟がなければやっていられない。こういう業界にいて辛いのは○○新人賞を獲得してデビューしたはいいものの、その後が続かずにフェイドアウトしてしまう人が少なくないことだ。担当編集さんからその後の消息を聞くと、却って作家デビューなんてしない方がよかったんじゃないのかという例が山ほどあるのだ。憧れ産業に従事している者が売れなくなると、本当にキツいのだぞ。

四月一日

エイプリルフールということでネットにはフェイクニュースが飛び交っている。僕の知り合いの同業者さんたちも挙って参加している。中にはフェイクなのかトゥルーなのか判然としないものもあって困惑する。僕がもしSNSとかやっていたらと想像するが、少し考えたら絶対に参加しないであろうことに気づく。だって小説で散々嘘を吐いているのだ、今更現実世界で一つや二つ嘘を吐いて何ほどのことがあろうか。

面白い嘘には教養が必要だ。笑える嘘にはウィットが必要だ。その伝から言うと、やはりエイプリルフールは欧米世界の言語文化の所産のような気がする。どうも日本で見聞きする四月一日の嘘というのは、商業主義や情念が絡んでいて思いきり笑えるものが少ないのではないか。

以前、聞いたもので感心した嘘はイギリスBBCがニュースとして取り上げた「ビッグ・ベンをデジタル化する」というヤツだ。この話は本気にする人が世界中にずいぶんいたらしいが、これなどエイプリルフールに吐く嘘のお手本ではないだろうか。

ということで僕は今日も嘘を吐き続ける。何とか『能面検事』五十枚を脱稿。続けて『ヒポクラテスの試練』に移る。

そう言えば思い出した。専業作家になって四年目だったか、妻がつくづく感心したようにこう言った。

「本当に小説家ってお父さん向きの仕事よね」

反論できなかった。

僕をよく知る友人は「お前は呼吸するように嘘を吐くなあ」と口を揃えて言うし、嘘を吐いて褒められる職業なんて小説家くらいしか思い当たらないからだ。では、以前のサラリーマン稼業ではどうしていたかと言うと、これもやっぱりげほげほ。

四月二日

今日からまた東京事務所に戻る。花粉症のお蔭で原稿が捗らず、またもや新幹線の中で執筆する羽目となる。名古屋から東京までの一時間四十分、原稿用紙三枚書くのがやっと。本当に自分は遅筆なのだと情けなくなる。

例によって溢れ返ったポストの中身を整理し、パソコンに向かうが、対面の建設中のビルとこちらの壁面改修工事中ビルが騒音の二重奏。これに花粉症が加わり、もはや地獄の様相を呈する。ううむ、一刻も早く引っ越さなければ気が。

ネットでは同業者の間で肩書き論争なるものが発生。きっかけははあちゅうさんという方が『わたしは作家。ライターではない』とブログに書いたことだが、似たような話は以前からあった。

『わたしはタレントではなく俳優です』
『わたしは歌手ではなくアーティストです』
『わたしは芸人ではなくパフォーマーです』
『わたしは物書きではなく表現者です』
『わたしは無職ではなくフリーターです』

何と言うか、承認欲求の臭いがした瞬間に馬鹿らしくなってしまう。大体、肩書きなんぞにアイデンティティを求める段階で底が知れている。

どんな職業もそうだが、仕事を続けていけば肩書は自然についてくる。こと作家に関して言えば、年に何冊か一般小説を書き続けていれば、本人の思惑とは別に向こうが勝手に作家呼ばわりしてくれる。ごちゃごちゃ言っている暇があるんなら仕事せえ仕事。

四月三日

案の定、三社から原稿督促のメールやら電話が飛び込んできた。

『昨日から新社会人は仕事始めです。中山さんはいかがですか』

『もう締め切りを過ぎましたが、中山さんはいかがですか』

『年度初めですが、執筆は始まっていますか』

『エイプリルフールは一昨日で終わりましたよ』

いろいろどうしようもないので、取りあえずエナジードリンクとワインをがぶ飲みする。

窓の外では春雷がいやに激しいが、編集者さんたちのカミナリの方がよっぽど怖い。

夜半、何とか『能面検事』を脱稿し、休む間もなく『ヒポクラテスの試練』に着手する。

そう言えば誰かが新社会人に向けて「これから懲役四十年」と皮肉る向きがあるが、あれはどうかと思う。もちろん僕が新社会人になった三十年前と今を比較するのはナンセンスだろうが、それでも外で見掛けた初々しいスーツ姿の新人を見ていたら他人事でも祝ってあげたくなるのが人情だし、第一サラリーマンは偉大だ。この国の就業人口の七割がサラリーマンであるのを考えると、日本は彼らによって支えられていると言っても過言ではない。どうも僕自身がサラリーマンを二十八年間もやっていたので肩入れしたくなるのかもしれないが、無職よりは勤め人の方がいいに決まっている。ブラック企業の話ばかりがクローズアップされるが、少なくとも勤労は尊いものだし、企業のほとんどは真っ当ではなかろうか。虚勢でも誇張でもなく、サラリーマン生活の二十八年間は本当に毎日が楽しかったのだ。「仕事したら敗けだと思っている」ような馬鹿はこの際放っておいてよろしい。人生を冒険に変える力は誰もが持っているはずで、多くの人はそれに気づかないだけだと思う。

四月四日

十時、実業之日本社Iさんとゲラ修正。担当引継ぎ後、Iさんとは初めての作業だが五分で修正を終わらせるとひどく驚かれる。

「すごーい。カッコいーい」

あんたはけものフレンズかい。とにかくこのIさんという人は反応がいちいち派手で、しかも歌うように、時には踊るように喋るので聞いていて退屈しない。

「中山さんの担当になったので既刊本読んでるんですけど『作家刑事毒島』、あれって業界あるあるですよねー」

一般の読者からは「あんな性格破綻者、いる訳ねーよ」とか「いくら胡散臭い業界でも、まさかあんなことは」と感想が上がっているが、業界内では押しなべてこういう反応だ。第一、想像したエピソードなんて皆無なのだぞ。

「ホントにですねー、わたしも投稿作品の下読みしたことがあるのであの時の悪夢が甦ってきてー」

こういう話を聞くにつれ、あの小説は本当にソフトに描いてしまったのだと痛感する。僕がまだまだ甘い証左である。別れ際、Iさんからブランデーをいただく。

「これ呑んで、じゃんじゃん原稿書いてくださいっ」

ブランデー呑みながらじゃんじゃん原稿書くって、いったい。

十三時、角川春樹事務所のNさんと新連載の打ち合わせ。Nさん、夏目漱石の『こころ』がお好きなようで「あれくらいの心理描写が読みたいんですよね」とのこと。

Nさんは以前、宝島社にお勤めだったのだが、その際担当された〈困ったちゃん〉作家の話を聞く。もう時効なのでいいと思うのだけれど、まあ何というか作家にも人間性や常識が問われるのだなあと思う。売れていれば多忙なので人間性が露呈する間もないのだが、暇になった途端に露わになって周囲とげほげほ。

十四時、宝島社のKさんとゲラ修正。長編・短編を一緒に行ない、こちらも五分で終了する。五月刊行予定の『どこかでベートーヴェン』文庫版の帯についてこちらから提案してみる。

「『図書館では読めない』という惹句はどうですか」

単行本を貸し出した図書館が文庫落ちを購入するとは考え難い。今回、折角ボーナストラックを併録したので、書店で買う派の読者さんに恩返ししたいという趣旨。もちろん図書館ユーザーを敵に回す結果になるかもしれないが、まあいいか。尚、件の法廷ミステリー、提出したのはまだ僕だけらしい。みんな仕事せえ仕事。

十九時、芝公園の〈ワカヌイ〉にて幻冬舎のTさんと打ち合わせ。プロットも提出していない段階での打ち合わせなので、もうこれはソフトな恫喝であり、今月中にプロットを提出する旨を伝える。これ以上約束を違えたら〈オオカミと少年〉になってしまう。まあ、生来の嘘吐きだからこんな稼業に堕ちてしまったのだけれど。

四月六日

十時、光文社Mさんとゲラ修正。五分で終了。新刊の『秋山善吉工務店』は八割が捌けそうな勢いということでまずはひと安心。

高齢化は読者層にも及んでいて、これからのミステリーは犯人も探偵も老人になるのではないかとの予想に立ってああいうミステリーを書いたのだが、よくよく考えれば先達の作品にもかなりの前例があった。僕の認識が甘かっただけか。そういえばあるタレントさんが読書家の家族を褒める際、「普通、本なんて読まないでしょ」と言っていた。軽い軽い芸風で知られるタレントさんなので、この発言に何の違和感もないのだが、これが常識だったら怖ろしい。

十三時、〈新世界菜館〉にてKADOKAWAのお三方と打ち合わせ。『笑えシャイロック』の修正は五分で終了し、Tさんからは『ドクター・デスの遺産』の長編ゲラを受け取る。新聞連載からの書籍化なので大量の修正も覚悟していたのだが、微細な部分修正に留まり、ほっとひと息。

KADOKAWAさんは新人文学賞を沢山主宰しているため、多くの新人を抱えている。そして彼らの二作目がなかなか出ないのが大きな悩み（これはどこの出版社もそうだ）。そこで予てからの持論をぶち上げる。

「新人賞の賞金を三分割すればいいんですよ。デビュー作で三分の一、二作目で三分の一、三作目を上梓したら残りを払う。これだったら賞と賞金を持ち逃げされることもありませんから」

三人ともひどく悩ましい顔をする。

ツイッターで筒井康隆さんが韓国の慰安婦像について過激なコメント。早速ネット民やらネットニュースやらがこれに飛びついたが、七〇年代から筒井さんとその作風を知っている読者たちには「あはは、またやっている」、「相変わらず元気だなあ」という反応。これが平成からのファンやある思想の持主だと、いきなり過剰反応。筒井さんに踊らされているのが分からないのだろうか。筒井さんの著書でも挑発的なあの作品群を読んだことがないのだろうか。荒畑寒村や野村秋介くらいの人物ならともかく、借り物の政治思想しか持ち合わせていないただ者たちは、こういう時にはオモチャにしかならない。反応の仕方でその人物の思想はもちろん底の浅さまで露呈してしまうという危険な踏絵であり、これに易々と乗ってしまった人たちは皆げほげほげほ。

四月七日

夜半になってから「小説推理」連載『テロリストの家』に着手。双葉社さんは今回、『この世界の片隅に』ファンブックへの寄稿もあるため、スケジュールは本当にタイト。

十時、妻と待ち合わせて新事務所の物件探しに出掛ける。広さは2LDKを基準に考える。これ以上の広さになると生活空間が増えてしまい、事務所として認定されにくくなるからだ。

僕は物件探しについてはジンクスめいたものがあり、最初に内見したもので大体決定してしまう。今回もその例に洩れず、新築であり現事務所からも離れていないので即決となった。「東京に移ったらね、あそこで食材を買って、あそこでウインドー・ショッピングして」と妻は妄想驀進中。見ていて飽きないので放っておく。

四月八日

双葉社さんの原稿を片づける合間に文藝春秋さんの原稿も同時に片づける。二本とも締め切りが過ぎているので、原稿五枚ずつを交互に書き進める。文藝春秋のIさんから「挿絵の関係で、できたところまで提出してほしい」と言われているのだ。こうすればほぼ同時に終わらせることができるのだが、ある編集者さんにこの方法を告げたところ、「邪道です」と責められたことがある。

「交互に五枚ずつ書くなんて。絶対に混乱しますって」

ところが混乱は一切しない。初めから書くことが決まっているからだ。ただしこれを邪道と言った編集者さんの気持ちも理解できないこともなく、作家たるもの白紙の原稿用紙を前にうんうん唸っているのが当然と考えている方には、こうしたベルトコンベアー式に小説を書いている僕など邪道の極みのようなものだろう。

しかし、量産というものはこういうものだ。いつ、どんな風に何を書いてもクオリティが下がらないこと。それが物書きの力になっていく——と思うんだけどなあ。違ってたらごめんよ。

四月九日

「オール讀物」に書いているのは『静おばあちゃんと要介護探偵』の第二話「鳩の中の猫」という百枚の短編なのだが、これを二十五枚まで書いて、はたと気づいた。しまった。トリックが使えん。

元はといえばこの小説、設定を思いついたのは二〇一〇年のことだった。従ってトリックもその当時に通用していた常識なり法律が基になっている。あれから七年、まさかと思い確認してみると、そのトリックが使えないことが判明したのだ。これは同業者、分けてもミステリー書きの諸氏なら理解してくれると思うが、トリックはミステリーの根幹をなすものであるから、これが使えないとなるとストーリーまで成立しなくなることがままある。

さあ困った。こんなことは二度目だったのだが少し慌てる。執筆途中にトリックを考え直すなんて僕には至難の業だ。

二時間、三時間と頭を捻るが新しいアイデアは一向に浮かんでこず。こういう時の小説家は追い詰められた犯人みたいなものだ。焦燥と絶望のあまりとんでもない行為に及ぶ可能性がある。昨日の日記では白紙の原稿用紙に唸り続ける作家像を嗤ったが、まさか翌日に自分がそういう羽目に陥ろうとは。ふわわわわあ。

四月十日

結局、新しいトリックは思いつかずまんじりともせず朝を迎える。

十時、新潮社Tさんと『月光のスティグマ』文庫版のゲラ修正。四十分で終了。

新潮社と言えば純文学の一方の雄。さぞかし色んな逸話を見聞きしているのだろうと探りを入れると、まあ大体予想通り。純文作家さんにも様々なタイプがあれど共通しているのは、小説で稼ごうとはしていない点。これは何と言うか文学と一般文芸の違いなのだろうなあ。一般文芸というのはまず読者を愉しませ、しかもその対価としての収入を求める一面がある。所謂商業主義の一端を担っている訳だから、自ずと市場の拡大と効率化が永遠の課題になるという構造だ。

そう言えば今から二十年も前、ある著名な編集者さんが『不良債権としての「文学」』と論じて純文学の作家さんと論争になったことがあった。当時、一介の読者だった僕も文学は嫌いじゃなかったので大いに憤ったものだ。

「何て失礼なこと言うんだ！　不良債権というのは少しでも回収できる可能性のある債権の

ことを指すんだぞ。回収不可能な債権は貸だお」げほげほ。

十一時、文藝春秋のIさんより連絡。

『本当に時間が差し迫ってきました。進捗状況を教えてください』

急いで電話をして、明日の終日まで待ってもらうようお願いする。

『終日というのは何時までのことでしょうか』

「えーっと、Iさんは夜寝る人ですか」

『……普通、夜は寝るものです』

印刷所の関係もあり朝六時までの猶予となった。今まで数々の修羅場をくぐってきたが、今回のが最大最悪かもしれん。それなのにまだメイントリックもできていないときた。

さあ困った。しょうがないのでトリックは書きながら考えることにする。おおお、何だか売れっ子のミステリー作家みたいだ（多分、違う）。

四月十一日

十時、NHK出版のSさんと『護れなかった者たちへ』書籍化について打ち合わせ。刊行はずいぶん先になってしまうが、その分仕掛けに時間的余裕があるので活用したいとのこと。当方、プルーフについてあれこれと提案。まともな作家なら思いつかないことなので、実行できれば結構皆さんも面白がってくれるのではないか。因みに編集部では誰も犯人を当てられなかったとのことでひと安心。ただし枚数が結構あるので、本の単価を下げるため、Sさんと相談する。二段組みにするか、それともいっそ何枚か削ってしまうか。僕は自分の文章を削ることに一切の執着がないので、多分後者になる予感。

十一時、やはり今のままで新連載一挙百枚は不可能であると判断、新潮社Oさんに五十枚で勘弁してくれと泣きの電話を入れる。ああああ、自分の遅筆が呪わしい。

十四時三十分、KADOKAWAのTさんから電話。

『あの、もう待ち合わせ場所にいるんですけど……』

えっ、まさか、そんな。ゲラ渡しは明日じゃなかったの?

どうやら行き違いで僕が間違えていた模様。いかん、遂に健忘症にでもなったか。平身低頭し（電話では見えないのだけれど）明日にしてもらう。

十五時、双葉社のYさんより原稿督促の電話。すみませんすみませんすみません明日までには何とかします嘘は吐きません誓いますます探さないでください。

二十一時、書いているうちにトリックを思いつき、何とか『鳩の中の猫』を脱稿。今回も修羅場を切り抜けたかと安心したのも束の間、『テロリストの家』を明日までに脱稿しても、すぐさま「野性時代」の締め切り日。しかも今月はGW進行とかで各社から早めに原稿を提出しろと厳命されている。

GWに盆に年末そして正月。世の中で楽しみとされている時期、物書きと編集者は塗炭の苦しみを味わっているのだ。さあ殺せ。

四月十二日

十一時、祥伝社Nさんとゲラ修正。こちらは五分で終わったのだが、雑談をしている最中にKADOKAWAのTさんが早めに到着しダブルブッキング。ユナイテッド航空かよ。続いて同じくKADOKAWAのKさん登場。編集者さん同士顔見知りであったため、何と言うか座談会になってしまった。TさんとKさんは手分けして『ドクター・デスの遺産』のゲラチェック。編集サイドからの要望をほぼ満たしたかたちにしており、こちらも一発OK。

一時間余で転居先を決めた旨を告げると皆さんから驚かれる。

「中山さん、悩んだりとかしないんですか」

仕事も結婚も新居も、一切悩んだことがない。悩んだところで辿り着く結論にそうそう変わりがある訳じゃなし、第一悩んでいる時間がもったいないではないか。

悩む、というのは大体において自分でも行く先を決めているのだが、誰かに背中を押してもらいたがって状態を指す。面倒臭い。そんなもの、さっさと一歩を踏み出した方が精神衛生上よろしい。間違ったら途中で方向転換すればいいだけの話だ。

四月十三日

十時、文藝春秋のIさんと『鳩の中の猫』のゲラ修正。法律上の問題点が生じたために十分ほどかかってしまう。文庫化した『テミスの剣』は売れ行きが好調で、連動して『静おばあちゃんにおまかせ』も売れているという。いずれにしても文春さんに迷惑をかけずに済んだので胸を撫で下ろす。

「この間、出版関係者で花見を開催したんですけど、その席上で〈中山さんは七人いる説〉で盛り上がりました」

これはデビューしてしばらくどこかで噂された話で、出す本出す本全てジャンルも作風も違うので中山七里はユニット名ではないかと言われていたのだ。七人いたらどんだけ楽なことか（いや、うるさいか）。

十二時『テロリストの家』を何とか仕上げてから歯医者へ出掛ける。もう冠歯の交換はないものの、今度は歯の磨き過ぎでエナメル質が薄くなっている箇所を補強するのだという。いったいどないせえと。

十三時、引っ越し業者と東京ガスに東京電力、ついでに回線業者と大型ゴミ回収業者に連絡し転居の手続きを全て終わらせる。妻にその旨を告げると「早っ」と驚いていたが、人生で大事な局面に立った時は迷わず、一気に手続きを済ませた方がいいと思っている。悩むなんて、ホントに無駄なだけなんだったら。

四月十四日

九時、居ても立ってもいられなくなり、TOHOシネマズ新宿にて『ゴースト・イン・ザ・シェル』を観賞。日本産アニメを向こうで実写化すると大抵惨憺たる結果に終わるのだけれど、これは数少ない成功例ではないのかしらん。しかしやっぱり出てきたなあ、雨に煙るネオンの未来都市。いったい、いつになったらSF映画は『ブレードランナー』の呪縛から逃れられるのだろうか。

十一時三十分、勢いに乗って『キングコング髑髏島の巨神』を観賞。これはもう観た人なら全員分かる通り、『地獄の黙示録』への愛すべきオマージュ。第一、キャラの一人がコンラッドだものなあ。清々しいほどの怪獣映画。

十三時三十分、祥伝社Nさんより『ヒポクラテスの試練』で修正箇所があるとの電話。ついでなので神保町の祥伝社さんにお邪魔して、その場で修正、二分で終了。Nさんと編集長から『ヒポクラテスの試練』をもっと早く刊行できないかと打診されるが、既に二〇二二年までの予定が詰まっており、出版社同士で交渉してもらうしかないと平身低頭する。

十四時、宝島社Kさんよりメール。『どこかでベートーヴェン』文庫版の初版部数が急遽変更になったとの報せ。えっ、そんなに刷るの？　改めて宝島社さんの無謀さに怖れる。

十七時、新事務所の賃貸契約でアパマンショップへ。賃貸契約書に氏名を記入しようとして一瞬手が止まる。

本名を忘れた。

これはギャグでも誇張でもなく本当に忘れてしまい、思い出すのに数秒かかってしまった。考えてみれば最後に本名を書いたのは五年前で、それから各種申し込みは全てペンネームであり、僕を本名で呼んでくれる人も皆無（保険証ですら筆名だ）だったのだ。

四月十六日

執筆の合間を縫って荷物を片付けるが、なかなか捗らず。そう、普段では滅多に引っ張り出さない書籍に見入るうちに、どんどん時間が経過していくのだ。殊に僕が保管しているのは好きな作家さんのサイン本もしくは愛読書なので、手に取ったらページを開かずにはいられない。あああああ、もうスケジュールは二日分も遅れているというのに。

よし、現実逃避しよう。と言っても僕の現実逃避というのは現在、締め切りの迫っていない原稿を書くことくらいである。『この世界の片隅に』ファン・ブックへの寄稿を片付ける。好きな映画について書け、というのだから、これはもうご褒美のようなものだ。ものの二十分で脱稿。

四月十七日

十時、新事務所となる物件を改めて内見。驚くべきことに電球もなければエアコンもついていない。聞けばオーナーは台湾の人で、こうしたマンション物件を資産運用として扱っている模様。

言い換えれば、電球もエアコンも自分の好みに揃えられるという訳だ。嬉しくなって、早速家電量販店でペンダント四基を購入。岐阜の自宅に備えたものと同じタイプなので操作に惑うこともなくなる。

二十五時、KADOKAWAのFさんより原稿修正の依頼あり。話を聞いていると微修正であり、これもすぐに片づける。しかし毎度のことながら、この人いったいいつ寝ているのだろうか。

四月十八日

十時、新潮社Oさんとゲラ修正。五分で終了。『死にゆく者の祈り』は結局「ｙｏｍ　ｙｏｍ」で連載されるのだが、連載陣を一覧すると非常に若い書き手の方が多いような気がして何となく疎外感を味わう。

「いや、しかし中には大人の書き手がいないと雑誌のバランスが取れないんですよ」

いつから僕が大人の書き手になったのだろうか。まあ、どこの出版社も僕にライトなものを書けとは言ってこないから、何と言うか既に高齢者認定。まだ駆け出しだというのに。

執筆を続けながら荷造りも継続。そのうちデビュー当時の『このミステリーがすごい！』を発見。新人作家のクロスレビューなるコーナーを眺めて愕然とする。二〇一〇年にデビューしたミステリー系の新人作家（当時）がずらりと並んでいるのだが、今は新刊を見掛けなくなった人がちらほら。二〇一〇年は新人の当たり年と言われ生存率が高かったのだが、さすがに七年目となると息切れする人も出てきたということか。ぶるぶる。

四月十九日

向かい側のビルとこちらのビルは相変わらず工事中で、騒音が半端ない。その上、引っ越し準備で室内は埃が舞っている。花粉症の人間には地獄の様相でとても仕事にならず。くしゃみのし過ぎで頭が痛くなっても騒音で寝られず、原稿を書き始めるとまたくしゃみのし過ぎで朦朧としてくる。もう、いっそ殺してくれと思う。とにかく今日一日は仕事にならず。二社から原稿督促のメールが入るが、返信する気も起きず、ただただぼうっとしている。全く人間として役に立たず。

四月二十日

粗大ゴミをまとめてから執筆を続けるが、やはり埃と騒音に苦しめられ、なかなか捗らず。ああ、こんな理由で締め切りに遅れるのは嫌だなあ。

二十時、娘より電話あり。

『エントリーシートが書けない。助けて』

聞けばわずか百五十字で〈日本が誇れるものを記述せよ〉との内容。ええい、お前はそれでも物書きの娘か。

これは現代国語で苦しめられた人たちには一番難儀な問題だろう。実はこういう問題、文章のまとめ方ではなく発想の仕方を問うているのであって……。

今の事務所を開設するに当たって購入したベッドも廃棄処分にするのだが、布団やらマットをまとめていると、五年も前の品物なのに新品同様であることに驚く。そう言えば、このベッドで寝たことはほとんどなかったからなあ（大抵、椅子に座ったまま寝ていたからだ）。

四月二十一日

引っ越し当日。八時に早くもトラック到着。何でも目の前でビルが建築中のため、トラックを停めるなと言われたとのこと。気の毒に。

もとより荷物が少ないため、搬出も三十分を切る。部屋の中はもぬけの殻。専業になってから五年を過ごした部屋だが、締め切りに追いまくられた記憶しかなく、出ていくとなった際も何の感慨も浮かばず。

急ぎ転居先に向かう。既に新しい家具の搬入、並びにガスの点検は終わり、管理人さんへの挨拶を済ませる。新築物件であるためか僕以外にも転居した方がいるらしく、早速真新しいドアが何かにぶつけられて大きく凹んでいる。管理会社に確認すると高価なドアながら交換せざるを得ないという。

妻がこちらで宿泊することも多いため、家具家電選びは彼女の一存で決まる。僕はと言えば、新築でネット環境が不案内な中、執筆を続けるのみだ。

十一時三十分、ＫＡＤＯＫＡＷＡのＦさんと『蕁草のなる家』のゲラ修正。五分で終了。主人公はごく普通の男であり、しょっちゅう悩む局面になる。こちらは取りあえず何でも書けるので書いているが、正直言って悩んだことがないので主人公の心理描写もほぼ一〇〇パーセント想像で書いている。

「だって悩んだって時間の無駄じゃないですか」と言うと、Ｆさんは困惑した表情で首を横に振る。

十六時、妻と秋葉原にて家電製品一気買い。僕は白物家電をあまり買わないのだが、最近は冷蔵庫やクーラーは安くなっているなあと実感。まだまだデフレは続いている。

家具の組み立てやら業者さんとの連絡で心身ともに疲労困憊。四時間だけ眠る。

四月二十二日

何とか『ふたたび嗤う淑女』脱稿、続いて『笑えシャイロック』に着手しようとするが、ふと不安になる。ネット環境不全で昨日から全くメールを確認していないが、いったいどんな状況になっているのか。付近でＷｉＦｉ可能の喫茶店に飛び込んで確認するとあるわあるわ、未開封のメールが八通。恐る恐る開いてみれば大半は原稿督促メール。すぐにメールを閉じ、事務所に逃げ帰る。それでも午後から洗濯機と冷蔵庫の取りつけ、夕方からは就活帰りの娘が来訪し、執筆する余裕なし。二十二時よりようやく執筆に入る。

四月二十三日

新生活三日目に突入。妻は生き生きと買物に出掛け、僕は鬱々と原稿に向かう。何が新生活だ。やっていることはいつもと一緒ではないか。

未だネット環境は整わず、仕方がないのでポケットＷｉＦｉにて対応しているが、これで本当に原稿が送信できているのか度々不安に襲われる。

転居してやっと騒音から逃れられたと思ったが甘かった。新築のせいで同じフロアの部屋からエアコン取り付け工事の音がする。やめてくれい。

原稿は五枚しか進まず。今までで最低のペースだ。気晴らしに妻と〈成城石井〉に出掛ける。さすがに名高い高級スーパー、キュウリ一本が百円もする。そりゃあとんでもなく美味しいキュウリだろうなあ、ええ、おい？

それにしても今回新調したベッドはすごい。何がすごいかと言うと、何と高さが僕の膝辺りになる。つまり身体を倒すだけで横になれるのだ！　今まで五年間はロフトベッドであり、マットを敷くと手摺りを越えてしまっていた。その上高さは身長以上もあったので下手に寝返りを打つと墜落死してしまう。熟睡の許されない拷問のようなベッドだったのだ。

それがどうだろう。今度のベッドときたら、そんな危険を冒さずとも眠れるのだ。横になったが最後、三日も四日も眠れるような気がして怖い。ああ、まさに魔法のようなベッド。

てなことを某編集者さんに自慢していたら『そういうベッドが普通なんです』と嗤われた。

うおおおおお。

四月二十四日

十四時、宝島社Kさんが訪問。『どこかでベートーヴェン』文庫版の見本を受け取る。最近読んだ本の話になり、僕は柳本光晴さんの『響〜小説家になる方法〜』をお勧めしておく。純文学の世界に降臨した天才少女の話なのだが、興味深いのは昨今のブンガク界事情。新人の初版部数が三千部だとか、それでも消化率が半分以下だとか、まあ関係者なら思わず俯いてしまうような記載がちらほら。おまけに登場する純文学作家たちのエゴっぷりと社会不適合さが何と言うかわはははははは。今度小学館の担当編集者さんに会ったら、誰に取材したのか聞いてやろう。

四月二十五日

八時、業者さんが来てエアコンの取り付け工事。騒音で仕事にならず仕方なく、有楽町日劇にて『美女と野獣』を観賞。

知っている方もいるがこの作品、一九四六年にフランスで実写化され、アニメーションを含めれば今回で五回目の映画化。ただしディズニーとしては大ヒットしたアニメ作品の実写化という側面があり、かなりの力の入れよう。結果として主題歌および挿入歌のほとんどはアニメのそれを踏襲し、観客の期待を裏切らない出来となっている。何というかテーマ自体が不滅のキラーコンテンツみたいなものだからなあ。

十五時、KADOKAWAのTさん・Kさんと『ドクター・デスの遺産』再校ゲラチェック。四十分で終了。既にジャケットも帯もできており、これで僕の手を離れたことになる。僕にしてみれば初の新聞連載の書籍化。関係者の皆さんが満足してくれればいいのだが。

作業終了後、『響』の話になり、純文学初版部数のあれこれなど、非常にリアリティがあるのだと感想を述べると二人とも表情を暗くする。

「あのですね、中山さん。エンタメだって初版〇万部を超えるような作家さんは全体の二割で……」

「違いますよ。そんな作家さん、二割もいませんって」

「中には単行本の初版部数なのか文庫の初版部数なのか分からない人もいて」

話しているうちにどんどん話が暗くなっていくので早々に切り上げる。

事務所に戻ると小学館のMさんよりメールが届いている。『人面瘡探偵』のプロットを早く寄越せとの内容。すみませんすみません。

四月二十七日

十一時、宝島社Kさんに連絡。今回最終回予定の『連続殺人鬼カエル男ふたたび』について確認すると、明日までに原稿を上げなければ連休の関係でどうしようもなくなると言う。困った。今月末の締め切りはその他にも五本あるぞ。いったいどないせえちゅーねん。

『とにかく一部だけでいいですから原稿ください』

宝島社はデビュー版元で、言ってみれば親も同然。逆らうこともできず他社に優先して筆を執ることにする(他社の担当編集者さんには大変申し訳ない)。それにしても何で正月やらGWやら盆やらがあるのか。世間が長い休みに入る度に我々物書きは毎度毎度死ぬような苦しみを味わっているのだぞ。僕は二十八年間サラリーマンとして長期休暇を謳歌する立場だったのだが、それを差し引いても今の状況はあまりに辛すぎる。

『連載を減らせばいいんですよ』

そんなもの本人がどうこう調整する前に、売れなくなったら自然に減っていく。恣意的にできないから、皆んな苦労しているのだ。

四月二十八日

光文社のMさん、祥伝社のNさんから相次いで連絡が入る。

『今月の原稿はどうなるのか。この業界で七年も飯を食っていて、今更GW進行を知らないとは言わせねえぞ。原稿いつ上がるんだよ、ええ?』(これは彼女たちの内心を描写したものので、実際口にされたことではありませんです、ハイ)

これ以上嘘を吐くとホントに刺されかねないので五月二日まで待っていただくことにする。とは言っても日常的に嘘やら毒やらを吐き続けているので、最近では何が嘘やらマコトやら。

注文していた『スター・ウォーズ クロニクル』が到着、早速梱包を解いてページを開く。320ページのB4大判、大きさと言い重さと言い、これで殴ったら確実に人を殺せる。とにかく図版が美しく、これを肴に酒が呑めるレベル。うっかりしていたらすぐに一時間が経過したので、慌てて執筆に戻る。

二十時、KADOKAWAのFさんから電話。連載中の作品について犯人を変更できないかとの相談。

『この犯人ではカタルシスが得られなくて……』

ではFさんが犯人と目星をつけていたのかは誰かと訊ねると、これは当初ミスリードを狙っていた登場人物。つまりは予想外の犯人だった訳だが、このままでは物語として小さく纏まってしまうとのこと。

既に色んな場所に伏線を張っており、連載も終盤なので今更犯人を変更することは、構成自体の変更も余儀なくされるのを意味する。とてもその場では回答できず、一日待ってもらうようお願いする。

で、一日と言ったものの、なけなしの頭をフル回転して一時間後に解決案を捻り出す。これなら改稿しないまま、カタルシスもどんでん返しも有効になるだろう。どうも追い詰められると、僕は才能以上の才能を発揮できるみたい（でも、だからと言ってあまり追い詰めないでね）。

四月二十九日

夜半、『連続殺人鬼カエル男ふたたび』脱稿。続けて「小説宝石」連載『能面検事』に着手。本日より世間はGWに突入。これで多少遅れようが担当編集者さんから電話が掛かってくることはないので、他社を気にせず執筆できる。

とは言え、気分転換も必要なのでUHD盤『ジャック・リーチャー』を観賞。イーサン・ハントとはまた違った無骨なトム・クルーズもいいなあ。調子に乗って『ローグ・ワン』も観る。何と言うかこちらも無骨ながら大変素晴らしい。殊に敵方の描写が秀逸で、〈ダース・ベイダーになれなかった男〉オーソン・クレニックの中間管理職ぶりが悲哀に満ちていてとてもいい。それにしてもこの映画、ターキン総督役のピーター・カッシングやレイア姫役のキャリー・フィッシャーがCGIで普通に出演している。これがアリとなれば物故した往年の名優を無尽蔵に配役できることになる。映画ファンとしては心躍る話なのだが、本当にいいのか。

四月三十日

昨日の日記では他社を気にせずなどと能天気なことを書いてしまったが、よくよく考えれば大抵の出版社は暦通りの出勤であり、当然明日は担当編集者さんも平常運転だった。そんな状況で下請けの僕が極楽とんぼみたいなことを言っていては後で何をされるやら。

宝島社のKさんからは『連続殺人鬼カエル男ふたたび』の一発OKのお知らせ。何と言うか連載誌を代えながら延々と書き続けていたのだが、それもあと五十枚で終了する。ラストには賛否両論出るだろうが、こんな猟奇的な話がほっこりとしたラストになるはずもなく、これはリクエストした方が悪いと思う。

夕食時、妻が先日見ていたテレビ番組の話を始める。僕は基本的にテレビを見る機会が少ないので、妻からのこういった情報は非常にタメになる。妻によればマツコ・デラックスさんが夜の街を徘徊する番組で、ホームレス風の男性にインタビューをしていたらしい。『作家になりたかったんだよね』と、その男性は答えていたのだが、番組を見ていた妻は、

「作家に憧れている人は結構いるんだな」と思ったとのこと。

僕が物書きになれたのはほとんど勢いみたいなもので、所謂修業時代というのは皆無に近かった。当然、家族の前で必死に原稿に向かっている姿なんか見せていないため、妻などは「小説家というのは案外簡単になれるものだ」と考えているフシがある。それはそれでこちらも気楽でいいのだが、誤解が多分に混じっている。この稿で詳細を述べてもいいのだけれど、そうなるといつ作家志望者から刺されるか分からないのでやめておく（って、他の原稿やらトークショーやらで散々語ったことを今更重ねたくない）。ただ一つ言えることは、作家などに憧れて真っ当な正業を蔑ろにするような人間は（以下十五字削除）。

五月一日

案の定、各出版社から原稿督促のメールが入る。加えてゲラ修正が二件にプロットの督促が三件。こういうのはホラー映画と同じで、突然やられるよりも「来るぞ、来るぞ」と怖れている時にやられるのが一番怖い。本日より「小説ＮＯＮ」連載の『ヒポクラテスの試練』に着手。何とか二日で仕上げないとヤバい。

中学生のなりたい職業というのが発表され、女子の部では二位に〈絵を描く職業〉、五位に〈文章を書く職業〉がチャートイン。全体的に憧れ産業が半分、現実的な職業が半分といった具合でそれはいいのだが、男子の部三位には〈YouTuberなどの動画投稿者〉がランクイン。だから中二病なんて言葉が作られたんだよなあ、と実感する。ただしこういうのは中学生へのアンケートだからほっこりできるのであって、三十歳を超えてこんなことを言うておるのは（以下二十字削除）。

五月二日

東京の事務所に長編ゲラを置き忘れていたことに気づくものの、いちいち取りにいったのでは原稿が間に合わない。妻に頼んで東京へ行ってもらった。妻がいなければ昼食を摂る必要もなく、延々と執筆を続ける。

十二時、さすがに疲れてきたので『手紙は憶えている』を観賞。認知症の進んだ老人が家族の復讐を遂げるために、記憶と闘いながら仇を探し求めるロードムービーだが、主演のクリストファー・プラマーやマーティン・ランドーを見ていると、何とも遣る瀬無い。いずれは僕もこんな風に歳を取るのだと思うと、切なくなる。

その後も書き続けていると十七時に妻が帰宅。一日中眼鏡を掛けていたのが災いして頭痛がすると言う。これもまた老いの哀しみというヤツか。

五月三日

何とか『ヒポクラテスの試練』を脱稿。やれやれと安堵しているとフリーブックス閉鎖のニュースを知る。フリーブックスというのは元々イラストやら漫画やらの投稿サイトという触れ込みだったのだが、実質的には漫画の海賊サイトで利用者も多かった。突然の閉鎖で驚く利用者も多かったようだが、どうせこのテの海賊サイトはまた名前を変えて現れる。空しい話だが、閉鎖を悲しむ利用者の中にはこんな声もあった。

『図書館だって無料なんだから、しばらくは図書館で借りよう』

空しさは募るばかりだ。

以前『さよならドビュッシー』映画化の際、主題歌を歌っていただいた泉沙世子さんからこんな話を聞いたことがある。

「わたしみたいな新人でもCDを出してもらえるのは、同じ会社のAKBさんが売れてくれたからなんですよ」

これは音楽業界に限らず、小説でもコミックでもゲームでも全部同じだ。ヒット作でおカネが入ってくるから新人をデビューさせることができ、そしてまた新しいヒット作が生まれて業界が活気づいていく。「違法ダウンロードを利用している層はそもそもソフトを購入しない」という意見もあるが、これだって言い訳でしかない。「精神的に貧しいのでソフトはタダでしか愉しむつもりはない」「俺の権利以外はどれだけ侵しても構わない」と大っぴらに言えないから、別の言い方をしているだけではないのか。

五月四日

KADOKAWA『笑えシャイロック』の改稿に一日を費やす。犯人を変更し、読後感を良きものにする。当初のギラついた結末よりもずいぶんとソフトになってしまったが、これが吉と出るか凶と出るかは出版してみないと分からない。もっともその頃には書いた内容自体を忘れているだろうから、あまり気にしない。

大体、現状は雑誌連載を終了して三年から四年で書籍化している流れだ。従って出版時に小説の内容が時流に合ってしまうことが度々あるのだけれど、これらはことごとく偶然に過ぎない。というよりも世の中が毎度毎度同じようなことの繰り返しなのだろうと思う。こういう事情なので、時折ネットの書評で「最近の中山は云々」などと書いてあると苦笑したくなる。あなたたちの「最近」は僕の四年前なのだ。

五月五日

本日より「オール讀物」連載『静おばあちゃんと要介護探偵』に着手。と、思ったら同じく文藝春秋から『ネメシスの使者』の初校ゲラが送られてきており、こちらを先に片づけることにする。何せ締め切りが十一日。その頃僕は海外にいる予定であり、とてもではないが航空便でゲラを送るなんて恥ずかしい。

執筆とゲラチェックでさすがに疲れてきたので、『木を植えた男』を観賞する。パステル画のようなカナダ製アニメだが、いつ観ても心にずん、とくる。こういう映画を知っているというだけで得をした気分になる。いつでも好きな時に見られると思うと現金よりも尊く思える。だからコレクターはやめられないのだ。断捨離クソ食らえ。

五月六日

文藝春秋Iさんよりメール。

『本日が校了の締め切りなので進捗状況をお教えください』

ううむ、まだ半分しか済んでいない。だが、明朝五時には中部国際空港に向かい、成田空港、そしてイタリアはミラノに飛ばなくてはならない。メールにくどくどと言い訳を、弁解のために半分仕上がった原稿を送信してヘレン・ケラーの真似をする。

五月七日

まだ朝陽も上らぬうちに家を出て、中部国際空港そして成田空港へ。

実を言えば成田空港は新婚旅行の際に利用したきりなので、何と二十五年ぶり。ゲートを移動する時に見掛けたのが〈成田空港反対〉のプラカード。あのプラカード、二十五年前にも見掛けたような気がするのだが。

成田空港からミラノ・マルペンサ空港までは飛行時間は十二時間十分。空港での待ち時間と機内で何とか残り二十五枚を仕上げる。

日本時間では八日の午前〇時三十分、ミラノ時間では七日午後六時に空港に到着。こちらではサマータイムが始まっており、夕方六時だというのに太陽は燦々と輝いており、どうしても夕方とは思えず。

本日より「小説推理」の『テロリストの家』に着手。こちらも二日で五十枚書かなくてはならないが、いつもと違って旅の空。一行目を書いている端から担当編集者Yさんの困惑顔が浮かんでくる。

五月八日

イタリア二日目。ミラノ市内観光。まずスカラ座博物館へ。トスカニーニなどの展示物は満更僕の著作と無関係ではないため、興味深く観賞する。ドゥオモ大聖堂ではその荘厳な雰囲気に呑まれてしばし言葉を失う。妻などは「死んだら、ここで葬儀をしてほしい」と言い出す始末。ちょっと待て、我が家は神道だぞ。いいのか。屋上展望台からは市内が一望でき、やはりヨーロッパは石の文化なのだと再認識する。

午後、ベネチアへ。『インディ・ジョーンズ最後の聖戦』のロケ地になった場所で、すぐ映画と関連づけてしまうのは僕の悪い癖、というか知識が本当に偏っているのだ。

夕食は宿泊先〈ホテル　ダニエリ〉内のレストラン〈テラッツァ・ダニエリ〉。かなりドレス・コードが厳格と聞いていたのだが、僕たちの前に到着していた中国人客は何とウィンドブレーカー姿だった。しかしながら従業員の皆さんは眉一つ動かさない。両方ともご立派。

夕食を終えてから執筆を開始するが、早々に床に入った妻から「明るくて眠れない」と苦情を受ける。これはもう僕の不徳の致すところで、本来こういう旅行に参加するのなら仕事を全部片づけておかねばならないのだが、筆の遅い僕はそういう段取りができないのだ。妻に詫びながら執筆を続ける。

五月九日

イタリア三日目。サン・マルコ寺院を訪ねる。当時の寺院は裁判所と刑務所を兼ねていたため、豪奢な大広間とともに陰鬱な牢獄が同居している。宗教というものの二面性を見るようでとても興味深い。

　ベネチアは浅瀬の上に建てられた街であり、そのため多くの建材には石より軽いレンガが使用されている。ところがこのレンガは潮水に弱く、建物の基礎部分で潮に浸かっている箇所は鉄とともにボロボロ。しかも近年は地盤沈下も手伝って、何十年か先までの保証が不可能とのこと。

　ゴンドラに乗ってしばし市内遊覧。元より憧れに近い念を抱いていた場所であり、物書きを職業にしてから七年、これほど落ち着けたことはなかった。自分の性格を分析してみても、前世はイタリア人だったとしか思えないのだ（たとえば時間にルーズで、享楽主義者なところとか）。演歌よりはカンツォーネ、味噌汁よりはトマトジュース。

五月十日

　イタリア四日目、前日からフィレンツェに宿泊。ガイドさんつきでウフィッツィ美術館へ。このガイドさんが少しぶっ飛んでいて全身白ずくめのゴスロリ風。

「こんにちは、決して怪しい者ではありません。わたしが今日のガイドですー」

　と、これまた白い傘を旗代わりにぶんぶんと振り回す（充分に怪しい）。大変イタリア美術史に造詣の深い方で、言葉の端々に「美術品の保存方法を間違っている美術館は云々」と批判が飛び出す。そう言えば昨日のガイドさんも「イタリアの文化遺産を略奪しやがって」と終始フランスを罵倒していた。こっちはガイドさんまで芸風が派手で楽しい。

「ダン・ブラウンの『インフェルノ』、原作は（舞台がフィレンツェということも手伝い）大変素晴らしかったのですが、映画の方が……」どうやらアメリカのみならずご当地でも評判は散々だったようだ。

部屋に戻ると早速各出版社から鬼のようなメールが並ぶ。イタリアに旅行することをほとんどどこにも告げていなかったので、怒りを買っているらしい。

『締め切り日だっていうのに高飛びしやがって』

『けっ、いい身分だよな』

あああ、担当編集さんの心の声が聞こえる。よって僕も心で詫びながら原稿を書く。

五月十一日

イタリア五日目、NTVでフィレンツェからローマへと移動。バチカン美術館・システィーナ礼拝堂を巡る。礼拝堂なのに設置されているスピーカーはどれもBOSE製だとジョークを口走ると、妻から冷たい視線を浴びる。その後、サン・ピエトロ大聖堂やらトレビの泉やらコロッセオやら絵に描いたような観光コースを回る。こういうものを見る度に『グラディエーター』やら『ローマの休日』を再見したくなり、どうも困る。本日は市の地下鉄がストライキを起こしているため、いつもは地下鉄を利用する者もクルマを出し、しかもそういう事情だからと市も普段は自家用車乗り入れ禁止区域を解禁、結果として市内はどこも大渋滞。かくて歩いた方が早いという状況と相成った。

イタリアというのはどこもそうなのだけれど、地面はアスファルトではなく石畳である。従って普通に歩いていても足腰を使うのだが、歩数計を見ると本日は12000歩を軽く超えた。ホテルに帰ってさすがにうつらうつらしていると、出版社からのメールが多数。

『締め切りが過ぎたぞ』

『電話連絡が取れないが、逃げ回っているのかこの野郎』

睡魔や疲労と闘いながら原稿を書く。

五月十二日

イタリア六日目の今日はほとんど自由時間。お土産他の買い物に妻は朝から全開モード。スペイン階段から続くブランド品店を回る。大体が百貨店みたいな店が見当たらず、どこもかしこも専門店。妻の目は輝いているが、正直ブランド品には一ミリの興味もない僕はただ引っ張られるのみだ。

締め切り過ぎの原稿は部屋に放置したままなのにこうしてふらふらしていると、否応なく罪悪感が迫ってくる。しかしここで買い物を中断して先に帰るような真似をすると妻から「捨てられた」などと恨まれ、今後二十年は折ある毎に言い続けられる（そういう前科もある）ので、各編集担当者に詫びながらお供を続ける。ごめんなさい。やっぱり担当編集さんより奥さんの方が怖いんです。

十九時、レストランでプロのカンツォーネを聴きながら夕食。至近距離で聴くと人間の声は最高の楽器であることを再認識する。

夜半になり、ようやく連載原稿一本を仕上げ、「野性時代」連載の『蕁草のなる家』に着手したところ、ちょうど担当Fさんからメールが届く。編集部の異動に絡んで担当替えになったとのこと。あああ、原稿のあまりの遅さに忌み嫌われたような気がしてならない。

五月十三日・十四日

イタリア最終日。ホテルからローマ・フィウミチーノ空港に直行し、機上で幻冬舎用新連載『毒島刑事最後の事件』のプロットを完成させる。やれやれ、やっと担当のTさんに笑顔で会える。

時差があるため、成田空港には十四日午前十時半の到着となる。何だか一日損した気分になり、東京事務所に到着するなり『蕁草のなる家』の執筆に着手する。本日、神田祭でこの辺り一帯は法被姿の人で溢れ返っている。こんな雰囲気の中、部屋に閉じ籠もって小説を書いているだけの僕っていったい。

それから立て続けに連絡があり、明日は三つの出版社と打ち合わせをすることになった。休んだら休んだ分だけ忙しくなるのは会社員時代と同じ。へろへろ。

五月十五日

十時、KADOKAWA「野性時代」Y編集長・「文芸カドカワ」S編集長・Fさん・Uさんと担当引継ぎ会。四対一でビビる。新担当Uさんは過去にラノベも担当されていたとのこと。Uさんが開陳するラノベ興亡史は録音装置を持ってこなかったのが悔やまれるほどの内容。流れに沿って僕が歴代の電撃受賞作について触れるとFさんは「中山さん、そんなものまで読んでるんですか」と驚く。当たり前である。読んでいるからこそ（以下十五字抹消）。

形式的な引継ぎが終わるといつもの四方山話。Y編集長が小説講座を受け持った際の話となる。

「何と言うかクラブ活動のノリですね」

言い換えれば集まってくる投稿作の内容は目を覆わんばかり。本日集まった人の多くは投稿作の下読み経験があり、その話になると何故か全員が俯き加減となる。僕は冗談で、「そんなにしんどいなら、投稿作の下読みを新入社員の罰則とかハラスメントに使えばいいんですよ」と提案するが、四人はひどく乾いた笑みしか返してくれず。きっと相当ひどいのだろうなあ。

十二時、幻冬舎のTさんからプロット一発OKの知らせ。電話口の向こうでTさんは大笑い。この人がこんな風に笑ってくれるのなら成功だろう。八月から執筆開始予定。

十八時、双葉社Yさんとゲラ修正。旅行中は全く電話が繋がらなかったため、僕が執筆中に倒れたのではないかと心配してくださったらしい。Yさんに限らず、連絡のつかなかった担当さんは一様にそう思っていたらしく、これはもう本当にお詫びするしかない。

二十一時、第六十三回江戸川乱歩賞は該当作なしとのニュースが流れる。該当作なしは四十六年ぶりとのことだが、これは英断というべきものだろう（そう言えば横溝正史ミステリ大賞も野性時代フロンティア文学賞も該当作なしだった）。昼のKADOKAWAさんとの会話が甦る。大体、毎年毎年有望な新人が出現するはずもなく、僕の感覚では物故した作家とほぼ同数の新人しか誕生しないのではないか。出版社として新人賞受賞作は是非とも出版したいところだが、かといって無理やり受賞させた新人は大抵後が続かない。それはこの七年、僕が傍から見てきた通りだ（この項、続く）。

五月十六日

（承前）先日某文学賞の授賞パーティーで編集長と話す機会があり、こんなことを言われた。

「あのですね、中山さん。新人賞という冠がつくだけで、ある程度の売り上げは予想できるんです。出版不況の折、数字が読める出版物は貴重です。だから歴史のある文学賞であればあるほど〈該当作なし〉を出す訳にはいかないんです。もう、半分は至上命令みたいなもんです」

そういう事情もあって大抵の文学賞というのは絶対評価ではなく相対評価だ（従って相対評価で受賞作が出なかったということは、最終選考にも残れなかった投稿作品は例年にもまして不出来揃いだったという意味にもなる）。かくて年ごとで受賞作品のレベルが相違し、ワインじゃあるまいし豊作や不作の年が出てくる。これは僕の印象だが、やはり不作の年の受賞者はあまり長続きしない。そして受賞作の冠である程度は売れたとしても、結局は賞の権威を貶めてしまい、翌年からの売り上げに影響したとしたら本末転倒になりかねない。

「誕生する新人の数が多ければ、その中からスターが出現する可能性も大きくなる」という意見もあるだろうけど、もうそろそろ出版社にそれほど沢山の新人をデビューさせる体力がなくなってきているのも事実だ。もっとはっきり言ってしまうと、今は即戦力になるような新人でない限り、存在価値は極めて低い。

ミステリー系新人賞の牙城ともいうべき乱歩賞が〈該当作なし〉を出したのが英断と書いたのも、その辺りの事情からだ。各新人賞は相対評価から絶対評価へ転換する時期にきているのではないか。

五月十七日

東京事務所に妻が常駐するようになり、急に生活環境音が蔓延るようになった。蔓延るといっても空気の入れ替えで窓を開ける、掃除機で埃を吸う、洗濯機を回すといった至極当たり前の環境音なのだが、今まで一人で住んでいた頃には執筆時はそれに専念していたため悩まされることのなかった生活環境音だ。しかも神田というのはサラリーマンと学生の街であるため、夜の八時を過ぎる頃にはあちこちから素っ頓狂な声が上がる。都会の喧騒と言えば聞こえはいいが、正直うるさい。かと言って執筆中に窓を開けるな物音を立てるなというのは偏狭に過ぎる。

という訳でBOSE社のノイズキャンセル機能つきヘッドフォンを買ってきた。耳に装着してスイッチを入れるとまあ何ということでしょう。周囲の雑音がほとんど聞こえなくなったではありませんか。この感覚は新幹線でトンネルに入った際、つーんと音が減衰する現象に似ている。もはや音楽で雑音をマスキングする必要もなく、ただ無音の中で執筆を続ける。

五月十九日

新潮社Tさんより『月光のスティグマ』文庫版に使用したいとのことで著者近影はないかとの問い合わせあり。僕の写真はずいぶん前から「オール讀物」で撮影していただいたものを半ば公式の写真にしていたので、そちらを使ってくださいとお願いする。するとほどなくして件の写真には著作権が発生しているとの回答を得て、少し驚いている。商売柄肖像権やら著作権には多少詳しいつもりだったのだが、まさかこんな五十過ぎの訳分からんオッサンの写真にまで著作権があろうなどと誰が想像するだろうか。

十三時、幻冬舎Tさんと話す。この日記は現在「ピクシブ文芸」に連載しているのだが、何と言うか読者が業界人ばかりではないかという気がしていて「いつまで続ければいいのでしょう」と伺いを立ててみたのだ。

『個人的に面白いと思っているので続けてください』との回答を得たものの、どの日付を読んでも普通の日記だ。いったい何がどう面白いのだろう。

五月二十日

十時、東京駅新幹線ホームで島田荘司さんと合流。講談社・光文社・原書房の編集者さんたちと一路福山へ。本日は「福山ばらのまちミステリー文学新人賞」の授賞式で、僕は招待状をいただいたので出席することにしたのだ。

受賞者の皆さんにお会いするのも興味があったが、やはり一番の目的は四時間島田さんとお話しできることである。まあ想像してほしい。あの新本格のゴッドファーザーと称される島田さんとほぼ一対一で雑談しているのだ。この状況を羨ましいと思わない物書きが果たしているだろうか。しかも今回、大阪からは特別ゲスト有栖川有栖さんが合流、三人で好きなミステリー映画ベスト5を挙げるなど、これだけで飯が三杯はいける。

さて、今回該当作なしとなった江戸川乱歩賞と横溝正史ミステリー大賞だが、その両賞の選考に関わっているのが有栖川さんだ。野次馬の血が騒ぎ早速根掘り葉掘り質問すると有栖川さんの答えは「たまたまですよ、たまたま」。

ついでに詳しい感想なんかも訊いたりする。この内容が文芸誌に掲載されるかどうかはともかく、少なくともここには書けない。書いて堪るか（もっとも『噂の眞相』が現存していたら高くネタを売ってもいいのだが）。

福山に到着すると図書館に案内される。ここで知念さんら福ミスの受賞者さんたちとも合流。知念さんからは「『作家刑事毒島』好きです」と言われる。ホント、何であの本は業界人と作家仲間には好評なんだろ。

図書館には島田さんや有栖川さん知念さんのみならず、僕の著作コーナーまで作っていただいていた。図書館員の何人かが「ファンです」と言ってくれたりもする。たとえ社交辞令でも嬉しいなあ。

場所を移動していよいよ授賞式。島田さんと有栖川さんに続いて僕も何か喋ろとのこと。こうしたスピーチは過去に色んな場所で何度もしているが、景気のいい話をすれば新人作家に無謀な夢は見せるなと釘を刺され、新人作家の現状を憂えば最初からネガティヴなことを言うなと叱られる。どないせえちゅうねん。

二次会では受賞者の皆さんとテーブルを囲むことになった。これはきっと主催者側の陰謀だと思う。プロットの立て方や原稿の進め方など、問われるままに答えていると皆さんの表情が沈んでいくのが分かる。だから僕みたいな人間とテーブルを一緒にするなと言うておるのに。

五月二十一日

原稿の締め切りが迫っているのでひと足早く東京へ戻る。戻ってみればまだ五月だというのに、はや東京は真夏日。陽射しの強さに着衣は汗だく。荷物を抱え、へろへろになりながら事務所に戻る。

ホテルでも新幹線の中でも執筆を続けるが、やはり慣れた机の上で書く方が数段能率が違ってくる。いっそドラえもんでも現れてどこでもドアでも用意してくれんもんかしら。

原稿が進むには進むが、この原稿は百枚予定。ところが今になっても二十五枚しか進捗しておらず。理由は十八日からこっち、都内→福山と楽しいことが続いて集中力が途切れているからだ。ツイッターを覗くと同じく「福ミス」に出席した知念さんはそれでも新幹線の車両内でひと仕事終えているとのこと。やっぱり飛ぶ鳥を落とす勢いの作家さんは違うなあ。

劣等感に苛まれながら執筆し続けるが、それでも予定からは大幅に遅れている。しかも明日からは『どこかでベートーヴェン』文庫版の販促のため名古屋・大阪方面の書店訪問が控えている。また眠れないではないか。うー。

五月二十二日

八時三十分、東京駅で宝島社のKさんと待ち合わせ。本日は名古屋方面に書店訪問。十時三十分、名古屋駅よりスタート

・OVA名駅店さま
・三省堂書店名古屋本店さま
・三省堂書店名古屋髙島屋店さま

・星野書店近鉄パッセ店さま
・こみかるはうす名古屋駅店さま
・丸善名古屋セントラルパーク店さま
・ジュンク堂書店ロフト名古屋店さま
ありがとうございました。

名古屋は地元に近いため、早速地元ネタで書店員さんの笑いを狙う。書店の仕事は毎日が戦争であり、そこにのこのこと作者が顔を出しても邪魔になるだけだ。運良くサイン本を置かせてもらったとしても、サインというのは一種のヨゴレなので売れなければ書店側の買い取りになってしまう。つまり書店側にとっていいことなどほとんどない。そういう事情を知っているので、なるべく書店員さんを笑わせるように努めるのが僕にできる精一杯なのだと心得ている。要は男芸者だ。

終了後はそのまま大阪へと向かう。新大阪から地下鉄御堂筋線で天王寺へ。
・旭屋書店梅田地下街店さま
・旭屋書店天王寺ＭＩＯ店さま
ありがとうございました。

ホテルに飛び込み、ここ数日全く捗らなかった執筆に着手するも、なかなか集中できず。

今日一日猛暑日で体力が奪われているせいだろう。本当に、身体が二つ欲しい。

五月二十三日

大阪での書店訪問二日目。
・ブックキヨスク新大阪さま
・リブロ新大阪店さま
・ブックスタジオ新大阪店さま
・紀伊國屋書店梅田本店さま
・ブックファースト梅田2階店さま
・MARUZEN&ジュンク堂書店梅田店さま
・ブックスタジオ大阪店さま
・紀伊國屋書店グランフロント大阪店さま
・旭屋書店なんばCITY店さま
・ジュンク堂書店難波店さま
ありがとうございました。
訪問した場所はいずれも馴染みの深い場所で、何軒かの書店さんは大阪赴任時代に実際にお客として足を運んだところだ。まさか自分がそこにサイン本を置く羽目になろうとは。

土地柄だろうか大阪の書店員さんたちは例外なく話し好きで、こちらも負けじと話すために終わる頃にはへろへろになっていた。大阪赴任当時僕はなんばの隣にある大国町というところに住んでいたのだが、大阪人にとってはそれだけで三分は保つエピソード。これに激安スーパー〈玉出〉の話を加えれば、まあ地元あるあるで盛り上がる。三日間の書店訪問で書かせていただいたサイン本は五百冊ほどだろうか、それでも指より口が疲れた。

五月二十四日

新潮社Tさんより電話。やはりネットに上がっていた写真は著作権の絡みで使用できないため、東京事務所で写真撮影をするとのこと。まだ越して間もない事務所で散らかってはいないとはいえ、そんなにまでして必要な写真とはとても思えんのだが。

十三時、KADOKAWAのUさんと喫茶店で『蕁草のなる家』のゲラ修正。今回は注文を聞きに来る前に作業が終了。おそらく今までの最短記録ではないだろうか。

今回の横溝正史ミステリー大賞該当作なしについて、またもや根掘り葉掘り訊く（本当にひどい男だ）。するとUさんも下読み経験者なのだが、下読み段階で「ああ、これは獲るな」と思った作品は大賞を獲ることが多いと言う。つまり圧倒的な作品には下読みも最終選考委員もねじ伏せるだけの力を有しているということであり、言い換えれば今回の同賞は文字数。

ここから先を断定的に書くとやはり誰かから狙われそうになるので口を濁しておく。いや、実際最近は電車待ちの時、ホームの端に立つことは避けている。よしんば最前列に立たされた時は、後ろから何かされないかと始終振り返って警戒しているくらいだ（ゴルゴ13か）。

五月二十五日

十時、NHK出版のSさんと『護られなかった者たちへ』初校ゲラ修正。原稿用紙換算七百枚超の大部であり、当初はこちらで預かるつもりだったのだが、見ればそれほど付箋が貼っていない。

「この場で片づけてしまいましょうか」

「えっ」

当惑気味のSさんを尻目に作業開始。結局一時間で作業は終了。

「まさか本日返してもらえるとは思いませんでした」

新聞連載の時点で一度手が入っているので、今更大幅に代える箇所はない。ただし枚数を減らさなければ単価を下げられないので、削除する部分を考えるだけでよかったのだ。

校正の方も「〇〇が〇〇だったのか」と騙されたとのこと。校正者にはミステリー慣れしている人も多いので、そういう人に真相が見抜けなかったのならまあ合格といったところか。それにして生活保護なんて辛気臭いテーマでよくも朝刊連載をさせてくれたものだ。

十三時、新潮社Tさんがカメラマンさんとともに事務所を訪問。文庫のために写真を撮るが、おそらくはこれが新潮社での公式な著者近影になるはずだ。写真の出来がよかったら遺影の候補にしよう。

十四時、人と会う予定が全部消化できたので岐阜に帰ることにする。行ったり来たりを繰り返して大変ですねと言われたが、実はいい気分転換になっていたりするんです。

五月二十六日

妻を誘って『インフェルノ』を観賞。映画がさほど好きではない妻だが、ロケ地がほぼ全編に亘ってフィレンツェであるため、「あ、ここ行った行った」とひどく興味深げ。そうか、こういう風にすれば妻を同じ趣味に引きずり込むことができるのか。

妻と僕に共通の趣味は何もない。それなのに結婚して四半世紀も続いている（未だに喧嘩もしたことがない）のは不思議で仕方がないのだが、それでも映画を好きになってくれたら嬉しいので、ここから勧めることにしよう。

五月二十七日

本日は妻と『天使と悪魔』を観賞。前日のフィレンツェに続き、こちらは全編バチカン市国がロケ地。僕が物語に没頭していると、妻から色々と質問が入る。ロケ地の風景を見るのに熱心過ぎてストーリーが分からなくなってしまったとのこと。ああ、そういう鑑賞法もあるのだなあ。

夜半、執筆していると某書店員さんから『作家の加藤元さんが、中山さんが引っ越したのを知ってましたよ』と聞く。加藤さんとはあまり付き合いがなく不思議に思っていると、何と僕の行きつけのあの店に加藤さんがいたとのこと。まさか、そんな近くにいたなんて。世間は何て狭いのだろう。ああああっそう言えばあの店には無精ひげのままで顔を出したこともあったではないか。ぎゃあああああ。

五月二十八日

これはもう本当に僕の不徳の致すところなのだが、今日の段階でまだ締め切りのある原稿を五本も抱えている。未だかつてこれほど遅れたこともなく各出版社からの督促がくる度に寿命を縮めている（でも元々不死身だから大して影響はない）。

理由は分かっている。月初めに八日間のイタリア旅行と洒落込んだからだ。無論ホテルでも原稿を書いていたが、それでも観光の合間だったから十全に時間を取れた訳ではない。それもこれも旅行前に仕事を全て片づけていかなかった僕が全て悪い。

ね、謝ったよ？　今ちゃんと謝ったからね？　怒ったら駄目だからね？

朝日新聞出版「小説トリッパー」連載の『騒がしい楽園』、最終回を何とか脱稿。幼稚園ミステリーの第二弾という体裁だったが、よくもまあこんな組み合わせでミステリーが書けたものだと自画自賛——する間もなく、次の原稿『ふたたび嗤う淑女』に着手。ううう、全然気が休まらん。

五月二十九日

五月末日は『このミス』の応募締切日なので、投稿者の皆さんは今日くらいからラストスパートが掛かるのではないか。早くも書き上げた人はじっくり推敲しているだろうし、脱稿以前の人は猛スピードで筆を走らせているはず。

締切間近に送られてきた投稿作品は推敲されているので力作揃いになる傾向があると言う。これは概ね的を射ているようで歴代の『このミス』大賞受賞者に訊いても、多くの人が締め切り寸前まで粘ったと証言している。それゆえなのかどうか下読みさんの中には、いっそ受付開始から間もない作品は駄作がほとんどだから送ってこないでほしいとぼやいている方がいるとかいないとか。

しかしちょっと待ってほしい。下読みさんというのは段ボール箱いっぱいに詰め込まれた駄作の中から二作ないし三作を二次に上げるのが仕事だ。それなら駄作揃いの初期段階に自分の投稿作品を紛れ込ませた方が戦略的に有利ではないだろうか。少なくとも二次まで残るという目標なら、力作揃いの中でしのぎを削るよりはよっぽど楽だと思うのだけれど（もっともそんな地力で二次に上がったとしても、結局は相対評価になるので元々の出来がよくなければ真っ先に落とされてしまう）。

ここまで読んであることに気づいた常連の投稿者さんがいるかもしれない。つまり、「去年、俺の投稿作品は二次までいった。今年はあれ以上のものが書けた自信がある。それなのに何故今年は一次も通らなかったのだ」と憤慨しているあなただ。多分、そのからくりは右のような事情に起因しているのではないか。意地の悪い言い方になるが、自信作が落とされるのは大抵そういうことであり、本人が思っているほど（以下三十二字抹消。しかもこの項続く）。

五月三十日

昨日の続きになるが、今年は江戸川乱歩賞をはじめ横溝正史ミステリ大賞などミステリー系の新人賞ならび一般文芸新人賞のいくつかが該当作なしとなった。こういった場合、たとえば今月末締め切りの『このミス』大賞にはこれらの賞で予選落ちしたり最終選考で落ちたりした投稿作品の多くが使い回しとして送られてくることが予想される。付け加えておくけれど、これらメジャーな新人賞の下読みはかぶっていることが多い。仮に同じ下読みにあたった場合は、評価以前に嫌悪されることを覚悟しておいた方がいい。

僕も七年この業界にいて色んな出版社から色んな話を聞いているので、そうした使い回し作品が他の新人賞を射止めた事例が皆無だとは言わない。ただし、そういう作品で運よくデビューできたとしても、大抵は長続きしない。

理由は簡単で、デビューした時点で競争相手は現役バリバリの作家さんたちであり、そういうバケモノみたいな作家さんと渡り合おうとすれば、新人は量産を余儀なくされるからだ。むろん量とともに質も備えていなければならないのは当然なのだが、一年に一作なんて悠長に構えていたらまず淘汰される（それ以前に著述で生計が成り立たない）。「自分は〇〇賞受賞作家という肩書きだけ欲しい」という人はともかく、物書きで飯を食っていくために応募するのなら、投稿時代から新作で挑戦する癖をつけておかないと後が続かない。

「いや、自分は渾身の一作を大事にしたいのだ」というのは単なる言い訳であって、ただ「小説をあまり書きたくない」ことを別の言葉で誤魔化しているだけではないか。「小説をあまり書きたくない」人間が小説家デビューしたって長続きなんかするはずがない。

こんなことを書いていると「中山は新人作家を潰しにかかっているのではないか」と邪推する人もいるだろうが(当たってたりして)、デビューしたものの鳴かず飛ばずの新人がどれだけ惨めで辛いものなのか目の当たりにしていると、他人事ながらどうしてもひと言添えたくなってしまうのだ。自分の資質に合っていない仕事を続けるのは本当にしんどいよ。他人事なら放っておけって? うん、まあ、その通りなんだけどさ。

五月三十一日

インディアナポリス500マイルで佐藤琢磨さんが優勝。めでたい。ところがその直後、デンバーポストの記者がツイッターで差別的なコメントをしたとして炎上。同記者は謝罪したが結局は解雇処分となった。

相次ぐ差別発言もいい加減うんざりするが、個人的にもっとうんざりしたのがリテラシーの問題だ。言葉を扱うプロが東西問わず同様の失態を繰り返している。プロ以外ではもっと多く、芸能人やら文化人やら知識人までが毎日のように舌禍事件を引き起こしている。いくら身近にツールがあったとしても、語ってはいけない人間は語ってはいけないのではないか。

僕がSNSに絶対手をつけないのは、僕は僕自身が一番信用ならないからだ。ツイッターなんぞ始めた日にはきっと二日で炎上する。

気軽に呟ける、自分を表現できる、あるいは自分を盛ることができる、人と繋がれる、世界が広がる、国境がなくなる——SNSの謳い文句というのはまあこういったところだろうが、そのどれもが僕には不要なものばかりだ。気軽に自分の意見など言いたくもないし、自分を表現するなんてカネを積まれても嫌だし、盛っても意味がないし、見ず知らずの人間と繋がるなんぞ真っ平御免で、世界が拡がり国境がなくなることに諸手を挙げたいとも思わない。「お前は自分の小説に持論を投影できるから、そんなことを言うんだ」という人は作品＝作者の意見という半世紀前の文学的常識に縛られている、あまり本を読まない人だろう。今まで三十冊あまりの作品を上梓してきたが、その中に自身の考えを注ぎ込んだものなど皆無に等しい。第一、自身の信条やら信念やらに固執したままでエンタメ小説を量産できると本気で信じているのだろうか。

この日記をつけ始めたのは備忘録とガス抜きの意味もあるが、もう一つ、小説では語らなかったことを文字にしたらどうなるかを検証してみたかったという目的もある。一年五カ月に亘ってほぼ毎日綴ってきたが、自分の本音なるものがちらちらと顔を覗かせて、これはこれで僕にとっては有益だった。そろそろ内容がマンネリになってきた感もあり、ここでいったん閉じることにする。

解説

香山二三郎

日記文学というのがある。紀貫之の『土佐日記』を祖として、女流作家が輩出した平安時代から鎌倉時代にかけて多く書かれ、さらには江戸、明治、現代へと受け継がれてきた文学の一大ジャンルだ。

当初は事実の羅列に過ぎなかったものが、書き手の内面が描出されるようになり、文学として洗練されるとともに、日常の身辺雑記から旅行記、体験記へと、その内容も多様化していった。やがて作家という職業が確立されるとともに、プロ作家の日記はこのジャンルの主流をなすに至った。

そうした日記文学の歴史はしかし、インターネットの普及により変わりつつある。ネット上のホームページやブログで多くの一般人が日記を手がけるようになり、プロ顔負けの話題作も現れ始めた。今や日記文学は特別なジャンルではなく、プロとアマの違いもあいまいになりつつあるようだ。しかしながら、読まれることを前提にしたプロ作家の日記はやはり奥が深い。一見日常の出来事を写実的に描いているようで、虚構や妄想をさりげなく織り交ぜるなど、あの手この手で読む者を翻弄しにかかる。気が付くといつの間にやら作者の世界に取り込まれているといった塩梅《あんばい》。

とりわけ油断できないのが、エンタテインメント作家のそれだ。

そもそもエンタテインメント系の作家はサービスの一環として話を盛る傾向がある。だからといって、全部が全部盛られているかというとそうではなく、大ウソのように聞こえるエピソードが事実そのままだったりするから厄介。

その意味ではプロの日記文学もだいぶ様変わりしてきた。その原点は、四〇年前に出た筒井康隆『腹立半分日記』辺りにあるように思われるが、今日筒井作品以上に過激な日記も出ているのである。

『中山七転八倒』はまさしくそうした一冊といってよかろう。

本書は二〇一六年一月七日から翌一七年五月三一日まで書かれた著者の日記を収めたもので、そのうち一六年九月五日から最終回ぶんまでが幻冬舎のＷＥＢサイト「ピクシブ文芸」

に二四回にわたって掲載された。

著者は一九六一年一二月、岐阜県生まれで、幼い頃から活字中毒だった。一九七〇年代半ばに映画『犬神家の一族』を見たのをきっかけに横溝正史と江戸川乱歩にはまり、大学時代には江戸川乱歩賞に応募して予選通過したというから、早くから才能をきらめかせていたといっても過言ではあるまい。だがその後就職、仕事に追われるようになり、創作からは遠ざかる。再び文芸の世界を志すようになったのは二〇〇六年、憧れの作家・島田荘司のサイン会に参加して触発されたのがきっかけ。その足で電器店に駆け込んでノートパソコンを購入、創作を再開したという。そうして書いて『このミステリーがすごい!』大賞に応募した『魔女は甦る』が最終候補に残り、翌々二〇〇九年には『さよならドビュッシー』で早くも同賞を射止めてしまう。

してみると、やはりもともと作家としての天分に恵まれていたに違いない。それはその後の活躍からも明らかで、岬洋介シリーズの第二作『おやすみラフマニノフ』を皮切りに、シリーズ作や単発作品を矢継ぎ早に刊行、瞬く間に人気作家の地位に就くのだ。

この七転八倒日記が始まった二〇一六年一月、著者は作家になって七年目に突入した。デビューして七年目といえば、まだまだ新鋭クラス。それなのに、誰が見ても一〇年選手のような貫禄を示していたのは何故かといえば……まずはその辺から本書の読みどころを探っていくと、日記を書き始めたそもそものきっかけは、面白いことに不感症になっていたからだった。毎日が面白いのに不感症とは、刺激の強さに慣れてしまったということで、ではその刺激の強さとは何かといえば、「デビューしてからはバケモノのような作家連中と闘わなきゃならん」という覚悟のもと、日々締め切りに追われる執筆生活そのものにほかならない。

そう、中山七里は何より文芸戦士なのである。そう思って読んでいくと、やたら執筆中に寝落ちし、これで原稿が遅れる、バカバカ、といったような記述があちこちに見られる。寝落ちするのも当然、毎日が徹夜続きに近く、横になって寝ることすら滅多にないありさまなのだ。つまり椅子に座ったまま意識を喪失、それがそのまま睡眠時間となる。これまでにも売れっ子作家のハードワークぶりは様々に伝説化されてきたが、著者の仕事ぶりも同様。歯医者へ行けば、痛いと眠気が吹っ飛んで徹夜にちょうどいいから鎮痛剤はいらないなどといい出す始末（企業戦士時代には、徹夜明けに眠気を覚ますためコンパスの針で足の裏を刺していたとか）。そこまで頑張らずとも仕事をセーブすればいいではないかといいたくなるが、新米作家はいつ仕事がなくなるかわからないから、きた仕事は皆受けてしまう。しかも自分のモットーとして、一日一冊本を読み、一日一本映画を見ないと気が済まない。新作小説のプロットを練り、一日四〇〇字二五枚の原稿を書いたうえで、そういうことをすれば、自ずと寝る時間は削られることになるわけで、そりゃあ、日々の刺激も半端ないに違いない。

著者と筆者の出会いは『このミス』大賞。何のことはない、ワタクシ、著者を世に送り出した選者のひとりなのであった。受賞後の段取りについては本文中にあるように、受賞者と選者の顔合わせが執り行われる。そのときの著者の印象は、よく喋る人。そのときはまだ、著者がやがて文壇情報の蒐集家となり、それを武器に各出版編集者を翻弄するようになろうとは思いも寄らなかったが、今日ではフリーの出版秘密情報員としても水面下で暗躍中となれば、そりゃ嫌でも貫禄つくわな。

読みどころのふたつ目は著者の創作法。まずは三日かけてテーマ、トリック、ストーリー、キャラクターの順でプロットを固めた後、全体を四章から六章に分け、頭の中で原稿を書いていくという。その段階で推敲まで済ませてしまうらしい。ポイントは「頭の中で」というところ。それって話としては理解出来るものの、現実的に可能なのかといいたくなる。著者はごりごりの映画マニアだが、かつて映画館で見た映画を忘れないようにするため一場面一場面、脳裏に焼き付けていったという。それが今役立っているわけだが、恐らくもとから記憶力が人一倍いいに違いない。執筆は頭の中で推敲した原稿をそのままダウンロードするだけといわれても、常人は引くばかり。そんな書きかたをしている作家も他にはいまい。しかも「デビューする以前から、僕は自分の書きたいものを書いたことは一度もない」と著者はいう。出版社のリクエストに応じて自在に作品を書いてのけるこのやりかたも今や見事に軌道に乗っているが、ついつい過剰請負に走ってしまい、「一人ブラック企業」に陥りがちなのが問題だ。

読みどころの三つ目は全篇にあふれる映画愛。著者は中学生の頃から映画館に入り浸り、長じて余裕が出来るとホームシアター作りにいそしんだ。そうして仕事の合間に見るだけでなく、忙しくなると映画館にも駆け込んだりする。創作法の原点も映画にあるし、著者の生活に映画はまさしく不可欠なのである。映画についての「下手な感想はその人間の経験や知識までも白日の下に晒してしまう」として、感想や批評は書かないといいながらも、感動した作品、たとえば『この世界の片隅に』なんかに出会うと、何度も映画館に通って見直したあげく、会う人皆に見るよう強要する辺り、シネアストの鑑というべきか。

ところで愛といえば、出版不況が続く中、小説の出版事情や後輩作家の行く末についても、著者はちょくちょく案じている。政治的にはノンポリだし、自作に主義主張を入れないことでも知られる著者だが、世間に関心がないわけではない。自分は他人に期待しないといったり、作家なんてきつい仕事、本当にやりたいと思っている人いるの？　と問うたりもしているが、デビューしたての新人にはちゃんとサバイバル出来るようアドバイスもしている。随所で炸裂する毒舌ももとはといえば、愛の鞭。むろん、各社の担当編集者のこともいろいろいっているけど、その根っこには愛しかない。小説愛にあふれ、作家愛にあふれ、編集者愛にあふれ、映画愛にあふれ、家族愛にもあふれた本書は世の作家志望者を発奮させるにとどまらず、フツーの読者をも大いに元気づけるに相違ない。
最後に、本書のサブリーダーとして、本文中で何度も言及されている『作家刑事毒島』のご一読をお奨めしておきたい。小説出版の現状を余すところなく描き、世の編集者を震撼させたいわくつきの業界内幕ものでもあり、モデルはもちろん著者自身（本人は否定しているけど）。本書と並行して読めば、今まで見えなかったものまで見えてくる⁉

——コラムニスト

本作品は二〇一六年十一月から二〇一七年十一月まで「ピクシブ文芸」に掲載されたものに加筆・修正した文庫オリジナルです。

日記の原文は毎日分が記述されていますが、刊行に際し諸事情を鑑みて数カ月分を削除しました。

中山《なかやま》七転《しちてん》八倒《ばっとう》

中山《なかやま》七里《しちり》

平成30年8月5日　初版発行
平成30年8月30日　2版発行

発行人――石原正康
編集人――袖山満一子
発行所――株式会社幻冬舎
〒151-0051東京都渋谷区千駄ヶ谷4-9-7
電話　03(5411)6222(営業)
　　　03(5411)6211(編集)
振替00120-8-767643
印刷・製本―図書印刷株式会社
装丁者――高橋雅之

幻冬舎文庫

ISBN978-4-344-42768-6　C0195　な-31-3